THE
荆　棘　鸟
THORN

[澳大利亚] 考琳·麦卡洛　著

曾胡　译

BIRDS

译林出版社

图书在版编目（CIP）数据

荆棘鸟 / （澳）考琳·麦卡洛
(Colleen McCullough) 著；曾胡译 . —南京：译林出
版社，2021.3 (2024.4 重印)
书名原文：The Thorn Birds
ISBN 978-7-5447-8458-0

Ⅰ.①荆… Ⅱ.①考…②曾… Ⅲ.①长篇小说－澳
大利亚－现代 Ⅳ.① I611.45

中国版本图书馆 CIP 数据核字（2020）第 217563 号

The Thorn Birds by Colleen McCullough
Copyright © 1977 by Colleen McCullough
This translation published by arrangement with HarperCollins Publishers
through Bardon-Chinese Media Agency
Simplified Chinese edition copyright © 2021 by Yilin Press, Ltd
All rights reserved.

著作权合同登记号 图字：10-2020-223 号

荆棘鸟 ［澳大利亚］考琳·麦卡洛 / 著 曾 胡 / 译

责任编辑	赵 薇 宗育忍
装帧设计	朱赢椿
封面插图	风 四
校 对	张 萍
责任印制	颜 亮

原文出版	Avon, an imprint of HarperCollins Publishers, 2005
出版发行	译林出版社
地 址	南京市湖南路 1 号 A 楼
邮 箱	yilin@yilin.com
网 址	www.yilin.com
市场热线	025-86633278
排 版	南京展望文化发展有限公司
印 刷	江苏凤凰扬州鑫华印刷有限公司
开 本	880 毫米 ×1240 毫米 1/32
印 张	22.25
插 页	4
版 次	2021 年 3 月第 1 版
印 次	2024 年 4 月第 10 次印刷
书 号	ISBN 978-7-5447-8458-0
定 价	68.00 元

版权所有·侵权必究

译林版图书若有印装错误可向出版社调换。质量热线：025-83658316

这是一曲无比美好的歌,曲终而命竭。
然而,整个世界都在静静地谛听着,
　　上帝也在苍穹中微笑。
因为最美好的东西只能用深痛巨创来换取……
　　反正那个传说是这么讲的。

有一个传说，说的是有那么一只鸟儿，它一生只唱一次，那歌声比世上一切生灵的歌声都更加优美动听。从离开巢窝的那一刻起，它就在寻找着荆棘树，直到如愿以偿，才歇息下来。然后，它把自己的身体扎进最长、最尖的棘刺，在那荒蛮的枝条之间放开了歌喉。在奄奄一息的时刻，它超脱了自身的痛苦，而那歌声竟然使云雀和夜莺都黯然失色。这是一曲无比美好的歌，曲终而命竭。然而，整个世界都在静静地谛听着，上帝也在苍穹中微笑。因为最美好的东西只能用深痛巨创来换取……反正那个传说是这么讲的。

——作者题记

一首美丽而凄婉的爱情悲歌
——读考琳·麦卡洛的《荆棘鸟》

　　澳大利亚著名作家考琳·麦卡洛的长篇小说《荆棘鸟》自1977年问世以后,不仅走红美国,与《教父》同为美国十大畅销书;而且迅速成为风靡全球的"国际畅销小说",被改编成电视连续剧,是整个20世纪80年代最佳畅销书之一,一直有读者请求作者写续作。时至今日,《荆棘鸟》的魅力依然不衰,无论是电视剧还是小说原作,仍打动着亿万读者和观众的心。加拿大魁北克的一位读者写道:"我有几本时常重温的书,《荆棘鸟》就是其中之一。窃以为,它是所有时代最伟大的爱情故事之一,堪与罗密欧与朱丽叶的爱情比肩。我每读一遍,都有新的发现。"美国加州一位读者写道:"我无法放下这本书。我零零星星看过电视连续剧,但一直未看过小说。后来在一次野营途中渴望弄点什么看看,便在营地的一个书摊买了这本书。爱不释手啊。考琳·麦卡洛神奇的手笔……我已经读过三次了,它仍然是我最喜爱的。"另一位读者说:"书是你不能释手的书,电视剧是你不忍不看的电视剧。"黎巴嫩一位观众认为,《荆棘鸟》是"迄今写出并拍成电视剧的关于失去的爱的最美丽的故事"。互联网上《烧心问题》栏目主持人则说:"考琳·麦卡洛写了一部空前伟大的禁爱小说《荆棘鸟》,我们将永远热爱她。"

　　读者"永远热爱"的考琳·麦卡洛是一位多才多艺的作家,1937年生于澳大利亚新南威尔士西部。除了小说,她还写传记(如为新南威尔士原州长罗登·卡特勒爵士作传）、散文或杂文（如著名的《我为什么反对安乐死？》），甚至音乐剧。而就小说本身来说，她也并非局限于一种类型，既有为她在世界范围内赢得广泛读者的《荆棘鸟》那样的家世小说，也有使她在学术界获得崇高声誉的《罗马主人》那样的历史小说，还有《密萨龙基的淑女们》那样的言情小说，《第三个千年的纲领》那样的理念小说……诸如此类，不一而足。考琳·麦卡洛创作领域之广泛及成就之巨大，也许得益于不倦的探索精神和她的经历。她永不满足、不断探索新的领域，尝试新的文学样式，同时创作态度十分严谨，对每一部作品的题材都进行深入研究，数易其稿。她本是一名品学兼优的医科学生，以优等荣誉学位毕业于新南威尔士大学时，已显露出在神经生理学方面的特长。她后来获得了儿童健康研究所（伦敦）硕士学位，继而领导美国纽黑文耶鲁医学院神经学系研究实验室的技术工作。她是数家神经科学研究所和基金会的赞助人，还担任皇家悉尼北岸医院临床神经生理学顾问。

  《荆棘鸟》的长销不衰证明了它的确是一部富有魅力的小说。这魅力首先来自它的主题：爱和命运。它讲述的是克利里家族传奇式的家世史。故事开始于20世纪初叶，结束于半个多世纪以后的60年代末70年代初，从帕迪·克利里应无儿无女的老姐姐贵夫人玛丽·卡森之召,携妻子菲奥娜和七个子女从新西兰迁居澳大利亚的德罗海达牧羊场,到帕迪唯一幸存的孙辈、才华横溢的演员朱丝婷在遥远的异国他乡确定了自己的人生道路和爱情归宿,整整讲述了克利里家三代人的人生经历和情感历程,其中最主要的是梅吉与拉尔夫神父之间那场刻骨铭心的爱情。有人认为考琳·麦卡洛"将人生的方方面面都浓缩进了一本杰出的书里"。她试图通过克利里家的人世沧桑和情感经历揭示这样一个道理:真正的爱和一切美好的东西是需要以难以想象的代价去换取的,正如小说的结尾所写的那样:"鸟儿胸前带着棘刺,它遵循着一个不可改变的法则。她被不知其名的东西刺穿身体,被驱赶着,歌唱着死去。……只是唱着、唱着,直到生命耗尽,……但是,当我们把棘刺扎进胸膛时,我们是知道的。我们是明明白白的。然而,我们却依然要这样做。我们依然把棘刺扎进胸膛。"

《荆棘鸟》魅力的第二个源泉是其栩栩如生的人物刻画。作为一部家世小说,《荆棘鸟》里的人物并不算多,但极富个性。作品里生息着的是各式各样的奇妙人物:忠厚温雅的帕迪,始终以含蓄的方式深爱着"从天上掉下来"的妻子;外表冷漠的菲奥娜,一生未走出早年遭受爱的背叛的阴影;暴烈而备受苦恼折磨的弗兰克,在监狱里埋葬了出人头地的梦想;克利里家其他勤劳的儿子们,将别的男人留给女人的精力和热忱献给了广阔无垠的德罗海达土地;温良内向而又倔强坚强的梅吉，欲爱不能、欲罢也不能的拉尔夫神父，骄横张狂、满腹尖酸的玛丽·卡森夫人，还有温和的戴恩和古怪的朱丝婷……个个有血有肉、栩栩如生。今天看来，作者表现这一个个性格复杂的人物时，使用的虽然大多还是传统的技巧，但用得娴熟自如，丝毫没有斧凿的痕迹——精彩的人物对话，细腻的心理描绘，出神入化的动作描摹，恰如其分的外貌勾勒；再就是将人物置于特定的环境之中，或设计冲突，或进行对比、反衬，以此烘托、凸显其性格与本质。

　　小说富有个性的叙事结构也增添了作品的丰富性和表现力。《荆棘鸟》在结构上分为七部，每部以一个主要人物为中心进行叙述，而将这七个部分贯串在一起的，正是梅吉和拉尔夫神父之间的爱情纠葛；为全书定下基调的，是作为题记的那个凄婉的传说，全书以荆棘鸟那凄婉的歌声开始，又在那凄婉的歌声中结束。这种叙事结构具有复线结构的性质，避免了单线结构叙述的单调；而有了那条贯串始终的主线和那笼罩全文的基调，又避免了松散和凌乱。各部之间相互依存，故事在多个层面上展开，为作者埋伏笔、多侧面揭示人物和主题提供了方便，使得故事的叙述自然、可信；加之作品中糅合了言情小说的因素，也增添了读者阅读的乐趣。难怪一位美国读者称，《荆棘鸟》的"爱情事件奇特，且随着阅读的展开而改变你"。

《荆棘鸟》里富有诗意的环境描写不仅为塑造人物起到了很好的烘托作用，而且增强了阅读的美感，使读者获得了人物所处环境的人文地理知识，因此也是其魅力源泉之一。读着那一段段勾勒环境的文字，我们感受到了浓浓的澳大利亚风情，深深体会到不仅作品里的人物，就连那片土地也是奇特的。亚马逊网上书店在介绍这本书时是这样描述那广漠荒凉的土地的："饱受着轮番而至的旱涝侵蹦；索取时，残酷无情；花开时，绚丽烂漫；造化慷慨的年节，又不失丰饶。天底下再没有哪一个地方如此怪诞离奇。"书中生息于斯的一切均笼罩在那种独特的氛围里，可感可触，隐隐中不由得令人生发出许多对命运的慨叹。

　　总之，《荆棘鸟》是一部不可多得的畅销小说佳品，结构严谨，语言流畅生动，饱含激情，富有诗意，不时有警言妙语散布其间，具有很强的可读性。今借美国一位名叫凯丽的少年朋友的话结束本文："我乐意向任何一个识字的人推荐。"

刘　锋

目录 Contents

第一部 —— 001
1915—1917
梅吉

第二部 —— 063
1921—1928
拉尔夫

第三部 —— 211
1929—1932
帕迪

第四部 —— 277
1933—1938
卢克

第五部 —— 423
1938—1953
菲

第六部 —— 523
1954—1965
戴恩

第七部 —— 655
1965—1969
朱丝婷

第一部

One
1915—1917
1915—1917
Meggie 梅 吉

One
1915—1917
Meggie

1

1915年12月8日,梅吉·克利里迎来了她的第四个生日。妈妈收拾好早饭的盘碟,不声不响地把一个褐色的纸包塞到了她的怀里,叫她到外面去。于是,梅吉便蹲在前门旁边的金雀花丛背后,不耐烦地扯了起来。她的手指不灵活,那纸包又扎得挺结实。它有几分像是瓦希尼杂货店里的东西,这使她觉得,不管它里边包的是什么,反正不是家里做的,也不是捐赠的,而是买来的。这可真了不起。

纸包的一角露出了一个好看的淡金色的东西。她更加起劲地扯着那纸包,扯下的长长的纸条乱成一团。

"艾格尼丝,啊,艾格尼丝!"她无比爱怜地说,朝在扯得稀烂的套子里躺着的布娃娃眨眨眼。

真不简单啊。梅吉有生以来只进过一次瓦希尼杂货店,那是远在5月间的事了。因为她已经是个像样儿的姑娘了,所以她就规规矩矩地端坐在妈妈身边的小车里,激动的心情使她对满架货物目不暇接,记不胜记。但那个放在杂货店柜台上的、穿着粉红色锦缎裙子、上面缀满了米色花边的布娃娃艾格尼丝,她却看得清楚,记得真切。就是在那个时候,她心里就管她叫艾格尼丝了,这是她所知道的唯一配得上这个无与伦比的小东西的漂亮名字。然而,在那以后的几个月里,她空怀惆怅地思念着艾格尼丝。梅吉没有布娃娃,也不知道小姑娘总是和布娃娃联系在一起的。她高高兴兴地玩着哥哥们丢下的哨子、弹弓和玩旧了的兵偶，两手弄得肮里肮脏的，靴子上沾满了泥点。

她从来没想过可以和艾格尼丝一块儿玩。现在她轻轻抚弄着那粉红色裙子的褶边，这裙子比她所见过的任何女人身上穿的都要华丽。她温情脉脉地将艾格尼丝抱了起来。这布娃娃的胳膊腿儿是榫接的，可以随意扳动。甚至连她的脖子和纤细、匀称的腰肢也是榫接的。她那金色的头发梳成了漂亮的高高的发髻，上面插满了珠子，别着珠花别针的米黄色三角披肩围巾上隐隐地显露出她白色的胸脯。画在骨灰瓷上的脸蛋儿非常美丽，瓷面没有上釉，这使那精心着色的皮肤显出一种天然的、无光泽的肌理。那对闪耀在真毛发制成的睫毛之间的蓝眼睛栩栩如生，虹膜周围画着深蓝色条纹和色晕。看得着了迷的梅吉还发现，当艾格尼丝向后倾倒到一定程度时，她的眼睛就合上了。在她一侧微红的面颊上方，有一颗黑色的美人痣，她那颜色略深的嘴微微张开，露出了一口小白牙。梅吉把布娃娃轻轻地放到膝盖上，舒适地交叉起双脚，坐在那里瞧个没完。

当杰克和休吉沙沙地穿过靠近栅栏的那片长柄镰割不到的草地走来时，她依然坐在金雀花丛的背后。她的头发是典型克利里家的标志，克利里家的孩子们除弗兰克以外都长着微微发红、又浓又密的头发。杰克用胳膊肘轻轻地捅了一下他的兄弟，兴奋地指了指。他们相互龇牙咧嘴地笑了笑，分成了两路，装出正在追赶一个毛利叛逆骑兵的模样。可是梅吉一点儿也没听见，她正在全神贯注地看着艾格尼丝，自顾自地轻声哼唱着。

"梅吉，你拿的是什么呀？"杰克大喊一声，扑将过去，"给我们看看！"

"对，给我们看看！"休吉咯咯地笑着，包抄了过来。

她把布娃娃紧紧地搂在胸前，摇晃着脑袋："不！她是我的！是给我的生日礼物！"

"给我们看看，快！我们就看一眼。"

骄傲和喜悦占了上风。她举起了布娃娃让她的哥哥们看。"你们看，她漂亮吗？她叫艾格尼丝。"

"艾格尼丝？**艾格尼丝**？"杰克毫不留情地取笑道，"多傻气的名字呀！你干吗不叫她玛格丽特或贝蒂呢？"

"因为她就是艾格尼丝嘛！"

休吉发现布娃娃的腕节是榫接的，便吹了声口哨。"嘿，杰克，看哪！她的手能动！"

"哪儿？让我瞧瞧。"

"不！"梅吉又紧紧地搂住了布娃娃，眼泪汪汪，"不，你会把她弄坏的！噢，杰克，别把她拿走——你会把她弄坏的！"

"呸！"杰克那双小脏手紧紧地抓住了梅吉的手腕，"你想来个狗吃屎吗？别哭哭啼啼的，不然我就告诉鲍勃去。"他将她反转过去，直到她的皮肤变得青白。休吉抓住了娃娃的裙子，扯着裙脚说："给我，要不我真使劲儿啦！"

"别！别这样，杰克，求你别这样！你会把她弄坏的，我知道，你会弄坏的！哦，你别动她吧！别把她拿走，我求求你！"她也顾不得被粗暴地攥住的手腕，只是紧紧地抱着布娃娃，一边哭着，一边乱踢着。

"拿到喽！"当布娃娃从梅吉交叉的前臂中滑落下来时，休吉欢呼了起来。

杰克、休吉和梅吉一样，也觉得那布娃娃迷人极了，他们脱下了她的外衣、裙子和长长的带花边的内裤。艾格尼丝一丝不挂地躺在那里，任凭男孩们拉拉扯扯。他们一会儿把她的一只脚强扭到脑后，一会儿又叫她低头看着自己的脊背，所有想得到的柔软术他们都让她做遍了。梅吉站在一边哭着，他们根本就不加理睬。她没想到要寻求什么帮助，因为在克利里家里不为自己去争斗的人是得不到什么帮助和同情的，女孩子们也概莫能外。

布娃娃的金发被掀掉了，那些珠子转眼间就被甩到了茂密的草丛里，不知去向。一只肮脏的靴子漫不经心地踩到了被丢弃的衣服上，使那缎子面上沾满了从铁匠铺子里带来的油污。梅吉跪了下来，发狂似的在地上扒找着，收集着那些小巧玲珑的衣裤，以防它们再受损害。然后，她开始在她认为珠子可能散落的地方拨草寻找。她泪眼模糊，这是她从未体验过的痛苦，因为到目前为止，她还从来没有遇到过任何值得悲伤的事呢。

弗兰克将蹄铁扔进冷水里，蹄铁发出"咝"的一声，然后直起了腰，这些天来腰已经不疼了，这也许是因为他对打铁已经习惯了吧。以前，他的父亲总是说，六个月以后就不会疼了。可是弗兰克很清楚与锻炉和铁砧打了多久交道疼痛才得以消退，因为他怀着憎恶与怨恨的心情掐指计算了这时日。他把锤子扔到工具箱里，用颤抖的手将又长又直的黑头发从前额掠开，把破旧的皮围裙从脖子上拽下来。他的衬衫放在角落里的一堆稻草上，他步履沉重地向那角落走去，在那里站了一会儿，凝视着那铺子龟裂的墙壁，就好像它不存在似的。他黑色的眼睛睁得大大的，显出了呆滞的神色。

他个头很矮，还不到5英尺3英寸，依然瘦得像个少年，不过，那裸露的肩头和双臂却由于操锤劳作而显得肌肉发达；那又白又光滑的皮肤上有一层汗水在闪闪发亮。他的头发和眼睛都是黑色的，颇有异国风味；双唇丰厚，鼻梁宽阔，不同于家里人的模样，不过他母亲有毛利人的血统，这在他的身上表现了出来。他已经快16岁了，而鲍勃刚够11岁，杰克10岁，休吉9岁，斯图尔特5岁，小梅吉3岁。这时，他想起来了，今天是12月8日，梅吉该4岁了。他穿好衬衫，走出了铁匠铺。

他家的房子坐落在比铁匠铺和厩棚高出一百来英尺的小山顶上。

像所有的新西兰房子一样，那房子是木头的，零零散散地占了很大一片地。那是一座只有一层楼的房子，从理论上说，如果来一次地震的话，还有一部分可能会保持不垮的。房子四周长满了金雀花丛，眼下，正怒放着一片艳丽的黄花，草地葱绿而繁茂葳蕤，像所有的新西兰草地一样。即使是在仲冬季节，背阴处的白霜有时终日不化，草地也不会变成棕褐色，至于那漫长温暖的夏日则只能使它更加郁郁葱葱。那缓缓飘落的细雨不会伤害所有滋生着的植物所散发出来的柔和的芳香。这里没有雪，阳光充足，恰到好处，使万物滋长而从不蔫萎。新西兰的惊雷与其说是自天而降，倒不如说是拔地而起。这里总是潜藏着一股令人窒息的、等待的气息，那不可捉摸的战栗和撞击，事实上像是从脚板底下传来的。因为在大地的下面，潜藏着一股令人生畏的力量，这力量在30年前曾使整整一座高耸入云的大山消失得无影无踪。在那无害的山峰边缘的裂缝里蒸汽咆哮着喷涌而出，火山爆发后的浓烟直抵云天，山间的河川淌着热气腾腾的水流。巨大的泥浆湖油锅似的沸腾着。海水神出鬼没地拍击着悬崖峭壁，当下一个浪潮席卷而来的时候，这些峭壁或许已经不复存在，而不能前来相迎候了。在某些地方，地壳表面的厚度只有900英尺。

然而，这是一片温厚的、景色优美的土地。房子的远方，伸展着一片迤逦起伏的平原，它像菲奥娜·克利里订婚戒指上的绿宝石一般翠绿，星罗棋布地点缀着成千上万的黄白色团状物，走近时方才看出那是成群结队的绵羊。蓝天衬托着起伏的丘陵，高达10 000英尺的埃格蒙特山拔地而起，它那斜插入云的山坡上依然白雪皑皑，两麓的对称是如此完美，甚至像弗兰克那样每天都能看到它的人也总是赞叹不已。

从铁匠铺子到自己的家要走一段颇为费力的路，但是弗兰克却走得相当快，因为他知道这时候还不该回家，他父亲的吩咐是明明白白的。就在拐过屋角的时候，他看到了金雀花丛旁边的那帮孩子。

梅吉的布娃娃是弗兰克撺掇他妈妈到瓦希尼杂货店买来的，可到现在他也不甚明白是什么驱使她听从了自己的建议。她并不热心于不实用的生日礼物，因为没有钱去买。以前，她也从来没给哪个孩子买过玩具，给他们买的全是衣服。过生日和圣诞节是他们添置少得可怜的衣服的机会。然而，梅吉显然在她唯一的一次进城的机会里看见了那个布娃娃，菲[①]没有忘记这一点。弗兰克曾经问起过她，她只是嘟囔着，说女孩子应该有个布娃娃，随即就改换了话题。

杰克和休吉在门前的小路上争夺着那布娃娃，他们无情地摆弄着她的榫头。弗兰克只能瞧见梅吉的背影，她正站在那里眼巴巴地望着哥哥们亵渎艾格尼丝。她那整齐洁白的短袜滑脱下来，皱皱巴巴地缠在她那小黑靴子上，她那粉红色的腿在棕色的丝绒礼服下露出了三四英寸。一绺绺精心梳理的鬈发在后背耷拉着，在阳光下闪闪发亮。那头发的颜色既不是红色的也不是金黄色的，而是介于二者之间。用来扎住额前的鬈发、防止它们挂到脸上来的白塔夫绸蝴蝶结肮脏地、无精打采地耷拉着，礼服上也沾满了灰尘。她一只手紧紧地抓着那布娃娃的衣服，另一只手徒然地推着休吉。

"你们这些混账小杂种！"

杰克和休吉慌了手脚，拔腿就跑，布娃娃被丢下了，在弗兰克咒骂之际开溜是再明智不过的了。

"你们这些小混蛋，要是再敢碰一下这布娃娃，我就他妈的打烂你们的屁股！"弗兰克在他们身后大喊大叫。

他弯下身子，双手抱住梅吉的肩头，轻轻地晃着。

"好了，别再哭了！好了，他们已经跑了，我保证他们再也不敢碰你的娃娃了。今天你过生日，对我笑一笑，好吗？"

[①] 菲奥娜的爱称。

她泪水迷糊了双眼,脸已哭肿。她凝视着弗兰克,一双凄然的大眼睛里充满了悲伤,这使他觉得嗓子发紧。他从裤兜里抽出一条脏兮兮的手绢,笨手笨脚地替她擦脸,然后又叠起手绢去拧她的鼻子:

"擤一擤!"

她照他的话做了,泪水虽然快干了,但却还大声抽噎着。"哦,弗……弗……弗兰克,他们把艾格尼丝抢……抢……抢走了!"她哼哼着说道,"她的头……头……头发全掉了,上面那好看的'条'①珠……珠儿也都丢……丢……丢光了!全都掉到草……草……草里去了,我找不着了!"

眼泪又涌了出来,沾湿了弗兰克的手。他望了一会儿被泪水打湿的手,才将那些泪珠舔掉。

"好了,我们得找到它们,对吗?可你知道,光靠哭是什么也找不到的。你刚刚说错话了吧!我有六个月没听见你把'小'说成'条'了!来,再擤擤鼻子,把那可怜的……艾格尼丝捡起来。要是你不给她穿上衣服,她会晒黑的。"

他叫她坐在路边,把布娃娃轻轻地递给了她,然后他趴在草丛里四处寻找着,终于欢呼着举起了一颗珠子。

"看!这是第一颗,我们会全找到的,你等着瞧吧。"

在他拨草寻珠,把它们一粒一粒捡起来的时候,梅吉敬慕地望着她的大哥。后来,她想起艾格尼丝的皮肤一定特别娇嫩,很容易被晒伤,于是就聚精会神地给布娃娃穿起衣服来。看来布娃娃并没受什么真正的损伤。她的头发松散蓬乱,胳膊腿儿叫臭小子们拉扯得非常肮脏,不过还活动如常。梅吉的耳朵上方各卡着一把玳瑁梳子,她扯下来一把,开始给艾格尼丝梳起头来。那头发是真正的人

---

① 梅吉由于哭泣而发音不清,把"小"字说走音了。

发做成的，灵巧地编结起来，用胶粘在薄纱的底基上，漂染成稻草般的金黄色。

在她生手生脚地动手梳一个大发髻的时候，可怕的事发生了。那些头发一下子全掉了下来，七零八落，乱成一团地卡在梳子的齿间。艾格尼丝宽宽的额头上瞬间什么也不见了，既没有头发，甚至连光脑壳也没有了，只剩下了一个可怕的张着口的窟窿。梅吉恐惧地战栗着，俯身向布娃娃的脑壳里看着。那颠倒的脸颊和下巴的轮廓黯然无光，张开的双唇之间透出一缕光亮，牙齿像是一只黑色野兽的阴影。这一切的上面是艾格尼丝的眼睛，那是两个咔咔作响的、可怕的小球，一根金属丝无情地刺穿她的脑袋，从眼球上穿过。

梅吉的叫声又高又尖，不像是孩子的叫声了。她一下子扔掉了艾格尼丝，一个劲儿地喊叫着，双手捂住了脸，摇晃着，颤抖着。这时，她感到弗兰克拉开了她的手指，把她抱在怀里，把她的脸按到他的脖子下面。她双手环抱着他，从他身上得到了安慰，直到他的亲近使她镇静下来。她感到闻着他身上的气味是那么舒服，尽管这气味夹杂着马臊、汗臭和铁屑味。

当她平静下来以后，弗兰克问她到底出了什么事。他捡起了那布娃娃，迷惑不解地盯着那空空如也的脑袋内部，试图记起他在孩提时代是否受过奇特的恐惧的困扰。但是，在他心头留下了不愉快的阴影的却是人，是他们的窃窃私语和冷眼；是妈妈那消瘦、皱缩的面庞；她拉着他的那双颤抖的手和她的双肩。

梅吉到底看到了什么，使她成了这副样子？他想，要是可怜的艾格尼丝在头发被撕落的时候流血的话，那梅吉就不会如此懊丧了。流血是实实在在的事，克利里家里至少每个礼拜都有什么人要大流其血的。

"她的眼睛，她的眼睛！"梅吉喃喃地说道，她不愿再去看那布娃娃了。

"她是个有血有肉的了不起的东西，梅吉。"他咕哝着说道。他的脸紧紧地贴着她的头发。那头发多么柔美，多么浓密，多么光彩照人啊！

他费了半个钟头的时间哄她去看艾格尼丝，又用了半个钟头去说服她从那娃娃头顶的窟窿往里看。他指给她看那双眼睛是怎样做成的，怎样仔细地排成一线，既装得妥帖，又能开合自如。

"来吧，现在你该进屋去了。"他对她说道，一把将她抱了起来，把布娃娃插进他俩的胸口之间。"咱们去叫妈妈把她修好，好吗？咱们把她的衣服洗一洗，熨一熨，再把她的头发粘上，我还要用这些珠子给你做几个合用的发卡，这样它们就不会掉下来了，你爱怎么给她梳头都可以。"

菲奥娜·克利里正在厨房里削着土豆皮。她是一个略矮于中等个子的非常端庄、相当漂亮，然而却面无笑容、神情严肃的女人。她身段优美，尽管已经怀过六个孩子，但纤细的腰肢还没有变粗。她穿着灰洋布的衣服，裙裾拖在一尘不染的地板上，胸前围着一条硕大无朋的、浆得发硬的套头白围裙，上腰背后打着一个简洁的、挑不出一点毛病的蝴蝶结。她从早到晚都在厨房和后园子里转，她那双结实的黑靴子踩出了一条从炉台到洗衣房，到那小片菜地，到晒衣绳，再回到炉台的巡回小路。

她把刀放在桌子上，凝神望着弗兰克和梅吉，她那美丽的嘴耷拉了下来。

"梅吉，今天早晨是叫你不许把衣服弄脏才让你把最好的衣服穿上的。看看，你都成小邋遢鬼啦！"

"妈，这不怪她，"弗兰克不服气地说道，"杰克和休吉拿了她的布娃娃，他们想弄明白娃娃的胳膊和腿是怎么活动的。我答应她要把娃娃修得和新的一样，咱们能办到，对吧？"

"让我看看。"菲伸手接过了布娃娃。

她是个沉默寡言的女人，不喜欢随意多讲话。谁也不知道她脑子里究竟在想些什么，连她丈夫也不清楚。她把管教孩子的事交给了他，除非情况极不寻常，她总是毫无异议、毫无怨言地照他说的去做。梅吉听见那些男孩子偷偷议论过，说她和他们一样惧怕爸爸，但是，即使这是真的，她也是把这种惧怕隐藏在那难以捉摸的、略显忧郁的平静之中的。她从来不开怀大笑，也从来不怒气冲冲。

菲检查完毕后，把艾格尼丝放到了炉子旁边的橱柜上，望着梅吉。

"明天早晨我把她的衣服洗一洗，再把她的头发编起来，我想弗兰克可以在今天晚上喝过茶以后，把头发粘好，再给她洗个澡。"

这话与其说是安慰，毋宁说是就事论事。梅吉点了点头，勉强地笑了笑。有时候她极想听到她的妈妈笑出声来，可妈妈是从来不这样的。她意识到，她们分享着某种与爸爸和哥哥们毫无共同之处的、非同寻常的东西，但是除了那刚毅的背影和从不得闲的双脚以外，她并不明了那非同寻常的东西是什么。妈妈总是边听他们说话边心不在焉地点着头，将她那长长的裙裾往上一撩，老练地在炉台和桌子之间奔忙着。她总是这样不停地干哪，干哪，干哪！

孩子们中除了弗兰克以外，谁也不知道菲总是处于难以缓解的疲劳状态。有这么多事要做，但又几乎没有钱和足够的时间去做这些事，有的只是一双手。她盼着梅吉长大，能帮一把的那一天，尽管这孩子已经能干些简单的活儿了，但是年仅4岁的孩子毕竟不可能减轻这副担子。六个孩子中只有最小的一个是女孩。所有认得她的人都是既同情她，又羡慕她，但这丝毫不能减少她要干的活儿。她的针线筐里没有补完的袜子堆成了山，编针上还挂着一双。休吉的套衫已经小得不能穿了，可杰克身上的却还替换不下来。

梅吉过生日的这个星期，帕德里克·克利里是要回家来的，这纯粹是凑巧。现在离剪羊毛的季节还早，而他在本地又有活干，像犁地啦，播种啦。就职业而言，他是个剪羊毛工，这是一种季节性的工种，从仲夏干到冬末，而这以后就是接羔了。通常，在春天和夏天的头一个月中，他总是设法找各种活计来应付这段时间，像帮着接羔呀，犁地呀；或者为本地的一个奶农替班，把他从没完没了的一天两次的挤奶活儿里替换出来。哪儿有活干，他就去哪儿，让他的家人在那又大又旧的房子里自己照顾自己。家人并不像表面上看上去那样对他而言是不关痛痒的。他没有福气拥有自己的土地，因而只能四处游荡。

太阳落山后不久，他回到了家中，这时灯火已经掌起来了，影子在高高的天花板上摇曳不定。除了弗兰克以外，其他的男孩子都在后廊里扎作一堆儿，玩着一只青蛙。帕德里克知道弗兰克在什么地方，因为他听见从柴堆那个方向传来了不绝于耳的斧头的砰砰声。他在后廊里稍停了会儿，照杰克的屁股踢了一脚，又扇了鲍勃一耳光。

"帮弗兰克劈柴去，你们这些小懒蛋。最好在妈妈把茶端上桌以前把活儿干完，要不我就把你们打个皮开肉绽。"

他朝着在炉边忙个不休的菲点了点头。他既没吻她也没拥抱她，因为他认为丈夫与妻子之间的情爱只适合在卧室里表露。他用鞋拔子把满是泥块的靴子拽了下来，这时，梅吉蹦蹦跳跳地把他的拖鞋拿来了。他低头向她咧嘴一笑，带着一种奇特的惊异感。他每次见她都有这种感觉。她长得如此俊俏，头发是那样美。他摸起她的一缕鬈发，把它拉直，然后又松开，为的是看看那发卷缩回原位时卷跳的样子。他一把抱起她来，向厨房里那把唯一舒适的椅子走去。这是一把温莎椅，座位上系着一个靠垫。他把椅子拉近炉火，轻轻地叹了口气，在椅子上坐了下来，然后，抽出烟斗，漫不经心地把吸剩的烟丝轻轻地磕到地板上。梅吉蜷缩在他的膝头，搂着他的脖子。她凝视着亮光透过他那修剪得短短的金色络腮胡——这是她每晚一成不变的乐事——她那张冰冷的小脸向他凑了过去。

"你好吗？菲？"帕德里克·克利里问他的妻子。

"很好，帕迪①。今天下牧场里的活儿都干完了吗？"

"干完了，全干完了。明天一早就可以开始干上牧场的活儿了。天啊，我真累啦！"

"保准是这样。是不是麦克弗森又把那匹脾气古怪的母马交给你了？"

"太对了。你不认为他会自个儿去摆弄那牲口，而让我去驾那花毛马吧？我觉得我的胳膊像是被扯脱下来了似的。我敢说那母马是新西兰最难对付的母马。"

"没关系。老罗伯逊的马可都是好马，你用不了多久就会到那儿去了。"

"没那么快。"他装了一斗劣等烟草，从火炉边的罐子里抽出一根点烟用的蜡芯，飞快地往火门里一燎，点着了。他靠回椅子上，深深地抽了一口烟，烟斗发出了啪啪的响声。

"到了4岁觉得怎么样呀，梅吉？"他问他的女儿。

"啊，不错，爸。"

"妈给你礼物了吗？"

"噢，爸，你和妈怎么知道我想要艾格尼丝？"

"艾格尼丝？"他马上把头转向菲，微笑着，挤着眉和她开起了玩笑："她的名字叫艾格尼丝吗？"

"是的，她很美，爸，我一天到晚都想看着她。"

"她有东西好看可真算幸运了，"菲苦笑着说道，"可怜的梅吉还

---

① 帕德里克的爱称。

014

没来得及好好看看那娃娃，就叫杰克和休吉抢去了。"

"哦，臭小子总是臭小子嘛。损坏得厉害吗？"

"都能修好。没到太严重的地步，弗兰克就把他们给制止住了。"

"弗兰克？他怎么会在的？他得整天打铁才对。亨特等着要门呢。"

"他一天都在铺子里来着。他回来是来拿什么工具的吧。"菲很快地答道。帕德里克对弗兰克太严厉了。

"哦，爸，弗兰克是天下最好的哥哥！我的艾格尼丝没死，就是他救的。喝完茶以后，他还要把她的头发粘上呢。"

"那好。"她爸爸懒洋洋地说道，把头靠在椅子上，闭上了眼睛。火炉前面很热，但他似乎并没感觉到，前额冒出的汗珠在闪闪发光。他把两只胳膊枕在后脑勺下，打起盹来了。

正是从帕德里克·克利里的身上，孩子们继承下来了深浅不同的发红的鬈发，尽管他们中间谁的头发也不像他的头发那样红得刺眼。他是个矮小而又结实的人，长着一身钢筋铁骨，一辈子和马打交道使他的腿罗圈了，多年的剪羊毛生涯使他的手臂变得很长。他的胸前和臂膀上布满了浓密的金色茸毛，倘若他是黑皮肤的话，那一定是很难看的。他的眼睛是浅蓝色的，总是眯缝着，像一个注视着远方的水手。他的神情是愉快的，脸上时不时显出一丝笑意，使别人一看就喜欢他。他的鼻子很有气派，是一个地道的罗马人的鼻子，这一定叫他那些爱尔兰同胞感到困惑不解，不过爱尔兰的海岸是发生过船只失事的地方①。他说话的时候仍然带着柔和、快捷而含糊不清的高尔韦②腔，把结尾处的"痴"音念成"呲"音。不过，在地球另一面近二十年的生活经历，已经使他的口音变得有些南腔北

---

① 这里指帕德里克回爱尔兰几乎是不可能的事。所以爱尔兰同胞对他鼻子与众不同而感到困惑不解也就无从谈起了。

② 高尔韦，爱尔兰一地名。

调了。因此"啊"音成了"唉"音,讲话的速度也稍微慢了些,就好像一台用旧的钟需要好好上一上弦了。他是一个乐观的人,他设法使自己比大多数人更愉快地度过他那艰难沉闷的岁月,尽管他是一个动不动就用大皮靴踢人的严厉而循规蹈矩的人,但他的孩子中除了一个孩子以外,都对他敬慕备至。如果面包分不过来,他自己就饿着不吃;如果可以在给自己添置新衣和给某个孩子做新衣之间进行选择的话,他自己就不要了。这比无数次廉价的亲吻更能可靠地表明他对他们的爱。他的脾气极为暴躁,曾经杀过一个人。那时他还算幸运:他杀的是个英国人,事发后他赶上了敦·劳海尔港泊着的一艘准备顺海潮开往新西兰的船。

菲走到后门口,喊了一声:"吃茶点啦!"

孩子们鱼贯而入。弗兰克走在最后,抱着一捆木柴,扔进了炉子边上的一只大箱子里。帕德里克放下梅吉,走到了放在厨房最里面的那张独一无二的餐桌的上首位置就座,孩子们围着两边坐了下来,梅吉爬到爸爸放在最靠近他的那把椅子上的木箱上面。

菲奥娜直接把食物分到了那些放在厨桌上的餐盘里,她那股敏捷和利索劲儿比侍者有过之而无不及。她一次给他们端来两盘,第一盘给帕迪,接着是弗兰克,再往下是弗兰克的弟弟们,然后是梅吉,最后才是她自己。

"讨厌,怎么又是炖肉!"斯图尔特说道,他一面拿起刀叉,一面沉下脸来。"你干吗非得给我起和**炖肉**①发音差不多的名字?"

"吃你的饭。"爸爸吼了一声。

盘子都是大号的,里面着着实实装满了食物:煮土豆、炖羊肉和当天从菜园里摘来的扁豆,每一份的量都很足。所有的人,连斯

---

① 英语中炖肉(stew)的发音与斯图尔特的爱称斯图谐音。

图尔特在内,都无心去顾及那没有说出来的抱怨和表示厌恶的话语,而是用面包把自己的盘子擦了个一干二净,接着又吃了几片涂着厚厚的黄油和土产醋栗果酱的面包片。菲奥娜坐了下来,匆匆地吃完了饭,然后立刻站起身,又向厨桌奔去,往大汤盘里放了许多加糖饼干,上面涂满了果酱。每只盘子里都倒进了大量的、热气腾腾的牛奶蛋糊汁,又一次两盘地把它们慢慢地端到餐桌上。最后,她叹了口气坐下来,这一盘她可以安安稳稳地吃了。

"啊,太好了!卷果酱布丁!"梅吉大声嚷着,用匙子在牛奶蛋糊里东舀西捅,直到黄色的蛋汁里涌出一条条粉红色果酱。

"喂,梅吉姑娘,今天是你的生日,所以妈妈给你做了你喜欢吃的布丁。"她爸爸微笑着说道。

这次没有人想发牢骚。不管布丁做得如何,大家都吃得津津有味。克利里家的人都喜欢吃甜食。

尽管他们淀粉类吃得很多很多,但是没有一个人身上多长一磅肉。在干活和玩耍中他们耗尽了吃进去的每一盎司食物。吃蔬菜和水果有益身体,可要保持体力却少不了面包、土豆、肉类和热面布丁。

在菲从她那把硕大的茶壶里给每个人倒了一杯茶之后,他们又坐了一个多钟头,聊天、喝茶或者看看书。帕迪一边拿着烟斗喷云吐雾,一边埋头看着一本从图书馆里借来的书。菲不断地斟茶,鲍勃沉浸在另一本也是从图书馆借来的书里,这时候小一点的孩子们在计划着明天干些什么。学校已经开始放漫长的暑假了,孩子们也都闲下来,急于着手去干分派给他们的园前屋后的零杂活儿。鲍勃要给所有外表需要修饰的地方上油漆,杰克和休吉负责砍柴、搞屋外的修建活儿和挤奶,斯图尔特照看蔬菜。这些活儿与念书这件可怕的事儿比起来,可以说是像玩儿那样轻松了。帕迪时不时地把头从书上抬起来,给他们再加上些活儿;菲奥娜一言不发;弗兰克疲乏地倒在椅子上,一杯又一杯地呷着茶。

最后，菲招呼梅吉坐到一张高凳上，在打发她、斯图尔特以及休吉去一起睡觉之前，用手帕扎起她的头发，这是每晚必做的事。杰克和鲍勃打了个招呼，就到外面喂狗去了。弗兰克把梅吉的娃娃拿到工作台上，把头发重新粘了上去。帕德里克伸了个懒腰，合上书，把烟斗放进了一个巨大的彩虹色贝壳里，这东西是用来当烟灰缸的。

"哦，孩子妈，我要去睡了。"

"晚安，帕迪。"

菲奥娜收拾起餐桌上的盘碟，从墙上的钩子上取下一只大的镀锌铁盆。她把盆放在弗兰克用着的案台的另一头，再从炉子上提下那个敦敦实实的铸铁水壶，往盆里倒热水。兑进冒着气的热水中的冷水是从一只旧煤油桶里倒出来的。随后，她把一个装着肥皂的铁丝篮在盆里来回涮了涮，便开始洗盘子，涮盘子，把它们靠着杯子摞好。

弗兰克头也不抬地修着那个布娃娃，可是在盘子摞得越来越高的时候，他默不作声地站起身来，取下一条毛巾，把盘子擦干。他往返于工作台和碗橱之间，带着对这种劳作久已熟悉的轻松忙碌着。他和他的妈妈是冒天下之大不韪偷着这样做的，因为在帕迪统辖的天地里，适当的分工是一条最严厉的法规。家务活是女人家的事，这是没二话的。女人的活不许家里的男人沾手。可是，每天晚上，在帕迪上床睡觉以后，弗兰克总要帮帮他妈妈。菲为了能让他这样做，就故意拖延洗盘子的时间，直到他们听见帕迪的拖鞋落在地板上的沉重的声音。他脱了拖鞋就绝不再到厨房里来了。

菲温柔地望着弗兰克。"我真不知道没有你，我该怎么过，弗兰克。可你不该干，到早晨你会疲乏至极的。"

"没关系，妈妈。擦几只盘子累不死我。你够辛苦了，给你帮的忙也够少的了。"

"弗兰克,那是该我干的事,我不在乎。"

"我真希望有朝一日咱们能富起来,那样你就可以雇个女佣了。"

"那是痴心妄想!"她将那双沾着肥皂的发红的手在洗碗布上擦了擦,然后往腰间一叉,叹道。她的两眼停在了她儿子身上,隐隐地流露出忧虑的神色。她意识到,他那强烈的不满,超过了一个劳动者对命运的正常抱怨。"弗兰克,别心比天高了,这只会招来烦恼。我们是干活吃饭的人,也就是说我们富不了,也不会有女佣。满足于你的现状和你现有的东西吧。在你说那种话的时候,你是在辱没你爸。这不是他应得的,这个你心里明白。他既不喝酒,也不赌钱,辛辛苦苦地干活儿都是为了咱们。他挣的钱连一个子儿也没进自己的腰包,统统都给咱们了。"

他那肌肉发达的肩膀不耐烦地耸了起来,那张黝黑的脸变得严峻而又冷酷。"为什么期望过上比做苦工更好些的日子就如此要不得呢?我不明白,想让你使上个用人有什么不对。"

"错就错在那是不可能的!你知道,我们没有钱供你上学,要是你上不了学,你怎么能过得比其他卖力气的人更好呢?你的口音,你的衣服,你的双手都说明你是个靠干活挣饭吃的人。可是手上长茧子并不丢人。就像你爸说的,一个人手上有茧子,你就知道他是个老实人。"

弗兰克耸了耸肩,不再说什么了。盘子都已经放好,菲取出了针线筐,在火炉边那把帕迪的椅子上坐了下来,弗兰克又回去修布娃娃了。

"可怜的小梅吉!"他突然说道。

"怎么了?"

"今天,那些讨厌的小鬼头拉扯她的布娃娃时,她站在那儿哭着,像是她的整个世界被扯成了碎片似的。"他低头看着那布娃娃,她的头发又重新粘上去了。"艾格尼丝!她是从哪儿找来这样一个名字的啊？"

"我猜她一定是听我说起过艾格尼丝·福蒂斯丘-斯迈思。"

"我把娃娃还给她的时候，她往它的脑壳里望了一眼，几乎给吓死了。不知道娃娃的眼睛里有什么东西吓着她了，我也搞不清是怎么回事。"

"梅吉老是看见实际上并不存在的东西。"

"没有钱让小孩子们去上学，真是可怜。他们多聪明啊。"

"哦，弗兰克！要是想啥就是啥，叫花子也就成了财神爷啦。"菲困乏地说道。她用手揉了揉眼睛，颤抖了一下，把补衣针深深地扎进了一个灰色的毛线团。"我什么也干不了了，累得眼都看不清了。"

"去睡吧，妈，我会把灯吹熄的。"

"我添上火就去睡。"

"我来添吧。"他从桌边站起来，将那雅致的娃娃小心翼翼地放到碗橱上的一只糕饼桶后面，这儿可以使它免受糟蹋。他并不担心它会再遭孩子们的蹂躏，他们害怕他的报复更甚于怕他们的父亲，因为弗兰克的脾气大。和妈妈或妹妹在一起的时候，他从没发作过，可那些臭小子全吃过苦头。

菲奥娜望着他，为他感到伤心。弗兰克身上有一种狂野的、不顾一切的东西，这是麻烦的预兆。要是他和帕迪能更好地相处就好了！可是他们的意见总不能一致，老是有争执。也许他太关心她了，也许做妈妈的有些偏爱他。如果真是这样的话，那就是她的过错了。不过这表明他有一颗爱母之心，也是他好的地方。他只是想叫她的日子过得更松快些罢了。这时，她又觉得她在盼着梅吉长大，接过哥哥肩上的重担。

她从桌上拿起一盏小灯，接着又放了下来，向弗兰克走去，他正蹲在炉子前，往那个大炉膛里添木柴，拨弄着风门。他那白白的胳膊上布满了凸起的脉络，那双好看的手脏得该洗一洗了。她胆怯地伸出一只手去,轻轻地把落到了他眼前的直挺的黑发理顺,她这样做已经是近于爱抚了。

"晚安,弗兰克,谢谢你。"

在菲蹑手蹑脚地穿过通往前屋的门的时候,影子转着向前伸去。

弗兰克和鲍勃合用第一间卧室。她无声无息地把门推开,将灯举高,灯光照在角落里的双人床上。鲍勃仰面朝天地躺在那里,嘴微微地张着,像狗一样颤抖着、抽动着。她走到床边,趁他还没开始做噩梦的时候,把他的身子扳过来,侧着躺,然后她站在那里,低头看了他一会儿。他多像帕迪啊!

在隔壁的房间里,杰克和休吉几乎抱到一起去了。这一对够呛的小淘气!他们没有不调皮的时候,但是却没有恶意。她枉然地想把他们俩分开,多少整理一下他们的被褥,可是这两个红卷毛小子不愿分开。她轻轻地叹了口气,作罢了。她想不通他们俩像这样睡了一夜醒来以后,怎么能够恢复体力,可是,他们却似乎越来越壮实了。

梅吉和斯图尔特住的房间对这两个小家伙来说太邋遢,太缺乏生气了。屋里漆的是沉闷的棕色,地面上铺的是棕色的油毡,墙上没有画片,和其他卧室没什么两样。

斯图尔特在倒着睡,他几乎全蒙进了被子里,只看得见穿着小睡衣的屁股撅在本来应该是脑袋所在的地方。菲发现他的头挨着膝盖,奇怪的是,他依然像平时一样,并不感到窒息。她小心地把手伸到被子里面,一下怔住了。又尿床了!嗐,要是等到天亮,无疑连枕头也会尿湿的。他老是这样,颠倒过来,再尿上一泡。唉,五个孩子只有一个尿床还不算太糟呢。

梅吉蜷成了一小团,大拇指含在嘴里,扎着手帕的头发全散开了。这是唯一的女孩子。菲在离去以前,只顺便瞟了她一眼。梅吉没有什么神秘之处，她是一个女性，菲知道她的命运将会如何，她既不羡慕她，也不怜悯她。男孩子可就不一样了，他们是奇迹，是从她女性的身体中幻化出来的男性。没有人帮她料理家务是件倒霉事，但是值得。在与帕迪同类的人中间，他的儿子们是他所具有的品性最好的证明。让男人去养儿子吧，他是个真正的男人。

她轻轻地关上了自己卧室的门，把灯放到了镜台上。她用灵巧的手指飞快地把外衣从领口到髋部之间的许多扣子解开，从胳膊上脱了下来。她把胳膊从衬衣里褪了出来，非常小心地把衬衣抵在胸前。然后她轻轻地扭动身体，穿上了一件法兰绒长睡衣。只是在这时，在得体地把身子护住以后，她才丢开了衬衣，脱掉内裤和宽松的胸衣。扎得紧紧的金发散了下来，发卡全都放进了镜台上的海贝壳里。但即使连那头柔美、厚密、又直又亮的头发，她也不许它们随随便便。她把双肘举到头上，两手弯到脖子后面，很快地把头发编了起来。然后她转过身向卧床走去，下意识地屏住了呼吸。帕迪已经睡着了，于是她深深地松了口气。这倒不是说帕迪有兴致是一件坏事，因为他是个腼腆、温柔、体贴的爱人。不过在梅吉再长大两三岁之前，再要孩子就太苦了。

One
1915—1917
Meggie

2

星期天，当克利里一家到教堂去的时候，梅吉不得不和一个哥哥留在家里，盼着自己长大，也能去教堂的那一天。帕德里克·克利里认为，年幼的孩子除了在自己的家里待着以外，不宜到任何别的地方去，按着他的这个规矩甚至连礼拜堂也包括在内。等到梅吉上了学，让人相信她能老老实实地坐在那里的时候，才准她去教堂。在这以前是不行的。因此，每个星期天的早晨，她都凄然地站在大门边上的金雀花丛旁，眼巴巴地看着全家人挤上那辆破旧的两轮轻便马车，那个被指定照看她的哥哥则竭力装出能逃脱做弥撒是一大幸事的样子。克利里一家人中，真正乐于不与家里其他人同行的只有弗兰克。

帕迪的宗教信仰是他生命里不可分割的一部分。他和菲结婚的时候，天主教会是在很勉强的情况下同意的，因为菲是英国教会的信徒。尽管她为帕迪放弃了自己的宗教信仰，可是她拒绝改信天主教。阿姆斯特朗家是纯正的英国教会出身的老世家，而帕迪是个身无分文的爱尔兰移民，除此以外，很难说清楚这其中的原委了。早在第一批"官方"的移民到达新西兰之前，阿姆斯特朗家族就已定居在这里了，这是殖民贵族的证明。从阿姆斯特朗的观点来看，只能说菲奥娜缔结了一桩门第**极不相称**的婚姻。

罗德里克·阿姆斯特朗以一种非常奇特的方式创立了他的新西兰家族。

这是以一个事件开头的，这个事件在18世纪的英国引起了未曾料到的反响，那就是美国的独立战争。在1776年以前，每年都有一千多名英国的轻罪犯被运到弗吉尼亚和南北卡罗来纳，被卖去做比奴隶强不了多少的契约苦役。当时的英国法律是冷酷无情、毫不通融的。杀人犯、纵火犯、令人难以理解的"冒充埃及人犯"和偷窃超过1先令的盗窃犯均被处以绞刑。轻微的犯罪则意味着要被终身发配美洲。

可是，美洲这条出路在1776年被堵死了，英国当局发觉国内的犯罪人数在迅速增加，而且没有地方可安置。监狱已经塞得超员，其余的被塞进了泊在河口的朽坏的囚船上①。有什么需要，就有什么行动。阿瑟·菲利浦舰长受命启航前往南半球的大陆。此举是十分勉强的，因为它意味着要花费数千英镑。那一年是1787年。他的11艘船的舰队载着一千多名犯人，再加上水手、海军军官和一队海军陆战队士兵。这不是一次光荣的奥德赛寻求自由的航行。在1788年的1月底，从英国启碇的8个月之后，这支船队到达了植物港②。狂妄的乔治三世陛下找到了一块倾倒他的罪犯的新疆土——新南威尔士③殖民地。

1801年，罗德里克·阿姆斯特朗刚满20岁的时候，就被判处了终身发配。阿姆斯特朗的后代坚持认为他出身于萨默塞特一个因美国革命而损失了家产的名门望族，并且认为加之于他的罪名是莫须有的，然而他们谁也没费心去认真追溯他们这位杰出祖先的经历，他们只是享受着他的荣耀，并且还即兴做些编造。

不管他在英国生活时的出身和状况如何，反正年轻的罗德里

---

① 当时英国把废船用作监狱，监禁犯人。
② 澳大利亚新南威尔士早期英国犯人的居住地，该地因植物品种多样而得名。
③ 澳大利亚东南部的一个州。

克·阿姆斯特朗是个强悍、暴戾的人。在驶往新南威尔士的一言难尽的八个月航程里,事实表明,他是一个顽固的、难以对付的犯人,而且以顽强求生的意志博得了同船军官们的青睐。1803年,当他到达悉尼的时候,他的行为更不像话了,于是他被遣送到了诺福克岛上的一所监狱里,那儿专门关押难以管教的犯人。然而,他劣性不改,无可救药。他们饿他,把他关进不能坐、不能站立也不能躺卧的单间小牢房里;他们把他打得皮开肉绽;把他用链子拴在海中的岩石上,让他半泡在水里。而他却嘲笑他们,他瘦得就像一把骨头包在帆布里,满口没有一颗好牙,身上没有一寸好皮,但是他的内心燃烧着炽热的反抗之火,似乎没有什么东西能将它扑灭。每天早上,他立下不死的决心;每天晚上,他为看到自己依然活着而扬扬得意地笑。

1810年,他被送到了文·德曼陆地①,用铁链和一帮囚犯锁在一起,在霍巴特市②背后硬得像铁的砂石地里修路。在头一次机会中,他就用镐在带领队伍的骑警的胸膛上开了个窟窿,他和其他10个犯人一起把另外5个骑警也残杀了。他们把警察的肉从骨头上一片片地剐下来,直到他们在痛苦的叫喊中死去。他们和看守他们的兵士都是野兽,是一群感情已经退化到低于人类的蒙昧生灵。罗德里克·阿姆斯特朗逃亡之前绝不会放过那些折磨他的人,也绝不会让他们痛快地死,就像他绝不会当个顺从的犯人那样。

这11个人带着他们从骑警那里得到的朗姆酒、面包和干牛肉,艰难地穿过了几英里寒冷的雨林地带,出现在霍巴特的一家捕鲸场里。他们从那里偷了一艘长艇,在没有食物、没有水也没有帆的情况下,起航漂渡塔斯曼海。当这艘长艇被冲上新西兰南岛荒蛮的西

---

① 澳大利亚塔斯马尼亚岛的旧称。
② 澳大利亚塔斯马尼亚岛南端的一个城市。

海岸时，只剩罗德里克·阿姆斯特朗和另外两个人还活着。他从来没有谈起过那次令人难以置信的旅程，但隐约听说，这三个人是靠杀害同伴中的弱者而生存下来的。

这是发生在他被遣送出英国以后仅仅九年间的事。他依然是个年轻人，可看上去却像60岁了。头一批由官方批准的移民于1840年到达新西兰的时候，他已经在南岛富饶的坎特伯雷区开垦出了土地，和一个毛利女人"结了婚"，生了13个漂亮的半波利尼西亚血统的孩子。到1860年，阿姆斯特朗家成了移民贵族，他们把男孩子送回英国，在名牌学校念书，他们以自己的诡诈和贪得无厌充分证明了他们不愧是这位令人生畏的非凡之人地地道道的后裔。1880年罗德里克的孙子詹姆斯生了菲奥娜，她是他15个孩子中唯一的女儿。

如果说菲奥娜依然怀念她童年时代那较为严格的新教徒的教会礼仪的话，那她也从来没有明说过。她容忍了帕迪的宗教信仰，和他一起去做弥撒，注意叫孩子们去朝礼至高无上的天主教的上帝。可是，由于她从来没有皈依天主教，因此有些日常敬神的细枝末节也就免去了，譬如饭前的祷告和睡前的祈祷。

梅吉除了在18个月以前到瓦希尼杂货店里去过一次以外，还从来没到过比洼地里的库房和铁匠铺离家更远的地方呢。在她上学的第一天早晨，她激动得直恶心，把饭都呕了出来，这使她不得不急急忙忙地回到卧室里，又是洗脸，又是换衣服。她脱下了那件有又大又白海员领的漂亮的海军蓝新衣服，穿上了她棕色的、不入眼的棉绒衬衫。这件衣服的领子很高，围着她那小小的脖子，好像要把她闷死似的。

"梅吉，看在老天的分上，下回你觉得要吐的时候，别光坐在那儿，等到吐出来才说话。我有一大堆东西要收拾，还有好多别的事要干呢！现在，你得赶快啦，要是你赶不上打钟，迟到了，阿加莎嬷嬷会用藤条揍你的。要规矩点儿,留心你的哥哥们!"

当菲终于把梅吉推到门外的时候,鲍勃、杰克、休吉和斯图尔特在前门那儿蹦蹦跳跳得正欢呢。她午餐吃的果酱三明治放在一个旧书包里。

"来呀,梅吉,要迟到了!"鲍勃喊叫着,朝路上奔去。

梅吉奔跑着追赶哥哥们逐渐缩小的背影。

现在是早晨7点过一点儿,柔和的太阳已经升起好几个钟头了。除了草荫深处以外,草上的露水都已经干了。瓦希尼的道路是一条满是辙印的土路,两边是深红色的路面,中间隔着一片宽阔的浅绿色草地。道路两旁,白色的马蹄莲和橘黄色的旱金莲在深深的草丛中争相怒放。那整整齐齐的木栅栏划出了所有权的界线,警告别人不得擅入。

鲍勃总是踩着右首的木栅栏上学,他的书包总是摆平了顶在头上,而不是背着的。左首的栅栏是属于杰克的,这样,这条路就成了其他三个小克利里的领地了。在长长的、陡峭的小山顶上,他们得从打铁铺子所在的洼地爬上罗伯逊路和瓦希尼路相交的地方。他们逗留了一会儿,喘着粗气,五个明亮的脑袋在云海漫漫的天空下闪着光。下山的那一段路是最愉快的了,他们手拉着手,在路边的草丛里飞跑着,直到那草丛消失在一片花丛之中。他们希望能有时间从查普曼先生的栅栏底下溜进去,像圆石头子儿一样一路滚下山去。

从克利里家到瓦希尼有5英里,当梅吉看到远处的电线杆的时候,她的两条腿抖了起来,袜子也滑下来了。

鲍勃一边用耳朵听着集合的铃声,一边不耐烦地瞟着她。她吃力地向前走着,提着衬裤,时不时苦恼地喘着粗气。她那浓密的头发下的脸蛋是粉红色的,但却又出奇的苍白。鲍勃叹了口气,把书包递给了杰克,双手叉在自己灯笼裤的两侧。

"来，梅吉，剩下的路我背着你走吧。"他狠狠地说道，瞪着眼望着他的兄弟们，免得他们错以为他的态度软下来了。

梅吉趴到他的后背上，抬起两条腿钩住他的腰，把头舒舒服服地枕在他那瘦削的肩膀上。现在她可以痛痛快快地看看瓦希尼镇了。

其实也没什么可看的。瓦希尼镇比一个大村子大不了多少，一条柏油路两旁零散地分布着一些建筑物。最大的建筑物是那座两层楼的地方旅馆，遮阳篷使阳光照不到人行道上。沿着路边的沟渠，有一排柱子支撑着那遮阳篷。百货店是第二大的建筑物，也以其遮阳篷为豪，透过窗户可以看到里面凌乱堆放的货物，窗户下放着两条长木凳，可供过往行人歇息。共济会的门前立着一根旗杆，杆顶上有一面破旧的英国国旗在疾风中飘动着。由于在那个时候，这里还没有修车铺，不用马拉的车辆寥寥可数。可是在共济会的附近却有一家铁匠铺，它的后面是马厩，靠近料槽的地方直挺挺地竖着一个油泵。这块殖民地上唯一真正引人注目的建筑物是那座独具一格的艳蓝色商店，这与不列颠的风格大不相同，而其他的建筑物则一律油漆成深棕色。公共学校和英国教会的教堂并排着，恰好与天主教圣心教堂和教区学校面面相对。

在几个克利里路过百货店的时候，天主教堂的钟声敲响了，公共学校门前柱子上的大钟也跟着低沉地响了起来。鲍勃连忙小跑起来，当他们走进满地砾石的院子时，五十来个孩子正在一位挥舞着藤条的小个子修女面前站队，那藤条比她的身子还要长呢。用不着吩咐，鲍勃就带着弟妹们站到了队伍的一边，眼睛一个劲儿盯着那藤条。

圣心女修道院是一座两层楼的建筑，可是因为它坐落在离道路较远的一道栅栏后面，所以不容易一眼就看清楚。担任学校教职的慈悲修女会的三位修女和第四位修女住在楼上，这第四位修女担任管家，从来没有露过面。楼下有三间大屋子，是上课的地方。这座矩形的楼房有一圈宽阔又阴凉的走廊，遇上阴天下雨，修女们就允许孩子们在游戏和午饭时间斯斯文文地坐在那里，天晴的日子，是不允许孩子们落脚的。几棵高大的无花果树遮盖住了宽阔场地的一部分，学校后面有一片坡地伸向一块圆形的草场，它被委婉地称为"板球场"，因为打板球是那块地方所进行的主要活动。

正当小学生们随着凯瑟琳嬷嬷在学校的那架小钢琴奏出的《忠于我们的上帝》的乐曲声走进屋时，鲍勃和他的弟兄们不去理会那些已经站着队的孩子所发出的窃笑声，一动不动地站在那里。阿加莎修女只是等到最后一个孩子的身影消失以后，才收起她那刻板的姿势。她迈着大步走到克利里家的几个孩子们等着的地方，她那厚实的哔叽裙子专横地把地上的砂石扫向一旁。

梅吉以前从没见过修女，因此目瞪口呆地望着她。她看到的情况的确少见：阿加莎嬷嬷的身上只露出了脸和双手，其余就是浆得雪白的修女头巾和胸巾了，它们在漆黑的衣服的衬托下，无比耀眼。阿加莎修女那粗壮的腰上围着一条宽皮带，皮带套在一个铁环上，环上挂着一大串用结实的绳子串起来的木念珠。阿加莎嬷嬷的皮肤永远是红的，一来是因为它过于干净，二来是因为头巾裹着她的头，只露出了前面中间的一部分，形如刀片般的褶边勒着她的皮肤，她的脸因而显得过于超凡拔俗，难于称之为脸了。她的下巴上长满了一撮撮的汗毛，它们被头巾毫不留情地挤压着。她的嘴唇干瘪得成了一条细缝，几乎看不见了，这是由于她五十多年前在基拉尔尼修道院的温暖怀抱里立下誓言，到这季节颠倒的穷僻殖民地来当修女的艰苦生活所造成的。她鼻子的两侧各有一块绯红的印痕，这是她那副圆形眼镜的钢框压出来的，眼镜的后面闪着一双严厉而又疑心重重的浅蓝色眼睛。

"喂，罗伯特·克利里，你怎么迟到了？"阿加莎嬷嬷用带着爱尔兰腔的、干巴巴的声音怒喝道。

"对不起，嬷嬷。"鲍勃毫无表情地答道，他那双翠蓝的眼睛仍然死死地盯着那前后挥动着的藤条尖。

"你为什么迟到？"她又问了一遍。

"对不起，嬷嬷。"

"罗伯特·克利里，这可是新学期的第一天早晨，我以为在这一天早晨你是会尽量准时到校的，即使在别的时候你不这样做。"

梅吉发着抖，但还是鼓起了勇气，尖声说道："哦，对不起，嬷嬷，这是我的错！"

那双浅蓝色的眼睛离开了鲍勃，好像要把梅吉的灵魂彻底地看个透似的。这时，她天真无邪地站在那里，仰脸望着，她没有意识到，她破坏了师生之间无时无刻不在进行着的激烈对话中那首要的行为准则，即绝不要主动打报告。鲍勃飞快地在她的腿上踢了一下，梅吉莫名其妙地斜眼看了看他。

"为什么是你的错？"嬷嬷用一种梅吉闻所未闻的最冷冰冰的声调问道。

"嗯，吃饭的时候我一直恶心，把吃的东西全都吐在衬裤上了，所以妈妈只好给我洗了洗，换了身衣服。是因为我，我们才都迟到了。"梅吉天真地解释道。

阿加莎嬷嬷的脸上依然毫无表情，不过她的嘴却像根绷得过紧的弹簧似的紧绷着，藤条尖也压低了一两英寸。"**这是谁？**"她喝问鲍勃，仿佛她所问的对象是一种从未看到过的特别令人生厌的昆虫。

"哦，嬷嬷，她是我妹妹梅格安[①]。"

"那么，以后你得让她明白，罗伯特，假如我们是真正的绅士淑女，有些东西我们是从来不提起的。无论如何我们都不提我们里面

[①] 梅吉是梅格安的爱称，梅格安是正式称呼。

穿的任何衣裤的名称，这一点，正派的家庭出来的孩子不用说都明白。伸出手来，你们都把手伸出来。"

"可是，嬷嬷，这是我的错呀！"梅吉一边伸出手心，一边呜咽着说道，因为她在家里看到她的哥哥们做过无数次这样的动作。

"不许出声！"阿加莎嬷嬷转身冲着她责骂道，"你们该由谁来负责对我来说完全无关紧要。你们全都迟到了，所以你们都得受罚。每人六下。"她一字一顿而又幸灾乐祸地宣布了这个判决。

梅吉心惊胆战地望着鲍勃那一动不动的手掌，看见长藤条以她两眼都跟不上的速度，呼哨着抽打下来，"啪"的一声打在他那又软又嫩的掌心上，立刻就冒出了一道紫痕。第二下打在手指和掌心的连接处，这地方更加敏感，最后一下打在了手指尖上，十指连心，除了嘴唇以外就数这里最敏感了。阿加莎嬷嬷拿藤条抽人是百发百中的。在她依次去打杰克以前，又在鲍勃的另一只手上抽了三下。鲍勃脸色煞白，可是他既没哭出声来，也没动一动。轮到他的弟弟们时，他们也是如此，甚至连沉静、纤弱的斯图尔特也不例外。

当梅吉看见藤条举到了她的手上的时候，她不由自主地闭上了眼睛，所以没有看见那藤条的下落。可是，爆裂、灼烫、炮烙般的疼痛从她的皮肉直透筋骨。在疼痛蔓延到前臂时，第二下打了下来，疼痛到达她的肩膀，打在指尖上的最后一下顺着原路彻骨而来，像是直接抽打在她的心上。她的牙齿紧咬着下唇，几乎都咬进肉里去了，羞惭和自尊使她不愿哭出声来。对这种做法的不平和愤恨使她敢于睁开眼睛望着阿加莎嬷嬷，这次教训给她留下刻骨铭心的记忆，尽管她并不真正明了阿加莎嬷嬷教训她的实质。

在吃午饭的时候，她手上的疼痛才渐渐地完全消失。整个上午，梅吉都是在恐惧和昏昏然的状态中度过的，对周围的一切听而不闻，视而不见。她坐在小班教室后排的一张双人课桌旁，但直到在操场的一个冷僻的角落里缩在鲍勃和杰克的身后伤心地吃完那顿午饭之前,她甚至连自己的同桌是谁都没注意到。她只是在鲍勃严厉的催促和劝慰之下,才把菲做的醋栗果酱三明治吃下去。

当下课的钟声敲响,梅吉站在队伍里的时候,她的眼睛终于开始能看清楚周围的事物了。受藤条抽打的耻辱和痛楚依然十分强烈,但她却昂首挺胸,对她旁边小姑娘们的推来搡去和窃窃私语装作不闻不见。

阿加莎嬷嬷手执藤条站在前面,德克兰嬷嬷在队伍的后面来回踱着步,凯瑟琳嬷嬷坐在小班教室刚一进门处的钢琴旁,开始以强重音的四分之二拍弹起了《前进,基督的战士》。恰当地讲,这是一支新教徒的圣歌,但是战争使各国的宗教信仰相互渗透了。凯瑟琳嬷嬷颇为自豪地感到,这些可爱的孩子就像小士兵一样踏着乐曲的节拍迈步前进。

在这三位嬷嬷中,德克兰嬷嬷和阿加莎嬷嬷如出一辙,只不过年轻了15岁而已,而凯瑟琳嬷嬷则仍然保持着淡淡的尘世之情。她仅有三十多岁,当然,是爱尔兰人。她的热情之花还没有完全凋谢,仍然能感到为人师表的欢乐,仍然能在那一张张极其敬慕地转向她的小脸蛋上看到天主不朽的形象。不过她教的是年龄最大的孩子,尽管他们的主管老师年轻而又温和,阿加莎嬷嬷却认为这些孩子是打够了才懂得规矩的。阿加莎嬷嬷亲自负责塑造年龄最小的孩子的头脑和心灵,而把中班的学生留给了德克兰嬷嬷。

梅吉平安无事地坐在最后一排的书桌后面,这使她敢于斜眼瞟着坐在她旁边的那个小姑娘,她用她那缺了牙齿的嘴对梅吉战战兢兢的凝视报以浅浅的一笑。她的脸黑黑的,有些闪闪发光,一双又大又黑的眼睛坦率地盯着她。她使看惯了白皮肤和雀斑的梅吉着了迷,因为连黑眼睛、黑头发的弗兰克的皮肤比起她来也显得相当白。梅吉最后得出了结论:和她同桌的同学是她所见到过的最美的人。

"你叫什么名字?"那黑美人嚼着铅笔头,将碎木屑吐进嵌入她写字台的空墨水池里，动了动嘴角，轻声问道。

"梅吉·克利里。"她小声地答道。

"喂！"教室前面传来了干巴巴的、严厉的呼喝声。

梅吉跳了起来，不知所措地四下看着。咔嗒几声，20个学生全都放下了手中的铅笔。当他们把昂贵的纸张往旁边一推，以便把胳膊肘偷偷地放到书桌上时，响起了沉闷的沙沙声。梅吉意识到大家都在瞪大眼睛望着她，她的心似乎都快沉到底了。阿加莎嬷嬷快步从甬道走了过来。梅吉害怕得要命，要是有什么地方可逃的话她一定会逃之夭夭。可是她身后是与中班教室之间的隔墙，两边有书桌围着她，而前面就是阿加莎嬷嬷。当她带着令她窒息的恐惧抬头望着那嬷嬷的时候，她那张缩成一团的小脸几乎只剩下一双大眼睛了。她的手紧紧地抓着桌面，随后又松开。

"你说话了，梅格安·克利里。"

"是的，嬷嬷。"

"你说什么了？"

"说我的名字，嬷嬷。"

"你的名字！"阿加莎嬷嬷冷笑着，回头望了望其他的孩子，仿佛他们也一定和她一样对梅吉嗤之以鼻似的。"喂，孩子们，难道我们不感到荣幸吗？我们学校里又多了一个克利里，她迫不及待地要播姓扬名啦！"她转向梅吉，喝道："**我跟你讲话的时候你应该站起来，你这个笨头笨脑的野丫头！请把手伸过来。**"

梅吉从她的座位里跨了出来，她的长鬈发在脸上飘散着，她紧紧地攥着双手，使劲地绞动着。可是阿加莎嬷嬷却纹丝不动，只是一个劲地等着、等着、等着……后来，不知怎么的，梅吉竭力迫使自己把手伸了出去，可是当藤条往下落的时候，她又迅速地把手抽了回来，恐惧地喘着气。阿加莎嬷嬷用手抓住了梅吉头顶上的一把头发，把她拖近了一些，她的脸离那副可怕的眼镜只有几英寸了。

"伸出手来，梅格安·克利里。"这话讲得彬彬有礼，冷酷无情而又不容更改。

梅吉张开嘴呕吐起来，吐了阿加莎嬷嬷一身。当阿加莎嬷嬷站在那里，令人作呕的呕吐物从她的黑褶裙往地板上滴答的时候，愤怒和惊讶使她的脸都发紫了。教室里的每个孩子都毛骨悚然地倒吸了一口气。接着，藤条没头没脑地抽打在梅吉的身上。她举起胳膊护着脸，继续干呕着，退缩到墙角里。阿加莎嬷嬷的胳臂累得再也举不起藤条了，这时，她朝门口一指。

"滚回家去，你这个反叛的、没家教的小缺德鬼！"她说着，掉转脚跟，走出教室，进了德克兰嬷嬷的教室。

梅吉发狂似的看着斯图尔特。他点点头，像是告诉她，她必须照办不误。他那双温柔而翠绿的眼睛里满含着理解和同情。她用手绢擦了擦嘴，蹒跚地走出了教室的门，到了操场上。离学校放学还有两个小时，她拖着沉重的步子索然无趣地在街上踽踽而行，她明白哥哥们是不可能赶上她的，过度的惊吓使她找不到一个地方停下来等候他们。她不得不独自回家，独自去向妈妈供认一切了。

当菲提着满满一篮子湿衣服摇摇晃晃地从后门走出来的时候，差点儿撞到梅吉的身上。梅吉正坐在后廊最高的一级台阶上，她低着头，闪亮的鬈发梢黏糊糊的，衣服前襟也脏了。菲放下了沉重的衣篮，叹着气，将一束散乱的头发从她眼前撩开。

"哎呀，怎么啦？"她疲倦地问道。

"我吐了阿加莎嬷嬷一身。"

"啊，天啊！"菲双手叉着腰，说道。

"我也挨了藤条。"梅吉小声说着，热泪盈眶。

"这可真乱套了。"菲提起篮子，摇晃了一下才保持住平衡，"唉，梅吉，我不知道该把你怎么办才好。我们得等你爸，看他怎么说吧。"她穿过后院，向已经挂满了一半衣物、随风飘扬的晾衣绳走去。

梅吉疲倦地用手擦了擦脸,朝她妈妈的身后出神地望了一会儿,然后站起身来,顺着小路向铁匠铺走去。

弗兰克刚刚给罗伯逊先生的栗色马钉完掌,当梅吉出现在门口时,他正在将马关回厩中。他转过身来,看见了她。他自己上学时那些痛苦可怕的记忆像潮水似的向他涌来。她是如此幼小,如此可爱、天真烂漫,可是她眼睛里的光芒却被无情地熄灭了,那眼中隐含着的某种表情使他恨不得去把阿加莎嬷嬷干掉。干掉,干掉她,真的干掉她,卡住她的下巴,送她去地狱……他放下手里的工具,解下了围裙,快步向她走去。

"怎么了,乖乖?"他弯下腰,和她脸对着脸,问道。他从她的身上闻到一股像瘴气似的呕吐味,可是他抑制住了自己想转过身去的冲动。

"哦,弗……弗……弗兰克!"她呜咽着,脸蛋儿扭歪了,泪水终于夺眶而出。她张开双臂搂住他的脖子,激动地贴在他的身上,叫人难以理解地痛苦地饮泣着。克利里家的孩子们一过幼年就都是这样的。它使人不忍目睹,其伤痛不是几句宽慰的话和几个亲吻就能解除的。

在她重新平静下来以后,他把她抱了起来,放在罗伯逊先生的母马旁一堆散发着香味的干草上。他们一起坐在那里,让马唇轻轻地触动着他们草铺的边缘,把一切都置之脑后。梅吉的头紧紧地依偎在弗兰克那光滑、裸露的胸膛上,她愉快地哼哼着,鬈发随着马儿喷到稻草上的一阵阵鼻息而飘动着。

"她干吗让我们全都挨藤条呀,弗兰克?"梅吉问道,"我跟她说了,那是我的错。"

弗兰克已经习惯她身上的那股味儿,不再在意了。他伸出一只手来心不在焉地摸着那母马的鼻子,当它兴头上来的时候,就又将它推开。

"我们穷，梅吉，这是主要的原因。修女们总是恨穷学生的。你只要在阿加莎嬷嬷那所破烂学校里再待上几天，你就会看到，她不仅拿克利里家的孩子撒气，而且也拿马歇尔家和麦克唐纳家的孩子撒气。我们都是穷人哪。要是我们有钱，像奥布里恩斯家那样驾着大马车去上学，她们就会跟着我们的屁股转了。可是我们捐不起风琴给教堂，捐不起金法衣给圣器收藏室，或者把一匹马和一辆新的轻便马车送给修女们。因此，我们就什么都算不上了。他们对咱们想怎么着就怎么着。

"记得有一天，阿加莎嬷嬷冲我撒疯，她一个劲儿地尖叫：'为了对上苍的爱，你哭吧！闹吧！弗兰西斯·克利里！要是你能哭得叫我满意，我打你就不会打得那么狠、那么多了！'

"这是她恨我们的另一个原因。这正是我们比马歇尔和麦克唐纳家强的地方，她没法叫克利里家的人哭。她认为我们该舔她的靴子、拍她的马屁的。我告诉过孩子们，不论哪一个克利里家的孩子挨了藤条，哪怕是呜咽了一声，我都不能允许。对你也是一样，梅吉。不管她打你打得多狠，你哼都别哼一声。今天你哭了吗？"

"没哭，弗兰克。"她打了个哈欠，眼皮耷拉了下来，大拇指在脸上摸来摸去，找着她的嘴。弗兰克将她放在干草堆上，回去干他的活了。他哼唱着，微笑着。

帕迪走进来的时候，梅吉还在睡着。清理贾曼先生家的牛奶房弄脏了他的手臂，他的宽边草帽低低地压在眼睛上。他看见弗兰克正在铁砧上打一根车轴，火星在他脑袋周围飞舞着，随后，他的眼睛落到了他女儿蜷身而睡的干草堆上。罗伯逊先生的那匹栗色母马的头在她那张熟睡的脸庞上方。

"我想，她该是在这儿。"帕迪说道。他放下了马鞭，把那匹花毛老马牵进了与铁匠铺相连的马厩。

弗兰克略微点了一下头,用充满狐疑的眼神抬头望着他的父亲,这种眼神常使帕迪感到十分恼火。然后,他又转向了那根炽热的车轴,汗水使他裸露的两肋闪闪发亮。

帕迪给花毛马卸下鞍子后,将它牵进了一个隔栏。他将水槽倒满了水,然后把麸子和燕麦掺了点儿水,作为它的饲料。当他往槽里倒饲料的时候,这牲口对他打着感激的响鼻。在他向铁匠铺外面的大水槽走去,脱去衬衫的时候,那马的眼睛紧随着他。他洗着胳臂、脸和身上,浸湿了他的马裤和头发。随后,他用一条旧麻袋擦干身子,探询地望着儿子。

"妈妈告诉我说,梅吉丢脸了,被赶了回来。你知道这到底是怎么回事吗?"

那车轴的温度降低了,他扔下了车轴。"这可怜的小傻瓜吐了阿加莎嬷嬷一身。"

帕迪脸上的笑容即刻就烟消云散了。他向远处的墙壁凝视了一会儿,定了定神,然后转向了梅吉。"都是因为上学兴奋的缘故吗?"

"我不知道,今天早晨他们还没离家的时候她就吐了,这把他们拖晚了,没赶上打钟。他们每个人都挨了六下,可梅吉心里特别乱,因为她觉得应该只惩罚她一个人才对。午饭后,阿加莎嬷嬷又揪住她不放,而我们的梅吉就把面包和果酱一股脑儿地吐到了阿加莎嬷嬷那件干干净净的黑长袍上了。"

"后来呢?"

"阿加莎嬷嬷用藤条着着实实地饱抽了她一顿,让她丢尽了脸,赶回家来了。"

"噢,我得说,罚她也罚够了。我对修女们是非常尊敬的,也知道我们无权对她们所干的事提出疑问,不过我希望她们对藤条还是少热衷一点的好。我明白,她们得把读、写、算这三条基本功打进咱们那些不开窍的爱尔兰人的脑袋里去,不过,今天毕竟是梅吉头一天上学呀。"

弗兰克惊异地望着他的父亲。在此之前,帕迪还从来没和他的大儿子像大人对大人那样交换过看法呢。这解除了弗兰克对他的父亲常常怀有的怨恨,他认识到帕迪爱梅吉甚于爱他的儿子们。他觉得他自己都有些喜欢他的父亲了,因此,他微笑了,其中毫无不信任的意思。

"她是个顶呱呱的小妞儿,对吗?"他问道。

帕迪心不在焉地点点头,他正出神地看着她呢。那匹马扭动着,嘴唇一阵阵地向外喷着气。梅吉动了动,翻了个身,睁开了眼睛。当她看见爸爸站在弗兰克身边时,便腾地坐了起来,脸都吓白了。

"喂,梅吉姑娘,这一天挺难熬吧?"帕迪走上前去,将她从干草堆里抱了出来。她身上的味道冲得他喘不过气。他耸了耸肩,紧紧地搂住了她。

"我挨藤条了,爸爸。"她坦白道。

"噢,和阿加莎嬷嬷打交道,这不会是最后一回的,"他笑着,将她放在肩膀上,"我们最好去看看妈妈是不是在铜炊里烧好了热水给你洗澡。你身上的味比贾曼先生的牛奶房还难闻呢。"

弗兰克走到门前,看见小路上突然冒出了两个红脑袋,接着,他转过身去,看见栗色母马那温和的目光牢牢地盯着他。

"喂,你这个老骚货,我要骑着你回家了。"他对它说道,一把拉过了笼头。

梅吉的呕吐倒成了件好事。阿加莎嬷嬷依然经常叫她吃藤条,不过,打她的时候总是离得远远的,免得自食其果,这减轻了她胳膊的劲儿,也使她难遂其愿。

坐在她旁边的那个黑黑的女孩子是在瓦希尼开蓝调酒吧的那个意大利人的小女儿。她的名字叫特丽萨·安南奇奥。她不很活跃,因此她能逃过阿加莎嬷嬷的注意；但又并不呆笨，不至于成为阿加莎嬷嬷讥笑的对象。当她的牙齿露出来的时候，她是非常漂亮的，梅吉很喜欢她。课间休息时，她们俩相互搂着腰在操场上散步，这标志着她们是"最好的朋友"，别的人甭想前来插一杠子。她们谈哪，谈哪，没完没了地谈着。

有一天吃午饭的时候，特丽萨把梅吉带到酒吧去见她的妈妈、爸爸和已经长大成人的哥哥、姐姐。他们对梅吉那一头金红色头发的着迷不亚于她对他们那黑皮肤的赞叹。当她把那双大大的、闪着美丽光芒的灰眼睛转向他们时，他们都把她比作一位小天使。她从妈妈那里继承了一种难以言喻的、极有教养的神态，这种神态每个人都能立刻感到，安南奇奥家也是这样。他们都像特丽萨一样渴望得到她的欢心。他们让她吃又大又腻的、在咝咝作响的羊油锅里炸出来的土豆片，还有一块味道鲜美、蘸过鸡蛋糊的去骨鱼。后者与土豆片一起在烟气腾腾的油锅里炸出来，只是炸的时候放在一个铁丝篮里隔开炸就是了。梅吉还从来没吃过这样好吃的饭菜呢，她希望她以后能常到酒吧来吃午饭。不过这是难得的乐事，需要得到妈妈和修女们的特殊允许才行。

她在家里谈话的时候总是一个劲儿地讲"特丽萨如何如何说"以及"你知道特丽萨干什么来着吗"，直到帕迪吼道，关于特丽萨他已经听得太多了的时候才算罢休。

"我不以为与达戈人[①]过分亲密就这么好。"他嘟囔着。他也有英国人对所有黑皮肤或地中海沿岸人的本能的不信任。"达戈人脏，梅吉姑娘，他们不常洗——"他拙劣地解释道，在梅吉受了伤害的、责难的目光下，他把后半截话咽了下去。

---

① 对肤色浅黑的意大利人、西班牙人和葡萄牙人等的蔑称。

弗兰克带着强烈的嫉妒心赞同父亲的意见。因此，梅吉在家里就不那么经常谈起她的朋友了。可是家人的非难并没有影响她们的关系，只不过是由于两家离得较远，交往被限制在上学的时间罢了。鲍勃和别的男孩子们瞧见她和特丽萨腻在一起，真是求之不得。这使他们能在操场上满处疯跑，就好像他们没有她这个妹妹似的。

阿加莎嬷嬷在黑板上写的那些难懂的东西梅吉也开始逐渐明白了。她懂得了"＋"是指把所有的数合在一起得出的一个总数，"－"是指从上面一个数中去掉底下的那个数，所得的数小于头一个数。她是个聪明伶俐的孩子，要是她能克服对阿加莎嬷嬷的恐惧，那么她即使成不了最好的学生，也可以成为优等生的。可是当那锐利的目光转向她，那衰老而又干巴巴的嗓音出其不意地向她抛出一个过于简单的问题时，她就只有结结巴巴地说不出话，也动不了脑筋了。她觉得算术很容易学，可是把她叫起来进行口算的时候，她连二加二等于几都记不住。读书把她引进了一个极其迷人的天地，她怎么也读不够，可是当阿加莎嬷嬷叫她站起来高声朗读一段的时候，她几乎连"猫"字都读不上来，更甭提"喵喵叫"这个词了。看来，她要永远在阿加莎嬷嬷的挖苦下战栗不止或满脸通红了，因为班上别的同学都在笑她呢。阿加莎嬷嬷总是把她的石板举起来加以嘲笑，也总是用她辛辛苦苦写了字的纸为例来说明潦草的作业是多么要不得。阔一些的孩子中有人有橡皮，这是幸运的，而梅吉却只好用手指尖当橡皮。她舔舔手指头，去擦她由于紧张而写错的字，把写的东西擦得一塌糊涂，纸上滚出许多像细小的香肠一样的团团。这使纸上出现了许多破洞，因此用指尖当橡皮被严格地禁止了。可是，她为了逃避阿加莎嬷嬷的责难，是什么事情都敢于做出来的。

在她到学校以前，斯图尔特是阿加莎嬷嬷的藤条和泄愤的主要目标。然而，梅吉这个靶子要合适得多，因为斯图尔特带着令人反感的镇静和几乎是圣徒般的冷漠是难以对付的，即使对阿加莎嬷嬷来说也是这样。相反,梅吉却吓得瑟瑟发抖,脸红得像甜菜,尽管她努力想遵循弗兰克给克利里家所定下的行为准则。斯图尔特深切地同情梅吉,他有意使修女把怒火发泄到他的头上来,以便使梅吉的日子好过一些。但是修女立刻就看穿了他的把戏,便重新发起火来,非要看看克利里家族的通性在这个女孩子身上是否也像在男孩子们身上那样明显。要是有人问她,她到底为什么如此嫌恶克利里家,她也答不上来。但是对于像阿加莎嬷嬷这样被一生所走过的路弄得怒气冲冲的老修女来说,要对付像克利里这样傲然而棘手的家庭又谈何容易。

再糟糕不过的是梅吉是个左撇子。在第一堂写字课上,当她小心翼翼地拿起石笔开始写字的时候,阿加莎嬷嬷就像恺撒攻击高卢人那样向她冲了过来。

"梅格安·克利里,把石笔放下!"她吼道。

梅吉是个令人束手无策、不可救药的左撇子。当阿加莎嬷嬷用力扳着梅吉右手的手指,使它们正确地握住笔,移到石板上的时候,梅吉就晕头转向地坐在那儿,一点儿也不知道怎样才能使那受折磨的肢体按照阿加莎嬷嬷所坚持的样子去做。她在智力上变得又聋、又哑、又瞎了。那只毫无用处的右手与她的思维过程的联系还不如她的脚趾呢。她在石板上画线出了边,因为她没法让它弯曲过来。她像瘫了似的扔掉了石笔。阿加莎嬷嬷没有一点儿办法能叫梅吉用右手写出一个"A"字来。后来,梅吉偷偷地把笔换到了左手,用胳臂笨拙地从三面护定了石板,准备在上面写出一行漂亮的铜版体的"A"字。

阿加莎嬷嬷赢得了战斗的胜利。在早晨站队的时候,她用绳子把梅吉的左臂绑在身上,直到下午3点钟的放学钟声敲响时,才许解开。即使在午间,她也得带着被绑得动弹不得的左半身去吃饭。用了三个月的时间,她终于学会了按照阿加莎嬷嬷的信念来正确地书写了，尽管她写的字始终就没有漂亮过。为了确保她不再旧病复发，她的左臂在身上又继续被绑了两个月，然后，阿加莎嬷嬷把全校的人都集合在一起，向万能的天主祈祷致谢，感谢他的智慧使梅吉认识到了她的错误。上帝的孩子全都是用右手的人，左撇子孩子是魔鬼的小崽子，尤其是红头发的。

在学校的头一年中，梅吉虽然长高了一点儿，但是她那孩童的丰满不见了，变得十分清瘦。她开始咬指甲盖，都咬得触到指甲下的嫩肉了。阿加莎嬷嬷因此逼她伸着手在全校的每一张课桌前转了一圈，这样好让所有的孩子都能看到被咬过的指甲是多么难看。要知道，在学校里5到15岁的孩子中间有差不多半数的孩子的指甲咬得和梅吉的一样惨。

菲拿出了一瓶苦芦荟，将这可怕的东西涂在梅吉的指甲上。家里的每一个人都被调动起来注意她，保证她没有机会把苦芦荟洗掉。当学校里别的女孩子们注意到这一无法遮掩的棕色痕迹时，她心里感到了屈辱。如果她把手指放进嘴里，那味道是难以形容的，不但令人作呕，而且黑得像洗羊用的消毒水。她拼命往手绢里吐着唾沫，狠命地擦着，擦到皮肉破裂，直到把那苦玩意儿擦得差不多干净方才罢休。帕迪拿出了他的鞭子，这家伙比阿加莎嬷嬷的藤条要讲情面得多，他用鞭子把梅吉打得在厨房里到处乱蹦。他打孩子不打手、脸或屁股，只打腿。他说，打腿和打别处一样疼，但不会打伤。然而，苦芦荟也罢，嘲笑奚落也罢，阿加莎嬷嬷的藤条和帕迪的鞭子也罢，梅吉还是继续啃她的指甲盖。

她和特丽萨·安南奇奥的友情是她生活中的乐趣，是她赖以忍受学校生活的唯一安慰。坐在那里听课的时候，她渴望娱乐的时间快点到来，以便可以和特丽萨相互搂着腰，坐在高大的无花果树下说个没完没了。她们谈的是特丽萨作为外国侨民的与众不同的家庭，谈的是她那多得数也数不清的布娃娃，以及关于她的那些货真价实的蓝柳瓷①茶具。

在梅吉看到那套茶具时,她折服了。这套茶具共有108件,包括细巧的茶杯、茶托和盘子,一把茶壶、一个糖罐、一个奶罐和一个奶油罐,还有大小正适合于布娃娃用的小刀子、小勺子和小叉子;特丽萨还有数不清的玩具。她出生于一个意大利人的家庭,而且年龄比她最小的姐姐还要小得多,这意味着她受到家里人热情的、毫不掩饰的宠爱。从金钱上说,她父亲对她是有求必应的。每个孩子都是带着敬畏和羡慕来看待别的孩子的,然而特丽萨从来也不羡慕梅吉的卡尔文教派②禁欲主义的教养。相反,她同情梅吉。难道她连跑去拥抱和亲吻她的妈妈都不被允许吗?可怜的梅吉。

至于梅吉,她简直没法把特丽萨满脸笑容、矮矮胖胖的妈妈和她自己那面无笑容、颀长苗条的妈妈相提并论,所以她从来也没想过:我希望妈妈拥抱我,吻我。她所想的是:我希望特丽萨的妈妈拥抱我,吻我,虽然关于拥抱和亲吻的概念在她的脑子里远不如对那套蓝柳瓷茶具的概念来得清晰。那套茶具是如此精致,如此细巧,如此美丽!啊,要是她能有套蓝柳瓷茶具,用那青花托盘里的青花茶杯给艾格尼丝喝茶该有多好啊!

在装饰着惹人喜爱的、奇形怪状的毛利雕刻和毛利画的天花板的旧教堂里举行星期五祝福礼的时候,梅吉跪在那里祈求能得到一套属于自己的蓝柳瓷茶具。当海斯神父高高地举起圣体匣时,圣体透过那镶嵌着宝石、闪闪发光的匣子上的玻璃,隐隐看见了所有那些向它叩头致意的人,并为他们祈福。可是梅吉不在此列,因为她甚至没看见那圣体。她正在忙于回忆特丽萨的那套蓝柳瓷茶具到底有多少个盘子呢。当毛利人在风琴席上突然引吭高唱颂歌的时候,

---

① 18世纪起英国产的一种青花瓷,主要图案有柳树、河流、桥梁、人物等。
② 指法国宗教改革家约翰·卡尔文(1509—1564)创立的教派。

梅吉的思绪正盘旋在与天主教和波利尼西亚相去十万八千里的一片茫茫的蓝色里。①

学年就要结束了。12月和梅吉的生日预示着盛夏的来临②，就在这个时候，梅吉懂得了一个人想要实现自己的心愿得付出多大的代价。她正坐在火炉边上的一张高凳上，菲在把她的头发梳成平常上学时的样子。这是件复杂的事。梅吉的头发生来就有卷曲的趋势，她妈妈认为这是很幸运的。直头发的女孩子长大以后要想把又软又细的头发做成光亮蓬松的鬈发那就有苦头吃了。夜里睡觉的时候，梅吉得把快长到膝盖的头发费力地缠在用旧白被单扯成的一条条带子上。每天早晨，她都得爬上高凳子，让菲解开旧布条，把她的鬈发梳好。

菲用的是一把旧的梅森·皮尔逊梳子，她用左手抓起一把又长又蓬乱的鬈发，熟练地围着食指梳理着，直到整缕长发都卷成一个闪闪发亮的粗卷。然后她小心翼翼地将食指从发卷中间抽出来，再摇摇，将发卷展成一条长长的、浓密得叫人生羡的鬈发。这样大约要重复12次，然后她将前面的鬈发束在一起，用一条刚刚熨出来的白塔夫绸打个蝴蝶结，系在头顶，这一天的头就算梳好了。其他的小女孩除了在特别的场合卷一下头发外，都是扎着辫子到学校来的，但是在这一点上菲是不动摇的：那就是梅吉无论什么时候都得梳鬈发，不管每天早上要挤出这点时间来是多么困难。菲没有意识到她的这份好心其实是没有必要的，因为她女儿的头发在整个学校是最漂亮的，其他人难以望其项背。每天都梳鬈发给梅吉招来了许多人的妒忌和厌恶。

---

① 指梅吉一心想着蓝柳瓷茶具。
② 新西兰在南半球，12月、1月、2月是夏季。

这种卷头发的方法是很疼的,但是梅吉已经很习惯,不在意了,她从来不记得有不梳鬈发的时候。菲有力的胳膊狠心地拉着梳子,梳通缠住的发结,直到梅吉的眼睛含满了泪水。她不得不用双手紧紧地抓住高凳,以防从上面掉下来。那是她学年的最后一个礼拜的星期一,她的生日刚刚过去两天,她紧紧地抓住凳子,出神地想着那套蓝柳瓷茶具。她心里明白,这不过是梦想罢了。瓦希尼杂货店里倒有一套,可是她知道它的售价远远超过了她爸爸那微薄的财力。

突然,菲喊了一声,这一声是那样特别,以至梅吉从冥想回到了现实。坐在早餐桌旁的男人们也都莫名其妙地转过脸来。

"天哪!"菲喊道。

帕迪跳了起来,他的脸惊得发呆。以前他从来没听到过菲这样束手无策地呼天喊地过。她手里攥着梅吉的一把头发站在那里,梳子悬在半空,抽动的面部露出一种恐怖和厌恶的表情。帕迪和男孩子们一下子围了过来,梅吉想回身看看到底发生了什么事,结果遭到梳子带毛的那一面的一击,把她的眼泪都打出来了。

"看哪!"菲敛声屏息地说着,将鬈发举到阳光下,好让帕迪看得见。

那头发在阳光下闪着一片金亮亮的颜色,起初帕迪什么也没看见。接着,他发觉有一个小生物正从菲的手背上爬下来。他自己也抓起了一把头发,在闪亮的光线里他看清了,有许多小生物正在自顾自忙个不休。每一缕头发上都密密麻麻地爬满了这种白色的小东西,这些小生物正在干劲十足地产出更多的一团团的小东西。梅吉的头发成了它们熙来攘往的活动场所了。

"她长虱子了!"帕迪道。

鲍勃、杰克、休吉和斯图尔特都来看了一眼,而且像他们的爸爸那样退到了一个安全距离,只有弗兰克和菲留在原地盯着梅吉的头发,茫然不知所措。而梅吉则可怜巴巴地弯着身子坐在那里,不明白做了什么错事。帕迪在他那把温莎椅中沉重地坐了下来,直愣愣地望着炉火,使劲地眨着眼睛。

"准是从那个该死的达戈女孩那儿传来的!"他转身瞪着菲,终于开口说道,"该死的杂种,这帮不干不净的猪猡!"

"帕迪!"菲倒吸一口气,责备地说道。

"对不起,我不该骂人,孩子妈,不过我一想到那个该死的达戈人把她的虱子传给了梅吉,真恨不得马上就到瓦希尼那儿把那个脏得流油的酒吧砸个稀巴烂!"他用拳头狠狠地捶着自己的膝盖,怒火冲天地说道。

"妈,那是什么呀?"梅吉终于挣扎着说道。

"看,你这个小邋遢鬼!"她妈答道,一下子把手伸到梅吉的眼前,"你头上到处都是这些玩意儿,都是从那个和你要好的意大利姑娘那儿来的!现在我该把你怎么办才好呢?"

梅吉目瞪口呆地望着那些在菲光溜溜的皮肤上瞎撞着、想要找到一个多毛的地方的小东西。接着,她哭了起来。

当帕迪在厨房里踱来踱去高声怒骂的时候,弗兰克没等吩咐就拿来了铜盆。帕迪每看梅吉一眼,他的怒火就增加一分。最后,他扣上了帽子,走到后门内的墙上钉着一排钩子的地方,从钩子上取下了马鞭。

"我到瓦希尼去,菲,我要告诉那该死的达戈人,他的油煎鱼加土豆片干了什么好事!然后我要去见见阿加莎嬷嬷,告诉她我对她都有些什么看法,竟然允许满身虱子的孩子待在她的学校里!"

"帕迪,小心点儿!"菲恳求道,"万一不是那意大利女孩子怎么办?即便她身上有虱子,也可能是别人传给她的。"

"废话!"帕迪轻蔑地说道。他步履沉重地走下后台阶,几分钟之后,他们听到他那花毛马的蹄声在路上嘚嘚响起。菲叹了口气,一筹莫展地望着弗兰克。

"哦,我想,要是他不进大狱的话,就算咱们走运了。弗兰克,你最好把小子们都带进去,今天不上学了。"

菲把孩子们的头逐个仔仔细细地检查了一遍,然后又检查了一下弗兰克的头,又叫他照样检查了她的头发。没有证据说明其他人传上了可怜的梅吉头上的那种玩意儿,可是菲不想碰运气。当洗衣用的大铜盆里的水烧开时,弗兰克取下了挂着的洗碟盆,倒进了一半热水,一半凉水。然后他走出门,到棚屋取来了一听没封的五加仑装的煤油,又从洗衣房拿来了一条碱性肥皂,就开始从鲍勃头上干了起来。每个人的脑袋都先在盆里浸了浸,倒上了几杯煤油,再在油腻的乱发上涂满肥皂。煤油和碱性肥皂起作用了,孩子们连哭带号,把眼睛都揉红了。他们抓挠着又红又痛的头皮,狠狠地威胁着要报复所有的达戈人。

菲走到针线篮那儿,从里面拿出了一把大剪子。她回到梅吉身边。尽管已经过了一个多钟头了,但梅吉还坐在凳子上,没敢动弹。菲手拿剪子站在凳子边上,注视着那飘垂着的美丽的头发。接着,她动手剪了起来——咔嚓咔嚓——直到所有的长鬈发闪着亮光蓬乱地堆在地板上,梅吉那雪白的头皮深一块、浅一块地从头上露出来。这时,她眼中闪动着疑惑的光芒转向了弗兰克。

"我得把头发都剪光吗?"她嘴唇绷得紧紧地问道。

弗兰克伸出了一只手,反对道:"哦,妈,不一定非得这样吧?要是用煤油好好浸一浸也就可以了。别剪光了吧!"

于是梅吉被带到了案桌的旁边,她端着盆,他们往她的头上一杯一杯地倒着煤油,用那有腐蚀性的肥皂在她剩下的头发上搓洗着。在他们终于觉得满意了的时候,她那为了防止皂碱流进去而紧紧闭着的眼睛几乎什么也看不见了。她的脸上和头皮上起满了一排排水疱。弗兰克把掉在地上的鬈发扫到了一张纸上,扔进了铜火炉里,然后把扫帚杵进一盘煤油中。他和菲也把自己的头发洗了，皂碱烧灼在皮肤上，使他们喘不过气来。接着弗兰克拿出了一个桶，用洗羊药水刷洗厨房的地板。

当厨房像一个医院似的消过毒以后，他们来到了卧室里，揭起了每张床上的被单和毯子。这一天剩下的时间就花在煮、拧和晾晒上了。褥垫和枕头都挂在后栅栏上，用煤油喷过。起居室里的小地毯也彻底拍打了一遍。所有的男孩都被叫来帮忙，唯独免了梅吉，因为她的脸都丢光了。她慢慢地走开，躲到了谷仓的后面，哭着。擦洗产生的灼热感和水疱使她头皮直跳。她羞愧难当，在弗兰克来找她的时候都不敢看他一眼，他也没法把她劝回屋里去。

最后，他不得不使出蛮劲，连拖带拽地把她拉了回来。傍晚前，帕迪从瓦希尼镇回来的时候，她躲在一个角落里。他看了一眼梅吉那剪过的头，泪水夺眶而出。他坐在他那把温莎椅里，摇晃着，两手捂住了脸，而全家人都站在那里，交替换着脚，恨不得自己是在别的地方。菲泡了一壶茶，在帕迪缓过劲来的时候，给他倒了一杯。

"在瓦希尼出了什么事儿？"她问道，"你可去了好长时间了。"

"我用马鞭抽了那达戈人一顿，把他扔进了马槽里，这是一件事。接着，我瞧见麦克劳德站在他的铺子外面看，于是我就把发生的事告诉了他。麦克劳德招来几个酒吧里的小伙子，我们把那些达戈人全都扔进了马槽，女人也不例外，又往里面倒了几加仑洗羊药水。然后我赶到学校里去找阿加莎嬷嬷，我跟你说，她一口咬定，她什么都没瞧见过。她把那个达戈女孩儿从座位上揪了出来，查看她的头发。那真是再定准不过了，她满头都是虱子。于是她就把她赶回家去了，并且告诉她，头发不弄干净就不许回来。我离开了她，而德克兰嬷嬷和凯瑟琳嬷嬷把全校每个人的脑袋都检查了一遍，结果找出了好多长虱子的人来。那三个修女在自以为没人看到她们的时候，也发狂似的抓挠着自己的头发。"他一边咧嘴笑着，一边回忆着。

接着他看见了梅吉的头,便又陷入了沉思。他严厉地瞪着她。"至于你,小姐,再也不准和你哥哥们以外的任何人在一起了,尤其是达戈人。他们太坏了,不配和你玩。鲍勃,你听着,在学校的时候除了你和咱们家的孩子以外,不许梅吉和其他人在一起,听见没有?"

鲍勃点点头说:"听见了,爸。"

第二天早晨,梅吉惊恐地发现,她也得像平日一样去上学。

"不,不,我不能去!"她呜咽着,双手捂住了脑袋。"妈妈,妈妈,我不能这个样子到学校去见阿加莎嬷嬷!"

"哦,可以的,可以去的,"妈妈答道,毫不理会弗兰克那恳求的目光,"这会给你个教训。"

于是梅吉出门上学去了。她拖着两腿,头上包着一块棕色的印花大手帕。阿加莎嬷嬷根本没注意她,可是在玩的时候,别的女孩子抓住了她,扯掉了她的大手帕,看看她是副什么模样。她的脸只是略微受了些影响,但她那去了遮盖的头却难看至极,发炎肿痛的伤口流着分泌物。就在这时候,鲍勃瞧见了这情形,他赶了过来,把妹妹领到了板球场的一个僻静的角落里。

"别理她们,梅吉,"他粗鲁地说道,拙笨地用大手帕把她的头围了起来,轻轻地拍了拍她那倔强的双肩,"这些可恨的小丫头片子!要是我想到从你的头上抓出几只虱子留着就好了。我相信,虱子还会有的。等到人人都忘记了这事的时候,我就往几个人的头上撒它一把。"

其他几个克利里家的男孩都围在梅吉的身边,他们坐在那里保护着她,直到钟响。

吃午饭的时候,特丽萨·安南奇奥到学校来了一会儿。她的头也被剃了。她想要打梅吉,可是那些男孩子轻而易举就把她挡开了。她退走的时候,用力向空中举起了右臂,拳头握得紧紧的,左手用一种迷惑人的、神秘莫测的手势拍打着二头肌。这手势无人懂得,可男孩子们都费尽心机地把它记了下来，以备将来派用场。

"我恨你！"特丽萨尖叫着，"因为你爸整了我爸，他只好从这个区搬出去了！"她转过身去，哭号着从操场上跑走了。

梅吉抬起了头，两眼冷冰冰的，她是在学着做人呢。别人怎么认为，那是无关紧要的，完全无关紧要。别的女孩子都躲着她，一半是因为她们害怕鲍勃和杰克，一半是因为她们的家长都听说了这件事，所以吩咐她们躲远一点儿。和克利里家走得太近常常是要惹麻烦的。这样，梅吉在校的最后几天，就像他们所说的那样，是在处处受人冷眼的情况下度过的，也就是说她被完全排斥在外了。甚至连阿加莎嬷嬷都尊重这一新的回避策略，她转而向斯图尔特发泄她的怒火了。

就像生日恰好在上学时间的所有孩子一样，梅吉的生日也推迟到了星期六才过。那一天她得到了她朝思暮想的那套蓝柳瓷茶具。这套茶具摆在一张做工精致的漂亮深蓝色桌子和几把椅子上，它们是弗兰克在他绝无仅有的空余时间里做成的。艾格尼丝坐在两把小椅子中的一把里，穿着菲在绝无仅有的空余时间里做的深蓝色的新裙子。梅吉忧郁地望着每一件器皿周围蓝白相间的图案；望着那奇形怪状的树，上面挂着滑稽可笑的、蓬蓬松松的花；望着那装饰华丽的小宝塔；望着那对一动不动的奇怪鸟儿和那些不断地从拱桥上飘渡的小人。它的迷人之处已经不复存在了。可是，她模模糊糊地懂得家人为什么要倾其囊箧给她买来这些他们以为她最喜爱的东西。因此，她尽其职责，在小方茶壶里给艾格尼丝泡茶，表现出欣喜若狂的样子。这套茶具她后来又继续用了几年，从来没有打碎过一个，也没碰出过一个缺口。谁都不曾想到她讨厌这套蓝柳瓷茶具、那蓝色的桌椅和艾格尼丝的蓝衣服。

1917年圣诞节的前两天，帕迪带着从图书馆里借来的周报和一摞书回到了家里。但是这一次报纸比书显得更重要。它的编辑们已经从极其偶然才能到达新西兰的五花八门的美国杂志中获得了新的构思。整张报纸的中间部分是战争特辑,上面有一些澳大利亚、新西兰军团强攻加利波利①那防守严密的悬崖的模糊不清的照片;热情赞扬对阵士兵勇猛无畏的长文;自从开始颁发维多利亚勋章以来,所有澳大利亚和新西兰受勋者的特写,以及一幅很有气派地占了一整版的蚀刻画,画的是一位澳大利亚轻骑兵骑在他的战马上,马刀在握,他的垂边帽翻边上插着长长的、闪闪发亮的羽毛。

弗兰克一有空就抓起报纸,贪婪地读着那特辑,沉浸在其好战的无聊议论之中,眼中闪动着可怕的光芒。

"爸,我想去!"他一边恭恭敬敬地把报纸放在桌子上,一边说道。

菲猛地转过头来,炖着的食物溅了一炉顶,帕迪从他那把温莎椅中直起腰来,连书都忘记了。

"你还太小,弗兰克。"他说道。

"不,我不小了!我都17岁了,爸,我是个男子汉了!为什么当德国鬼子和土耳其人像宰猪似的残杀我们的人的时候,我却稳坐在这里?这是一个克利里家的人尽点儿本分的时候了。"

"你不够岁数,弗兰克,他们不会要你的。"

"如果你不反对的话,他们会要的。"弗兰克马上反驳着,他那双黑色的眼睛盯着帕迪的脸。

"可是我极力反对,眼下,你是家里唯一干活儿的人,我们需要你挣来的钱,这你是知道的。"

---

① 加利波利是土耳其南端的半岛。1915年,英法军队和澳大利亚新西兰联合军队进攻该半岛并登陆成功,但由于土耳其军队有德国人的精明指挥而且弹药充足,联军伤亡超过十万人,未能攻下该岛。

"可在军队里他们会付我饷金的!"

帕迪大笑起来:"兵老爷挣的钱吗?在瓦希尼当个铁匠都比在欧洲当兵挣的钱多得多啊。"

"可是我会升上去的,也许我能有机会干得比一个铁匠更有出息呢!爸,这是我唯一的出路。"

"扯淡!老天爷呀,孩子,你不知道你净在说些什么。战争是可怕的。我是从一个经战千年的国家来的,所以我知道我正在说些什么。你听到过人家谈论布尔战争[①]吗?你到瓦希尼镇去得够多的了,下次听着点儿。不管怎么讲,我有这样的印象,那些该死的英国人利用澳新军团当炮灰,送到敌人的枪口下,放到他们不想浪费他们自己的宝贵军队的地方去。看看穷兵黩武的丘吉尔是怎样把咱们的战士送到像加利波利那种没用的地方去的吧!五万人中间阵亡了一万!是十个人中阵亡一个人的两倍啊。

"你干吗要替老祖国英格兰的战争打仗去呢?她除了叫殖民地的白人移民去流血送命之外,她给了你些什么?要是你去英国的话,他们会因为你是个移民而看不起你的。新西兰没有什么危险,澳大利亚也没有危险。胜利了也许对老祖国有很大的好处;但现在是有人该为对爱尔兰的所作所为遭报应的时候了。要是德国皇帝一直打到河滨街[②]去,我保准连一滴眼泪也不掉。"

"可是,我想去当兵,爸!"

"什么你都可以想,弗兰克,但是,不准你去当兵,所以你最好是把这个想法全忘掉算了。你还不够当兵的个头儿呢。"

弗兰克的脸唰地涨红了,嘴唇抿了起来。个子矮小正是他的痛处。在学校的时候,他一直是班上最矮的学生,因为这个他打了比

[①] 布尔战争是1899—1902年布尔人(非洲南部荷兰人的后裔)与英国人的战争,最后布尔人战败。
[②] 英国伦敦一街道名。

别人多一倍的架。最近，一种可怕的怀疑开始侵入他的身心，因为他到了17岁，却还是5英尺3英寸高，和14岁的时候一模一样。也许他不再长个儿了。他所知道的只是他的身体和精神所忍受的痛苦、过度的紧张、锻铁以及徒劳无益的希望。

打铁这个行当使他获得了与他的身高不相称的体力。如果帕迪是有心为弗兰克这样性情的人挑选职业，那他也不可能有比这更好的选择了。17岁的时候，他个子矮小，气力过人，打起架来从未败过北，这在整个塔拉纳基半岛上已经是有了名的了。在他打架的时候，愤怒与他所遭受的挫折就一股脑儿地发泄出来，加之他体格健壮，头脑敏捷，性子暴烈，并具有不屈不挠的意志，就连当地个头最大、体力最强的人也无法与之抗衡。

那些个子越高、越是强壮的人，弗兰克就越想看到他们败倒在地，威风尽失。与他不相上下的人对他退避三舍，因为他好寻衅是尽人皆知的。近来，由于他总是四处找人挑战，因此他在年轻人中离群了。当地的人至今还在谈着他当年把吉姆·柯林斯打得皮开肉绽、头破血流的事，尽管吉姆·柯林斯有22岁了，不穿靴子也有6英尺4英寸高，连马都举得起来。弗兰克的右臂断了，肋骨折了，可他还是接着打下去，直到把吉姆·柯林斯打得血肉模糊地趴在他的脚下方才罢休。他费了好大劲才克制住自己，没把吉姆失去知觉的脸踢扁。弗兰克的胳膊刚一痊愈，肋骨上的绷带刚一解下，他就到镇上去了一趟，把一匹马举了起来，这仅仅是为了说明并不只是吉姆才有这个能耐，能否把马举起来并不取决于一个人的高矮。

作为这种特技的老手，帕迪很清楚弗兰克的名声，也颇为理解，弗兰克之所以打架是为了博取别人的尊重，尽管当弗兰克打架影响了铁匠铺里的活计时，他会发火儿。帕迪自己也是个矮个子，他也曾经用打架来证实自己的勇气。但是，在他的爱尔兰老家，他是不算矮的，在他到达新西兰的时候——这地方的男人个头高一些，他已经是个成年人了。因此，他从来没像弗兰克那样为自己的个头而伤过脑筋。

现在，他仔细地打量着这孩子，试图去理解他，但却理解不了。不管他如何努力避免对他的歧视，但在几个孩子中，弗兰克还是最不讨他喜欢的一个。他明白，这使菲很伤心，也明白她在为他俩之间的这种无言的对抗而忧心忡忡，然而，即使是他对菲的爱也无法克服他对弗兰克的恼怒。

弗兰克那双短短的、好看的手五指张开，护着那张摊开的报纸。他的眼睛死死地盯着帕迪的脸，目光中流露出一种既恳求又倔强得不屑于恳求的傲慢而古怪的神色。这简直是一张外人的脸！既没有克利里家的特征也没阿姆斯特朗家的特征，也许他眼睛周围那点像菲的神态是个例外，如果菲的眼睛是黑色的，并在遇到小小的刺激时就能像弗兰克的眼睛那样闪闪发光的话。有一点这小伙子是不缺乏的，那就是勇气。

帕迪一提到弗兰克的个子，这个话题也就戛然而止了。全家人在非同平日的沉默中吃着炖兔子，就连休吉和杰克在这场尴尬而不自然的谈话中也蹑手蹑脚起来。梅吉拒绝吃饭，一个劲地看弗兰克，就好像他随时会从眼前消失似的。弗兰克不紧不忙地吃完了饭，一到能走的时候，就说了声"对不起"离桌而去。片刻之后，他们就听见从柴堆那边传来了斧子的沉闷的砰砰声。弗兰克正在劈着那些帕迪带回家存着过冬用的、燃烧缓慢的硬原木。

在大家都以为梅吉已经上了床的时候，她悄悄地爬出了卧室的窗户，偷偷摸摸地来到了柴堆边。这个地方对保持整座屋子的勃勃生气是非常重要的：大约有1000平方英尺的地面满满当当地铺着一厚层木片和树皮，一边是高大的原木垛，还没有被劈开；另一边是劈得大小适合于火炉炉膛的整整齐齐的木柴，堆在那里像是一堵拼花的墙。在这片空场地的中央有三个根须犹在的树墩,那是劈不同的木材时用的。

弗兰克并没有在墩子上劈柴,他正在对付一根粗大的桉木,把它劈小,以便可以放到最低、最宽的墩子上去。这根躺在地上的原木直径有2英尺,两头用大铁钉固定着。弗兰克叉开腿站在上面,正在把脚下的原木一劈为二。斧子在嗖嗖地飞舞着,斧柄在他那滑溜的掌心里上下滑动着,发出嚓嚓的响声。只见那斧子忽而被举过头顶,忽而银光一闪,直落而下,在原木硬如铁的木质上砍出一个楔形口子,就像劈松木或落叶木那样轻而易举。劈下来的木片四处乱飞,汗水像小泉似的在弗兰克光着的胸前和背后流淌着。他把手绢缠在额头上防止汗水流进他的眼睛。站在木头上往下劈是个危险的活儿。错了节奏或劈偏了,就可能把一只脚砍下去。他的手腕上戴着皮腕带,吸收着从胳膊上流下来的汗水,可是他那灵巧的双手却没戴手套,它们轻巧地抓着斧柄,表现出了精湛的掌握方向的技能。

梅吉在他扔在一边的衬衣和汗衫旁边蹲了下来,满怀敬畏地看着。旁边放着三把备用的斧子,因为即使用最锋利的斧子来劈桉木,用不了多少时间,它也会变钝的。她抓住了一把斧子的柄,将斧子拉到了膝盖上,希望自己也能像弗兰克那样劈木头。斧子沉得厉害,她几乎举不动。殖民地用的斧子是单刃的,锋利得吹发可过,这是因为劈桉木用双刃斧太轻了。斧背有1英寸厚,十分沉重,斧把从中穿过,用外加的斜木片楔牢。松垮的斧子头使起来会脱落,像重磅炮弹似的凌空飞起,能致人以死命。在越来越昏黄的光线中,弗兰克几乎是本能般地劈着柴。梅吉以长期练就的本领不费力气地躲避着飞来的木片,耐心地等待着他去发现她。原木已经劈开一半了,他喘着气,转身到了另一头。接着,他又抡起了斧头,开始劈另一头了。为了少损失木料和加快进度,那劈缝又深又窄。在他劈到原木的中心时，斧子头完全砍进去了，大块大块楔形的木头在离他身体越来越近的地方飞起来。他全然不顾，劈得反而更快了。突然，轰的一声那原木断开了，就在这个时候，他轻巧自如地跳到了空中，因为在斧子砍到最后一下以前，他觉察到那原木差不多就要断了。在那木头向内垮落下去的时候，他落到了一旁的地上，微笑着。然而这并不是快乐的微笑。

他转过身去，拿起一把新的斧子，这时他看见他的妹妹穿着整洁的睡衣耐心地坐在一边，纽扣都仔仔细细地扣紧了。她的头发并不像往常一样用手帕扎着，而是成了一团团短小的鬈发，看起来还是有些别扭，不过他断定男童发型对她来说是合适的，并希望她能保持这种发型。他向她走了过去，蹲了下来，斧子横在膝头上。

"你这个小傻瓜，你是怎么出来的？"

"斯图睡着以后，我就从窗口爬出来了。"

"你要不注意的话，那你就会变成像男孩儿一样的调皮丫头了。"

"我不在乎。和男孩儿玩总比我自个儿玩好呀。"

"我想是吧。"他背靠着一根原木坐了下来，疲倦地把头转向她。"怎么回事儿，梅吉？"

"弗兰克，你不会真走，对吗？"她把那指甲盖咬得不像样的双手放在他的大腿上，急切地抬头望着他。她张着嘴，因为不想让眼泪流下来，鼻子已经堵死了，不能顺畅地呼吸。

"我也许是要走的，梅吉。"他温和地说道。

"哦，弗兰克，你不能走，妈和我**需要**你！说实话，没有你我不知道我们该怎么办才好！"

尽管这话使他痛苦，他还是笑了笑，因为她是在无意中说着菲说过的话。

"梅吉，有时候事情并不像你所希望的那样，这一点你应该明白才是。人家总是教我们克利里家的人，要为大家的利益而出力，绝不能首先为我们自己着想。可是我不同意,我想,我们应该能够首先为我们自己着想。我想走,因为我17岁了,到了我自己谋生活的时候了。可是爸说不行,为了全家人的利益,需要我留在家里。而且,因为我还不到21岁,所以我得按爸说的那样做。"

梅吉认真地点了点头,试图从弗兰克对她的解释中理出头绪。

"哦,梅吉,我认真地考虑了很长时间。我是要走的,这是确定无疑的。我知道,你和妈妈会想念我。可是鲍勃很快就长大了。爸和弟弟们是一点儿也不会想我的。爸感兴趣的不过是我挣回来的钱。"

"那你还喜欢我们吗?弗兰克?"

他转身把她搂进了怀里,紧紧地搂着,抚摸着她,痛苦中掺杂着高兴,但更多的是伤心、悲苦和渴望。"哦,梅吉!我对你和妈妈的爱比他们全都加在一起还要多!天啊,为什么你不大一点儿,使我可以和你谈谈呢?也许你这么小反而更好吧,也许更好一些……"

他突然放开了她,努力控制住自己,他的头靠着原木,前后摇晃着,他的喉咙和嘴在抽搐着。接着,他望着她说:"梅吉,你再大一点儿,就会更懂了。"

"求你别走,弗兰克。"她重复道。

他笑了,笑得像是在呜咽:"哦,梅吉!难道你一点儿也没听明白吗?好吧,那没什么大不了的。主要的是今天晚上你看见我的事对谁也不能讲,听见了吗?我不想让他们认为你参与了这事。"

"我听清了,弗兰克,我全听清了,"梅吉说,"我一个字也不会告诉别人的,我保证。可是,哦,我真希望你用不着走才好!"

她太小了,除了能告诉弗兰克像假如他走了,家里还能有谁宠她之类不假思索的心里话之外,她也讲不出更多的东西。他是唯一公开疼爱她的人,是唯一举她、抱她的人。在她还小的时候,爸倒是常常抱她的,可是自从她一上学,他就不再让她坐在他的膝头上了,也不让她用胳膊搂着他的脖子了。他说:"梅吉,你现在是个大姑娘了。"而妈呢,老是那么忙,那么累,整个儿身心都放在孩子们身上和家务上。和她最贴心的是弗兰克,弗兰克是她那有限的天空中一颗灿烂的明星。他似乎是唯一能从坐着和她谈话中体会到乐趣的人,他用她所能理解的方式来解释万物。

自从艾格尼丝掉了头发那天以后,弗兰克就无处不在了。尽管她遇到不少伤心事,但哪一件也没有伤透她的心。不管是藤条,还是阿加莎嬷嬷,或者是虱子,都是如此,因为还有弗兰克能给她慰藉呢。

可是她还是站了起来,努力笑了笑说:"要是你非走不可的话,弗兰克,那也没什么。"

"梅吉,你该睡觉去了。你最好在妈妈查铺以前回去。快走吧,赶快!"

这个提醒把她脑子里的事全赶跑了。她赶紧低下头,用手去够睡衣的后摆,把它从两腿之间抽上来。她跑着的时候就像提着一条翻到了前面的尾巴,赤裸的双脚踩着木条和尖利的木片。

第二天清早,弗兰克走了。当菲把梅吉从床上拉起来的时候,她又严厉又干脆。梅吉像是让热水烫了一下的猫似的跳了起来,自己动手穿着衣服,甚至连那些小扣子都没用人帮忙扣。

在厨房里,男孩子们都闷闷不乐地围坐在餐桌旁,帕迪的椅子是空的。弗兰克的椅子也是空的。梅吉悄悄地溜进了自己的座位,坐在那儿,吓得牙齿打战。早饭以后,菲声色俱厉地把他们全都赶到外面去了。在谷仓后面,鲍勃把这一新闻透露给了梅吉。

"弗兰克逃走了。"他吸了一口气。

"兴许,他只不过是到瓦希尼去了。"梅吉猜道。

"不会的,你这个笨蛋!他跑去参军了。噢,我希望我也长得够壮实,跟他一块去!这个走运的傻瓜!"

"唉，我希望他还留在家里。"

鲍勃耸了耸肩："你真是个丫头片子，我就知道黄毛丫头会这么说的。"

梅吉没有理会这句普普通通的挑衅话，她自顾自走进家去找妈妈，想问问她能够做些什么。

"爸上哪去了？"在菲让她去熨手帕的时候，她问道。

"上瓦希尼镇去了。"

"他能把弗兰克带回来吗？"

菲哼了一下："要想在这个家里保守个秘密简直是办不到。不，在瓦希尼是抓不到弗兰克的，他心里也明白，他到那儿是给旺加努伊[①]的警察局和军队拍电报去了。他们会把他送回来的。"

"哦，妈妈，我希望他们能找到他！我不愿意让弗兰克走！"

菲把搅乳器里盛的东西噗噜倒在桌子上，用两块木拍板使劲地拍着那堆含水的、黄色的奶油。"咱们谁都不愿意让他走。就因为这个爸才去想法子让他们把他带回来的。"她的嘴颤抖了一会儿，更加用力地拍着那堆奶油。"可怜的弗兰克！可怜哪，可怜的弗兰克！"她叹息着，这一声叹息不是冲着梅吉的，而是冲自己的，"我不知道为什么孩子们要替我们还孽债。可怜的弗兰克，事事不称心……"这时她发现梅吉停手不熨了，于是就闭了口，不再言语了。

三天以后，警察把弗兰克带了回来，送他回来的警士告诉帕迪说，他反抗得很厉害。

"你们倒真有个打架的好手！当他看到军队里的那些小伙子发觉了他的时候，他撒腿就跑。他奔下台阶，跑到了大街上，后面有两个士兵在追他。要不是他运气坏，正碰上一个巡逻的警官的话，我

[①] 新西兰北岛西南岸的一座沿海城市。

估计又得叫他跑脱了。他还狠狠地干了一架呢。用了五个人才把手铐给他铐上。"

他边说着,边解下了弗兰克身上那沉重的铁链,粗暴地把他推到了前门。他撞在了帕迪身上,他马上往后退缩着,仿佛这种触碰刺痛了他似的。

孩子们躲在离大人20英尺远的房子边上,观望着,等待着。鲍勃、杰克和休吉直愣愣地站着,巴不得弗兰克再干上一架。斯图尔特只是安静地观看着,这安静出自那颗平和而又富于同情的幼小的心灵。梅吉两手捂在脸蛋上,由于非常害怕有人会伤害弗兰克而揉搓着脸颊。

他首先转过身来望着他的母亲,那双黑眼睛和灰眼睛交流着一种从未用语言表达过的隐秘而又痛苦的感情,这是前所未有的。帕迪那凶狠而又阴沉的目光镇住了他,那目光充满了轻蔑和严峻,仿佛这一切都在他意料之中,而弗兰克那耷拉着的眼皮使他更有理由怒气冲冲了。自从那天以后,除了普通的客套以外,帕迪不和弗兰克多说一句话。但是,弗兰克觉得最难堪的莫过于面对那帮孩子了。他感到羞愧和窘迫,生气勃勃的鸟被从广阔无垠的天空抓了回来,翅膀被剪去,歌声被茫茫的沉寂吞没。

梅吉一直等到菲的例行夜间查铺过去之后,才爬出了敞开的窗口,向后院走去。她知道弗兰克会待在什么地方,他躺在谷仓里高高的干草堆上,平安地躲过了窥探的眼睛和他的父亲。

"弗兰克,弗兰克,你在哪儿?"当她拖着脚步走进悄然无声的黑沉沉的谷仓时,她小声地喊道。她像个动物一样用脚趾敏感地探着前面情况不明的地面。

"我在这边,梅吉。"传来了他疲倦的声音,这声音简直完全不像弗兰克的声音了,既无生气又无热情。

她循着声音爬到了他四仰八叉地躺着的干草堆上,蜷伏着依偎在他的身边,双手紧紧地抱着他的胸膛。"哦,弗兰克,你回来了,我真高兴啊。"她说道。

他哼了哼,在草堆里往下滑了滑,直到身子滑得比她还低,然后把头放在她的身子上。梅吉抓着他那又厚又直的头发,低声地哼唱着。谷仓里一片漆黑,无法看见她,但这无形的同情使他感情的闸门打开了。他流泪了,身子痛苦地扭动着,他的泪水打湿了她的睡衣。梅吉没有哭。在她那幼小的心灵中有些东西已经相当老成了,已经像一个女人那样能感到被别人所需要时那种不可抗拒的、刺激的欢乐了。她坐在那里,轻轻地摇着他的脑袋,一前一后,一前一后,直到他的悲伤烟消云散。

第二部
1921—1928
拉尔夫

Two
1921–1928
Ralph

Two
1921—1928
Ralph

3

拉尔夫·德·布里克萨特神父驾驶着那辆崭新的戴姆勒汽车[①]，在那穿越一片长长的、银白色草地的小路上前行，路上布满了车辙，强烈的阳光刺得他半闭着眼睛。他思量着，这条通往德罗海达的道路没有给他带来什么年轻时代的回忆。这不是爱尔兰那可爱的雾气弥漫的绿色草地。应该怎样描绘德罗海达呢？没有战场，没有权力的宝座。这是一点也不假的。这些日子他更为循规蹈矩，但依旧感觉敏锐。他的幽默感促使他在头脑里勾画出了一个克伦威尔[②]式的玛丽·卡森的形象，她正在滥施她独特的、帝王般的淫威。其实也用不着这样夸张的比喻。毫无疑问，女人在行使权力和控制别人方面是丝毫不亚于往日那些强权在握的军阀的。

穿过一片黄杨树和桉树，最后一道大门已经隐隐在望了。汽车颤动了一下，戛然停住。拉尔夫神父把一顶破破烂烂的灰色宽边帽戴到头上，遮挡阳光。他走下车来，慢慢地向木柱上的钢插销靠近。他把插销往后一拉，不耐烦地猛然拉开大门。在基兰博神父宅第和德罗海达宅第之间总共有27道大门，每一道门都意味着他要停下来，走出汽车，打开门，再回到汽车里，驱车穿过去，然后再停车，

[①] 德国戴姆勒汽车公司生产的汽车。
[②] 即奥列弗·克伦威尔（1599—1658），17世纪英国资产阶级革命中的资产阶级新贵族集团的代表人物，独立派首领。

再出来，返回去关上大门，然后再回到汽车上，向下道门开去。有无数次了，他都渴望能至少把这种程序省去一半，一路开下去，让那些门像一串受惊的嘴巴似的张开着留在他身后。但是，尽管他有令人敬畏的职业，如果他这样做的话，他一定会受到大门主人的重罚的。他真希望马匹能和汽车跑得一样快，一样有效，因为这样你就可以从马背上开门关门，而用不着下来了。

"无一物无其弊啊。"他说着，拍了拍那辆崭新的戴姆勒汽车的仪表板，驶过了最后那一英里不见树木的草地，来到了这个围场府邸。大门在他身后牢牢地拴住了。

即使是对于一位看惯了巨宅和大厦的爱尔兰人来说，这座澳大利亚的府邸依然是令人赞叹不已的。德罗海达是这个地区最古老、最巨大的产业，它那位老态龙钟的主人不久前在这片产业上建了一座能与之相匹配的宅第。这是一座两层楼的房子，是用东边500英里外的采石场运来的、人工凿成的米黄色砂岩建造的。它的建筑结构是乔治王朝式的，质朴而又大方。它的底层有许多扇宽大的玻璃窗，以及带铁柱子的宽阔的游廊。每一扇玻璃窗上都装着黑色的木百叶，这不仅仅是为了装饰，也是为了实用。在炎热的夏天，把它们拉下来就可以使室内保持阴凉。

虽然眼下已经是萧萧金秋，但细长的藤条却依然一派葱绿。春天的时候，那棵50年前与这所房子竣工同日栽下的紫藤开满了密不透风的淡紫色花簇，熙熙攘攘地爬满了外墙和游廊的顶棚。房子的周围是几英亩用长柄镰极其精心地修整过的草坪，草坪上点缀着一片片整整齐齐的花圃，即使是在眼下，也依然盛开着色彩缤纷的玫瑰花、香罗兰、大丽花和金盏花。一排高大的魔鬼桉[①]，树干浅白，

[①] 澳大利亚的一种桉树。

拔地70英尺，遮住了楼房，挡住了无情的阳光。这排桉树的一些枝杈和九重葛的藤蔓缠绕在一起，露出了亮红的色彩。连那些内陆地区不可或缺的庞然怪物——贮水箱也长上了厚厚一层耐寒的、土生土长的藤蔓、玫瑰和紫藤，它们看上去与其说是实用的，倒不如说是装饰性的。多亏了已故的迈克尔·卡森先生对这个宅第一片热心，他在贮水箱之类的东西上是从不吝惜金钱的。据说，十年不雨，德罗海达邸内的草坪依然可以一片青翠，花坛里的鲜花也照样盛开不败。

当你走近这个围场府邸的时候，首先映入眼帘的是那幢房子和那些魔鬼桉，可接着你便会发觉它的背后和两侧有许多一层楼的黄色砂岩砌成的房子。加顶的坡道把它们和主体建筑连接在一起，坡道的顶上长满了爬山虎。满是辙印的小路尽头是一条宽阔的砾石车道，它在那座大房子的一侧拐进了一片圆形停车场，继续往下延伸着，直到眼睛看不见的地方，那儿是德罗海达真正的干活场所：牲畜栏、剪毛房、谷仓。与遮蔽那座主楼的魔鬼桉树比起来，拉尔夫神父更喜欢那些巨大的胡椒树，它们把附属建筑物和有关的活动统统都掩盖起来了。胡椒树上长着厚密的、浅绿色的叶子，蜜蜂在嗡嗡飞舞着，这些懒洋洋地低垂着的树叶在内陆牧场是典型的。

拉尔夫神父将车停在车场里以后，走上了草坪。这时，女仆已经在前廊上等着了，她那长着雀斑的脸上堆满了笑容。

"早安，明妮。"他说。

"哦，神父，在这么个晴朗美丽的早晨看到您真是太高兴了。"她带着很重的口音说着，用一只手把门推开，又伸出另一只手去接他那顶并非教士用的破旧帽子。

镶着大理石方砖的大厅里光线昏暗，宽大的楼梯上装着黄铜扶手。他站在那儿，直到明妮向他点了一下头，他才走进客厅。

玛丽·卡森正坐在高背椅中，窗户敞开着，这是一扇从地面直抵天花板的落地窗，足足有15英尺高。对于从窗外吹来的冷风，她显然没有在意。她那浓密的红发几乎依然像她年轻时一样光亮，尽管年龄已经使她那粗糙多斑的皮肤长出了更多的斑点。对于一位65岁的女人来说，她的皱纹并不算多，很像绗过的床罩上细小的菱形褶皱。她那罗马式的鼻子两边各有一条深深的纹路，直通嘴角；那双浅蓝色的眼睛毫无表情——这些是显示她倔强性格的地方。

拉尔夫神父默默地走过奥巴松地毯①，吻了吻她的手。这姿势十分适合于像他这样身高的优雅男人，一身平绒黑法衣给他平添某种宫廷气派，显得更为潇洒了。她那双毫无表情的眼睛突然露出了忸怩而又喜悦的神情，玛丽·卡森几乎是在傻笑了。

"你要喝点茶吗，神父？"她问道。

"这就要看你是否愿意听弥撒了。"他边说着，边在她对面的椅子上坐了下来。他交叉起双腿，拱起的法衣下面露出了马裤和高筒靴，这种打扮是当地教区特许的。"我给你带来了圣餐，不过，要是你想听弥撒的话，我几分钟以后就可以为你做，等一会儿再吃我并不在乎。"

"你对我太好了，神父。"她十分得体地说道，心里非常清楚，他和所有的人一样，所敬重的并不是她，而是她的钱。"请用茶，"她接着道，"有圣餐我就很高兴了。"

他克制着自己，脸上并未露出不悦之色。这个教区是他培养自我克制的修养的好地方。假如有朝一日他有机会摆脱他的脾气给他招来的默默无闻的处境，他不会再这样说违心的话，做违心的事了。但要是他善用心机，能打好手中的牌，那这位老太太或许就能使他如愿以偿。

"我得承认，神父，去年过得很愉快，"她说，"比起老凯利神

---

① 法国奥巴松所产的地毯。

父来，你让人满意得多了，愿上帝让他灵魂烂掉吧。"她说最后一句时，声音突然变得恶狠狠的，十分刺耳。

他抬眼看着她的脸庞，目光灼灼。"亲爱的卡森夫人！这可不很像是一位天主信徒的感情啊。"

"可这是实话。他是个喝起来没完没了的老酒鬼，我相信，上帝会让他的灵魂像他那酒鬼身子一样腐烂的。"她向前一倾身。"到现在为止我跟你相当熟了，我想，我有资格向你提几个问题，对吧？毕竟，你可以随意使用德罗海达，就像它是你自己的运动场一样——学学怎样做一个牧场主，把骑术练得更高明一些，超脱一下基里①的人世沉浮。当然，这全是应我的邀请，可我的确认为我有资格得到你对一些问题的回答，是吗？"

由她来提醒他，他应该对她心怀感激，这是他所不情愿的，可是，他却一直在等待着她认为有权向他提要求的这一天的到来。"的确是这样的，卡森夫人。对于你让我随意出入德罗海达，还有你送给我的那些礼物——马匹、汽车，我是感激不尽的。"

"请问尊寿几何？"她开门见山地问道。

"28。"他答道。

"比我想的要小些。可尽管如此，他们也不该派像你这样的神父到基里这种地方来的。他们把你派到了这个偏远的地方来，是因为你犯了什么事吗？"

"我冒犯了主教大人。"他笑了笑，镇静地说。

"一定是这么回事，我认为像你这样一位才华超卓的神父在基兰博这种地方是不会感到快乐的。"

"这是上帝的旨意。"

---

① 基兰博的简称。

"扯淡！你是因为生而为人的缺点而到这儿来的——你是有缺点的，每一位主教大人都不例外。只有教皇才是十全十美的。基里和你的天赋格格不入，这一点我们都明白。这倒不是说我们不乐意有像你这样的人来代替他们通常派给我们的那些授了圣职的懒蛋，而是说，你的天赋只有在你涉足于教会的神权时才如鱼得水，而不是在这里的羊马之间。穿上红衣主教的红袍，那你看上去会神气极了。"

"我恐怕没这个造化。我想基兰博虽算不上是教皇主教使节版图的中央吧，可还有更糟糕的地方呢。我在这儿至少有您，有德罗海达。"

她心领神会地接受了他那有意的、露骨的奉承，她欣赏他那堂堂的仪表，他那殷勤的关注和他那机灵敏锐的头脑。真的，他会成为一个了不起的红衣主教的。在她的一生中，她记不得见过比他更英俊的人了，也记不得见过用大体相同的方式来运用其英俊的魅力的人。他一定知道他自己的长相如何：高高的身材和匀称的体魄，英俊而富于贵族气派的容貌，身体的各个部分搭配得极其和谐。他是上帝的得意之作，在上帝创造万物时，如此慷慨的赐予是寥若晨星的。从他那头蓬松乌黑的鬈发和那令人惊讶的湛蓝的眼睛，到他那小而纤细的手脚，都是完美无缺的。是的，他一定意识到了他的一切。然而，他身上有一种超然的神态，这使她感到他从未被自己的美貌所奴役，并且永远也不会。倘若必要的话，他会若无其事地运用他的美貌去得到他想得到的东西，不过，他好像并不沉醉于自己的美貌，他似乎认为受自己的美貌影响是为人所不齿的。她很愿意了解，在他往昔的生活中是什么使他变成了这样。

令人不解的是，偏偏有许多教士俊美如阿多尼斯[①]，风流如

[①] 希腊神话中的神祇，相传为爱神阿佛洛狄忒所恋的美少年。

唐璜[①]。他们奉行独身生活是为了逃避那其中的后果吗？

"你为什么甘心在基兰博呢？"她问道，"为什么不放弃教职，而宁可如此将就呢？以你的才能，你是可以在许多方面发财致富、有权有势的。你总不能对我说权力对于你毫无吸引力吧。"

他的左眉扬了起来。"亲爱的卡森夫人，你是一位天主教徒。你知道我立下的誓言是神圣的，我将至死做一个教士。我不能背弃我的誓言。"

她纵声大笑。"啊，得啦，你当真相信，要是你放弃了你的誓言，他们会追着你，对你天打五雷轰、狗咬枪击吗？"

"当然不会喽。我也不相信你会傻到以为我厕身于教士的行列是出于对惩罚的恐惧。"

"嚄，真尖刻，德·布里克萨特神父！那么，是什么拴着你呢？是什么迫使你忍受尘灰、暴热和基里的苍蝇之苦呢？你完全明白，这也许是一种无期徒刑呀。"

一丝阴影片刻间掠过了那双湛蓝的眼睛，但是他微微一笑，垂怜地对她说："你是个了不起的安慰者，对吗？"他双唇张开，望着天花板，叹了口气。"我从小受的就是把我培养成教士的教育，但还远不止于此。对一位女士，我怎么解释才好呢？我是一个中空的躯体，卡森夫人，常常是由上帝来填充它的。倘若我是个更好一些的教士，那就根本不会觉得有空荡的时候。受上帝的填充，与上帝浑然一体，那是不受地点影响的。不管我是在基兰博或是在主教的殿堂里，全都一样。但是，要说明白是不容易的，因为，即使对教士来说，这也是一大玄秘。这是天赐神授，其他人是永远也无法了解的。也许，就是这么回事吧。放弃它吗？我做不到。"

[①] 西班牙传奇中的人物，是一个生活风流的贵族，屡见于西方诗歌、戏剧中。

"这么说是一种力量喽，对吗？那么，为什么它只被给予了教士呢？是什么使你认为，在叫人筋疲力尽的冗长的仪式期间涂抹圣油就能赋予任何人以这种力量呢？"

他摇了摇头。"这是多年的生活所获得的，甚至在授圣职之前就这样了。这是苦心经营的结果，它使躯体向上帝洞开。这是苦心**挣来的**！是日积月累而得到的。这就是誓言的目的，难道你不明白吗？教士的心境不受红尘俗物的干扰——没有对女人的爱欲，没有对金钱的迷恋，也没有因为要听命于他人而于心不甘。贫穷我已习以为常，我并非出身于富有之家。抱朴守贞于我绝非难事。至于服从呢？对我来说，这是上述三条中最难办到的。可是，我会服从的，因为如果我把自己看得比作为上帝的寄身更重要的话，那我就一无是处了。我是要服从的。如果必要的话，我愿意毕生在基兰博受苦受难。"

"那么，你是个笨蛋，"她说，"我也认为还有比爱侣情人更重要的东西，但是当上帝的寄身可不在此列。真是怪哉。我从来没想到你是这样狂热地笃信上帝，我还以为你是个持怀疑态度的人呢。"

"我确实抱有怀疑。有思想的人对什么不怀疑呢？这就是我为什么常常感到空虚的原因，"他望着她背后的某种她所看不见的东西，"我想，我为了能成为一个完美无瑕的教士，已经抛弃了我的一切抱负、所有的欲念，这你知道吗？"

"不论什么事，完美无缺总是枯燥难耐的，"她说道，"我本人倒喜欢少许带点儿瑕疵。"

他笑了起来，赞赏而又多少有些妒忌地望着她。她真是个非同寻常的女人。

她已经孀居了33个春秋，唯一的儿子还在摇篮里的时候就死去了。由于她在基兰博的地位非同一般，因此她从来没考虑过她所熟识的几个雄心勃勃的男人向她做出的表示。作为迈克尔·卡森的遗媚，她无疑是个皇后，但一旦作为某人的妻子，她得把她对一切的控制权都交给那个人。但玛丽·卡森的抱负并不是当个副手。因此，她发誓弃绝肉欲，宁愿舞权弄势。很难想象她会养上个情夫，因为就流言蜚语而言，基兰博就像一根适合于传电的导线。她可不愿意沦为一个平凡的弱女子。

而现在，她已经被公认到了老迈之年，不复有肉体上的冲动了。倘若新来的年轻神父对她勤于职守，而她回赠给他诸如小汽车之类的薄礼，这根本没有什么不当之处。她一生都是教会的坚实后盾，一直以相称的方式支持她的教区和教区的宗教首领，甚至在凯利神父做弥撒时一个劲儿打嗝儿的情况下也是如此。对凯利神父的继承者心怀好感、宽厚相待的并不是她一个人。拉尔夫·德·布里克萨特神父也受到了他教区每一个教民理所当然的拥戴，不管是富人还是穷人。如果住在较远教区的教民不能到基里来见他的话，他就去看望他们。在玛丽·卡森没送他汽车之前，他是骑着马去的。他的耐心与仁慈使他博得了全体教民的喜欢以及部分教民由衷的爱戴。布格拉的马丁花了不少钱修葺了神父的住宅。迪班-迪班的多米尼克·奥鲁尔克则出钱雇了一名好管家。

因此，玛丽·卡森从她那受人尊重的年纪和地位出发，觉得她是可以安然无事地细玩慢赏拉尔夫神父的。她喜欢和一个与她同样聪明的头脑斗智，她喜欢智胜他，因为她对自己实际上是否智胜了他根本没有把握。

"让我们再回到你刚刚说过的基里不在教皇主教使节版图中央的话题上来吧，"她说着，身子往椅子里陷了陷，"你认为有什么能把那位神父先生好好震撼一下，使基里成为他的世界中心呢？"

神父苦笑了一下。"这就不好说了。来个一鸣惊人吗？突然拯救了一千个灵魂，突然有了使病者健步、盲者复明的本领……但是，出奇迹的时代已经过去了。"

"哦，得啦，这我可不认同！这只不过是上帝变了他的法子罢了。这年头他用的是钱。"

"你真是个玩世不恭的人！也许这正是我这样喜欢你的缘故，卡森夫人。"

"我的名字叫玛丽。请叫我玛丽。"

恰好在德·布里克萨特神父说"谢谢你，玛丽"的时候，明妮推着茶点车走了进来。

玛丽·卡森一边吃着新做的糕饼和鳀鱼吐司，一边叹道："亲爱的神父，我希望你今天上午能特别卖力地为我祈祷。"

"叫我拉尔夫吧。"他说道。接着，他又调侃地说："我怀疑我是否能比平常更卖力地为你祈祷，不过我试试看吧。"

"哦，你真叫人着迷！或许这话是冷嘲热讽吧？我一般不喜欢一眼望穿的东西，可是对你，我始终没有把握，那显而易见的东西是否掩盖着更深一层的东西。就像驴子前面的胡萝卜。德·布里克萨特神父，你对我的真实看法到底如何，我永远不得而知，因为你非常圆滑，绝不会对我讲的。这太有意思了，太使人着迷了。不过，你一定得为我祈祷。我老了，而且罪孽深重。"

"岁月偷逝，对你我都一样，而且我也是有罪孽的。"

她忍不住轻轻地干笑了一声。"我倒真想以很高的代价来知道你是怎样造孽的呢！真的，我确实想知道。"她沉默了片刻，然后换了话题。"眼下我的牧场里缺一个工头。"

"又缺人了？"

"去年就缺了五个。要找像样的人越来越难了。"

"噢，听人说你不是个慷慨大方、体谅别人的雇主。"

"啊，放肆！"她喘了口气，笑了起来。"是谁给你买了一辆崭新的戴姆勒汽车，你才用不着在马背上颠的？"

"啊，可是，瞧我为你祈祷得多卖力气呀！"

"要是迈克尔有你一半的才智和品格,那我也许就会喜欢上他了。"她出其不意地说道。她的面容为之一改,变得恶狠狠的。"你认为我在世上无亲无眷,非得把我的财产和土地留给教会,是吗?"

"对此我无从知晓。"他平静地说着,给自己又倒了点儿茶。

"实际上,我有个弟弟,他家大口多,人丁兴旺。"

"这太好了。"他郑重得体地说道。

"我结婚的时候,几乎没有什么财产。我知道,在爱尔兰我是永远找不上一门好亲事的。在那里一个女人非得有教养、有背景,才能找上一位阔丈夫。于是,我用两只手没命地干活,攒够了盘缠,到有钱的男人没那么挑剔的国土上来了。我到这儿的时候,我所有的一切只是一张脸、一个身子和一个比一般女人更聪明的头脑。就凭这些,我就抓到了迈克尔·卡森。他是个傻阔佬,一直到死都非常宠爱我。"

"那你弟弟呢?"他觉得她扯远了,便提醒道。

"我弟弟比我小 11 岁,算来现在也该有 54 岁了。现在活着的就我们两个人了。我几乎不认识他,我离开高尔韦的时候,他还是个小孩子。眼下他住在新西兰。如果他是为了发财而移居国外的话,他到如今也还未成功。

"可是昨天晚上,当牧场的工人给我带来消息,说阿瑟·蒂维厄特已经卷铺盖走人的时候,我突然想起了帕德里克。我在这里,不会再年轻了,身边没有家人。我想到了帕迪是个经营土地很有经验的人,可是没有钱去买自己的土地。我想,干吗不给他写封信,叫他带着儿子们到这儿来呢?我死了以后,他就继承德罗海达和米查尔有限公司,因为比起那些在爱尔兰的堂表亲来,他是我唯一活着的近亲。"

她笑了笑:"再等下去也许显得有些愚蠢了吧,对吗?他可以现在过来,早点习惯在黑土平原上放羊。我敢肯定,在黑土平原上放羊和在新西兰放羊大不一样。这样在我死了以后,他就可以顺顺当当地继承我的事业。"她低下了头,凝神注视着拉尔夫神父。

"我不明白,你怎么早没想到呢。"他说。

"哦,我想过。不过,直到最近我才想到我最不希望发生的事就是有许多贪婪的人急不可耐地等着我咽下最后一口气。只是在最近,我的寿终之日似乎比以往离我更近了,我才觉得……哦,我不知道。有自己的亲骨肉围在身边,也许是很愉快的事吧。"

"怎么了?你觉得你病了吗?"他急忙问道,眼睛里流露出真心关切的神情。

她耸了耸肩。"我很好。但是年过六十五,总会有些不祥之兆的。突然觉得衰老来到已经不是将来的事,而是已经发生的事啦。"

"我明白你的意思了,你是对的。在这座房子里听到年轻人的声音,对你来说将是一件非常愉快的事情。"

"哦,他们不会住在这里的,"她说,"他们可以住在小河边的牧场工头的房子里,离我还挺远呢。我不喜欢孩子和他们的声音。"

"玛丽,就算你们年龄相差很大,这样对待你唯一的弟弟,不是太简慢了吗?"

"他将继承财产——那就让他挣吧。"她不加掩饰地说道。

在梅吉9岁生日还差六天的时候,菲奥娜·克利里又生下了一个男孩子。在这之前的一段时间里,除了有过几次流产之外,没发生别的事情,她自认为很幸运了。9岁的梅吉已经到了真正能帮上点忙的年龄了。菲奥娜自己40岁了,这把年纪再生孩子总免不了要经受大伤元气的痛苦。这个孩子取名叫哈罗德,是个身体娇弱的婴儿。医生定期到家里来。这在所有家人的记忆里还是第一次呢。

然而烦恼不饶人,克利里的烦恼也有增无减。战争带来的后果并不是兴旺发达,而是农村的萧条。活计愈来愈难找了。

一天，他们正在喝茶，老安格斯·麦克怀尔特送来了一封电报。帕迪双手打战地将它撕开。电报从来不是报告好消息的。除了弗兰克以外，孩子们都围了过去，弗兰克拿起了自己的那杯茶，离开了桌子。菲的目光跟随着他，但当帕迪哼了一声时，她的目光又转了回来。

"怎么啦？"她问道。

帕迪正出神地望着那片纸，就像它带来了噩耗似的。"艾奇鲍尔德不要咱们了。"

鲍勃用拳头狠狠地砸着桌子。他早就盼着能和父亲一起去当个剪羊毛的徒弟了，而艾奇鲍尔德的剪毛棚本来是他第一个要去的地方。"爸，他干吗要对咱们干这种狗屁事儿呢？我们本来明天就要动身了。"

"他没说原因，鲍勃。我猜是哪个混账王八蛋包工头抢了咱们的活。"

"哦，帕迪！"菲哀叹着。

躺在火炉边上大摇篮里的小东西哈尔[①]哭了起来，可是菲还没来得及挪窝，梅吉已经站起来了。弗兰克也返回了门里，站在那里，手里拿着茶杯，仔细地观察着他父亲。

"唉，我想我得去见见艾奇鲍尔德，"帕迪终于说道，"现在不到他那儿去剪，另找一家已经太晚了，不过，我打心眼儿里觉得他得给我个比这更说得过去的解释。在7月里威洛比的羊圈开工以前，我们只好指望能找个挤奶的活儿了。"

梅吉从放在炉子边上的一大堆白毛巾中挑出了一块四方的，暖了暖，在案子上小心地铺开，然后，把那啼哭的孩子从柳条摇篮里

[①] 哈罗德的昵称。

抱了出来。在梅吉像她妈妈一样一丝不差地、利索地给他换尿布的时候,孩子的小脑壳上长着的稀稀拉拉的克利里家的头发在闪闪发亮。

"小妈妈梅吉。"弗兰克逗着她说道。

"我才不是呢!"她抗议道,"我不过是在帮妈妈的忙罢了。"

"我知道。"他温和地说,"你是个好姑娘,小梅吉。"他使劲地拉了拉她脑后的白塔夫绸蝴蝶结,把它拉得歪歪斜斜地挂在一边。

她那双灰色的大眼睛抬了起来,敬慕地望着他的脸。她的身子又俯在了那正打瞌睡的婴儿的脑袋上。他觉得,看上去她像是已经到了他自己这样的年龄了,或者甚至比他还要老成。在她这样一个只该照看艾格尼丝(现在它已经被遗忘在卧室里了)的年龄,竟然要干这种事,这让他心里一阵痛楚。要不是为了她和他们的妈妈,那他老早就走了。他愁眉不展地望着他的父亲,是他使这个把家里弄得乱糟糟的新生命出世的。他丢了剪羊毛的活儿,真是活该他倒霉!

不知怎么的,其他的男孩子,甚至连梅吉也从来没像哈尔这样使他伤过神。这一回,当菲的肚子开始大起来的时候,他自己的年龄都已经足够成婚做父亲了。除了小梅吉以外,谁心里都对此感到不对劲儿,尤其是他的母亲。男孩子们的偷窥使她像兔子似的感到胆怯和畏缩。她无法正视弗兰克的眼睛,也无法掩饰自己目光中的羞愧。想起哈尔出生的那天晚上从她的卧室里传出来的可怕呻吟和叫喊,弗兰克反反复复地对自己说,无论哪个女人也不该经受这样的痛苦。现在他已经成年了,可他还没像别的人那样离开家庭去自己谋生。现在你这个当爸爸的把剪羊毛的活儿都丢了,这是活该受罪。一个庄重的男人本来就不该再去碰她的。

他妈妈的头发在崭新的电灯光下闪着金色的光泽,在她低头望着坐在长桌那边的帕迪时,她那纯洁的面部轮廓显示出一种难以形容的美。像她这样一个可爱而文雅的人是怎样才嫁给了一个来自高尔韦沼地的巡回剪羊毛工的呢？真是糟蹋了她自己，糟蹋了她的斯波底①瓷器，她的缎子餐巾和起居室里那些未曾示人的波斯小地毯，因为她和那些与帕迪地位相当的老娘们儿是格格不入的。她使她们强烈地感到她们的大嗓门儿俗不可耐。放在面前的餐叉超过一把，她们就不知如何是好了。②

有时在星期天她会走进那冷冷清清的起居室，坐在临窗的那架古钢琴旁，弹起乐曲，尽管她由于没有时间练习，指法早已生疏，除了弹一些最简单的小片段以外，再也弹不出什么别的了。每逢这种时候，他总是坐在窗下的丁香花与百合花前，闭目谛听着。那时，他的眼前便浮现出一片梦幻似的情景，恍惚看见他的母亲身穿镶淡粉色花边的长撑裙，坐在一间象牙塔似的宽敞屋子里的一架钢琴旁，身边环绕着一根根又长又大的蜡烛。这情景本会使他泪落不已。然而，自从被警察送回家并在谷仓度过了那一夜之后，他再也不掉泪了。

梅吉把哈尔放回摇篮里，走到妈妈的身边。这是又一个被耽误了的人。她有同样骄傲的、善感的面影。她那双手，那童稚的躯体，都有几分像菲。当她也成长为一个成年女子的时候，她会很像她妈妈的。谁将要她呢？另一个傻呆呆的爱尔兰剪毛工，或者瓦希尼哪个牛奶场来的乡巴佬吗？她配有更好的命运，可是她生来时运不济，人人都说这是没办法的事。岁岁年年，他活着就好像为了证实这一点。

菲和梅吉突然意识到他在目不转睛地注视着她们，她们一齐转过身来，带着女人们只给予她们生命中最热爱的人的温柔冲他微笑

---

① 乔西亚·斯波底（1733—1797）于1770年在英国斯塔福德郡烧制成的一种细瓷器。
② 在体面人家用餐时每一道菜用一副刀叉，餐叉超过一把，表示菜的数量不止一道。这里比喻这些人未见过世面。

着。弗兰克把杯子放到桌子上,走出去喂狗了。他恨不得能哭一场,或者去杀个人,去干能排解这痛苦的任何事情。

帕迪丢掉了替艾奇鲍尔德剪羊毛的活儿之后三天,玛丽·卡森的信到了。他在瓦希尼邮局一拿到信,立刻撕开就看,并随即像个孩子似的蹦跳着回家了。

"咱们要到澳大利亚去啦!"他一边高声喊着,一边在瞠目结舌的家人面前挥着那几张贵重的仿羊皮信纸。

一阵沉默,所有的眼睛都盯在他身上。菲异常震惊,梅吉也是一样,可是每个男人的眼中都露出了喜悦的神色。弗兰克的两眼在闪闪发光。

"可是,帕迪,过了这么些年她怎么才突然想起了你呢?"菲看完信以后问道,"她不是新近才有钱的,不联系也有很长时间了。我从来也不记得她以前提过要帮我们什么忙啊。"

"看来她是怕孤零零地死去,"他说道,既是为了使自己,也是为了使菲更相信这一看法,"你看看她是怎么写的吧:'我已经上了年纪,你和你的孩子们是我的继承人。我想,在我去世之前,我们应该见见面,再说,也到了你们学学怎样管理你们要继承的产业的时候了。我打算让你做我的牧场工头——这是一个锻炼的好机会,你那些到了能干活年龄的孩子也可以受雇做牧工。德罗海达将成为一个家族企业,由家里人经营而无须外人插手。'"

"她说给咱们寄去澳大利亚的钱了吗?"菲问道。

帕迪一挺腰板。"我不会为这种事去麻烦她的!"他没好声气地说道,"用不着求她,我们也能到澳大利亚,我有足够的积蓄!"

"我想,她是应该为我们出盘缠的。"菲固执地说道。这使大家都感到非常惊讶,因为她是不常发表意见的。"你干吗仅仅凭着信上的诺言,就要放弃这里的生活而跑去给她干活儿呢?她以前从来没帮过我们一点忙,我信不过她。我就记得你说过,你从没见过像她那样的铁公鸡。帕迪,看来你还是不大了解她。你们俩的岁数差那么多,你还不到上学的年龄她就去了澳大利亚。"

"我不明白这对目前的情况有什么影响。如果她是个铁公鸡,那我们要继承的财产也就更多。不,菲,我们要到澳大利亚去,咱们自个儿掏盘缠。"

菲不再言语了。从她的脸上无法看出她是否因为自己的意见被如此简单地不予理会而感到怏怏不乐。

"好哇,我们要去澳大利亚啦!"鲍勃抓着父亲的肩膀喊了起来。杰克、休吉和斯图尔特蹦来跳去的。弗兰克满面笑容,这屋里的一切他都已视而不见了,他的眼睛望着很远很远的地方。只有菲和梅吉感到惶惑不安,痛切地希望这事干脆作罢,因为他们在澳大利亚的日子也不会好过的,只不过是在陌生的环境下过同样的生活罢了。

"基兰博在哪儿呀?"斯图尔特问道。

于是,那本旧地图册被翻了出来。尽管克利里家穷,可是厨房的餐桌后面还是有几格子书。男孩子们全神贯注地在那发了黄的纸页上查看着,直到找着了新南威尔士。他们习惯于小小的新西兰的天地,是想不起来去查看一下地图左下角的以英里为单位的比例尺的。他们只是自然而然地假定新南威尔士跟新西兰的北岛一般大。基兰博就在那左上角,它和悉尼①的距离与旺加努伊与奥克兰②之间的距离相仿,尽管表示城镇的黑点似乎比北岛地图上的要少得多。

"这本地图册老掉牙了,"帕迪说道,"澳大利亚跟美洲一样,发展得很快。我敢肯定,现在那里的城镇要多得多。"

他们打算坐统舱去,好在毕竟只有三天的路程,还不算太糟糕。

---
① 澳大利亚面积最大、人口最多的海港城市。
② 新西兰北部的海港城市,是新西兰的经济、文化、航运和旅游中心。

不像从英国到南半球那样，得走好几个星期。他们能花得起钱带走的东西是衣物、瓷器、刀叉、被单、床单、炊具和那几格珍贵的书籍。家具不得不卖掉，以偿付菲卧室里的那几件东西——古钢琴、小地毯和椅子——的运费。

"我不愿意听你说不把它们带走的话。"帕迪坚决地跟菲说道。

"你肯定我们出得起这份钱吗？"

"没问题。至于其他的家具嘛，玛丽说她为我们准备好了牧场工头的房子，可能我们需要的那里都一应俱全。我很高兴，我们用不着和玛丽住在同一座房子里。"

"我也很高兴。"菲说道。

帕迪到旺加努伊给他们在"瓦希尼号"上订了八张统舱的铺位。令人奇怪的是，这艘船和离他们最近的镇子同名。他们定在8月底上路，因此，一到8月初，每个人都开始感到他们真的就要进行这次关系重大的冒险了。那几只狗得送人，马匹和轻便马车卖掉了，家具装上了老安格斯·麦克怀尔特家的大车，运到旺加努伊去拍卖。菲的那几件东西和瓷器、床单、被单、书籍以及厨房用具一起装进了板条箱。

弗兰克发现他母亲站在那架漂亮而陈旧的古钢琴旁，抚摸着那带条纹的淡粉色饰板，呆呆地望着沾在指尖上的金粉。

"妈，它一直就是你的吗？"他问道。

"是的，是我结婚的时候，他们不能从我这儿拿走的东西。这架古钢琴、波斯小地毯、路易十五时期的沙发和椅子，还有摄政时期[①]的写字台。东西不多，不过它们理所当然是属于我的。"那双灰色、忧郁的眼睛越过他的肩头，凝视着挂在他身后墙上的那张油画。

[①] 英国摄政时期为1810—1820年。

由于年深日久，那画的色彩有些暗淡了，但那穿着镶有浅粉色花边、周围有107个褶边的长裙的金发女人却依然清晰可见。

"她是谁？"他转过头去，好奇地问道，"我一直想知道。"

"一位了不起的太太。"

"哦，她准定和你有亲属关系，她和你有点儿像呢。"

"她？我的亲戚？"那双沉思的眼睛离开了画像，讥讽地落在了儿子脸上。"哦，我看上去像有她这样一位亲戚吗？"

"像。"

"你糊涂了。别胡思乱想了。"

"我希望你能告诉我，妈。"

她叹了口气，合上了古钢琴，抹掉了手指上的金粉。"没什么可说的，根本就没有什么可说的。得了，帮我把这些东西挪到屋子中间去，这样你爸就好打包了。"

这次航程是一场噩梦。"瓦希尼号"还没出惠灵顿港时，他们就全呕吐了。在狂风大作、风雪交加的1200英里的航程中，他们吐了一路。帕迪也顾不上刺骨的寒风和飞溅不停的海水，把男孩子们都带到了甲板上，让他们待在那里，只是在有好心人自愿照看那四个可怜巴巴的、干呕着的小子们时，他才下到底舱里去看他的女眷和婴儿。弗兰克尽管特别想去呼吸一下新鲜空气，但还是自愿留在了下面，照顾女人们。船舱很狭小而且令人窒息，散发着油味儿，因为它在水线以下，靠近船首，是船只颠簸得最剧烈的地方。

出了惠灵顿之后数小时，弗兰克和梅吉相信他们的母亲快要死了。一个发愁的乘务员从头等舱里叫来了一位医生，他悲观地摇着头。

"不过，这段航程很短。"他说道，吩咐他的护士给婴儿找些牛奶来。

弗兰克和梅吉在干呕的间隙里，设法用奶瓶喂哈尔，他不肯好好喝奶。菲已经不再挣扎着呕吐,而是陷入了昏迷状态,他们唤都唤不醒她。乘务员帮着弗兰克把她放到了顶铺上,那里的空气略微新鲜一些。弗兰克把毛巾举在嘴边,以便挡住依然在往外翻呕的稀胆汁。他坐在她的铺边上,从额头向后捋着她那黯无光泽的黄头发。他不顾自己的呕吐,一个小时又一个小时地坚持着。帕迪每次进来,都看见他和他母亲待在一起,摩挲着她的头发,而梅吉则与哈尔蜷缩在下铺,嘴上捂着一块毛巾。

驶进悉尼海域后三个钟头,海面变得一平如镜,雾气悄悄地从南极飘来,团团地围住了这艘旧船。梅吉的精神稍微恢复了一些。她估摸可怕的浪击已经过去,但海洋仍在有节奏地、痛苦地狂吼着。他们缓缓穿过浓重的灰雾,像一只被追赶的猎物那样胆战心惊地潜行着,直到那深沉而单调的浪吼声又从船的上部传来,这是一种茫茫然然、凄凄切切、难以形容的悲苦之声。随后,当他们滑行穿过那幽灵般的水雾进入港口时,他们周围的空中响起了一片痛苦的号声。梅吉永远也忘不了那雾号①声,这是她第一次踏上澳大利亚的序曲。

帕迪抱着菲走下了"瓦希尼号",弗兰克抱着小娃娃跟在后面,梅吉提着一只箱子,每个男孩都扛着一些行李,疲惫不堪、磕磕绊绊地走着。1921年8月底一个大雾弥漫的冬晨,他们进入了皮尔蒙特。这是一个没有任何含义的地名。码头的铁货棚外面,出租汽车排成了一条长龙,等在那里。梅吉目瞪口呆地四下张望着,她还从来没见过在一个地方一次停这么多小汽车呢。帕迪总算把他们全都塞进了一辆汽车,那司机主动提出把他们送到"人民宫"。

"伙计,那是适合你们这样的人的地方。"他告诉帕迪,"那是萨

---

① 船在雾中用来提醒其他船注意的号声。

利夫妇为劳苦大众开的旅店。"

街道上挤满了似乎是从四面八方驶来的汽车，马却极少。他们从出租汽车里全神贯注地望着窗外高耸的砖楼，狭窄迂回的街道，拥挤的行人过往匆匆，仿佛是在参加某种稀奇古怪的都市仪礼。惠灵顿使他们感到敬畏不已，而与悉尼相比，惠灵顿却显得像个农村小镇。

当菲在救世军[①]称之为"人民宫"的许多鸟笼似的小屋中歇憩时，帕迪出门到中心火车站去，看看他们什么时候能搭乘火车到基兰博去。已经差不多缓过劲儿来的男孩子们吵嚷着要跟他一起去，因为他们听说车站离得不太远，而且一路全是商店，其中还有一家卖海葱糖[②]的呢。帕迪真羡慕他们的青春活力，便答应了他们的要求。经过三天晕船之后，他对自己的两条腿是否顶得下来，心里依然没把握。弗兰克和梅吉也想去，但他们更关心妈妈的身体，希望她好起来，于是就留下来陪菲和小孩了。确实，一下船，她似乎很快恢复了。她已经喝了一碗汤，慢慢地吃了一片烤面包，这是劳苦大众中一个头戴帽子的天使给她送来的。

"菲，要是今天晚上咱们不走的话，那下一次直达车就在一周以后了，"帕迪回来以后说道，"你觉得你今天晚上走能挺得下来吗？"

菲坐了起来，身上发着抖。"我能挺过去。"

"我觉得咱们应该等一等，"弗兰克壮着胆子说道，"我想妈的身体还没缓过来，不能赶路。"

"弗兰克，你好像不明白，要是我们误了今晚的火车，就得整整等上一个星期，我口袋里的钱可付不起在悉尼待一个星期的花费。这个国家大着呢，咱们要去的那地方可不是每天有火车。明天有三

[①] 基督教（新教）的一个社会活动组织，由牧师布斯于1865年创立于伦敦，1880年正式定名。
[②] 海葱，又名虎眼万年青，多年生草本植物，可入药。

趟往基兰博方向的车,我们坐哪一趟车都只能到达都博。我们就得在那里等着转车,他们跟我说,要是我们那样走的话,比我们想想办法赶今晚的车更受罪呢。"

"我能挺过去,帕迪,"菲又说了一遍,"有弗兰克和梅吉照顾我,不会有什么事的。"她两眼望着弗兰克,恳求他别再说了。

"那我现在就去给玛丽发个电报,告诉她明天晚上等我们。"

中心火车站比克利里家的人所到过的任何建筑物都要大,一个巨大的圆柱形玻璃大厅似乎在同时回响着、吸收着成千上万人的喧声闹语。他们在横七竖八、捆着绳子的箱子旁等着,目不转睛地望着一块巨大的指示板,它是由手拿长杆的人调整的。在愈来愈暗的暮色中,他们挤在这群人中间,眼巴巴地望着五号站台上的铁门。门虽然关着,但门上面有手写的几个字:"基兰博邮车"。在一号站台和二号站台上,紧张的活动预示着开往布里斯班和墨尔本的夜班快车即将发车,旅客们正在熙熙攘攘地通过检票口。不久,便轮到他们了。五号站台的门吱吱嘎嘎地打开了,人们开始急不可待地挪动起来。

帕迪找了一节空着的二等车厢,把大一些的男孩子安置在靠窗口的座位上,而菲、梅吉和那些小小孩则坐在通往车厢连接处的长过道的滑门旁。有人抱着找个空位的希望探进脸来,但一看见车厢里有那么多孩子,马上就被吓退了。有时候,家大口多也有它的好处。

夜里很冷,他们解下了所有捆在手提箱外面的花格呢大旅行毛毯。尽管车厢里没有供暖,但地板上放着的装满了热灰的钢箱却散发着热气。不管怎么样,谁也没盼着供暖,因为在澳大利亚或新西兰,任何地方都是从不供暖的。

"爸,还有多远啊?"当列车启动,车身轻摇,铿铿锵锵地向前方的目的地奔驰时,梅吉问道。

"比我们那本地图册上看到的路程要长得多,梅吉。610英里。明天傍晚的时候我们就到了。"

男孩子们惊得透不过气来,可是,窗外灯光初放,万家灯火所构成的仙境般的画面使他们把这一点忘在脑后了。他们全都凑到窗前观看着,在列车驶出的最初几英里路程中,房子仍然不见少。随着车速的加快,灯光越来越稀少,终于陷入黑暗,代替它们的是在疾风中不断掠过的灯火。当帕迪把男孩子们领到外面,以便让菲给哈尔喂奶的时候,梅吉羡慕地望着他们的背影。自从那婴儿搅乱了她的生活,使她像妈妈一样被紧紧地拴在家中以来,她就不是他们中间的一员了。她一片忠心地对自己说,这倒并不使她真正感到介意。他是一个那么可爱的小家伙,是她生活中主要的乐趣。妈妈把她当成一个已经长大成人的大姑娘,这让她从心底里感到高兴。妈妈究竟为什么会生儿育女,这她一点儿也不清楚,可结果倒是挺不错的。她把哈尔递给了菲。不一会儿,火车停下了,发出了吱吱嘎嘎的声响,看来它要停上几个钟头,好好喘口气。她极想打开窗子,往外看看,可是,尽管地板上有热灰,车厢里还是越来越冷了。

帕迪从过道里走了进来,给菲端来了一杯热气腾腾的茶水。菲把填饱了肚子、昏昏欲睡的哈尔放回到座位上。

"这是什么地方?"她问道。

"一个叫海兹谷的地方。为了爬到利思戈镇,得在这儿加一个车头。这是小吃部的那个姑娘说的。"

"我得在多长时间内喝完?"

"15分钟。弗兰克会给你拿些三明治来的,我要去照看孩子们吃饭。咱们下一次吃茶点是在一个叫布莱尼的地方,要在后半夜了。"

梅吉和她妈妈一起喝着那杯加了糖的热茶。当弗兰克拿来三明治的时候,梅吉突然感到肚子饿得发慌,大口大口地吃了起来。他让她躺在小哈尔下首的一把长椅上,用毯子紧紧地把她裹了起来,然后，又同样给菲裹上了毯子，让她舒展身子躺在对面的座位上。斯图尔特和休吉躺在座位间的地板上。帕迪对菲说，他要带鲍勃、弗兰克和杰克到隔几节的那个车厢找几个剪毛工聊聊去，当夜就在那儿过了。坐火车比坐船舒服多了。谛听两个火车头所发出的"咔嚓、咔嚓"和"呼哧、呼哧"的有节奏的响声，谛听风吹动电线的声音，以及钢车轮在倾斜的钢轨上滑行，猛烈牵动列车时发出的阵阵铿锵声，梅吉沉沉地入睡了。

早晨，他们瞠目结舌、满怀敬畏地望着那一片异国风光，他们做梦也没想到在与新西兰同存的星球上居然还有这样的地方。的确，这里有起伏的丘陵，但除此以外，再没有什么能使人联想起故土的东西了。一切都是灰蒙蒙、黯苍苍的，甚至连树也是这样！强烈的阳光已经使冬小麦变成了一片银褐色，越陌连阡的麦田迎风起伏，唯有那一片片稀疏而修长的蓝叶树林和令人生厌的灰蒙蒙的灌木丛隔断了这一望无际的景色。菲那双淡漠的眼睛眺望着这一派景象，脸上的表情没有任何变化，但可怜的梅吉却泪水盈眶了。这是一片可怖的、毫无遮挡而又广漠无垠的土地，没有一丝一毫的绿色。

随着太阳冉冉升上天顶，寒气彻骨的夜晚变成了灼热难当的白昼，火车没完没了地"咣当"着，偶尔在某个满是自行车、马车的小镇停一下。看起来，小汽车在这里是难得一见的。帕迪把两扇窗子全都开到了顶，也顾不得吹进车厢的煤灰落得到处是了。天气热得叫人直喘，他们穿的那身厚重的新西兰冬装，贴在身上直刺痒。看来除了地狱以外，在冬季再没有比这儿更热的地方了。

日薄西山的时候，基兰博到了，这是一个陌生的小地方，一条满是尘土的宽阔街道两边，辏集着摇摇欲坠的瓦楞铁皮顶的木房子，没有树木，令人厌倦。西沉的夕阳给万物涂上了一片金色，赋予这个镇子以一种极为短暂、金碧辉煌的尊严，甚至于当他们还站在月台上眺望的时候，它就已经在渐渐地消退了。这是一个遥远边缘地带的典型殖民地，一个位于雨量稳定递减的雨林地带的最边远的村落，在它西边不远的地方即是纵深2000英里的、雨水不到的荒漠之地——内弗-内弗①。

一辆闪闪发光的黑色小轿车停在车站广场上，一个教士穿过灰土盈寸的地面，表情淡漠地大踏步向他们走来。他那件长法衣使他显得像个古时候的人物，仿佛他不是像常人那样用双脚走路，而是像梦幻中的人飘然而来。扬起的尘土在他的周围翻滚着，在落日的最后余晖中显得红艳艳的。

"你好，我是德·布里克萨特神父，"他说着，向帕迪伸出了手，"你一定是玛丽的弟弟吧，你简直是她的活肖像。"他转向了菲，把她那柔弱的手举到了唇边，带着毫不掺假的惊讶神态微笑着。没有人比拉尔夫神父能更迅速地看出谁是上等女人来了。"嚯，你真漂亮！"他说道，仿佛这句话是一个教士能说出的世间最自然不过的话了。接着，他的眼睛转向了那些挤作一团站在那里的男孩子们。有那么一阵工夫，那双眼睛迷惑不解地停留在弗兰克的身上，他抱着小娃娃，挨个儿地训斥着那些越来越缩成一团的男孩子。梅吉独自一人站在他们的背后，张着嘴，像是瞧着上帝似的傻呆呆地瞧着他。他似乎没注意到自己的哔叽长袍拖在尘土之中，迈步越过了那些男孩子，蹲下身来，用双手搂住了梅吉，那双手坚定、柔和，充满了友爱。"啊！你是谁呀？"他微笑着，问她。

"梅吉。"她说道。

"她的名字叫梅格安。"弗兰克绷着脸说道，他讨厌这英俊的男人和他那令人惊讶的高大身材。

"梅格安，这是我最喜欢的名字。"他站起身来，但仍拉着梅吉

---

① 指澳大利亚昆士兰州北部地区。

089

的手。"今晚你们最好在神父宅第落脚，"他说道，领着梅吉向汽车走去，"早晨我开车送你们去德罗海达。从悉尼坐了一路火车，再跑这段路就太长了。"

在基兰博，除了帝国旅馆、天主教堂、教会学校和女修道院之外，神父宅第就是唯一的砖瓦楼房了，甚至连那所很大的公共学校还是木框架结构的呢。现在，夜色已经降临，空气变得奇冷，可是在神父宅第的客厅里，烧原木的炉火燃得正旺，客厅外的什么地方飘来怪馋人的饭菜香味。女管家是一个形容枯槁但却精力过人的苏格兰老太太。她一边东奔西忙地指给他们看各自的房间，一边用她那浓重的西部苏格兰高地腔喋喋不休地做着解释。

克利里一家由于习惯了瓦希尼教士们的傲慢和冷漠，因此对于拉尔夫神父的平易爽快以及和蔼可亲倒反而觉得难以应付了。只有帕迪一个人的神态慢慢地自然了起来，因为他回想起了老家高尔韦教士们的友善态度，和他们与地位较低的人之间那种亲密关系。其余的人则小心谨慎，一言不发地吃着晚饭，并且尽快地溜到楼上去了，帕迪也勉强地跟了上去。他的宗教信仰对他来说，是一种温暖的慰藉，可是，对他家别的人来说，这是某种出于恐惧并为了免进地狱而不得不为之的权宜之计。

他们都走了以后，拉尔夫神父伸开手脚，坐进了他那把心爱的椅子。他抽着烟，呆呆地望着那炉火，微笑着。他脑子里回想着在车站广场第一次见到克利里一家的情景。那男的真像玛丽，但却让繁重的劳动压弯了腰，很显然，他的性格也不像玛丽那样刻薄；他那慵倦而楚楚动人的妻子看上去倒像是应该从雪白的骏马拉的四轮马车里跨出来的人；黑黑的弗兰克性情乖戾，长着一双黑眼睛，一双目光阴郁的眼睛；其他的儿子呢，大多数都像他们的父亲，但最小的斯图尔特却很像他的妈妈，长大以后他会成为一个美男子的。那个小娃娃将来会长成什么样子，那就难说了；还有梅吉，她是他有生以来所见到的最甜美、最可爱的小姑娘了。她头发的颜色令人难以描绘,既不是红色的,又不是金色的,而是集两种色彩之大成。她那双仰望着他的银灰色眼睛像熔融的宝石,闪烁着柔和、纯洁的光芒。他耸了耸肩,把烟蒂丢进火中,站了起来。年龄已经不小了,他居然还会有这样的胡思乱想。熔融的宝石,真是怪哉!很可能是他自己的眼睛被漫漫的黄沙蒙住了。

早晨,他开车送在他那里过夜的客人们去德罗海达,如今,他对这里的景色早已习以为常,因此克利里一家对这儿的评论让他觉得有意思极了。最近的山峦坐落在东边200英里的地方。这儿嘛,他解释说,是黑土平原。这是一片长着稀疏森林的草原,极目望去,简直是一马平川。今天白天的天气和昨天一样炎热,可是坐着戴姆勒小汽车赶路要比坐火车舒服得多了。今天是斋日,他们很早就动身了,拉尔夫神父的法衣和圣餐面包被仔细地装在一只黑筐子里。

"这些绵羊真脏啊!"梅吉注视着那数百头用鼻子在草地上拱来拱去的红褐色绵羊,非常难过地说道。

"啊,我明白了,我该选择去新西兰才对,"神父说道,"那里一定跟爱尔兰一样,有乳白色的绵羊。"

"是的,好多地方都像爱尔兰。有和爱尔兰一样美丽的绿草。不过,比爱尔兰荒僻一些,开垦的程度也远远不如爱尔兰。"帕迪答道。他非常喜欢拉尔夫神父。

正在这时,一群鸸鹋突然晃动了一下站立起来,开始奔跑。它们快如疾风,那姿态不雅的腿隐隐约约看不真切,而脖子却伸得老长。孩子们喘着气,爆发出一阵大笑,如痴如迷地望着那以迅跑代疾飞的巨鸟。

"要是用不着下车去开那些破门该多好啊。"当最后一道门在他们身后关上,替拉尔夫神父下车去关门的鲍勃爬回汽车里的时候,拉尔夫神父说道。

当澳大利亚这片国土上的种种事物以令人措手不及的神速接二连三地使他们感到惊骇不已后，德罗海达宅院那雅致的乔治王朝时代的门面，蓓蕾初绽的紫藤花和成千上万的玫瑰花丛，似乎给他们某种到了家乡的感受。

"我们要住在这里吗？"梅吉尖声问道。

"也对也不对，"神父很快地说道，"你们要住的房子大约离这儿有1英里，在小河的下游。"

玛丽·卡森正坐在那间宽敞的客厅里等着接待他们，她并没有站起来迎接她的弟弟，而是坐在她的高背椅中，非要他到她身边去不可。

"哦，帕迪。"她还算高兴地说道，眼睛越过他，盯着臂上抱着梅吉的拉尔夫神父。梅吉的那双小胳膊紧紧地搂着他的脖子。玛丽·卡森吃力地站了起来，却没有与菲和孩子们打招呼。

"让我们马上听弥撒吧，"她说，"我肯定德·布里克萨特神父急着要走呢。"

"完全不是这样，亲爱的玛丽。"他笑了起来，湛蓝的眼睛炯炯有光。"我先做弥撒，接着我们要在你的餐桌上吃一顿香喷喷、热腾腾的早饭。然后，我答应了梅吉，要带她去看看她住的地方。"

"梅吉。"玛丽·卡森说道。

"是的，这是梅吉。可这不成了头尾颠倒，反着介绍了吗？玛丽，请让我从头开始介绍吧。这是菲奥娜。"

玛丽·卡森随便地点了点头。在拉尔夫神父一一介绍男孩子们的时候，她几乎没怎么听。她过分地忙于观察神父和梅吉了。

Two
1921—1928
Ralph

4

牧场工头的房子建在支撑桩上，比下面那道狭窄的干谷高出三十多英尺，干谷的周围有一片高大、稀疏的桉树林和许多袅袅垂柳。看过了壮观的德罗海达宅院以后，这里未免显得过于光秃和着眼于实用了，但从屋子里的陈设看，它和他们在新西兰时住的房子相差无几。满屋子结实的维多利亚朝代的家具多得用不了，上面覆盖着一层厚厚的、细细的红色尘土。

"你们很幸运，在这儿有一间浴室。"拉尔夫神父领着他们踏上通往前廊的厚板条台阶时说道。这段台阶够爬一气的，因为这平平稳稳地建在支撑桩上的房子拔地15英尺。"要是那条小河涨水，"拉尔夫神父解释道，"你们在这个高度就正合适，我听说，它一夜之间能涨60英尺呢。"

他们的确有一间浴室。在后廊的一头用墙隔出的一个凹室里有一只旧的马口铁制澡盆和一个满是缺口的热水器。可是，使女人们感到极不满意的是，厕所在离房子大约200码的地方，它除了地面上有个洞之外，就别无所有了，而且还臭气熏天。这还不如新西兰呢，真是太原始了。

"不管是谁在这儿住过，都不是个干净人。"菲一边用手指抹着餐具橱上的灰尘，一边说道。

拉尔夫神父笑了起来。"要想消灭灰尘，那可是白费力气。"他说，"这里可是内陆，有三样东西你永远也休想战胜，那就是暑气、灰尘和苍蝇。无论你怎么办，它们总是缠着你。"

菲望望神父。"你对我们真好，神父。"

"为什么不对你们好呢？你们是我的密友玛丽·卡森唯一的亲戚嘛。"

她耸了耸肩，丝毫也没被他的话感动。"我还不习惯和一位神父友好相处呢。在新西兰，他们总是独来独往。"

"你不是个天主教徒，对吗？"

"对，可帕迪是天主教徒。自然啦，孩子们是按天主教徒来抚养的，连最小的那个也是，如果你担心的是这个的话。"

"我从来没这么想过。你对此感到不满吗？"

"这样也好，那样也好，我实在觉得无所谓。"

"那你没有改信天主教吗？"

"我不是个虚伪的人，德·布里克萨特神父。我已经不信自己的教了，也不想去信奉另一个不同的但同样是毫无意义的信条。"

"我明白了。"他望着站在前廊下的梅吉，她正在凝望着通往德罗海达那幢大宅的道路。"你女儿长得真俊俏啊。你知道，我喜欢金红色的头发。她的头发会使那位艺术家[①]迫不及待地去操笔作画的。我以前确实从未见过这种颜色。她是你唯一的女儿吧？"

"是的。帕迪家和我家都是男孩多，女孩很少见。"

"可怜的小东西。"他含混不清地说道。

板条筐从悉尼运到后，屋子里就摆上了那些书籍、瓷器和小摆设，显得亲切多了。客厅里放满了菲的家具，一切都渐次安顿妥当。帕迪和那几个比斯图尔特年龄大的孩子大部分时间都在外面，和玛

---

① 指以画妇女金发著名的威尼斯画家蒂齐阿诺·维赛里奥（1477—1576）。

丽·卡森没有辞退的两个牧工待在一起，向他们讨教新南威尔士西北部的绵羊与新西兰绵羊之间的诸多差别。菲、梅吉和斯图尔特发现，住在德罗海达牧工头的住宅里和在新西兰操持家务大不一样。这里有一种默契，即他们决不去打搅玛丽·卡森本人。但是，她的女管家和女仆们却很热心地来帮这里女人们的忙，就像她的牧工热心地帮这些男人的忙一样。

尽人皆知，德罗海达是个自成一统的天地。它与文明世界的隔绝是如此之深，才过了没多久，就连基兰博也仅仅成为他们的一个遥远的记忆了。在圈起来的一片家宅围场内有马厩、一个铁匠房、车库和数不清的库棚，里面堆放着饲料以及农机等杂物，可以说是应有尽有。这里有狗窝和饲养场；有迷宫般的牲畜围栏和一个庞大的剪毛房，它有 26 个工位，真能让人吓一跳，而它的后面又是一片星罗棋布的围栏。这里还有家禽场、猪圈、牛栏和牛奶场，26 个剪毛工的住房，牧羊场杂工的小棚屋和两幢与他们自己住的房子很相似的，但要小一些的房子，供牧工居住；还有一间供牧场新手住的临时工棚，一个屠宰场，以及一些木料垛。

所有这些都坐落在一个直径为 3 英里的没有树木的圆形空场，即家宅围场的中部。只是从牧工头房子所在的地点起，密集的建筑物才刚刚触及场外森林的边缘。但是，棚屋、围栏和饲养场的周围却树木葱郁，布下了受人欢迎的、必不可少的阴凉地。这些树大部分都是胡椒树，高大、耐寒、浓密、宁静而又可爱。远处，家宅围场的牧草地上，马儿和奶牛在懒洋洋地吃着草。

牧工头房子边上深深的溪谷底部，浅而混浊的河水在缓缓地流着。谁也不会相信拉尔夫神父那河水一夜之间能涨 60 英尺的夸大其词，看来那是不可能的。河里的水用人工压上来后，供浴室和厨房使用。女人们过了很长时间才习惯用这种黄中透绿的水来洗澡、洗碟子和洗衣服。六个大瓦楞铁皮的水箱高耸在吊杆似的木塔上，它们承接房顶上流下来的雨水，供他们饮用。但是，他们认识到，必须极其节约使用雨水才行，绝不能用它来洗洗涮涮，因为无法保证下一场雨能将水箱注满。

羊和牛喝的是自流井里的水，这儿地下水的水位不浅，是从地表以下 3000 英尺的地方取上来的真正的自流井水。达到沸点的水从所谓的钻口处的一根管子喷出，通过两边长着有毒青草的沟渠流向这片产业中的每一个围牧场。这些沟渠是钻井时的排水沟，沟里的水含有大量的硫黄和矿物质，是不适宜供人使用的。

起初，德罗海达之大使他们感到震惊，它有 250 000 英亩。最长的一边延伸 80 英里。家宅周围长 40 英里，从基兰博进来得穿过 27 道大门。距此 106 英里的基兰博已是最近的拓居地了。狭窄的东边以巴温河为界，这是当地人对达令河北流的称呼。达令河是一条上千英里长的混浊大河，它最终汇入墨累河，在南澳大地上汹涌澎湃 1500 英里之后流入南太平洋。牧场工头住房旁边溪谷中的基兰河在家宅围场以外 2 英里处注入巴温河。

帕迪和孩子们喜欢这地方。有时候，他们骑着马在离家宅数英里远的地方连续消磨数日，夜晚露宿在星斗阑干的无垠苍穹之下，仿佛他们成了天上的神仙。

灰褐色的大地上生机勃勃。成群结队的袋鼠蹦蹦跳跳、络绎不绝地穿过树林，不费吹灰之力地越过篱栅。它们优雅健美、自由自在之态以及数量之多，使人心旷神怡。鸸鹋在平展展的草地中筑巢，像巨人一样在它们的领地里高视阔步。任何陌生的东西都会使它们大吃一惊，一溜烟地从它们那深绿色的、足球大小的蛋旁飞逃而去，比马跑得还快。白蚁构筑的棕色蚁冢像是小小的摩天大楼。咬啮东西极其凶猛的巨蚁源源不断地顺河而下，在地下营造洞穴。

鸟类多不胜数，新品种似乎层出不穷。它们不是三三两两地在一起，而是千千万万地成群营巢。有一种绿黄相间的长尾鹦鹉，菲奥娜一直把它们叫作情鸟，而本地人则称之为虎皮鹦鹉；有另一种毛色红蓝相间的小鹦鹉，叫作玫瑰鹦鹉；还有一种胸脯、翅下部和头部鲜红的粉红凤头鹦鹉；而那种纯白的、脸上有黄色肉冠的大鸟，名叫葵花凤头鹦鹉。小巧的雀科鸟儿上下翻飞着，麻雀和燕八哥也不甘落后。深褐色鱼狗鸟欢歌高唱着，或是向它们最可口的食物——蛇——俯冲下去。所有的鸟儿几乎都通人性，毫无畏惧、成百上千地栖息在树上。它们四下转动着明亮、聪慧的眼珠，尖叫着、嘓啾着、欢唱着，模仿着能发声的万物的各种各样的声响。

五六英尺长的吓人的蜥蜴在地面上沉重地爬行，轻巧自如地往高挂着的树枝上跳去，无论是在空中，还是在地面上，它们都感到同样安闲和自在，它们就是澳洲巨蜥。这里还有许多别的蜥蜴，虽然小一些，但却同样吓人，不是颈部长着角质的三角龙式的翎颌，就是长着膨起的艳蓝色的舌头。至于蛇，它的种类也多得数不胜数。克利里家的人听说，最大的、貌似最危险的蛇倒常常是危害最小的，而1英尺长的短粗小蛇却可能是致命的毒蛇，譬如地毯蟒、铜头蛇、树蛇、赤腹黑蛇、褐蛇、剧毒虎蛇。

还有昆虫呢！蚱蜢、蝗虫、蟋蟀、蜜蜂，各种大小不同、种类各异的蝇子、知了、蚊蚋、蜻蜓、巨大的蛾子和许许多多的蝴蝶！有的蜘蛛大得吓人，全身毛茸茸的，腿胯就有好几英寸。有的躲在厕所里不显眼的地方，看上去又黑又小，实际却能致人死命；有的盘踞于像车轮一样张挂在树与树之间巨大的蛛网上；有的则稳坐在挂在草叶上蛛丝密织的宝座里；还有的钻进地下的小孔里，然后用东西把小孔盖好。

这里照样也有食肉动物：无所畏惧的野猪，凶猛嗜肉、一身黑毛、体型庞大得像一头成年奶牛；土生土长的澳洲野狗紧贴着地面潜行着，隐身在草丛里；成百上千的乌鸦令人厌烦地、凄凉地在死树的白色枯枝上聒噪着；秃鹫乘着气流在空中张着一动不动的翅膀翱翔着。

必须采取措施保护羊群和牛群，防止它们遭到这些凶禽猛兽的袭击，尤其是在它们产崽的时候。袋鼠和兔子吃珍贵的牧草，野猪和野狗捕食羊羔、牛犊和病畜，乌鸦则啄食眼睛。克利里家的人不得不学会打枪了，因此他们骑马的时候，身上总是带着步枪。有时候，他们帮一只落难的野兽结束生命、摆脱痛苦，有时就打上个把公野猪或野狗。

男孩子们欣喜若狂地想，这才是**生活**。他们谁也不怀念新西兰。当成群的蝇子密密麻麻地爬满他们的眼角、鼻子、嘴和耳朵时，他们便学着澳大利亚人的做法，在帽檐边上的一圈细绳头上垂下一串串的软木。为了防止爬虫钻进他们鼓鼓囊囊的裤腿里去，他们用一种叫"裤扎"[①]的袋鼠皮条扎在膝盖下面。他们禁不住嘲笑着这个听起来傻里傻气的名字，但它的必不可少又使他们感到敬畏。和这里相比，新西兰就显得乏味了。这才叫生活。

女人们被束缚在家里和房子的附近，她们觉得生活远没有那么令人喜爱，因为她们既不得空闲，又没有可以骑马出门的借口，更没有从事各种活动的兴趣。干女人的活儿总是更辛苦一些的：做饭、打扫屋子、洗洗涮涮、熨熨烫烫，还要看孩子。她们得和炎热、尘土、苍蝇较量，得和许多级台阶以及污泥浊水较量。几乎一年到头都缺少男人来扛东西、劈柴、泵水和杀鸡宰鸭。酷热尤其叫人受不了，眼下才刚刚是初春，外面游廊背阴处的温度计已经天天都达到100度[②]了；在安着炉子的厨房里，温度达到了120度。

他们穿的内外衣服都是贴身剪裁的，适合于新西兰的气候，在那儿，屋里差不多总是凉飕飕的。玛丽·卡森在一次把安步当车作为一种锻炼时，来看她的弟妹。她对菲穿的那件高领、拖地印花布裙衫极不以为然。她本人穿着一身时新的米色真丝女装，长度只到小腿

---

① 这是澳大利亚的劳动者在膝盖上扎住裤子的一种绳子或皮条。
② 本书提及的温度均为华氏度。

的一半，宽松的半截袖，没有收腰，领口开得很低，胸颈袒露着。

"说实在的，菲，你真是老派到家了。"她说着，四下瞟了瞟这间会客室。它的墙上是新刷的米黄色漆，地上是波斯地毯，室内还安放着那形状瘦长的、极其贵重的家具。

"我不得闲，只好如此啊。"菲说道。她当女主人的时候，说话总是那么简洁。

"男人们老在外边，饭也做得少多了，你会有时间的。把衣服改短点儿，别穿衬裙和紧身胸衣啦，不然夏天你会热死的。你知道，夏天温度还要高15到20度呢。"她的目光停留在那张穿着尤金妮亚女皇①时期裙子的、美丽的金发女人画像上。"那是谁？"她指着，问道。

"我的祖母。"

"噢，真的？那这些家具和地毯呢？"

"是我的，我祖母给我的。"

"噢，真的吗？亲爱的菲，你们家道中落了，是吗？"

菲从来没发过火，因此，眼下她也没动怒，但是她那薄薄的嘴唇变得更薄了。"我不这样认为，玛丽。我有个好丈夫。这个你应当明白。"

"可是他一无所有，你出嫁前姓什么？"

"阿姆斯特朗。"

"噢，真的吗？不是罗德里克·阿姆斯特朗家吧？"

"他是我的长兄。他与我曾祖父同名。"

玛丽·卡森站了起来，用阔边帽挥赶着对任何人都一视同仁的苍蝇。"哎呀，你的出身比克利里家要高贵，即使是我也得这样讲。

---

① 尤金妮亚女皇（1826—1920），法国女皇，拿破仑三世的妻子。

你是爱帕迪爱到了放弃这一切的程度，是吗？"

"我的所作所为自有我的道理，"菲淡淡地说道，"这是我的事，玛丽，不是你的事。我不议论我的丈夫，就是对他的亲姐姐也是如此。"

玛丽·卡森鼻子两旁的两道皱纹更深了，眼睛也有点儿鼓了出来。"哎哟，哎哟！"

她没有再来过，但她的女管家史密斯太太却常来，反反复复地告诉她们玛丽·卡森对她们衣着的建议。

"瞧，"她说，"我屋里有一台缝纫机，我从来没用过。我会找两三个打杂的把它给抬来的，要是我确实要用的话，就到这儿来用。"她的眼光转到了在地板上撒欢乱跑的小哈尔身上，"我喜欢听孩子们的声音，克利里太太。"

邮件每六个星期一次由马车从基兰博送来，这是和外部世界的唯一接触。德罗海达有一辆普通福特卡车和一辆底盘上带水箱的、结构特殊的福特卡车，一辆 T 型福特小汽车，一辆劳斯莱斯高级轿车。但是，除了玛丽·卡森去基里外，似乎谁也没动过它们。40 英里像是远在天边。

布鲁伊·威廉姆斯承包这个地区的邮路，他得花六个星期才能跑遍负责的区域而来这里一趟。他那辆配着 10 英尺车轮的平顶马车是由威风凛凛的 12 匹马拉着的，装载着边远牧场所订购的所有物品。除了皇家邮政局的邮件以外，他还运送食品杂货、44 加仑一桶的汽油、5 加仑方筒装的煤油、干草、成袋的玉米、白布袋装的糖和面粉、木箱装的茶叶、成袋的土豆、农业机械、从悉尼的安东尼·霍登的店里邮购的玩具和衣服，还有其他一切得从基里或外界运来的东西。他以每天 20 英里的速度前进着，无论在哪儿驻足都受到欢迎。人们向他打听远处的新闻和天气；递给他用写着潦草字迹的纸仔细包好的钱，让他在基里买东西；把好不容易才写成的信件交给他，塞进有"乔治五世皇家邮政"标记的帆布袋里。

基里西边的路线上只有两个牧场，近一些的是德罗海达，远一些的是布格拉，布格拉再远处则是每六个月才能送一次邮件的地区了。布鲁伊的大车在曲曲弯弯的道路上兜一个大弧形，路过西南边、西边和西北边的所有牧场，然后返回基里，再出发往东。东边的路程要短一些，因为往东有60英里归布鲁镇管辖。有时，他让来访者或是想找活儿干的人和他并排坐在没有遮挡的皮座上，把他们带进德罗海达；有时，他也把来访者、对工作不满意的牧工、女仆或杂工带出去；在极偶尔的情况下，也有家庭女教师。牧场主们自己有小汽车，但是，那些给牧场主们干活的人不论是旅行还是购买物品或寄信，都得依靠布鲁伊。

菲在接到邮购来的几匹布以后，就在别人赠送的那台缝纫机旁坐下来，开始用薄棉布为自己和梅吉缝制宽松的衣服，为男人们做轻便的裤子和外衣，为哈尔做了件罩衫，还做了几幅窗帘。脱去了内衬和紧身的外衣以后，无疑凉快多了。

梅吉的日子过得很孤单，男孩子中只有斯图尔特留在家里。杰克和休吉跟着爸爸去学怎样当牧工了，也就是去当"杰卡鲁"——这是人们对没有经验的小牧工的称呼。斯图尔特不像杰克和休吉，他生活的天地里似乎别无旁人。这么一个不大的男孩子，宁可几个钟头地坐着观察蚁群的活动，也不愿去爬树。而梅吉却喜欢爬树，她觉得澳大利亚的桉树十分奇伟，形态各异，也很难爬。这倒不是说他们有很多时间去爬树，或者去看蚂蚁。梅吉和斯图尔特的活儿很重。他们得劈柴、搬木头、挖坑堆垃圾、管理菜园，还要照看家禽和喂猪。他们也学会了怎样消灭蛇和蜘蛛，尽管他们对这些东西一直都很害怕。

这几年里，降雨量一直还可以，小河的水很浅，不过，水箱倒都是半满的。草长得还不错，但要比它们茂盛肥美的时候差远了。

"也许还会更糟糕呢。"玛丽·卡森夫人恶狠狠地说。

但是,还没来得及真旱,他们就遭了洪水。1月过了一半的时候,西北季风的南缘刮到了这个国家。阵阵大风简直是蛮不讲理,爱怎么刮就怎么刮。有时,它们只给大陆的北端带来一场夏季的透雨;有时,它们却远远地吹过内陆,给温雅而不幸的悉尼人送去一个潮湿的夏天。那年1月,暴风云遮盖了天空,又被风撕成了饱含着雨水的碎块。天开始下雨了,那可不是一场平平常常的大雨,而是一场连绵不断、经久不息的狂风暴雨。

他们已经得到了警报。布鲁伊·威廉姆斯赶着他那装得冒顶的大车出现了,后面跟着12匹备用马,因为他打算赶在下雨以前走完这一趟,以免那些牧场得不到它们所需要的东西。

"季风就要来啦,"他卷了一支烟,用鞭子指着那一堆堆他额外捎来的食品杂货,说道,"库珀、巴科和迪阿曼蒂纳的水真是流成了河,溢水镇也真格儿地溢水啦。整个昆士兰州的内陆地区水深有2英尺,那些可怜的家伙全都想找个高岗子,好救他们的羊呢。"

立刻,这里便产生了一种压抑着的恐慌。帕迪和孩子们像发了疯似的干着活儿,把羊从地势低洼的围场里赶了出来,尽量使羊群离小溪和巴温河远一些。拉尔夫神父来了,他架上马鞍,带着一群最好的狗和弗兰克一起动身沿着巴温河前往两个尚未清过的围场,而帕迪和那两个牧工则各带领一个男孩子向别的方向走去。

拉尔夫神父本人就是个出色的牧工。他骑着玛丽·卡森送给他的那匹良种栗色牝马,穿着做工考究、无可挑剔的黄牛皮马裤,蹬着一双锃光雪亮的棕黄色长筒靴,身穿一件洁白如雪的衬衫,袖子在他那肌肉发达的胳膊上卷了起来,脖领敞开着,露出了光滑的、褐色的胸膛。弗兰克穿着鼓囊囊的旧斜纹布裤子,扎着"裤扎",上身是一件灰法兰绒内衣。他觉得自己就像是一个穷亲戚。难道不是这样吗?他自觉没趣地想着,跟在一个骑着好马、腰直背挺的人的屁股后面，穿过小河远处的一片黄杨和青松。他自己骑的是一匹难以驾驭的杂色牧羊马，这是一匹脾性暴戾的牲口，不但好自行其是，而且对别的马也极为仇视。狗在激动地吠叫、跳跃着，互相撕咬着、嗥叫着，直到拉尔夫神父不客气地挥着牧羊鞭，轻抽下去，它们才分开。看来，这个人是无所不能的，他熟悉对狗发号施令、让狗去干活的信号口哨，他鞭子比弗兰克使得还好，尽管他还正在学习这种奇异的澳大利亚技艺。

带领狗群的那只昆士兰大猛犬对这位神父非常亲近，绝对服从，这意味着弗兰克毫无疑问地处于次要地位。弗兰克半点儿也没在意，在帕迪的几个儿子中他是唯一不喜欢德罗海达生活的人。他当时别无所求而一心想要离开新西兰，但并不是为了到这儿来。他厌恶无休无止地在围场里巡查，厌恶大部分夜晚都睡在硬邦邦的地面上，厌恶那些不能当作宠畜来驯养的凶猛的狗。它们一旦不能干活儿，就会被一枪打死。

但是，骑马跑进正在聚集的云海还是有几分新奇刺激的，就连迎风弯腰、噼啪作响的树木也像是在带着一种稀奇古怪的喜悦狂舞着。拉尔夫神父像着了魔似的奔忙着，嗾着狗去追赶那些毫无防备的羊群，把那些毛茸茸的傻东西吓得蹦来跳去，咩咩地叫着，直到那些体型低矮的狗飞奔着穿过草地把它们紧紧地赶在一起，然后再赶着它们往前跑。那为数不多的男人只有靠养这些狗才管得了德罗海达这么大的产业，这些狗经过赶羊、赶牛的训练，聪慧得令人惊异，极少需要加以指导。

夜幕降临的时候，拉尔夫神父和那群狗与跟在他们身后尽力协作却效果欠佳的弗兰克一起，把一个围栏里的羊全都赶了出来。在通常情况下，这是要付出几天的劳动的。拉尔夫神父在第二个围场门边的一片树林附近，给他的牝马卸了鞍，并且乐观地说，他们可以赶在下雨之前把羊都赶出围栏。那些狗平躺在草地上，伸着舌头，那只昆士兰大猛犬摇头摆尾，蜷缩在拉尔夫神父的脚边。弗兰克从马褡裢里掏出了一大块看着让人恶心的袋鼠肉，抛给了那些狗。它们扑过去争夺着，相互忌妒地撕咬着。

"该死的畜生，"他说道，"它们哪像是狗，简直是群豺狼。"

"我想，这些狗也许与上帝造狗的意图更接近吧，"拉尔夫神父温和地说，"警觉、聪明，喜欢攻击而又几乎从不驯服。就我自己来说，我宁可要它们，也不喜欢供家里宠养的那些品种。"他笑了笑。"猫也一样。你没发觉它们在棚子边转悠吗？像豹子一样狂野不驯、不让人们接近它们。可是它们捕猎的本领棒极了，谁也当不了它们的主人，谁也养不了它们。"

他从自己的马褡裢里掏出一块冷羊肉和一包面包及黄油，从羊肉上切下了一大片，把剩下的递给了弗兰克。他把面包和黄油放在了他们中间的一段原木上，津津有味地用他那雪白的牙齿咬着羊肉。帆布水袋里的水给他们解了渴，随后他们卷起烟来。

离他们不远的地方，有一棵孤零零的芸香树，拉尔夫神父用烟指了指它。

"到那儿去睡觉吧。"他说着，解开了毯子，拾起了马鞍。

弗兰克跟着他走到了那棵树下，在澳大利亚的这一地区，这被普遍认为是最美丽的树了。树叶浓密，呈浅绿色，树形几乎是正圆形的。叶子离地面很近，连绵羊都能轻而易举地够着，结果，每一棵芸香树的底部都像修剪过的树篱似的边缘平直。要是下起雨来，他们躲在这种树下会比躲在其他任何树下都能得到更好的庇护，因为澳大利亚树木的簇叶一般来说不如潮湿地带的树木长得稠密。

"弗兰克，你感到不幸福，对吧？"拉尔夫神父叹了口气躺下来，又卷了一支烟，问道。

弗兰克在离他几英尺的地方转过身来，疑虑重重地望着他。"什么是幸福呢？"

"眼下,你父亲和你弟弟是幸福的。可你、你母亲和你妹妹不幸福。你不喜欢澳大利亚吗?"

"我不喜欢这个地方。我想到悉尼去。在那儿兴许能有机会干出点名堂来。"

"悉尼吗?那是个藏污纳垢的地方。"拉尔夫神父笑了笑。

"我不在乎!在这儿,我还不是跟在新西兰一样被盯得死死的。我没法摆脱掉他。"

"他?"

可是,弗兰克是无意中溜出口的,因此不愿再多说了。他躺了下来,望着头顶的树叶。

"你多大了,弗兰克?"

"22。"

"噢,这么大了!你离开过家里人吗?"

"没有。"

"你去跳过舞,交过女朋友吗?"

"没有。"弗兰克不想和他深谈自己的事。

"那他不会留你太久了。"

"他要把我拴到死。"

拉尔夫神父打了个哈欠,定下心来睡觉。"晚安。"他说道。

早晨,云层压得愈加低了,但是整个白天雨却没有下下来,他们把第二个围栏也清完了。从德罗海达的东北到西南有一条不高的山脊,牲畜全部都集中到了这一带的围栏里。要是小河和巴温河的水涨过河槽的话,在这里还可以找到更高一些的地面。

天快黑的时候,雨下来了。这时,弗兰克和神父正匆忙地往牧羊工头屋下那条河中可以涉水而过的地方紧赶着。

"现在担心跑垮了马是没用的!"拉尔夫神父喊道,"你踩稳了,小伙子,要不你会淹死在泥塘里的!"

顷刻间,他们身上都湿透了,硬结的地面也湿透了。土质微细而板结的土地变成了一片泥乡泽国,淤到了马的跗关节,使它们步履踉跄。他们设法努力趱行。草地还可以走,但是,来到小河附近那片被踩得光秃秃的地面时,他们不得不下马了。马匹一旦解除了负担,倒没什么麻烦了,可是,弗兰克却发觉无法保持平衡。这比在滑冰场里还要糟糕。他们手脚并用,慢慢往小河的河岸顶上爬去,又像投石似的滑下了河岸。通常只被 1 英尺深的潺湲流水淹没的铺石路面现在翻滚着高达 4 英尺的泡沫。弗兰克听见神父在哈哈大笑着。在叫喊和湿透的帽子的拍打驱策下,马匹总算安然无恙地爬上了远处的河岸。但是弗兰克和拉尔夫神父却上不去,每次试着往上爬,都滑了下来。正当神父提议爬到一棵柳树上去的时候,那没人骑的马匹跑去惊动了帕迪,他拿着绳子来抛给了他们,把他们拉了上来。

拉尔夫神父微笑着摇摇头,谢绝了帕迪的殷勤相请。

"我得到大宅里去。"他说道。

仆人们还没听见他的唤门声,玛丽·卡森已听到了,因为他绕道转到了前门,认为这样到自己的房间更方便一些。

"你可不能像这样进去啊。"她站在回廊里,说道。

"那就行行好,给我拿几块毛巾来,再把箱子也拿来。"

她毫无窘态地看着他脱去了他的衬衣、靴子和马裤,当他用毛巾擦掉身上的烂泥时,她靠在通往客厅的那扇半开的法式门上。

"你是我见过的最英俊的男人,拉尔夫·德·布里克萨特,"她说道,"为什么有那么多教士长得都很漂亮呢?因为是爱尔兰人吗?爱尔兰可真是一个俊美的民族。要不就是漂亮的男人想借教士的职位来逃避他们相貌所引发的后果?我敢打赌,基里的姑娘们为你把心都想碎了。"

"我早就学会不拿正眼去瞧那些害相思病的姑娘了。"他笑了起来,"无论哪一个50岁以下的教士都是她们某些人的目标,而35岁以下的教士则常常是她们全体的目标。不过只有新教的姑娘才公然地试图勾引我。"

"你从来不直截了当地回答我的问题,对吧?"她直起身来,把手掌放在他的胸口上,不动了,"你是个爱奢侈、好享乐的人,拉尔夫,你的条件很有利啊。你全身的皮肤都这么黝黑吗?"

他微笑着,低了低头,随后又冲着她的头发大笑起来,两手解开了棉内裤的扣子,内裤落在地上以后,他一脚将它踢开,像尊普拉克塞泰力斯[①]的雕像似的站在那里,而她则围着他转,不慌不忙地看着。

这两天他很兴奋,突然意识到她也许比他原来想象的更脆弱,这使他兴奋不已。但是他了解她,觉得问问也无妨:"你想让我跟你做爱吗,玛丽?"

她注视着他两腿中间那松垂的东西,高声笑了起来。"我不愿意太难为你了!你需要女人吗,拉尔夫?"

他轻蔑地把头往后一扬。"不!"

"男人呢?"

"他们比女人更糟糕。不,我不需要。"

"那么需要你自己吗?"

"最不需要了。"

"有意思。"她把法式门全推开,穿过门走进了客厅。"拉尔夫·德·布里克萨特红衣主教大人!"她挖苦道。但是,她躲开了他那双富于洞察力的眼睛,坐进了高背椅中。她紧紧地攥着拳头,抱怨着阴差阳错的命运。

[①] 普拉克塞泰力斯(前370?—前330?),著名雅典雕刻家。

拉尔夫神父一丝不挂地走出了回廊，他两臂高高举过头顶，合上双眼，站在修剪过的草坪上。他任凭温热的瓢泼大雨冲刷着他，击打着他，在他光溜溜的皮肤上激起一种异样的感觉。天黑得伸手不见五指，而他身上却软塌塌的，毫不为之所动。

河水爬上了小河的堤岸，悄悄地没过了帕迪家房子的木桩，漫过了远处的家宅围场，向大宅流去。

"水明天就会退下去的。"帕迪忧心忡忡地赶去报告时，玛丽·卡森说道。

一如既往，她是正确的。下一个星期里，水退了下去，最终退到了它原先的河槽里。太阳出来了，阴凉处的温度迅速地上升到115度。草地似乎和天空连成了一片，草深没膝，干净光亮，异常炫目。被雨水洗去了尘土的树木在闪闪发光，一群群鹦鹉也从它们所去之处飞了回来，在雨点落到它们隐没在树林中彩虹般的身上时，它们比以往更加聒噪地啁啾着。

拉尔夫神父回去帮助他那些受了怠慢的教民了，他知道他是不会受到斥责的，因此心情泰然。他那朴素的白衬衫下面，贴胸放着一张1000镑的支票，主教大人会欣喜若狂的。

羊群回到了它们以往的牧场上，克利里一家不得不学习内陆午睡的习惯了。他们早上5点钟起床，中午之前把一切都安排妥帖，然后便大汗淋漓地倒身睡去，直到下午5点钟。在家的女人和围场上的男人全都一样。5点钟以后，他们便开始干那些早些时候无法干的零杂活，太阳西沉以后，就在走廊外的一张桌子上吃饭。所有的床铺也搬到了外面，因为通夜都炎热难耐。几个星期以来，似乎不论是白天或黑夜，温度计的水银柱都没下过100度。吃牛肉已经是很久以前的事了，现在吃的只是小块的、在吃完前不至于腐烂的绵羊肉。他们希望能换换口味，不再吃那老一套的烤羊排、炖羊肉和各种用碎羊肉、咖喱羊肉、烤羊腿、水煮腌羊肉和蒸羊肉做的羊倌馅饼了。

但是，2月初，梅吉和斯图尔特的生活有了突变。他们被送到了基兰博的女修道院寄宿，因为再没有比这更近的学校了。帕迪说，等哈尔够了年龄，可以接受悉尼黑色男修士学校的函授教育，而在此期间，由于梅吉和斯图尔特一直习惯有老师教他们，于是玛丽·卡森就慷慨解囊，供他们在圣十字架女修道院寄宿和就学。再说，菲因为要忙着照看哈尔，也无法监督函授的课程。杰克和休吉不能继续受教育，这在一开始就是不言而喻的。德罗海达需要他们在工地上出力，而这正中他们的下怀。

对比德罗海达的生活，尤其是对比在瓦希尼的圣心修道院里的日子，梅吉和斯图尔特发觉圣十字架修道院里的生活是陌生而又平静的。拉尔夫神父曾经用心良苦地告诉过修女们，这两个孩子是由他保护的，他们的姑妈是新南威尔士最富有的女人。于是乎，梅吉的腼腆也就由恶习而变成了一种美德，斯图尔特的孤僻以及他那一连几个钟头凝望悠悠长空的习惯则为他赢得了"圣洁"的美誉。

生活的确十分宁静，因为这里只有寥寥可数的几个寄宿生。这个地区有钱供得起子女上寄宿学校的人无一例外地都宁可把子女送到悉尼去。女修道院里散发着上光漆和花的香味，黑暗而高大的走廊里笼罩着宁谧和极为神圣肃穆的气氛。声静响息，生活是在一层薄薄的黑纱背后进行的。没有人用藤条打他们，没有人冲他们大呼小叫，事事都有拉尔夫神父呢。

他常常来看他们，并且定期让他们留住在神父宅第里。他决定用精美的苹果绿来油漆梅吉住的房间。他买来了新窗帘和床上用的新被褥。斯图尔特继续住在那间用米黄色和棕色重新漆过两遍的房间里。斯图尔特是不是快乐，拉尔夫神父似乎从来就没有操过心。他是因为单独让梅吉留宿不妥才带上斯图尔特的。

拉尔夫神父既不知道自己为什么如此喜爱梅吉，也没有花很多时间去伤这个脑筋。喜爱出于怜悯，这是那天在灰飞尘扬的车站广场上，他看到她落在后面的时候开始的。他敏锐地猜到是她女性的贞淑才使她区别于家人的。至于弗兰克为什么也索然离群，他根本就不感兴趣，也没有感到要怜悯弗兰克。弗兰克的身上有某种使人温情顿消的东西：一颗阴郁的心，一个黯淡无光的灵魂。可是梅吉呢？梅吉使他无法遏制地深为动心，他真不知道这是什么原因。她头发的颜色使他心旷神怡，她眼睛的色彩和样子像她的母亲，非常美丽，但却更加可爱，更加传神。至于她的性格，他认为那是完美无瑕的女性的性格，温良内向而又极其坚强。梅吉不是一个叛逆者。相反，她将毕生顺从，不越女性命运雷池一步。

但是，所有这些并未改变事情的全貌。也许，如果他更深刻地剖析一下自己的话，他会明白，他对她的感受是时间、地点和人所产生的奇怪结果。谁也不觉得她举足轻重，这就意味着，在她的生活中存在着能让他插足并把握她、赢得她的爱的空间。她是个孩子，因此，对他的生活道路和教士的声誉没有任何危险。她楚楚动人，而他则以美为乐。他最不愿意承认的是：她填补了他生活的空缺，这是他的上帝所无能为力的，因为她是一个有情有爱的血肉之躯。倘若他送给她礼物，她的家人会感到窘迫，他不能这样做，因此，他就尽量多和她在一起，用重新装修她在神父宅第里的房间来消磨时间和精力。这与其说是为了使她高兴，毋宁说是在搞个镶嵌物来衬托他的瑰宝。他为梅吉所做的一切都是货真价实的。

5月初的时候，剪毛工们来到了德罗海达。玛丽·卡森对德罗海达的一切情况，事无巨细，都是了如指掌的。在剪毛工到来的几天以前，她把帕迪叫到了大宅。她坐在高背椅中，连身子都没动，就准确地告诉他应当做什么了，连细枝末节都交代得清清楚楚。帕迪习惯的是新西兰的剪毛活儿，有26个工位的巨大剪毛场当初还真使他大吃一惊呢。现在，在和姐姐谈过话以后，情况和数字便在他的脑子里翻腾开了。要在德罗海达剪毛的不仅是德罗海达的羊，布格拉、迪班-迪班和比尔-比尔的羊也要在这里剪毛。这就意味着这里的每一个人，不论男女，都要苦干一场。集体剪毛是这里的习惯，使用德罗海达剪毛设施的各个牧场自然要派人来全力帮忙，可是，干那些零星活计的担子就不可避免地要落在德罗海达人的肩头上。

剪毛工们自己带做饭的人来，从牧场的商店里买食物，但是得保证这大批食品的供应。摇摇欲坠的、带厨房的临时工棚和附设的简陋浴室必须冲刷、清理，并且备好褥子和毯子。并不是所有的牧场对剪毛工都是像德罗海达那样慷慨大方的，而德罗海达是以它的好客和"棒得累死人的剪毛场"的声誉为豪的。由于这是玛丽·卡森参与的一项活动，因此她不吝惜金钱。它不仅是新南威尔士州最大的剪毛场之一，而且也需要雇用最能干的人，有杰基·豪那种能力的人。这些剪毛工在把行李包扔上包工头的那辆旧福特卡车，消失在去另一个剪毛场的路上之前，得剪完三十多万头绵羊的毛。

弗兰克有两个星期不在家了。他和老牧工比尔巴雷尔·皮特带着一群狗、两匹牧羊马和由一匹不愿拉车的小马驾辕的一辆轻型单座两轮马车，载着他们最起码的必需品，到西边远处的围场去了。他们得把羊逐渐地赶到一起，进行挑选和分类。这是一个既缓慢又乏味的活计，与洪水前的那种猛轰猛赶不可同日而语。每个围场都有自己的畜栏，部分分级和打印记的工作在畜栏里就进行了，分好的羊群留在那里，直到被送进剪毛场为止。剪毛场的畜栏一次只能容纳10 000头羊，所以，剪毛工们在那里的时候，活儿是不会轻松的，老是得紧张地忙着把没剪毛的羊群和剪过毛的羊群赶进赶出。

弗兰克走进厨房的时候，他母亲正站在水池边干着她那没完没了的活儿——削土豆皮。

"妈，我回来了！"他说道，声音里充满了快乐。

她转过身来的时候，显出了凸起的肚子。离家两个星期使他的眼光敏锐了。

"噢，天哪！"他喊道。

她那望着他的双眼失去了欢愉之色，脸羞得通红。她伸出双手捂住了她那鼓起的围裙，好像那双手能遮住衣服所遮不住的东西似的。

弗兰克颤抖了起来。"那个下流的老色鬼！"

"弗兰克，我不许你说这种话。现在你是个男子汉了，你应当理解。这和你自己到这个世上来没什么两样，应当受到同样的尊重。这没什么的。你侮辱你爸爸的时候，你也在侮辱我。"

"他不该这么做！他早就不该碰你了！"弗兰克气呼呼地说道，揩去了正在哆嗦着的嘴角上的唾沫星儿。

"这没什么丢脸的，"她没精打采地重复道，用她那明显疲倦的眼睛望着他，仿佛她突然决定将羞愧永远掩藏起来似的，"弗兰克，怀上孩子没什么丢脸的，连让我怀上孩子的那种事儿也不丢脸。"

这次轮到他脸红了。他无法继续面对她的注视，于是，他转过身去走进了他和鲍勃、杰克、休吉同住的房间。这房间空荡荡的四壁和几张单人小床在嘲笑着他，枯燥无味和毫无特色的外观也在嘲笑他。这里缺少一个能使它生气勃勃的人，缺少一种能使它超凡入圣的目标。她的脸庞呢，她那被金发的光晕衬托着的美丽而疲倦的脸庞，正因为她和那个多毛的老色鬼在这炎炎夏日里所干的好事而感到火辣辣的。

他无法摆脱这件事，无法摆脱她，无法摆脱他心灵深处的种种思绪，无法摆脱出于他的年龄和男子本能的饥渴。在大多数情况下，他总是设法把这些念头压下去，但是在她将她的色欲的实实在在的证据堂而皇之地展示在他眼前的时候，在她把她和那个老色鬼所干的好事当面对他说出的时候，他该如何看待，该如何认同，又该如何承受呢？他希望能把她看作如同圣母一样的神圣、纯洁，而又白璧无瑕；看作一个能超脱于这种事情的人，即使世上所有的女性都犯这样的罪孽。他对她的看法是错误的，这一点由她亲自证实，简直叫他快发疯了。想象她绝对贞洁地和那个丑陋不堪的老家伙躺在一起，在一处睡觉，但夜里又绝不相向而卧或挨在一起，这已经成了支持他神志正常的必需了。啊，上帝呀！

一种咔嚓的声响使他朝下望去，他发觉他已经把床脚的黄铜杆扭成了 S 形。

"你为什么不是我爸呢？"他问着那铜杆。

"弗兰克。"母亲站在门口叫道。

他抬起头来，一双黑眼睛熠熠闪光，就像是被雨水打湿了的煤块。"我早晚会宰了他的。"他说道。

"你要是那样干的话，我也会去死的。"菲说着，走到床边坐了下来。

"不，我要让你自由！"他充满希望地、任性地反驳道。

"弗兰克，我永远不会自由的，我也不想自由。我倒想知道你这无名火是打哪儿来的，可我不知道。这既不是我的错，也不是你爸的错。我知道你不顺心，但你用得着拿我或拿你爸来出气吗？你为什么非要把事情搞得那么紧张呢？为什么？"她低头看了看自己的双手，又抬起头来看着他。"我不想说这些话，可是我想我非说不可：现在是你找个姑娘的时候了，弗兰克，结婚吧，自己成个家吧。德罗海达有房子。在这一点上我从来没为别的男孩子担忧过，他们好像和你的天性完全不一样。可是，你得有个妻子，弗兰克。你有了妻子，就不会有时间来想我了。"

他转过身去背对着她，不愿再转过身来。她在床上约莫坐了五分钟，希望他能说些什么。随后，她叹了口气，站起身来，走出了房间。

Two
1921—1928
Ralph

5

剪毛工们走了以后，这个地区笼罩着一片冬日的沉闷景象，就在这时，一年一度的基兰博娱乐会和野餐赛马开始了。这是社交日程表中的一件头等重要的大事，要持续两天的时间。菲觉得不舒服，因此没有去，于是帕迪开着那辆劳斯莱斯汽车载着玛丽·卡森进城去了。他的妻子不在身边，帮不了他的忙，这就无法使玛丽的舌头规规矩矩的，不随便乱讲。他已经注意到了，由于某种神秘的原因，菲在场的时候，他姐姐就矮了一截，气焰也不那么嚣张了。

别的人全都去了。男孩子们被告诫要规规矩矩，否则就要他们的命。他们和比尔巴雷尔·皮特、吉姆、汤姆、史密斯太太以及女仆们一起坐上了一辆卡车，而弗兰克却独自一个人驾着那辆T型福特卡车早早就去了。参加活动的成年人都要留在那里过夜，等着第二天的赛马会。玛丽·卡森谢绝了拉尔夫神父请她在神父宅第住宿的邀请，其中的缘由她自己是再清楚不过的了。但她却怂恿帕迪和弗兰克接受了邀请。两个牧羊工、汤姆和花园杂工钻到什么地方去了，谁都不得而知，不过史密斯太太、明妮和凯特在基里有朋友，她们就住到朋友那里去了。

上午10点钟的时候，帕迪把他姐姐安顿在帝国旅馆最好的房间里，自己则下楼到了酒吧间。他看见弗兰克站在吧台边，手里拿着一大杯啤酒。

"下一杯我来买吧，伙计，"帕迪和蔼地对儿子说道，"我得送玛丽姑姑去参加赛马会的午餐会，如果要我在你妈不在的时候去受这份洋罪，我得有点精神食粮才成。"

直到人们真的试着一反多年形成的惯常行为时，才发现战胜习惯和敬畏心要比想象的难。弗兰克发现他干不出他渴望干的事，不能当着酒吧里许多人的面把杯子里的酒泼到他父亲的脸上去。于是，他把剩下的啤酒一饮而尽，有点儿不痛快地笑了笑，说："对不起，爸，我已经答应到娱乐场去会几个哥们儿了。"

"哦，那就去吧。不过这个你拿去，你爱怎么花就怎么花吧。痛痛快快地玩一玩，要是你喝醉了，可别让你妈发觉啊。"

弗兰克瞪眼瞧着他手中那张蓝色的、皱皱巴巴的5镑钞票，恨不得把它撕成碎片，摔在帕迪的脸上。然而，习惯又一次占了上风。他折起那张票子，放进他的表袋里，谢了谢他父亲。他无法做到不去接这张钞票而大步走出酒吧。

帕迪穿着他那件最好的蓝色西服，背心扣得整整齐齐，金表上拴着一条金链和一个劳伦斯金矿出产的天然金块做成的坠子。他拉了拉他的赛璐珞硬领，看了看酒吧间里是否有他熟悉的面孔。在他到德罗海达以来的九个月里，他不常到基里来，但是他作为玛丽·卡森的弟弟和显而易见的继承者的地位就意味着他无论在城里什么地方，都会受到殷勤备至的接待，人们也清楚地记得他的面孔。有几个男人在冲他微笑着，大声喊叫着要请他来一杯啤酒。不一会儿，他便混到那一小群兴致勃勃的人中间去了，把弗兰克忘在了脑后。

这些日子，梅吉梳起了辫子，因为没有一个修女情愿去侍候那头鬈发（尽管玛丽·卡森有钱），鬈发被编成了两条粗辫子垂在肩头，上面扎着两条海军蓝的丝带。她穿着圣十字架学校学生的那套素净的海军蓝制服，一位修女陪着她从修道院穿过草坪，把她交给了拉尔夫神父的女管家。她很喜欢这姑娘。

"哎哟，这小姑娘的头发真好看，简直和苏格兰高地姑娘的一模一样。"有一次神父问到她的时候,她高高兴兴地向他解释道。安妮一向是不怎么喜欢小姑娘的,并且还曾为神父宅第与学校太近而感到遗憾。

"得啦,安妮!头发是没有生命的。你不可能仅仅因为她头发的颜色就喜欢她呀。"他故意逗着她说道。

"啊,哎呀,你明白,她是个纯洁的小姑娘——挺哏儿的。"

他根本不明白,但他既没问她"挺哏儿的"是什么意思,也没有对这个词与梅吉的名字念得一样顺溜发表什么评论。有时候,最好不要把安妮的意思弄得水落石出,或者是对她的话过分注意而使她更来劲儿。用她自己的话来讲,她是个能掐会算的人,倘若她怜惜这孩子,他可不想听她说她怜惜的是她的将来,而不是她的过去。

弗兰克来了,他还因为在酒吧间偶然碰到他父亲而浑身哆嗦着,他不知道干些什么才好。

"喂,梅吉,我带你赶集去。"他说着,伸出了一只手。

"干吗不让我带你们俩一起去呢?"拉尔夫神父问道。他也伸出了一只手。

梅吉夹在两个她所崇拜的人中间,紧紧地拉着他们的手,她真是快乐极了。

基兰博娱乐场设在巴温河畔,挨着赛马场。尽管洪水已经退去六个月了,但泥浆仍然没有干透,先来的人们已经急不可耐地把它踏成了烂泥塘。在绵羊、牛、猪、山羊和那些第一流的、无可挑剔的夺奖候选者的围栏之外,有许多摆满了手工艺品和吃食的帐篷。他们看着那些牲畜、糕饼、钩针编织的围巾、针织的婴儿装、刺绣的桌布、猫、狗和金丝雀。

与这一切遥遥相对的是赛马场,那里,年轻的男女骑手们正在裁判员面前不紧不慢地骑着他们那截短了尾巴的坐骑。在咯咯笑着的梅吉的眼里,那些裁判员本身看上去就很像马。女骑手们穿着漂亮的哔叽女骑装，高高地侧坐在高头大马的鞍子上。她们的大礼帽上缠着一束撩人的轻纱。在看到一个了不起的姑娘骑着一匹活蹦乱跳的马做出一系列高难度腾跃动作，并且一如开始那样无可挑剔地结束她的表演之前，梅吉是想象不出一个人怎么能稳坐在摇摇晃晃的马背上，即使马儿跑起来，头上的帽子也纹丝不动。这时，那姑娘性急地用马刺刺了一下她的坐骑，穿过潮湿的地面，在梅吉、弗兰克和拉尔夫神父的面前勒住马，挡住了他们的去路。姑娘钩在鞍上的、穿着雪亮的黑色长筒靴的一条腿脱开了，只见她坐在鞍子的一侧，傲然地伸出了戴着手套的双手。

"神父！劳驾抱我下来！"

他向上伸出两手搂住了她的腰，她的手搭在他的肩膀上，他轻巧地一转身把她抱了下来。她的脚跟刚一沾地，他便撒开了手，把她那匹坐骑的缰绳拿在手中，往前走去。那姑娘和他比肩而行，毫不费力地大步跟着他。

"卡迈克尔小姐，赛马你会夺标吗？"他用极其冷淡的声调问道。

她一噘嘴。她正当韶光，貌美如花，他那叫人难以捉摸的、超凡脱俗的脾性使她恼火。"我希望能赢，可是我没把握。霍普顿小姐和安东尼·金太太也都参加比赛。不过，花式骑术比赛我能赢，所以，要是赢不了赛马，我也不会发牢骚。"

她说话时，那圆润的元音非常悦耳，满口是一个经过精心培养教育的年轻小姐的妙语隽言，她的嗓音中没有丝毫兴奋和土语的痕迹。拉尔夫神父和她说话的时候，他自己的声音也变得圆润起来，连那令人愉悦的淡淡的爱尔兰味儿也没有了。仿佛她把他引回了他也同样有过的岁月之中去了。听着他们轻松但却谨慎的措辞，梅吉感到迷惑不解。她皱起了眉头，不知道拉尔夫神父身上起了什么变化，而只知道他有了变化，而且是她不喜欢的变化。她松开了弗兰克的手，确实，这情形使他们继续并肩而行变得别扭起来了。

这时，他们来到了一个宽阔的水坑前，弗兰克已经落在了他们的后边。拉尔夫神父望了望水面，他的目光在闪动着。这水坑几乎是个浅塘，他转向了一直紧紧地和他拉着手的孩子，带着一种特别温柔的表情向她弯下腰去。这是那位小姐绝不会看错的，因为在他和她的彬彬有礼的交谈中，根本就没有这种柔情。

"我没有穿披风来，亲爱的梅吉，因此我不能当你的沃尔特·雷利①爵士。亲爱的卡迈克尔小姐，我相信你会原谅我的。"他把缰绳递还给了那位小姐，"我不能让我最喜爱的姑娘弄上满鞋泥浆，对吗？"

他抱起了梅吉，毫不费力地把她夹在后腰上，听任卡迈克尔小姐一手提着她那笨重的、拖到地面的裙子，一手拉着缰绳，在没人帮一帮的情况下，溅着泥水走过水坑。弗兰克在他们的后面大笑着，这笑声真是火上浇油。到了水坑的对面，她马上便离开了他们，扬长而去。

"我打心眼里相信，要是她能做到的话，一定会宰了你的。"在拉尔夫神父把梅吉放下时，弗兰克说道。这次邂逅，以及拉尔夫神父处心积虑的狠心的做法真是使他开心极了。在弗兰克的眼中，她长得如花似玉，一身傲气，似乎没有一个男人会简慢她的，哪怕是一位神父。可是，拉尔夫神父却肆无忌惮地粉碎了她的自信心，粉碎了她当作武器来使用的娘儿们迷人的法宝。弗兰克觉得，神父似乎讨厌她。讨厌她所代表的女人世界，那是一个他还没有机会领略过的微妙而又神秘的天地。由于他母亲的话刺痛了他，他希望卡迈克尔小姐能注意到他这个玛丽·卡森的继承者的长子，但是她却连存在着他这么个人都不屑于承认，纵使他身体粗壮、皮肤黝黑、眉

---

① 沃尔特·雷利（1554？—1618），英国军人，探险家，政治家。一次，沃尔特·雷利把自己的披风铺在泥坑上，以便让伊丽莎白女王通过。

清目秀，可她的注意力还是集中到了那个清心寡欲、似男若女的神父身上去了。

"别担心，就是再来这么几回，她也还是会凑上来的，"拉尔夫神父冷嘲热讽地说道，"她很有钱，因此，下个星期天她会风头十足地把一张10镑的票子放进教堂的奉献盘里。"他针对弗兰克的表情笑着。"我比你大不了多少，小伙子，尽管我从事这个职业，可我是个很世俗的人。别为这个怪我，就把它看作是我的阅历所致吧。"

他们已经远离了赛马场，走进了娱乐场里。梅吉和弗兰克对这个地方都很着迷。拉尔夫神父给了梅吉整整5个先令，而弗兰克自己有5镑。有足够的钱去付所有吸引人的棚场的入场费，真叫人开心。这地方人群拥来挤去，孩子们四处乱钻，睁大眼睛望着摆在破破烂烂的帐篷前那些不甚高明的、庸俗不堪的传奇画："天下最胖的太太"，"跳蛇舞的伊斯兰公主"（"请看她怎样惹眼镜蛇发火"），"印度的橡胶人"，"世界最强壮的男人格里厄斯"，"美人鱼赛蒂丝"。每个棚场前他们都付了钱，然后全神贯注地看着，没在意美人鱼赛蒂丝的鳞片已经黯然无光，微笑的眼镜蛇连一个牙齿都不剩了。

娱乐场的另一头有一个巨大的帐篷，它是如此之大，独霸一方。它的前面有一条高高的木板走道，背后挂着一幅与走道一样长的、像幕布似的起绒粗呢，上面画着几个居高临下、气势汹汹的人像。一个手拿麦克风的汉子正在对聚拢来的人们高声叫喊着。

"先生们，这里是吉米·沙曼著名的拳击班！敝班有八名世界最棒的拳手，哪位好汉愿意上来比试比试，打赢了可得奖金一笔！"

女人和姑娘们从听众中退了出去，男人和小伙子们从四面八方迅速地拥来。他们密不透风地围挤在走道的下面，围观者越来越多。八个拳手像古罗马大竞技场上列队行进着的角斗士一样，威风凛凛地排成一行站在那里，他们两腿分开，双手叉腰，对着啧啧赞叹的人群摆开了架势。他们穿着又黑又长的紧身衣裤和背心，灰色的紧身衣从腰部到大腿中部，紧贴在身上，梅吉还以为他们穿的是内衣内裤呢。他们的胸前用白色的大写罗马字体写着：吉米·沙曼拳击班。他们的个头儿全不一样，有的高，有的矮，有的适中，但体魄都极其强壮。他们轻松地相互闲谈着，大笑着，好像这场面对他们来说是家常便饭似的。只见他们活动着肌腱，做出不屑于卖弄的样子。

"嗨，朋友们，谁来较量较量？"那个招徕顾客的人粗声粗气地喊道，"哪一位想来比试比试？来斗一场吧，赢一张5镑的票子呀！"他敲着大鼓，一个劲儿地喊个不停。

"我来！"弗兰克喊道，"我来，我来！"

他甩开了拉尔夫神父想阻挡他的手，周围人群中凡是能看见弗兰克那小小个头的人全都笑了起来，好心地把他推到了前面。

可是那个招徕顾客的人却十分认真。这时拳击班里的一个人友好地伸出了手，把弗兰克拉上了梯子，站到了已经站着八条汉子的走道的一侧。"请不要笑，先生们，他个头儿虽然不太高，但他是头一个自告奋勇站出来的！大家知道，斗拳不看个头儿，要看斗得怎样！嗨，这位小老弟要试试身手——你们这些大高个的朋友怎么样，呃？来露一手，赢一张5镑的票子呀，和吉米·沙曼拳击班的哪位拳手较量较量吧！"

慢慢地，自告奋勇的人增多了。这些年轻小伙子有些不好意思地捏着自己的帽子，望着站在他们边上的那帮经过精心挑选的职业拳手。拉尔夫神父很想留下来看个究竟，但终于不情愿地断定，现在再也不能让梅吉留在附近了。于是，他把她抱了起来，随即转身离去。梅吉尖声叫了起来，他走得越远，她就叫得越响。人们都在看他们了。认识他的人太多了，这是很伤脑筋的事，更甭提这是多么有损尊严了。

"喂，梅吉，我不能带你进去！你爸爸会剥了我的皮，没错儿！"

"我要和弗兰克在一块儿,我要和弗兰克在一块儿!"她扯足了嗓门哭喊着,又蹬又踢,还想咬人。

"啊,真缠人!"他说道。

他不得不屈服了,伸手从口袋里掏出了所需的硬币。他向大帐篷掀开的进口走去,一边留意着是否有克利里家的男孩。可是哪儿也看不到他们,于是,他推测他们准是在赛马场上碰马蹄铁的运气,或者是在大吃肉馅饼和冰淇淋。

"神父,你不能带她进去!"拳击班的领班十分惊讶地说道。

拉尔夫抬眼望着天空。"只要你告诉我,咱们怎么能把她从这里带开,而又不至于因为有意作难孩子惹得基里所有的警察出来制止咱们,我倒乐得走呢!但是,她哥哥自愿来打擂台,不看到她哥哥把你的那些弟兄打个落花流水,她是不会走的。"

领班耸了耸肩。"好吧,神父,我不跟你争了。你们请进吧,不过记得让她躲开人群,你……你做做好事吧。不行,不行,神父,把钱收回兜里去吧。吉米会不高兴的。"

帐篷里似乎满满登登的都是成年男子和小男孩,他们围着中间的一个圆圈打转。拉尔夫神父在人群的后排靠着帆布帐篷找了个地方。他拼命地抓着梅吉。空气中弥漫着烟味儿和撒在地上的吸泥浆的锯末的香味。弗兰克的手上已经戴上了拳套,他是这一天的第一个挑战者。

从人群中出来的人击败某个职业拳手尽管不是常有的事,但却也不是从未有过的事。大伙儿都承认,他们并不是世界上最好的拳手,但他们中间确实有几个是澳大利亚最好的拳手。由于弗兰克身材的缘故,他被指定与一个体重112磅以下的蝇量级拳手比赛。他第三拳就把对手打倒在地,并且提出愿和另一个拳手再战。在他和第三个职业拳手较量的时候,消息传开了,帐篷里挤得水泄不通,要想再放进一个心急火燎的观众来都不可能了。

他几乎没挨上一拳,而他已经打出的可数的几拳反倒激起了他久已郁结在心头的怒气。他怒目圆睁,他的每一个对手都仿佛长着帕迪的面孔。人群发出的喊叫和喝彩声冲进他的脑子,好像有一个洪大的声音在叫着:上!上!上!哦,他是多么渴望能有打架的机会啊。自从到了德罗海达,他还没有过这样的机会呢!因为打架斗殴是他所知道的唯一能发泄自己的愤怒和痛苦的方法,当他打出使对方倒地的一拳时,他觉得耳朵里听到的沉闷的喊声变成了:杀!杀!杀!

随后,他们让他和一个真正第一流的拳手对垒。这是一个轻量级的拳手,他奉命和弗兰克保持一定的距离,看看他是否除了猛打狠揍以外还会拳术。吉米·沙曼的两眼闪着光。他总是在注意发现第一流的拳手,在穷乡僻壤里进行的对垒中他已经发现了几个。那轻量级拳手在照着吩咐行事,尽管他在力量上胜过一等,但却仍被步步紧逼着。弗兰克紧随不舍,一心要打死那个跳跳蹦蹦、躲来闪去的人。除了那人以外,他什么都看不见了。他从每一次扭打和拳来拳去中摸熟了这个即使是在盛怒之下仍能思考的陌生的对手。尽管他饱尝了对手打出的拳头,他到底还是占了上风。他一只眼睛肿了,额头和嘴唇也破了。但是,他赢到了20镑,也博得了在场每一个男人的尊敬。

梅吉从拉尔夫神父已经放松的怀抱中挣了出来,他还没来得及抓住她,她就冲出了帐篷。当他在外面找到她的时候,她已经吐了一阵,正打算用小手绢擦她那双溅脏了的鞋子。他一言不发地把自己的手绢递给了她,轻轻地抚摸着她那光亮的头发。她正在啜泣着。刚才帐篷里的气氛也不合他的胃口,使他感到难受,他希望他职业的尊严能让他当众流露出这一点,从而减轻这种痛苦。

"你是要等弗兰克呢,还是愿意我们现在就走?"

"我要等弗兰克。"她依在他的身边喃喃地说道,对他的镇定和同情充满了感激。

"我不明白你为什么如此牵动我那像一潭死水般的感情？"他若有所思地说道，尽管他相信她吐得很厉害，伤心得无心去听他说话，但他却需要像许多生活孤独的人那样，大声地说出自己的思想。"你别让我想起我的母亲。我从来没有过姊妹，但愿我能了解你和你那不幸的家……你的日子难过吗，我的小梅吉？"

弗兰克从帐篷里走出来，一只眼睛上贴着膏药，破了的嘴唇上涂着药。自从拉尔夫神父认识他以来，他头一次显得喜气洋洋。教士觉得，这神态就和大家知道的多数男人与一个女人在床上度过了一个良宵以后的样子是一样的。

"梅吉在这儿干吗呢？"他粗声大气地说道，拳击场上的兴奋劲儿还没有完全过去呢。

"就差绑住她的胳膊腿儿啦，更甭提想堵住她的嘴。我可没法让她待在外边。"拉尔夫神父尖刻地说道，虽然不得不为自己辩解使他感到不快，但他对弗兰克会不会冲着他来也毫无把握。他一点也不怕弗兰克，但他却怕在大庭广众之下闹得不可开交。"她是因为你才受了惊吓的，弗兰克，她想尽量离你近一些，好亲眼看见你没事儿。别生她的气，她已经够难受的了。"

"难道你不怕让爸知道你到这种地方来过吗？"弗兰克冲着梅吉说道。

"咱们的观光就到此为止怎么样？"神父问道，"我想，咱们可以到我的宅第去休息一下，喝杯茶。"他拧了一下梅吉的鼻尖。"至于你，小姐，可以好好地洗一洗。"

帕迪在他姐姐那儿遭了一天罪，对她唯命是从。菲还从来没这么支使过他呢。她的脚上穿着进口的吉皮尔花边鞋，帕迪得帮着她穿过基里的泥沼地。她事事挑剔，动不动就发脾气。她仪态庄重地

123

和谁打招呼，他就得对谁赔笑，谈上几句。当她给"基兰博杯"的获奖者颁发祖母绿手镯时，他就得侍立在一旁。他想不通他们为什么把所有的奖金都花在买这么一个女人的小饰物上，而不是发一只金奖杯和一大扎票子。这是因为他不明白这个赛马会完全是业余性的，不明白那些参赛的人并不需要俗不可耐的金钱，相反，却可以漫不经心地把所得的奖品转送给家中的女人。骑着栗色马胜了金·爱德华的霍里·霍普顿把那只祖母绿手镯赢到了手。前几年，他已经赢得了一只红宝石手镯、一只钻石手镯和一只蓝宝石手镯。他有一个太太和五个女儿，并且说，在赢到六只手镯之前他是不会罢手的。

帕迪那件浆过的衬衫和加了赛璐珞硬衬的领子真磨人，蓝色的外套穿在身上太热，午餐招待会上的悉尼海鲜加香槟酒也不对他那惯于消化羊肉的胃口。他觉得自己是个傻瓜，或者说看上去像个傻瓜。他的衣服料子很好，但缝制费很便宜，式样也土气。他们和他不是一类人。他们是粗鲁的、穿着苏格兰呢衣的牧场主，有身份的主妇，露齿而笑的、爱骑马的年轻女郎，是那些被新闻报纸称为"牧场霸主"中的精英。他们尽量忘记他们曾在上个世纪中霸占了这里的大片土地，将它们据为己有。他们对这片土地的所有权随着联邦的建立和地方自治权的实行得到了默认。他们成了大陆上最受人羡慕的人，管理着自己的政党，将子女送进悉尼的高等学府，和来访的威尔士亲王饮酒畅叙。而他是个普普通通的克利里，一个工人罢了。他与这些殖民地的贵族毫无共同之处。他们只能使他想起他妻子的家庭，使他感到不自在。

所以，当他来到神父宅第，发现弗兰克、梅吉和拉尔夫神父正懒洋洋地围在炉子旁，似乎度过了美好的、无忧无虑的一天时，他便感到一股无名怒火从心头升起。失去菲那种有教养的支持，他是会失控的。他依然不喜欢他姐姐，就像他在爱尔兰的童年时代那样，他从来就不喜欢她。这时，他发现了弗兰克眼旁的膏药和肿起来的脸。这真是天赐的好借口。

"看你弄成什么样儿了！你怎么回去见你妈？"他吼道，"我一天不见你，你就犯老毛病，和路边多看你一眼的人打架！"

拉尔夫吃了一惊，跳起来，刚想说几句安慰话，可弗兰克比他还快。

"我靠这个挣到了钱！"他指着膏药，非常温和地说，"几分钟就赚了20镑，比玛丽姑姑一个月给咱们俩的工资还多。今天下午在吉米的帐篷里我打倒了三名出色的拳手，和轻量级冠军对阵时也挺了下来。我自己挣了20镑。我干的事可能不符合你的想法，但我今天下午赢得了在场每一个观众的尊敬。"

"打倒乡村集市上的几个无精打采、头脑发昏的老家伙，你就在这些人中间充好汉吗？弗兰克，长大些吧！我知道你的个头儿长不大了，但为了你妈，你的头脑应该成熟起来。"

弗兰克脸色惨白！就像是漂过的骨头。这是他受到过的最可怕的侮辱，而侮辱他的是他的父亲。他不能回击。他吃力地控制着自己的双手，从肺腑深处吐着气。"我打倒的不是不中用的老家伙，爸。你像我一样了解吉米是什么样的人。吉米亲口说过我要是当拳击手会大有前途的。他想让我进他的拳击班进行训练。他想付我工资！我可能不会再长个儿了，但我这个身材足以痛打世界上的任何人，也包括你这个可恶的老色鬼！"

帕迪明白这个词后面的含义，他的脸色顿时变得和他儿子一样惨白了。"你胆敢这样侮辱我！"

"你算什么东西？你真叫人恶心，比发情的公羊还坏！你就不能让她踏踏实实地待着？你就不能对她放开你的魔爪？"

"别说啦！不！别说啦！"梅吉尖叫着。拉尔夫一把抓住了她的肩膀，痛苦地把她拉到了自己的身上。她涕泪交流，激烈而又徒劳地想挣扎开来，"别吵啦，爸，别吵了！噢，弗兰克，请别吵啦！请别吵，别吵呀！"她尖叫着。

可是，只有拉尔夫神父听见了她的声音。弗兰克和帕迪面对着面，他们最终认识到，彼此之间既相互厌恶又相互畏惧。共同爱菲的堤坝溃决了，对菲的令人心酸的竞争显现出来了。

"我是她丈夫。我们有孩子，是上帝的赐福。"帕迪努力控制着自己，镇定地说道。

"你比到处追着母狗的公狗强不了多少！"

"你也不比那个生你的老狗好多少，不管他是谁！谢天谢地，反正跟我没关系！"帕迪叫道，随即停了下来，"啊！亲爱的基督啊！"狂怒像旋风一样离开了他。他弯下身子，浑身颤抖，用手拼命地抠自己的嘴，好像要把说了不该说的话的舌头扯出来。"我不是这个意思！我不是这个意思！我不是这个意思！"

帕迪的话刚一出口，拉尔夫就放开了梅吉，紧紧地抓住了弗兰克。他把弗兰克的右臂扭到背后，用左臂绕住弗兰克的脖子，勒住他。拉尔夫身强力壮，紧紧地夹住弗兰克，使他无力反抗。弗兰克想挣开身子，但他的反抗失败了。他摇摇头，表示屈服。梅吉扑在地上，跪在那里哭泣着。她的眼光无助地从哥哥身上移到父亲身上。她苦苦地哀求着。她不知道出了什么事，但她明白，这件事意味着她再也不能同时拥有他们两人了。

"你就是这个意思，"弗兰克嘶哑地说道，"我要是早明白就好了！我要是早明白就好了。"他吃力地把头转向了拉尔夫神父，"神父，放开我吧。我不会碰他的，上帝保佑，我不会碰他的。"

"上帝保佑你？上帝会让你的灵魂烂掉的！让你们俩的灵魂都烂掉！要是你们毁了这孩子，我就把你们宰了！"神父怒吼着，现在他是唯一发怒的人了。"你们知道吗？我是怕我不在你们俩会互相残杀，才把她留在这儿的，结果却让她听到了这番话！我真该让你们互相残杀，你们这两个卑鄙、自私的白痴！"

"好吧，我要走了，"弗兰克用奇怪的、无力的声音说道，"我要去参加吉米的拳击班，我不会再回来了。"

"你一定得回来！"帕迪喃喃说道，"我怎么对你妈说呢？对她来说，你比我们所有人加起来还重要，她绝不会宽恕我的。"

"告诉她，我去参加吉米的拳击班了，因为我想出人头地。这是实话。"

"我刚说的不是实话，弗兰克。"

弗兰克异样的黑眼睛闪着嘲讽的光芒。这眼睛还在神父初次见到时就使他感到惊奇。灰眼睛的菲和蓝眼睛的帕迪怎么能生出黑眼睛的儿子？拉尔夫懂得孟德尔①定律。即使菲的灰眼睛也不可能造成这种现象。

弗兰克拾起帽子和外套。"噢，那是实话！我早就该明白的。你没有妈妈在一间房子里弹钢琴的回忆！这表明你是在我后边得到她的。她先属于我。"他哑然而笑，"想想吧，这些年来我总是抱怨你拖她的后腿。实际上却是我，是我！"

"没人拖她的后腿，弗兰克，谁也没有！"神父喊道，想把他拉回来。"这只是上帝那难以捉摸的伟大计划的一部分。你应该这样想！"

弗兰克甩开了被夹住的手，用极轻的步子走到了门边。他注定要成为拳击手，这思绪从拉尔夫头脑的一隅生发，他萌生成为红衣主教的想法也是这样在一念间产生的。

"上帝那难以捉摸的伟大计划！"从门口传来了那年轻人嘲讽的声音，"德·布里克萨特神父，你当神父时，比应声虫高明不了多

---

① 孟德尔，奥地利生物学家、遗传学家。

少！我说上帝保佑你，因为你是这里唯一不了解上帝的人！"

帕迪坐在椅子上，脸色灰白。他吃惊地看着跪在炉子旁哭得东倒西歪的梅吉。他站起身来，走到她面前，但拉尔夫神父粗暴地把他推开了。

"别碰她。你干得够可以的了！橱柜里有威士忌，去喝点儿吧。我先送她去睡觉，然后回来和你谈谈，你别走。伙计，听见我的话了吗？"

"我会待在这儿的，神父。让她去睡吧。"

在楼上那间迷人的、苹果绿色的卧室里，神父替小姑娘脱掉了外衣和衬衫，让她坐在床边，然后再给她脱去鞋袜。安妮送来的睡衣放在枕头上。在脱她的衬裤之前，他把睡衣拉过来，从她的头上轻轻套下。他一直跟她扯着不相干的闲话，比如扣子拒绝被解开啦，鞋带顽固地紧缚着啦，缎带解不开啦，等等。她是不是在听，那就很难说了。烦恼、痛苦和难以言喻的童年悲剧，远远超过了她这种年纪可以接受的程度。她的眼睛越过他的肩头，忧郁地凝望着。

"现在躺下，亲爱的姑娘。安心睡吧，我一会儿就来看你。别担心，听见了吗？咱们以后再谈这件事。"

"她好吗？"当他回到客厅时，帕迪问。

拉尔夫神父伸手去拿橱柜上的威士忌，给自己倒了大半杯。

"我真的不知道。老天在上，帕迪，我想知道什么对爱尔兰人祸害更大，是酒呢，还是脾气？是什么使你说出那番话？不，别忙着回答！当然是脾气喽。当然，没错儿！我头一眼看见他时，就知道他不是你们的孩子。"

"没有什么能逃掉你的眼光，是吗？"

"大概是吧。反正我的教民遇上麻烦或有痛苦时，我不用费多大劲就看得出来。既然看出来了，尽力帮忙就是我的责任。"

"神父,你在基里是深受爱戴的。"

"毫无疑问,这靠的是我的脸和我的身材。"神父尖刻地说道。他本来想轻描淡写地讲这话的。

"你这样想吗?我不赞成,神父。我们喜欢你,是因为你在精神上是个很好的引路人。"

"嘻,不管怎么说,我好像完全卷进你们的麻烦中去了,"拉尔夫神父不安地说道,"伙计,你最好把心里话都倒出来吧。"

帕迪凝视着火光,在神父送梅吉去睡觉时,他尽量把炉火添旺,并带着极度的懊悔和狂乱做这件事。他手中的空杯不断地颤动着。拉尔夫神父站起身,把酒瓶拿来,把那杯子倒满。帕迪考虑了好一阵子,叹了口气,擦掉了脸上挂着的泪水。

"我不知道弗兰克的父亲是谁。这件事发生在我见到菲之前。她家人的社会地位在新西兰首屈一指。她父亲在艾希伯顿以外的南岛上拥有大片小麦地和众多的羊群。钱算不上什么东西。菲是他的独生女。据我所知,他为她安排好了一切——到故国去旅行,在社交界露面,找一个好丈夫。当然,她在家里从来不干活。他们有女佣、男管家、马车和马匹,生活得就像贵族。

"我是个挤奶工,我常常从远处看见菲带着一个大约一岁半的男孩子散步。后来,老詹姆斯·阿姆斯特朗来找我。他说,他女儿玷污了他的门风,没结婚就有了孩子。当然,这件事被压了下来。他们想把她赶走,可她祖母唠唠叨叨,不肯答应,他们别无选择,只好把她留下,尽管这是件尴尬的事。现在,她祖母快死了,谁也拦不住他们把菲和那孩子赶走。詹姆斯说我是单身汉,要是我肯娶她,并保证把她带离南岛,他愿意付给我路费,外加500镑。

"是的,神父,这是我的运气,我厌恶单身生活了。但我一直是个腼腆的人,从没和姑娘好过。这对我来说似乎是个好主意,老实说,我才不在乎那个孩子呢。她祖母听到了风声,便派人来找我,尽管她病得很厉害。我敢说，她平时一定是个很难对付的人，但却是一位真正的贵妇人。她把菲的事给我透露了一些，但没说孩子的父亲是谁，我也懒得问。反正她要我答应对菲好——她知道，她一死，他们就会把菲从那地方赶走，于是，她建议詹姆斯为她孙女找个丈夫。我很可怜那老家伙。她太喜欢菲啦。

"神父，你相信吗？我第一次接近菲并向她打招呼，就是我娶她的那天。"

"哦，我相信。"教士屏着呼吸说道。他望着杯中的酒，然后一饮而尽，又伸手去拿酒瓶，给他们两人各斟一杯。"因此，你娶了一个地位比你高得多的贵妇，帕迪。"

"是的。起首，我怕她怕得要死。那时候她太漂亮了，神父，所以……我都傻眼了，你明白我的意思吗？好像那不是她，好像这事是发生在别人的身上。"

"她现在仍然很美，帕迪，"拉尔夫神父温和地说道，"从梅吉的身上我能看出她上年纪以前的样子。"

"对她来说日子可不轻松，神父，可我不知道我还能做些什么别的。至少，她和我在一起是安全的，没受过虐待。一直过了两年我才有勇气——呃，成为她真正的丈夫。我不得不教她做饭、拖地板、洗熨衣服。她不知道该怎么做。

"神父，我们结婚这许多年来，她既不抱怨，也不笑不哭。只有在我们同床共枕时，她才显得有点儿情绪，但她从来不张口。我希望她说话，但又不想让她说，因为我一直在想，要是她说的话，一定是叫那人的名字。哦，我并不是说她不喜欢我或我们的孩子。但我太爱她了，不过我似乎觉得她一直没有动真感情，除了对弗兰克。我一直都明白，我们加在一起也赶不上她对弗兰克的爱。她一定爱他的父亲。可我一点儿也不了解那男人：他是谁？为什么她不能嫁他？"

拉尔夫神父低头望着自己的双手，眨动着眼睛。"哦，帕迪，真是活受罪啊！谢天谢地，我可没勇气去沾这个问题的边。"

帕迪摇摇晃晃地站了起来。"唉，现在我沾上了，神父，对吗？我把弗兰克赶走了，菲永远不会宽恕我的。"

"你不能跟她说，帕迪。不，你千万别告诉她。就跟她说弗兰克跟拳击手们跑了，就这样说。她清楚弗兰克一直不安分。她会相信你的。"

"我不能那样做，神父！"帕迪惊呆了。

"你必须这样做，帕迪。她经历的辛酸苦难还少吗？别再给她加码了。"他心里却在想：谁知道呢？也许她终将学会把对弗兰克的爱给予你，给予你和楼上的那个小东西。

"你真这么想吗，神父？"

"是的。已经发生的事不能再继续下去了。"

"可梅吉怎么办？她全听见了。"

"别担心梅吉，我会照料她的。我想，她除了知道你和弗兰克吵了架，别的什么都不会明白的。我会让她明白，既然弗兰克跑了，再把吵架的事告诉她母亲，只能徒增悲伤。此外，我有个感觉：梅吉不会先对她母亲多说什么的。"他站起身来，"去睡吧，帕迪。你明天参加玛丽的舞会时，得显得若无其事，记住了吗？"

梅吉没有睡着。床边的小灯闪着昏暗的光，她睁着眼睛躺在那里。教士坐在她的身边，发觉她还束着辫子。他仔细地解开蓝缎带，轻轻地拉着，直到头发散落在枕头和床单上。

"弗兰克走了，梅吉。"他说。

"我知道，神父。"

"你知道为什么吗，亲爱的？"

"他和爸干了一架。"

"你打算怎么办？"

131

"我要和弗兰克一起走。他需要我。"

"你不能走，我的梅吉。"

"不，我能走。我本打算今晚就去找他的，可我的腿发软，我也不喜欢黑夜。但一大早我会去找他的。"

"不，你千万别这样做。你知道，弗兰克得有自己的生活，他到了该走的时候了。我知道你不希望他走，但他很久以前就想走了。你千万别自私，你得让他过自己的生活。"千篇一律的重复，他想，要继续把这种观点灌输给她。"我们一旦长大成人，自然就有权利希望离开自己生长的家，到外面谋生活。弗兰克是个成年人了。现在他应该有他自己的家、自己的妻子和家庭。你明白吗，梅吉？你爸和弗兰克吵架只是表明弗兰克想走了。这不是因为他们互相厌恶。许多年轻人都是这样做的，这是一种借口。这次吵架给弗兰克找到了一个去做他长期以来就想做的事情的借口，一个弗兰克离开的借口。你明白吗，我的梅吉？"

她的眼光转到了他的脸上，停在了那里。那双眼睛是如此疲惫，如此充满了痛苦，如此老气横秋。"我明白，"她说，"我明白。我还是个小姑娘的时候，弗兰克就想走，可他没走成。爸把他带了回来，强迫他和我们待在一起。"

"但这次爸爸不会把他带回来了，因为爸爸现在不能强迫他留下来了。弗兰克永远走了，梅吉。他不会回来了。"

"我再也见不到他了吗？"

"我不知道，"他老老实实地答道，"当然，我愿意说你能再见到他，但没人能预言未来，梅吉，甚至连教士都不能。"他吸了口气。"你千万别告诉妈妈他们吵了架，梅吉。你听见我的话了吗？这会使她非常烦恼的，她身体不好。"

"是因为她又要生孩子了吗？"

"你怎么知道的？"

"妈喜欢养孩子。她生了好多。神父,她生了那么多好孩子,就是她身体不好的时候也生。我想自己生个像哈尔那样的孩子,那样,我就不会太思念弗兰克了,对吗?"

"单性生殖,"他说,"祝你好运,梅吉。可如果你失败了呢?"

"我还有哈尔呢,"她迷迷糊糊地说着,蜷起了身子。随后,她又说:"神父,你也会走吗?会吗?"

"总有一天会的,梅吉。但没那么快,我想,所以用不着担心。我觉得我会在基里待很久很久的。"教士答道,他的眼睛里充满了酸楚的神情。

Two
1921—1928
Ralph

6

　　梅吉总得回家，这是没法子的事。菲离开她就干不成事。这时，基里的女修道院只剩下斯图尔特一个人了。他绝了一次食，于是，他也得以回德罗海达去了。

　　时当8月，寒气逼人。他们来到澳大利亚刚好一年。不过，今年冬天要比去年冷。干旱少雨，空气干冷，于肺不利。大分水岭向东300英里，积雪之厚是多年未见的，但是，自前一个夏天下了一场瓢泼季雨以来，伯伦河口以西滴雨未落。基里的人们都说，天又要旱了。干旱不过是推迟了，但它一定会来的，也许就是这场干旱。

　　当梅吉见到她母亲的时候，觉得心情很沉重。这也许是一种告别童年时代，将要成为一个成熟女子的征兆吧。除了肚子大些以外，菲的外表没有什么变化，但是，她的心却像是一台慢下来的疲惫不堪的旧钟，走得愈来愈慢，直到永远地静止下来。梅吉觉得永远不会在她妈妈身上衰竭的那股活泼劲儿已经一去不复返了。她刚抬起双脚，便又放了下来，好像无法肯定怎样举步似的。步态上表现出来的现象说明她精神上乱了套。对即将出生的婴儿，她没有喜悦之情，甚至连怀上哈尔时的那种极其含蓄的满足之情也不复再见了。

　　那红头发的小家伙蹒蹒跚跚地满屋子跑，一刻也不肯闲地摸东碰西，可菲却压根儿不打算惩戒他，甚至连他干什么事她都不管。她闷头在炉子、案板、洗碗槽这些永远属于她的那摊东西之间苦干着，好像除此之外一切都不存在似的。于是，梅吉就别无选择了，她只有去填补那孩子生活中的空白，成了他的母亲。这算不上什么牺牲，因为她非常爱他，觉得他孤弱无助，她愿意将她打算全部慷慨奉献的爱都倾注给这个小家伙。他哭着要她，最先学会叫她的名字。他伸着胳膊要她抱。她心中充满了快乐，十分满足。尽管编织、缝补、洗烫、喂鸡以及其他所有必须干的活儿都很苦，但梅吉觉得她的日子过得非常愉快。

谁也未曾提起过弗兰克，但是，每隔六个星期，当菲听到邮政车来到的时候，都要翘首西望，显示出片刻的活力。然后，史密斯太太便会把大伙儿的邮件带来。当她看到里面没有弗兰克来的信时，那因苦苦思念而瞬间流露的关注便烟消云散了。

家里又添了两个新的生命。菲生了一对双胞胎，又给克利里家添了两个红头发的男孩儿，洗礼时命名为詹姆斯和帕特里克。这两个可爱的小家伙具备他们父亲那种开朗的气质和温和的脾气。他们刚一出生就成了毫不起眼的家庭成员，因为菲除了给他们喂奶之外，对他们毫无兴趣。不久，他们的名字便被简化成了詹斯和帕西。他们俩是大宅那边妇女们——两个老处女和孀居无子的女管家——的宠儿。她们对婴儿宠爱得要命。这就使菲轻而易举地将他们忘却了——因为他们有三个情深意切的母亲。随着时间的流逝，他们醒着的时间大都是在大宅那边消磨的，这已成了公认的事情了。梅吉在对付哈尔的同时，没有时间把他们揽在身边，哈尔太让人费神了。史密斯太太、明妮和凯特那笨手笨脚、毫无经验的讨好不对他的劲儿。满怀爱心的梅吉是他生活的核心，除了梅吉他谁都不想要，除了梅吉他谁也不要。

布鲁伊·威廉姆斯用他那可爱的马和那辆大而重的马车换了一辆卡车，于是邮件便成了四个星期来一趟，而不是六个星期来一趟了。可是，弗兰克连一个字儿也没寄来过。渐渐地，有关他的回忆变得十分淡漠了。回忆就是这样的，即使是那些充满深情厚爱的回忆也概莫能外，好像脑子里有一种无意识的愈合过程，尽管我们曾痛下决心永勿忘却，但它依然能使创伤弥合。对梅吉来说，弗兰克的形象已经从影影绰绰的可敬面容，变成了某种圣像。这模糊的圣像和真正的弗兰克已毫无关系，而是一个想当然是弗兰克的圣像。梅吉的绵绵追思就是这么淡漠下去的。而对菲来说，对弗兰克的思念已经被一种深不可及的缄默代替。她的热情全熄，犹如死水，再也泛不起涟漪了。

这变化悄然而至，谁都没有发觉。菲是在不动声色的沉默中垮下来的。她内心的东西，除了那个她暗中钟爱的新对象之外，谁都没有机会得以窥见这内心的世界。这是深藏在他们之间的一种不可言传的东西，是某种使他们的孤独得以缓解的东西。

也许这是势不可免的，因为在她所有的孩子中只有斯图尔特像她。他才14岁，便像弗兰克那样成了他父亲和兄弟们所完全不能理解的人。但他与弗兰克不一样，他并没有造成相互间的敌视。他毫无怨言地按吩咐行事，像别人一样地苦干，根本没有在克利里家的生活中掀起任何波澜。虽然他的头发是红色的，但是他的肤色在男孩子中间最深，比他们都要显得赤褐，他的眼睛就像背阴处那淡泊的水一样清澈，仿佛这双眼睛能看到事情最初始的阶段，看透一切事物的真相。他是帕迪儿子中唯一的一个被认为成年之后会相貌出众的人，尽管梅吉私下认为她的哈尔长大之后一定能超过他。谁都不知道斯图尔特在想什么，他像菲一样，很少讲话，从不发表自己的看法。他有一种完全一动不动的、令人纳闷的诀窍，就仿佛他缩进了自己的躯体。在年龄和他最接近的梅吉看来，他似乎能云游到某个谁也无法随之而去的地方。而拉尔夫神父却有另一番见解。

"那小伙子简直不属于人类！"在梅吉走后只剩下斯图尔特留在女修道院的一天，拉尔夫神父把绝食的斯图尔特送回了德罗海达。他说道："他说过他想回家吗？他说过他想梅吉吗？没有！他只是停止了吃饭，耐心地等待着我们这些笨脑壳想出其中的原委来。他没有开口抱怨过一次，当我走到他面前，大喊大叫地问他是不是想回家的时候，他就那么笑了一笑，点了点头！"

但是，随着光阴的流逝，事情就不言自明地摆了出来：斯图尔特是不会与帕迪和其他孩子们到牧场去干活的，尽管从年龄上看，他应该去。斯图尔特将留在家里看门、劈木柴、照管菜园、挤奶——干那些在家中要看三个孩子的女人没时间去干的活计。在这个地方留下个男人是明智的，尽管留下的是个半大小子，但这会证明其他的男人就在近处。因为这里常常会有些不速之客——后廊的台阶上会响起陌生人靴子的砰砰声，一个陌生的嗓音会问：

"喂，太太，能给过路人来点儿吃的吗？"

在内陆，这种无业游民多如牛毛，背着蓝色的包袱，从一个牧场游荡到另一个牧场。有从昆士兰州南下的，有从维多利亚州[①]北上的。这些人或是遇到了什么倒霉的事，或是不愿干一份固定的工作，宁愿步行流浪数千英里，寻找只有他们自己才晓得的东西。他们中间大部分是彬彬有礼的人。他们露面了，大口大口吃着肉，在包袱里裹上一点儿人家赠送的茶、糖和面粉，随后便消失在通往巴库拉和奈仁甘的小径尽头。斜挎的野餐铁罐颠个不停，身后颠颠地跟着骨瘦如柴的狗儿。澳大利亚的流浪者们极少骑马，他们步行。

偶然会有个把坏人来，专门注意那些家中男人外出的女人，其目的不是为了强奸，而是为了打劫。所以，菲在厨房的一个孩子够不着的角落中放了一支顶着火的滑膛枪，并且在她那双富有经验的眼睛确定了来人的品行前，要保证自己能率先拿到它。在把斯图尔特负责的家庭任务派定之后，菲高兴地把枪交给了他。

---

① 澳大利亚最南部的一个州。

尽管来人中大多数都是游民，但也不尽然，譬如，其中就有一个驾着老式的福特 T 型车[①]而来的沃特金斯人。他什么都贩运，从马的涂抹剂到香皂。这种香皂和菲在洗衣的铜盆里用脂肪和苛性碱做成的那种硬如顽石的货色不可同日而语。他带来了薰衣草水和科隆香水，防止阳光灼伤脸部皮肤的香粉和雪花膏。有些你做梦也想不到能从任何人手中买到的东西，那沃特金斯人却有，比如他的药膏，比任何药房里的药膏或传统的药膏要好得多，这药对牧羊狗肋部的伤口到人小腿上的溃疡，都有愈合的功效。无论他来到哪个厨房，女人们都会蜂拥而来，急不可耐地等他将他那百货箱"砰"的一声打开。

这里还有其他的买卖人，但是，他们都不如沃特金斯人那样定期到这个边远地区来，但他们同样受欢迎。他们什么都兜售，从特制的烟卷到整匹的布料，有时，还有俗艳而又诱人的内衣和紧身胸衣。内陆的妇女们极渴望他们的到来，因为她们很少出门，一年中兴许只到最近的市镇去一两次。她们离悉尼那些琳琅满目的商店、时髦货和花哨的女用装饰品太远了。

生活中似乎总是离不开苍蝇和尘土。很长时间滴雨未下，哪怕来一场稀疏小雨都能使尘土落下，苍蝇溺亡。由于缺少雨水，所以苍蝇愈多，尘土也就愈多。

每个房间的天花板上都松松垮垮地低垂着长长的、带黏性的、螺旋状的粘蝇纸，黑乎乎地粘着苍蝇的尸体。这是一天之中粘上去的。所有的东西都得时时遮盖，否则不是成了苍蝇狂欢之处便是成了苍蝇的葬身坟场。苍蝇留下的小黑点肮里肮脏地附在家具上、墙壁上和基兰博百货店的日历上。

[①] 美国人亨利·福特创办的福特汽车公司于 1908 年—1927 年推出的一款汽车。

噢，还有尘土！简直没法把尘土弄干净，那颗粒细小的棕色粉尘甚至能渗进紧紧盖着的容器里，把刚刚洗过的头发弄得毫无光泽，使皮肤粗糙，落满衣服和窗帘的褶缝，在刚刚掸过尘土的光滑的桌面上落上薄薄的一层。地板上满是厚厚的尘土，这是人们漫不经心擦靴子的时候落下来的，或是从敞开的门窗中随着又热又干的风飘进来的。菲不得不将起居室里的波斯地毯卷了起来，让斯图尔特用她看都没看就从基里的商店中买来的漆布将地毯包住。

人来人往最多的厨房铺上了柚木厚板，经过铁丝刷蘸着碱皂液没完没了的擦洗，柚木板被洗成了陈旧的骨头色。菲和梅吉想在上面撒一层锯末，于是斯图尔特便仔细地从木堆里收集来一些，将这些锯末掺上少许珍贵的水，撒在地上，然后将这些湿漉漉的、发着刺鼻香味的东西从门里扫出去，从后廊中撒到菜园里，任其在那里朽烂成为腐殖质。

小河干涸成一连串的水洼之后，山坳里除了尘土什么也留不住，所以，小河里已无水可汲来供厨房和浴室使用了。斯图尔特开着水槽车到远处，装满了水运回来，将水再灌入一只备用的雨水箱里。女人们不得不习惯用这种可怕的水洗碟子，洗衣服，给婴儿洗澡。这种水还不如那浑浊的小河水呢。这种腥臭的、发着硫黄味儿的矿物性的水，得小心地从盘子上揩净。这种水使头发变得像稻草一样干燥、粗糙。他们存下来的少量雨水被严格限于饮用和做饭。

拉尔夫神父温和地望着梅吉。她正在梳着帕西那红色的鬈发。詹斯乖乖地站在一边，但是却颇有些坚定不移地等着轮到他。他俩的蓝眼睛敬慕地望着梅吉。她真像个小妈妈。拉尔夫神父沉思着：一定有一种东西，使女人特别着迷于婴儿。在她这个年龄，这种事与其说是一种纯粹的快乐，毋宁说是一种负担，人们本来会尽快干完以便去做更有意思的事的。而她却不慌不忙地从头做起，将帕西的头发在手指间卷着,把那些不听话的头发卷成波浪形。有那么一阵工夫,教士陶醉在她的动作中,随后,他用鞭柄敲了敲满是灰尘的靴子的侧面,郁郁不乐地退到了走廊上,向着大宅方向张望着。大宅掩映在魔鬼桉和藤蔓之中,拥挤的牧场房屋和胡椒树把孤立的大宅与这个牧场生活的中心,也就是牧场工头的住处,分隔开来。那个老蜘蛛又在她那张巨网的中心搞什么鬼名堂呢?

"神父,你别张望啦。"梅吉责备着他。

"对不起,梅吉。我正在想事情呢。"他转过身来。她已给詹斯梳完了。在他把那对双生子一边一个地抱起来之前,他们三个人一直站在那里期待地望着他。"咱们去瞧瞧玛丽姑妈吧,好吗?"

梅吉拿着他的马鞭,牵着那匹栗色的牝马,跟着他上了路。他随便而亲昵地抱着那两个孩子,尽管从小河到大宅几乎有一英里的路,但他好像并不在乎。在厨房里,他将这对双生子交给了欣喜若狂的史密斯太太,然后将梅吉带在身边,顺着走道向上房走去。

玛丽·卡森正坐在高背椅中。这些年来,她很难得离开它走动走动。由于帕迪督办诸事甚得力,什么都不再需要她费心了。当拉尔夫神父拉着梅吉的手走进来的时候,她那恶狠狠的瞪视把这孩子搞得心慌意乱。拉尔夫神父感觉到梅吉脉搏的跳动在加快,便同情地捏捏她的手腕。小姑娘对她行了一个笨拙的屈膝礼,含糊不清地嘟囔了几句问候的话。

"到厨房去吧,姑娘,和史密斯太太一起喝茶。"玛丽·卡森简短地说道。

"你为什么不喜欢她呢?"当拉尔夫神父坐在那把他逐渐认为是为他准备的椅子中时,问道。

"因为你喜欢她。"她答道。

"啊,得啦!"这是她头一次使他感到不知所措,"她不过是个流浪儿罢了,玛丽。"

"你可不是这么看待她的,这个你自己清楚。"

那双蓝湛湛的眼睛讽刺地停留在她的身上。他从容得多了。"你认为我损害了一个孩子吗?我毕竟是个教士啊!"

"你首先是个男人,拉尔夫·德·布里克萨特!当教士使你感到安全,就是这么回事。"

他吃了一惊,然后大笑起来。不管怎么样,今天他无法搪塞她了。就好像她在他的铠甲上发现了裂隙,将她那蜘蛛毒慢慢地从那里渗透进去了似的。在基兰博,也许他起了变化,变得老了,变得甘愿以和为贵了。他的激情正在熄灭,或许,现在这激情是为其他的东西而燃烧吧?

"我不是一个男人,"他说,"我是个教士……也许,天气太热,到处是尘土和苍蝇……但我不是个男人,玛丽,我是个教士。"

"哦,拉尔夫,你的变化有多么大呀!"她嘲弄地说道,"让我听听,这样能成为德·布里克萨特主教吗?"

"这是不可能的,"他说道,眼中闪过一丝愁苦,"我想,我再也不想当主教了。"

她笑了起来,在她的椅子里笑得前仰后合。她望着他。"你不想了吗,拉尔夫?不想了吗?喂,我让你再多烦恼一会吧,但是你估计的那个日子快来了,这是毋庸置疑的。也许两三年还不行,不过这一天会来的。我会像撒旦一样,给你提供机会!但是,千万别忘了,我会让你苦恼的。你是我所见过的最迷人的男子。你用你的英俊当面嘲弄我们,蔑视我们的愚蠢。但是,我会让你尝尝自己弱点的苦果,我要让你像任何一个描眉涂唇的妓女一样出卖自己。你对此表示怀疑吗?"

他往后一靠,微笑着。"我不怀疑你会一试。不过,我并不认为你像你自己想象的那样了解我。"

"我不了解你吗?时间会证明的,拉尔夫,只有时间才能证明。

我老了，留给我的除了时间以外就一无所有了。"

"那么你认为我有什么呢？"他问道，"时间，玛丽，除了时间我也不剩多少了。只有时间、尘土和苍蝇。"

天空中浓云密布，帕迪开始觉得下雨有望了。

"这是干风暴。"玛丽·卡森说，"这种天下不了雨，我们会很长时间见不到雨水的。"

如果说，克利里家的人认为他们已经见识过澳大利亚最糟糕的气候的话，那是因为他们未曾经历过干旱的平原上的干风暴。由于失去了令人感到快慰的潮湿，干燥的大地和空气互相摩擦，使土地裸露、龟裂。一种令人恼火的摩擦力愈来愈大，只有到这种巨大的累积能量耗尽，才算完事。云层低压，天昏地暗，菲只得打开了室内的灯。在外面的牲畜围场里，马正在发抖，微微骚动地跳着；母鸡在寻找栖息的地方，忧惧地将头缩在胸前；狗在厮打着、吠叫着；牧场垃圾堆边上的猪把鼻子拱进土里，用那闪闪发光的、胆战心惊的眼睛往外看着。天空中黑云低压的力量使一切生灵都惊惶万状，厚密无垠的云层完全遮住了太阳，好像在准备让太阳的火焰突然喷射到大地上似的。

愈来愈响的雷声从远方传来，摇曳不定的电光在地平线上闪动，清晰地映出了起伏不平的地平线。漆黑、深邃的夜空中，令人惊骇的白色电光在发怒，在舒卷。这时，怒吼的狂风卷起了尘土，打在人的眼上、耳上、口上，生疼生疼的。天地大变了。人们不再把这想象成《圣经》中上帝的天谴神罚，他们顶住了这场灾难。当惊雷炸裂的时候，没有人能不吓一跳——它轰然炸开，好像要狂怒地把世界炸成碎片，但过了一会儿，住在一起的这一大家子人就习惯了。他们提心吊胆地走到外面的走廊里，目光越过小河，凝望着远处的牧场。闪电的巨大火舌像脉络似的漫天交叉闪动，天空中一刹那出现十几条闪电。倏忽即逝的链状电光在云层里驰掣游动,时而飞出云底,时而钻入云中,明明灭灭,蔚为壮观。草原上,被雷电击中的孤树散发着焦煳味,冒着烟。他们终于明白这些孤零零的牧场卫士为何死去了。

空中呈现出一种可怕的、神秘的色彩,尽管空气中暗藏火光,但却不再是不可捉摸的了。它发出粉红、淡紫和硫黄色的幽光,弥漫着一股久留不去的甜味,和难以辨别的、不可言喻的香气。树林在发着微光,火舌在克利里家人的红头发上加上了一层光晕,他们胳臂上的汗毛都竖了起来。这奇光异彩整整持续了一个下午,直到太阳落山,才慢慢地消失在东方。他们从这可怕而又迷人的景观之中缓过气来,感到心绪激动、紧张、烦躁、难以平息。天上一滴雨也没有落下来,但是他们都觉得这简直像大难不死,又重返阳间,从天地的雷霆暴怒中安然无恙地活了过来。这件事他们大家差不多在嘴边挂了一个星期。

"还有更糟糕的呢。"玛丽·卡森厌烦地说。

确实还有更糟糕的。第二个干旱的冬季比他们想象的要冷,本来他们以为就是无雪而已。夜里,大地冰冻数英寸,狗蜷缩在窝里,冻得直筛糠,靠大吃袋鼠肉和庄园里杀牛剩下的牛膘肉来取暖。这种天气至少意味着人们用牛肉和猪肉代替了那永不改变的羊肉。他们在房子里生起了呼呼作响的火,男人们夜间在牧场里寒冷难耐,不得不尽量回家来。可是,当剪毛工们来到的时候,他们却欣喜若狂,因为他们可以快点完事,少流汗水了。在宽大的羊圈中,每个人的剪毛位都是一块圆形的地板,这些地板的颜色比剩下的地板都浅得多。50年来,剪毛工们站在那里,汗水洒在木板上,使木板都变白了。

很久以前的那场洪水过去之后,这里依然有草,但是草长得很细,这是不吉利的。日复一日,天气总是阴沉沉的,光线昏暗,可就是不下雨。呼啸的风刮过牧场，天好像刚刚要下雨，它就旋转着把大片棕色的尘土刮到天上，让人误以为是漫天水汽，空受折磨。风吹起来的一团一团的尘土看上去活像是积雨云。

　　孩子们的指头上都长了冻疮。他们尽量不笑，因为嘴唇开裂了。脚跟和小腿在流血，他们不得不把袜子脱去。狂风尖厉，脸上根本暖和不起来。尤其是这房子的结构，它把每一股流动的空气都兜了进来，而不是将其拒之门外。他们在寒可结冰的屋子里上床睡觉，又在寒可结冰的屋子里起床，等待着妈妈尽量从炉旁铁锅架上的那口大锅里省下的一点热水，这样洗脸就不会成为牙齿捉对儿打战的苦事了。

　　一天，小哈尔开始咳嗽，呼哧呼哧地直喘，接着，病情急转直下。菲调起了黏糊糊的热木炭敷糊剂，在他那吃力地喘着气的小胸脯上摊开，可这好像并没有使他好转。开始，她并不感到特别忧虑，但是一天拖下来，他的病情迅速恶化，她就不知道该怎么办才好了。梅吉坐在他身边，绞动着双手，不断地嘟囔着，祈祷圣父和圣母马利亚。当帕迪6点钟走进来时，从走廊里就听到那孩子的喘息声。他的双唇发紫。

　　帕迪马上就动身到大宅打电话去了。可是，医生远在40英里之外，出门看另一个病人去了。他们烧着了一盘硫黄，将它举在锅上，企图让孩子将那慢慢地窒息住他喉咙的黏痰咳出来。但是，孩子已无法使自己的肋骨收缩，黏痰咳不出来。他的脸色变得更加发紫了，呼吸开始窘迫。梅吉坐在那里，抱着他，祈祷着。她的心痛苦欲裂，因为那可爱的小家伙每呼吸一次都挣扎一下。哈尔在所有的孩子中是和她最亲的一个，她就是他的母亲。以前，她从来没有这么渴望成为一个成年的母亲，认为那样她就成了一个像菲一样的女人了。不管怎样，她会有使他痊愈的能力。菲无法使他痊愈的，因为菲不是他的母亲。她慌乱而又恐惧地紧紧抱着那呼吸吃力的小身体，想帮助哈尔呼吸。

她从来没有想到过他会死,甚至当菲和帕迪跪在床前祈祷着,不知如何是好的时候,她也没想过。半夜,帕迪掰开了梅吉紧紧抱着那一动不动的孩子的胳膊,轻轻地将他放在一堆枕头旁。

梅吉的眼睛一下子就睁开了,她已经是半睡半醒,平静下来了,因为哈尔不再挣扎了。"哦,爸,他好些啦!"她说道。

帕迪摇了摇头,他显得萎靡而衰老,他的头发上结起了点点霜花,一个星期没刮的胡子上也结满了点点霜花。"不,梅吉,哈尔不是像你说的那样好些了,不过,他获得了安宁。他到上帝那儿去了,脱离了苦海。"

"爸的意思是说他已经死了。"菲冷冷地说道。

"啊,爸,不!他不能死啊!"

但是,那枕堆中的小东西已经死了。她一看到这情形心里就明白了,虽然她以前从来没有见过人死去。他看起来像个玩偶,不像个孩子。她站了起来,到外面去找那些弯着腰围坐在厨房的火旁心神不安地守夜的男孩子。史密斯太太坐在旁边的一把硬椅上,照顾着那对双生子。为了取暖,他们的摇床已经移到厨房里去了。

"哈尔刚刚死了。"梅吉道。

斯图尔特从思驰神骛的冥想中抬起眼来。"这样要好一些。"他说,"想一想那种宁静吧。"当菲从过道走出来的时候,他站起身来,走到她面前,没有碰她。"妈,你一定累了,去躺躺吧,我会在你的房间里生个火的。来,躺一躺吧。"

菲一言不发地转过身,跟着他去了。他们两人向外面的过道走去。剩下的男孩子们坐在那里互相推让了一会儿,随后也跟他们去了。帕迪根本没露面。一言不发的史密斯太太将走道角落里的童车推了出来,小心翼翼地把熟睡的詹斯和帕西放了进去。她看了梅吉一眼,泪水挂在她的脸上。

"梅吉，我要回大宅去了，我得把詹斯和帕西一起带走。明天早上我回来，不过，要是这两个孩子能与明妮、凯特和我一起待一会儿的话，是再好不过的。告诉你妈一声。"

梅吉坐在一把椅子上，两手交叉着放在大腿上。哦，他是她的，可是他死了！小哈尔，她曾经照看过他，爱过他，像母亲般地保护过他。他在她心目中占据的空间还是实实在在的，她依然能感到他那热乎乎、沉甸甸的身子靠在她胸前。当明白他永远也不会再在这里依偎着，真是太可怕了。她感受到他那沉甸甸的身体依偎在这里已经有四年之久了。不，这不是一件痛哭一场就能罢手的事！她曾经为艾格尼丝流过泪，为脆弱的自尊心受到损伤而流过泪，为一去不复返的童年时代流过泪。然而，这个重负她却得担到生命的最后一刻。他人虽死了，但他的音容将继续留在她的心中。有些人活下去的愿望十分强烈，有些人并不那么强烈。在梅吉身上，生的愿望就像钢缆一样顽强而又富于韧性。

当拉尔夫神父和医生一起走进来的时候，看到她已经打起了精神。她默默地指了指走道，但是并不打算跟他们去。由于玛丽·卡森给神父宅第打了一个电话，教士久藏在心中的一桩心事才如愿以偿：那就是到梅吉身边来，和她在一起，把他这个局外人的某些话告诉那个可怜的年幼的女性，就告诉她本人。他怀疑，是否还有另外一个人能完全理解哈尔对她意味着什么。

但拉尔夫还是忙了半天才抽开身。在灵魂尚未离开尸体的时候，要进行最后的礼拜式，还要去看望菲，看望帕迪，给他们一些实际的建议。医生已经走了，尽管他情绪十分沮丧，但是，由于医生长期习惯于这种不幸，以及他那无所不包的业务，这件事对他来说已经是例行公事了。据人们说，无论如何，他是帮不上忙的，这里离他的医院和那些受过专门训练的医护人员太远了。这里的人们得碰运气，得面对着恶魔，硬挺下去。他的死亡证明书将写明是"哮吼"①。这是一个信手拈来的病名。

拉尔夫神父终于没有什么需要处理的了。帕迪到菲那儿去了，鲍勃和其他的男孩子到木工房去做一具小棺材。斯图尔特待在菲卧室的地板上，他那完美的侧影和窗外夜空衬托出的菲的侧影是如此相像。菲正躺在枕头上，抓着帕迪的手，压根没注视过投射在寒冷地板上的杂乱暗影。时间已经是早晨5点钟，雄鸡在昏沉沉地骚动着，但是天还要黑好一阵呢。

拉尔夫的脖子上依然绕着紫红色的圣带，他已经忘记还在戴着它了。他俯身把厨房里快要熄灭的火拨旺，燃起了熊熊的火苗，又把身后桌上的灯拧小，在梅吉对面的木凳上坐了下来，望着她。她已经长大了，穿上了一步能跨7里格②的靴子。这预示着他将要被甩在后面，被她超过去。他望着她，这时，他感到一种强烈的不满足的感觉。在以前的生活中，他经常怀疑自己的勇气，但今天这股不满足感却比那种令人痛苦、困惑的怀疑来得更强烈。他到底怕**什么**？他不敢正视的到底是什么？他能够做到比别人都坚强，都无所畏惧。然而，恰恰在他最不希望那个莫名其妙的东西出现的时候，内心深处却偏偏期待着它的出现。它悄悄地溜进了他的意识，使他尝到了恐惧的滋味。可是，比他晚生18年的梅吉却不理会他的恐惧，径自长大成人了。

她并不是一个圣女，或是比大多数人美好。她只不过是从不抱怨，她具有善于容纳一切的天赋——或许这就是祸根？不管已经失去了什么，或将要遭逢什么，她都能勇敢地承受下来，将其储藏起来，投进她生存的熔炉中当作燃料。是什么教会她这样的？这本领能教吗？或许这只是他在幻想中臆造出来的她？这实际上有关系

---

① 一种喉头炎，旧称格鲁布喉炎，或义膜性喉炎。
② 1里格等于3英寸。

吗？有一点更为重要：她实际上是个什么样的人，或者他认为她是个什么样的人？

"哦，梅吉。"他无能为力地说道。

她转过身来，凝视着他，尽管她很悲痛，还是向他投来了毫不掺假的、充满了爱意的一笑。这是恣意纵情的一笑，在她的世界中，还没有成年妇女的那种清规戒律和压抑收敛。这样的爱使他神驰意荡、魂夺魄消，使他渴望向自己时怀疑其是否存在的上帝发誓，让自己成为任何一个人，但绝不是拉尔夫·德·布里克萨特。这就是那未知的东西吗？哦，上帝啊，为什么他这样爱她？但是，像往常一样，谁也不能给他答案，而梅吉仍然坐在那里向他微笑着。

黎明时分，菲起来做早饭了，斯图尔特在帮着她。这时，史密斯太太和明妮、凯特回来了。四个女人一起站在炉旁，压低嗓音，用单调的声音交谈着。她们组成了一个充满了悲伤的小团体，这种悲伤梅吉和教士都无法理解。吃过饭之后，梅吉去给男孩子们做好的小木箱子铺衬里，想方设法将它弄得光滑一些，做些修饰。菲默默无语地给了她一件白缎子睡衣，由于年深日久，这件衣服已呈牙白色了。她将睡衣上的条带固定在那木箱内部的硬框上。在拉尔夫神父把一条毛巾布垫料放进去的时候，她用缝纫机将缎子块缝制成了衬垫，然后，他们一起将衬里用图钉固定在适当的位置。这些做完之后，菲给那孩子穿上了他最好的丝绒衣服，将他的头发梳好，放进了那柔软的小窝里。这小窝散发着菲的气味，而不是曾做过他母亲的梅吉的气味。帕迪将盖子合严，落泪了。这是他失去的第一个孩子。

多年来，德罗海达的那间接待室一直当作小礼拜堂使用。它的一端经过了改建，悬挂着玛丽·卡森让圣玛丽·杜梭修女们置办的金光闪闪的服装，花了数千镑在上面绣满了花纹。这间屋子是史密斯太太装饰的，祭坛上放着从德罗海达的花圃里采来的冬季的花朵，有香罗兰、早发的紫罗兰、迟发的玫瑰和石竹之类的一团一簇的花以及几幅褪了色的画。屋子里充满了一种不可思议的香味。拉尔夫神父就是在这里穿着不带花边的白长袍和没有任何装饰的黑色十字褡做追思弥撒的。

与内陆大多数大牧场一样，德罗海达死去的人都葬在自己的土地上。墓地在园地的外面，靠近小河的柳树成荫的岸边，周围是一圈上了白漆的锻铁栅栏。即使在这种干旱的时候，墓地依然一片葱翠，因为这里是由庄园的水箱灌溉的。迈克尔·卡森和他那个早夭于襁褓中的儿子就葬在这里的一座堂皇的大理石墓穴里。顶部的人字墙上有一个握着出鞘利剑的、真人大小的守护神，护卫着他们的安息地。但是，在这座陵墓的周围，大约有十来个不那么夸饰的坟，仅仅立着素白的木十字架，白色的槌球状铁环整整齐齐地拦出了它们的墓界，有些十字架上只孤零零地写着名字。这里埋着：一个在工棚的打架中死去的不知其亲戚是何人的剪毛工；两三个在有生之年最后一个落脚之处是德罗海达的游民；几个在牧场中发现的性别不明的无名氏的遗骨；迈克尔·卡森的中国厨师，他留下的坟墓上竖着一把古雅的朱红色的伞，忧伤的小铃铛似乎在不停地敲出他的名字："郗新，郗新，郗新"；一个买卖牲口的商人，他的十字架上仅仅写着："塔克斯坦德·查理。他是个好伙计。"此外还有一些女人的坟墓。但是产业主人的内侄哈尔的墓可不能这么寒碜。他们将那自制的箱子安放在陵墓内的一个架子上，把上面那扇锻制的青铜门合上。

过了一会儿，除了偶尔提上几句之外，他们都不再谈起哈尔了。梅吉将她的哀伤独自留在心头，她的痛苦有一种孩子们所特有的、莫名其妙的凄楚，既夸张又神秘。然而小小年纪的她却把这种感情掩藏在日常的活动之下，使它的重要性降低了。除了鲍勃之外，这件事对其他男孩的影响甚小，鲍勃已到了钟爱他的小弟弟的年龄了。帕迪深感悲伤，但是，谁也不知道菲是否伤心。她似乎离丈夫和孩子们愈来愈远，离一切感情愈来愈远了。正因为这样，帕迪对斯图关心他母亲的方式感激不尽。斯图对母亲充满了一种深沉的柔情。只有帕迪才清楚菲对那天他没和弗兰克一起从基里回来是怎么看的。那时，她那双柔和的灰眼睛中没有情绪激动的光芒，没有冷酷之色，也没有责备之意，没有恨也没有悲伤。仿佛她就是束手等待着这一打击的到来，就像一条被判死刑的狗在等待着那致命的一枪，明知是命中注定，但又无计规避。

"我早就知道他不会回来了。"她说道。

"他也许会回来的，菲，只要你尽快给他写封信。"帕迪说。

她摇了摇头，但是菲这个人是不会做出什么解释的。弗兰克远离德罗海达和她，去过一种新生活，这样倒好一些。她深深了解自己的儿子，确信她说一句话就会把他召回来，所以她绝不能说那句话。即便她因感到生活失败而觉得时日悠悠、痛苦辛酸，她也决计要默默地忍受下去。帕迪不是她所要选择的男人，可是世上绝没有比帕迪更好的人了。她曾是那种感情强烈得无法自持而不欲偷生的人，她曾经因此有过严酷的教训。差不多有25年了，她压抑着自己的感情，不使自己激动，她深信坚持到底就是胜利。

这片土地上无穷循环的生活在有节奏地进行着。第二年夏天，雨来了。这不是季雨，而是季雨的副产品。雨水注满了小河和水箱，救活了干涸的草根，揩尽了悄然四落的尘土。男人们高兴得几乎流出了泪水，他们做着这一季节中固定要做的营生。人们心里有了底，牲口再也用不着手工喂养了。草地绵绵延延，一直伸向长势茂盛的树林，在那里被矮树丛截断。草地要应付使用已经是绰绰有余了。但并不是基里的所有牧场都是这样的。一个牧场到底要养多少牲口，全要看放牧人如何进行管理。对于德罗海达这样广袤的牧场来说，它的牲畜饲养数量是不足的，这就意味着青草可以支持得更久。

接着，就是给母羊接羔，要乱哄哄地忙上好几个星期，这是牧羊日程上最繁忙的季节。每一只生下来的羊羔都得抓住，在尾巴上套上标志环，在耳朵上打上记号。如果是不打算让它交配的公羊，就得将它阉了。浑身被羊羔血浸湿既腌臜而又令人生厌，但它是在短时间内从成千上万只羊羔中吃力地阉割雄羔的唯一方法。羊的睾丸被手猛地捏住，用嘴咬掉，吐在地上。羊羔的尾巴被用无法伸缩的薄箍带套上，这样无论是雄羔还是雌羔，它们的尾部都逐渐失去维持活力所必需的血液循环，于是便开始发肿、萎缩、脱落。

这里的羊是世界上毛最细的绵羊，其规模之大，所用人工之省，在别的任何一个国家都是闻所未闻的。所有的一切都适合完美地生产出质地上好的羊毛。先是羊臀去毛工序：绵羊臀部的周围，恶臭的粪便、蝇卵和涂伤口的焦油黑乎乎地粘成一团，这一部位必须不断地仔细剪去，或加上T字形撑架。这是一种比较轻松然而却让人很不愉快的活儿；臭气熏人，苍蝇乱飞，因此，付的工资要多一些。然后是浸洗工序：成百上千只咩咩叫着的、活蹦乱跳的小羊被连赶带拉，弄得晕头转向。它们进进出出地经过苯溶液洗浴，消灭掉它们身上的扁虱、害虫和寄生虫。还有灌肠工序：所施用的药物，通过一个大注射器从羊的喉咙强行注入，以驱除其肚内的寄生虫。

羊身上的活儿永远是没完没了的，一件工作的结束也就是另一件工作的开始。它们被聚拢成群，分成等级，从一个牧场赶到另一个牧场。有的进行交配，有的不进行交配；有剪毛的，有加撑架的；浸洗，灌肠；有的屠宰，有的运出去卖掉。德罗海达养了大约一千头与绵羊一样上好的第一流的肉牛，但是，绵羊要赚钱得多，所以在好年景，德罗海达差不多以每两英亩的土地养一只羊，大约共有125 000只羊。由于这些羊都是美利奴细毛绵羊，所以从不被当作肉羊出售。每年美利奴绵羊剪完毛之后，便将它们变为皮张、羊毛脂、羊油和胶出售，这些东西只对制革者和老弱家畜屠宰场有用处。

逐渐地，那些丛林文学作品①变得有意义了。对克利里一家来说，读书比以往变得更重要了。由于德罗海达与世隔绝，因而他们与大千世界的唯一接触就是通过那些妙不可言的文字。但是，和瓦希尼一样，附近既没有借阅书籍的图书馆，也不可能每个星期到镇上去取一趟邮件和报纸，或借阅图书馆书架上新到的书籍。拉尔夫神父弥补了这一欠缺。他把基兰博图书馆、女修道院和他自己的书架搜罗一空。他惊讶地发现，他还没有把这些藏书全部搜罗完，就已经通过布鲁伊·威廉姆斯的邮政卡车搞起了一个流动图书馆。这辆卡车总是不断地装着书籍——这些破旧的、翻烂的书——在德罗海达、布格拉、迪班-迪班、布雷恩·Y.普尔、坎南穆塔和伊奇-乌伊斯奇之间的道路上旅行着，吸引了那些渴望精神食粮和渴望逃避现实的人。人们归还珍贵的故事书时总是极不情愿。不过，拉尔夫神父和修女们仔细地记下了哪种书借出的时间最长，然后，拉尔夫神父就通过基里新闻社订购几套，并且若无其事地在玛丽·卡森那里报账，作为她对"圣十字丛林文学藏书协会"的捐赠品。

那时候，要是在书中发现一个纯洁的亲吻，就算是运气不错了。那是个性爱的情节绝不会引起兴奋感的年代，因此，哪些书是给成年人的，哪些书是给大一些的孩子看的，并未严格划分。帕迪这种年纪的人最爱读的书，孩子们也爱看。这并不是什么丢脸的事。例如《小不点儿和袋鼠》，描写吉姆和诺拉的丛书《死水潭》，

---

① 19世纪80年代，《悉尼报》发动了一场"澳大利亚人的澳大利亚"运动。90年代，在生气勃勃的J.F.阿奇巴尔德的领导下，形成了一种新的文学力量，以边区丛林居民的民歌、民谣、民间传说为基础，在民歌、民谣和篇幅短小的小说方面取得了很大的成就。这个文学流派在澳大利亚被称为"丛林文学"。

152

伊尼丝·冈恩太太的不朽之作《我们在荒僻的北昆士兰》。晚上，他们在厨房里轮流高声朗读班卓·帕特森和 C. J. 丹尼斯的诗。节奏轻松自由的《从斯诺依河来的人》使他们激动战栗；《多愁善感的家伙》使他们纵声大笑。约翰·奥哈拉的《欢笑的玛丽》使他们潸然泪下。

> 我给他写了一封信，
> 打探他的消息。
> 信儿寄到莱彻兰——几年前我认识他的地方；
> 认识他时，他在剪羊毛；噢，信儿快快飞去！
> 地址试写上"奥沃弗罗，克兰西"。
> 谁料竟打听到了他的消息，
> （我想，回信定是用指甲蘸着柏油写成的）
> 写信的是他的患难兄弟。
> 我把它抄写下来，逐字逐句：
> "克兰西到昆士兰赶牲口，
> 天知道他住在何地！"

> 在我飘忽的遐想中，克兰西悄悄向我走来。
> 他赶着牲口到了西行的必经之地，他到了库柏。
> 一队队牲口缓缓前行，
> 克兰西跟在后面，小曲儿唱了起来，
> 快活哟，赶牲口的生活，
> 城里人永远不会明白。
> 丛林是他的好朋友，
> "沙沙"唱歌，迎接他的到来。
> 风儿飒飒吹，流水潺潺多欢快，

他眺望平川上的灿烂阳光，

夜晚，仰望满天星斗，闪烁着奇光异彩。

人们都喜欢这首《住在溢水镇的克兰西》。班卓是他们最喜欢的诗人。也许，这些诗不过是些蹩脚的打油诗，但这些诗本来就不是打算写给上等人看的。它们是为人民而写，属于人民。在那个时候，大多数澳大利亚人都能背诵这类诗歌。比起正规学堂里教授的丁尼生①和华兹华斯②的诗来，他们对这些诗要熟悉得多。这些诗之所以被戴上了打油诗的帽子，不过是因为它们把英国写成了一个远不可及的极乐世界罢了。丛生的水仙花和日光兰对克利里家人来说毫无意义，他们住的地方不长那些花。

克利里一家人对澳大利亚丛林诗歌的理解胜于一切，因为溢水镇就是他们的后院，赶牲口的情节是放牧生活的真实写照。在巴温河畔，有一条曲曲弯弯的游牧官道，人们通过这些公有线路把商品从东部运往西部。旧时，那些牲口商和他们那成群结队的、饥饿的、糟蹋草地的牲口群是不受欢迎的。当那些20头到80头一群的庞大阉牛队伍从牧场主们最好的牧草中间缓缓通过的时候，真是招人憎恨。现在，由于游牧官道已经从地图上消失，浪游者和本地居民的关系就和睦多了。

偶尔骑马而来，求一口啤酒，聊聊天，吃一顿家常便饭的牲口商是受欢迎的。有时，他们带着妇女，赶着由擦破了皮毛的、过了时的种马驾辕的轻便马车，车边挂着一圈壶啊，罐啊，瓶啊，叮叮当当作响。这些在内陆从基努瓦到帕鲁，从贡德温迪到甘达该，从凯瑟林到库里漂泊游荡的女人是最令人愉快的女人，也是最难相

---

① 即艾尔弗雷德·丁尼生（1809—1892），英国著名诗人。

② 即威廉·华兹华斯（1770—1850），英国著名"湖畔派"诗人。

处的女人。这些奇怪的女人从来不知道头顶上该有屋顶，或觉得她们那铁硬的脊骨下该有木棉褥垫。没有男人能胜过她们。她们吃苦耐劳、忍饥熬寒，永不停息地用双脚走遍了全国。她们的孩子就像沐浴着阳光的树林中野生的小鸟一样。他们的父母有时端着茶杯聊天，一边山南海北地扯着，一边交换着书籍。有时，他们答应把含含糊糊的口信捎给某某人，或没完没了地扯着格纳仑加的牧场生手"波米"①的种种稀奇古怪的传闻。这时候，那些孩子羞涩地躲在马车轮子后边，或一溜烟跑到木堆后面藏起来。不管怎样，有一点是毫无疑问的：这些萍踪浪迹的漂泊者将会为他们的孩子、妻子、丈夫或伙伴掘一个坟墓，把他们掩埋在运送牲口的道路上的桉树下。这些树看起来棵棵都差不多，只有他们自己才能认出坟墓在哪一棵树下。

梅吉连"做那种事"②这种陈腐的词汇都不懂，因为环境把她的每一条学习之路都堵住了。她父亲在家庭男女成员之间画了一条严格的界线：绝不在女人面前谈论牲口繁殖育种和交配的事，男人们不穿好衣服也绝不出现在女人面前。那种有可能透露出此类蛛丝马迹的书是绝不会在德罗海达出现的。也没有与她同龄的朋友帮助她。她的生活就是为了这个家的各种需要而苦干。在这个家的周围，根本没有男女之事。家内圈地里的牲口几乎都不生育。玛丽·卡森不搞马匹的繁育，她的小马都是从布格拉的马丁·金那儿买来的。他干这一行。种马是多余的东西，除了对专事马匹交配的人有用。因此，德罗海达没有种马。不过这里有一头公牛，这是一头又野又凶的牲口，它的圈棚被严格地建在圈地之外。梅吉对它怕得要命，从

---

① 澳大利亚人和新西兰人对刚刚从英国迁来的移民的贱称。
② 指对性生活的委婉表达。

不到它附近的地方去。狗都关在窝里，拴着链子。在帕迪或鲍勃的监视下，狗的交配是以科学方法进行的，但也得在圈地之外。这里也没有机会见到猪，梅吉对喂猪既厌又恨。事实上，梅吉除了照看自己的两个小弟弟之外，没有机会看到任何人。无知乃愚昧之本，即使是面对那些本来能自动地使人明白事理的事件，她的躯体和头脑依然未被唤醒。

就在梅吉15岁生日之前，暑热将要达到让人无法忍受的顶峰时，她在自己的内裤上发现了棕色的、不均匀的斑斑血迹。一两天之后，血迹没有了。但是，六个星期以后，血迹又重新出现，这使她的羞涩变成了恐惧。第一次的时候，她认为这是下体不干净而留下的痕迹。这使她感到耻辱。但是，当它们第二次出现的时候，则明明白白是血了。她想不通血是从哪儿来的，但她猜想是来自她的下体。这缓慢的出血三天之后便停止了，而且有两个月没再出现。她偷偷地把内裤洗了，没有引起别人的注意，因为毕竟大部分衣物都是由她洗的。接踵而来的打击给她带来了痛苦，使她第一次冷静而严峻地考虑她的生命了。这次血流得很多，流得太多了。她偷偷拿了一些那对双生子的废尿布，垫在内裤下，生怕血会透出来。

死神像幽灵一样突然降临，带走了哈尔，但是这种慢慢消耗生命的出血更让人胆战心惊。她怎么可能去找菲和帕迪，将她下体得了这种极肮脏的、说不出口的病而将要死去的新情况向他们说破呢？只有去找弗兰克，才可能把她的苦水倒一倒。可是弗兰克已经远走高飞，不知到哪儿去了。她曾经听那些女人在喝茶闲谈时，说起过她们的朋友、母亲或姊妹，因为得了瘤子和癌而可怕地慢慢死去。梅吉似乎相信她一定是长了什么东西，在逐渐吞吃她的内脏，并悄然地向她那颗悸动的心脏一路吞吃下去。哦，她不想死啊！

在她的头脑中，对于死的概念是非常模糊的，不知道在进入另一个世界时将会是什么样子。宗教信仰对梅吉来讲，与其说是一种灵性感受，毋宁说是一堆条文戒律。宗教信仰对她毫无助益。塞满了她那莫名其妙的头脑中的只言片语，全都是由她的双亲、朋友、修女、教士们喋喋不休地灌进去的。在书里，坏人总要遭报应的。她无法想象大限来临时是什么样子，她夜复一夜地惶恐地躺在那里，试图想象死亡就是永恒的黑夜；或者是通往远方金色乐土而要跳越过去的一个冒着火焰的深渊；或者是置身在一个巨大的圆球之中，里面站满了歌声直上云霄的唱诗班和从巨大的彩色玻璃窗内透进来的淡淡的光线。

她变得异常沉默，不过，她的样子和斯图那种宁静的、如梦如痴般的孤独完全不一样。她的神态就像是一只在巨蛇怪[①]的凝视下吓得一动不动的小动物。要是有人猛地和她讲话，她会跳起来。要是那一对婴儿哭着要她，她就会因为忽略了他们而深感痛苦，赶紧大惊小怪地乱忙一通，以补其过。不管什么时候，只要她有片刻空闲，便要跑到墓地去看哈尔，他是她唯一认识的死者。

每个人都发觉了她的变化，但是他们仅仅认为这是因为她长大了。他们从未自问过她那不断加重的思想负担是为了什么。她把自己的抑郁之情掩藏得太好了。往日的教训已经被彻底接受，她具有非凡的自我控制能力和强烈的自尊心。谁都不会知道她心里在想什么，表面的不动声色会保持到底的。菲、弗兰克和斯图尔特已经是有例在先，而她身上也流动着同样的血液，这是她本性的一部分，是她继承下来的遗产。

但是，常常到德罗海达来的拉尔夫神父发现梅吉的身上起了深刻的变化，从一个俏丽的姑娘变成了一个毫无生气的人。因此他的关怀便迅速地变成了担忧，随后又变成了恐惧。这种衣带渐宽、精

[①] 西方传说中一种一瞪眼或一叫便要死人的蛇怪。

神不振都是在他那锐利的双眼下发生的。她悄悄地从他们的身边疏远,他无法容忍她变成另一个菲。那尖削的小脸瘦得只剩下一对呆望着可怕前景的眼睛,那从未被晒黑过或长过雀斑的凝脂般的皮肤变得半透明了。他想,倘若这种情况继续下去的话,她就会像吞下了自己尾巴的蛇那样,在自我折磨中把自己搞垮。

哦,他要想想他是否必须采取强制手段扭转她的这种状态。这些日子,玛丽·卡森盘问得极严,对他在牧工头家度过的每一刻都充满了嫉妒,而这位不动声色、城府甚深的男人只好用无比的耐心来对抗她那隐藏的占有欲。即使他在梅吉的身上格外倾注心力,也不能完全压住他在政治上的才智。当他看到自己的魅力在像玛丽·卡森这种火气大、脾气拗的人的身上发生了作用时,他感到了一种满足。长期以来,他对孤独的梅吉的幸福关怀备至,这使他焦躁不安,辗转反侧。同时,他承认还有另一个孤独的人与梅吉同时存在着:那就是这个被他击败的冷酷残忍的母老虎,这个被他愚弄的傲慢专横的女人。哦,他一直就打算这样干的!这个老蜘蛛绝不会从他这里得到什么好处。

终于,他设法摆脱了玛丽·卡森,一路追踪,在小小的墓地中找到了梅吉,站在那苍白的、表情平和、毫无复仇之心的守护神像下。梅吉的脸上露出畏缩恐惧的表情,抬头凝望着它那没有生气的平和的脸。他感到,在这有感情的人和无感情的神之间有一种强烈的对比。可是,这件事和他实在没有什么关系,而应当由她的母亲或父亲去查明她到底出了什么事。然而,他却像个咯咯叫的老母鸡一样追在她后面,他在这儿到底算是干什么呢?这仅仅是因为,她的父母什么都没看出来的事,或在她父母看来是不起眼的事,在他看来却是应当认真对付的。况且,他是一个教士,必须安慰精神上感到孤独或绝望的人。看到她的不幸,他无法忍受。然而,种种事情将他和她连在一起,也使他为之却步。他生活中的许多事情和回忆都是和她联系在一起的,他感到害怕。他害怕那个人离不开他,他也离不开那个人。但是,他对她的爱和他的教士的本能给予他一种必不可少的精神力量。这种精神力量使他抵挡住了那股难以摆脱的恐惧。

当她听见他从草地上走来的时候,她转过身来,面对着他,两手叠放在下摆前,低头看着自己的脚。他在她的身边坐了下来,抱着膝头,那件皱皱巴巴的法衣只有穿在这位大方从容的人身上,才能显得如此优雅。他断定,他用不着旁敲侧击兜圈子,如果那样的话,她可能会回避问题的。

"怎么回事,梅吉?"

"什么事也没有,神父。"

"我不信。"

"求求你,神父,求求你!我不能告诉你!"

"哦,梅吉,你不老实!你什么都可以告诉我,天底下的任何事都可以告诉我。这就是我为什么坐在这里的缘故。这就是我为什么当教士的缘故。我是上帝选派在这个地方的代表,我代表他去倾听申述,我代表他去给予宽恕。小梅吉,在上帝的天地里,他和我还没有发现我们心中有什么事情不可宽恕呢。我的宝贝儿,你必须告诉我出了什么事,因为假使有什么人能够帮助你的话,那么就是我。只要我活着,我就会竭尽全力帮助你,守卫着你。如果你愿意,你可以把我当作守护神,我可比你头上的那个大理石块要强得多啊。"他吸了一口气,往后一靠,"梅吉,如果你爱我的话,就告诉我!"

她一只手紧握着另一只手说:"神父,我要死了,我得癌症了!"

他起先憋不住想纵声大笑,这简直是一场可笑的虚惊。后来,他看到她那发青的细嫩的皮肤,看到她那消瘦的小胳臂,又觉得很想痛哭一场,为事情的不公平而痛哭一场。不,梅吉是不会毫无理由胡思乱想的,其中必有道理。

"你怎么知道的,宝贝儿?"

为了说明这件事,她费了半天时间。在她讲的时候,他不得不低下头凑到她的唇边,不知不觉地做出了一种拙劣的听取忏悔的姿势:一只手挡着自己的眼睛不去看她的脸,伸出他的耳朵去听不光彩的事。

"从开始到现在已经有六个月了,神父。我的肚子疼极了,可是和动肝火的疼不一样,而且——哦,神父——从我的下边还流出了好多好多的血呢!"

他的头一扬,这忏悔里根本没有什么了不起的东西。他低头望着她那含羞低下的头,心中像打翻了五味瓶,脑子里乱糟糟的。他感到既荒谬又宽慰,还有一种恨不得把菲杀死才解恨的愤怒。这样一个孩子居然能不动声色地把这样的大事压在心里,使他既感到钦佩,又感到全身不自在。

他和她一样,都是时代的俘虏。从达布林到基兰博,在他所知道的每个城镇,那些轻贱的姑娘要是真碰上哪怕是一件能引起他对她们兴趣的小事,都会故意跑来哭着忏悔一通的。她们嘀嘀咕咕地抱怨男人不放过任何玷污女人的空子,抱怨其他姑娘所搞的一些不正当的把戏。有一两个想象力丰富的姑娘居然对这位教士讲起了性关系的细节。除了感到厌恶和轻蔑之外,他能不动声色地听着。因为他受过神学院的严格教育,这套特殊把戏,他根本不放在眼里。当然,那些姑娘绝不会讲述那些会使她们降低身份的秘事。

拉尔夫·德·布里克萨特神父竭力想阻止一股热潮在自己的皮肤下弥散开去,但是他办不到。他坐在那里,用手挡着的脸扭到一边去了,心里为他头一次脸红而感到羞愧。

但是,这样帮不了他的梅吉。当他确信他脸上的红潮已经退下去之后,便站起身,把她抱起来,让她坐在那个大理石座上,使他们面对着面。

"梅吉，看着我。不，**看着我**！"

她抬起眼睛，看到他正在微笑着。她心里马上就有底了：要是她快要死了的话，他是不会这样笑的。她知道自己对他来说有多么重要，他是从来不隐瞒这一点的。

"梅吉，你不会死。你没有得癌症。我没有责任告诉你这是怎么回事。不过，我想我最好还是告诉你。你妈妈几年前就应该告诉你，让你有所准备的。可是我不明白她为什么没告诉你。"

他抬头望着那谜一般的大理石天使，发出了一声奇怪的、压抑的笑声："亲爱的耶稣啊！为何令我做这等事！"随后，便对等在那里的梅吉说道，"随着光阴的流逝，当你再长大一些，并且懂得更多世事的时候，也许你会禁不住以窘迫，甚至羞赧的心情来回忆今天的。可是你千万不要那样去回忆今天啊，梅吉。这件事完全谈不上有什么可羞愧、可发窘的。就像我做过的一切事情一样，在这件事上，我就是上帝的一个普普通通的工具。这是我在这块土地上的唯一作用，除此之外我什么都不接受。你感到十分恐惧，需要帮助，而上帝让你来接受我的帮助。仅仅记住这一点就行了，梅吉。我是上帝的教士，我是以他的名义讲话的。

"梅吉，你只不过遇上了每一个女人都会遇上的事罢了。每个月中你有几天要流些血，这种情况一般从十二三岁开始发生——你多大了，有这么大吗？"

"我15岁了，神父。"

"15岁？你？"他摇摇头，对她的话半信半疑，"呃，要是你说已经15岁了的话，我就只好相信你的话了。不过，你比大多数的姑娘要来得晚。这种情况每个月都要出现，直到你50岁左右为止。有些女人的这种事，就像月相盈亏一样有规律，有些女人就不这么有规律。有些女人遇上这种事没有什么痛苦，而另外一些则疼痛难忍。谁也不知道这种事为什么女人和女人之间相差这么大。不过，每个月流血就是你已经成年的标志。你知道'成年'是什么意思吗?"

"当然知道,神父!我在书上看见过!就是长大成人的意思。"

"对,这就行了。在流血不断持续下去的同时,你就具备生育能力了。流血是生育力循环的一部分。在亚当犯原罪以前的时代里,据说夏娃是不行经的①。它的正确名称叫'月经',就是行月相之经。但是,在亚当和夏娃堕落之后,上帝对女人的惩罚远胜于男人,因为他们的堕落实在是她们的错。女人引诱了男人。你还记得《圣经》上的话吗?'尔等之忧伤将来自儿童。'上帝的意思就是,一个女人所做的一切与孩子有关的事,都要含有痛苦在其中。这是一大乐事,同时也是一大痛苦。这是你的命运,梅吉,你必须承受它。"

她不明白这些话,但是,在他处理不能过多地把个人牵扯进去的事情时,他正是这样对他的教民们进行安慰和帮助的,非常和蔼可亲,但是决不把自己卷进麻烦之中去。这也许没有什么可大惊小怪的,正因为他是这样做的,他才能给别人带来更大的安慰和帮助。他好像已经超脱了这些小事,因此这些小事便不足挂齿了。凡是向他求助的人既没有觉得他小瞧他们,也没有觉得他责怪他们的弱点,但他并不是有意这么做的。有许多教士让他们的教民感到自己有罪,卑微渺小或野蛮残忍,但是他从来不这样。因为他使他们觉得他自己也自有不幸和思想斗争。也许,他的不幸让人觉得奇怪,他的思想斗争让人觉得无法理解,然而,这却是事实。他既不知道也不会理解,他的大部分感染力和吸引力并不是由于他的外表风度,而是由于他精神上的这种冷淡的、几乎是神一般的极富人情味的东西。

由于他时刻记挂着梅吉,因此他对她讲话的方式就像弗兰克一

---

① 《圣经·创世记》称,亚当是上帝用泥土造的第一个男人,上帝又用亚当的肋骨造出其妻夏娃,同置于伊甸园中。后因两人同时吃了禁果,遂相爱,被逐出伊甸园。此后,作为亚当与夏娃后代的人类便有了与生俱来的男女之爱,基督教称此为"原罪"。

样：好像她和他是地位相等的人似的。然而，他比弗兰克年长得多，聪明得多，受过的教育多得多，是一个更合人意的密友。而且，他的声音多美啊，他讲的是略带着一点儿爱尔兰味的、圆润的英国本土英语。这声音能驱散一切恐惧和极度的痛苦。然而，她年龄太小了，充满了好奇心，渴望立刻便能了解一切能了解的事情。有些人不是自问他们是**什么**样的人，而是不断地问着他们**为什么**是这样的人。这种人生哲学使他们感到困惑。但她可没有这种苦恼。他是她的朋友，是她心中所爱戴和崇拜的偶像，是她的天空中初升的太阳。

"为什么不该由你告诉我呢，神父？你为什么说这事应该由妈妈告诉我？"

"这是一件对女人来说相当私密的事。可千万不能在男人或小伙子面前提到自己的月经或经期啊，梅吉。这是严格限于女人之间的事。"

"为什么？"

他摇摇头，笑了起来。"老实讲，我也不真正明白是为什么。我甚至希望事情不是这样才好呢。不过，你得记住我说的这番话。除了你母亲以外，**绝不要**对任何人提起这件事，也别告诉她，你和我商讨过这件事。"

"好吧，神父，我不会说的。"

当一位母亲真是太难了，有多少需要实际考虑的事情得记住啊！"梅吉，你必须回家，告诉你妈妈，你已经流血了，并且让她告诉你怎样照应自己。"

"妈妈也这样吗？"

"所有健康的妇女都这样。不过，当她们期望要个娃娃的时候，月经便停止了，直到她们生完孩子之后再开始。女人就是这样来表明她们想要孩子的。"

"为什么她们想要孩子的时候，月经就停止了呢？"

"我不知道,真的不知道。对不起,梅吉。"

"为什么血从我屁股里边流出来呢,神父?"

他抬起眼睛瞪着那守护神,它正回头安详地望着他。他还从来没有为女人的麻烦事而费过神呢。对拉尔夫神父来说,事情来得太尴尬了。她平日沉默寡言,想不到竟是这样固执,真是让人吃惊!不过,他认识到,他成了她在书本上无法找到的一切知识的来源。他很了解她,知道不能向她透露出丝毫的窘迫和不安。那样,她就会退缩回去,不再问他任何事情了。

于是,他耐着性子答道:"那不是从你屁股里流出来的,梅吉。在你下体的前部有一条隐藏着的通道,是管生孩子的。"

"噢!你是说,那是孩子出来的地方。"她说,"我一直纳闷他们是怎样出来的呢。"

他咧嘴笑了笑,将她从石座上抱了下来。"现在你明白了吧。你知道孩子是怎样形成的了吗,梅吉?"

"哦,知道,"她煞有介事地说道,很高兴自己至少还知道点儿事情,"是你把他们养大的,神父。"

"是什么使他们开始形成的呢?"

"是你的祝愿。"

"谁告诉你的?"

"没人。我自己想出来的。"她说道。

拉尔夫神父合上了眼睛,告诉自己,让事情就这样算了吧,不会有人称他为懦夫的。他可以怜悯她,但他不能再进一步帮助她了。这就够了。

Two
1921—1928
Ralph

7

　　玛丽·卡森就要到72岁了,她正在策划着举办一个50年来基兰博最盛大的宴会。她的生日宴会定在11月初,那时候天还热,不过还受得了——至少对基里的本地人是可以忍受的。

　　"记下来,史密斯太太!"明妮悄悄地说道,"你记下来了吗?她是11月3号生的!"

　　"你还要说什么,明[①]?"女管家问道。明妮那股凯尔特人[②]的神秘劲儿和女管家的那副沉着稳妥的英格兰人的脾气不相投。

　　"哟,这就说明她是个天蝎座的女人,难道不是吗?她就是个天蝎座的女人嘛!"

　　"我还是一点儿也不明白你想说什么,明!"

　　"亲爱的史密斯太太,女人最坏的德性在她身上都能找到。哦,她是魔鬼的后代,就是这么回事!"凯特说道。她睁圆了眼睛,在胸前画着十字。

　　"老实说吧,明妮,你和凯特愚蠢到家了。"史密斯太太说道。她一点儿也没动心。

　　可是,兴奋的情绪还在高涨,而且会更加高涨。那个高背椅中

[①] 明妮的爱称。
[②] 或译克尔特人,公元前1000年左右住在中欧和西欧的部落集团,其后裔今散布在爱尔兰、威尔士、苏格兰等地。

的老蜘蛛坐在她的网的正中心，不停地发出一串命令：这个要完成呀，那个要做好呀，从仓库里拿出这个或放进那个呀。两个爱尔兰女仆忙着擦亮银器，清洗上好的哈维兰①瓷器，把小教堂改成会客厅，并且把隔壁的餐室收拾好。

克利里家的男孩子们与其说是帮忙，倒不如说是碍手碍脚。斯图尔特和一群牧场杂工用长柄镰在草坪上刈草，除去花坛上的莠草，在走廊上撒上潮锯末以便扫除西班牙花砖地面上的尘土，在会客厅里撒上白垩粉使它适合于跳舞。克拉伦斯·奥图尔的乐队从悉尼远道而来，同时带来了牡蛎、斑节虾、蟹和龙虾。他们在基里雇了几个女人作为临时助手。从鲁德纳·胡尼施到因尼斯莫瑞，从布格拉到奈仁甘，整片地区都惊动了。

由于门厅内一移动东西或有人喊叫就会产生一种非同一般的回声，玛丽·卡森便从高背椅上移到了书桌旁。她把一张羊皮纸拉到面前，用钢笔在墨水池里蘸了蘸，开始写信。信是一气呵成的，甚至用不着费工夫停下来考虑一个逗号的位置。最近五年来，她已经在脑子里苦心盘算着每一个复杂的词组，直到它完全精确。她没用多长时间便写好了信，一共写了两页，第二页恰好空出四分之一。但是，在写完最后一个句子后，她在椅子里坐了片刻。这张带折叠盖的写字台靠着一扇大窗子，所以只要她一转脸就能看到外面的草坪。外面的笑声引得她转过头去。起初她还觉得没什么，随后便勃然大怒起来。让他和他的痴心梦想**见鬼**去吧！

拉尔夫神父教会了梅吉骑马。在这位教士给她纠正骑姿之前，作为一个乡下姑娘的梅吉，从来没有跨上过马背。贫穷的村野之家的女孩子们没有骑过马，这可真是怪事。骑马对于农村的富家年轻

---

① 法国利摩日生产的瓷餐具，始做于1839年。

女子来说，是一种消遣，城市里也差不多。哦，像梅吉这样家庭背景的姑娘们能够赶轻便马车和一小队迟钝的马，甚至能开拖拉机，有时能开小汽车，但是，她们都极少骑马。让一个女孩骑上马背，开支是很大的。

拉尔夫神父曾把两只富有弹性的短靴和斜纹骑马裤从基里带到克利里家，很响地放到厨房的桌上。帕迪吃完饭后正在看闲书。他抬起眼来，略有些吃惊。

"哦，你带什么东西来了，神父？"他问道。

"梅吉的骑装。"

"什么？"帕迪声震屋宇地说道。

"什么？"梅吉啜嚅着说道。

"梅吉的骑装。老实说，帕迪，你是个天字第一号的白痴！你继承了新南威尔士最大最富的牧场，可是你却从来没让你唯一的女儿骑过马！她要是能和卡迈克尔小姐、霍普顿小姐和安东尼·金太太这样的女骑手平起平坐，你觉得怎么样？梅吉必须学会骑马，学会骑在马鞍上，你听见了吗？我知道你很忙，所以我打算亲自教梅吉，你喜欢还是不喜欢，随你的便。要是碰巧影响了她干家务活，这实在是毫无办法的事。菲要设法每个星期给梅吉减少几个小时的工作，就是这样。"

帕迪有一件事是绝不去做的，那就是与教士争执。于是，梅吉立刻就开始学骑马了。她渴望得到这个机会已经有好几年了。有一次，她战战兢兢地冒险请求她父亲允许她骑马，可是他转身就忘了个一干二净，她再也没有请求过。她觉得，这就是她父亲不同意的表示。在拉尔夫神父的保护下学骑马，她当然非常高兴，但是她并没有流露出来，因为现在她对拉尔夫神父的崇拜已经变成了一种少女的迷恋了。她心里明白这种迷恋是行不通的，于是就让自己在梦中尽情地享受和他在一起的欢乐，尽情地想象着和他拥抱和接吻的滋味。再进一步的事她就无法梦到了,因为她不知道接下去是怎么回事,甚至想不到接下去还会有什么。即使她明白做一个教士的温柔梦是不对的,她似乎也没有什么办法来约束自己不这么想。她能设想出的最好办法,就是确信他根本没有想到她的思想已经起了逾规越矩的变化。

当玛丽·卡森从客厅的窗口向外张望的时候,拉尔夫神父正和梅吉从大宅尽头的马厩那边走过来,再往远处就是牧场工头的住所。牧场工人骑的是一辈子也没有进过马棚的骨瘦如柴的牧羊马。当这些马圈起来准备使用时,就散放在院子里,当班的时候,便在家内圈地的草场上蹦来蹦去。但是,德罗海达是有马厩的,尽管眼下只有拉尔夫神父使用它们。为了让拉尔夫神父有好马骑,玛丽·卡森保留了两匹精良的骑用马。他从不骑那些骨瘦如柴的牧羊马。当他向她询问,梅吉是否可以使用他的坐骑时,她并没有过分反对。这姑娘是她的侄女嘛,他是对的。她应当能够体体面面地骑马。

骄横张狂、刻薄尖酸的老玛丽·卡森内心里希望拒绝这个请求,或者自己与他们一起马上扬鞭。怎奈找不到理由拒绝,而自己也再不能翻身上马了。眼下看到他们一起走过草坪,不由使她怒火中烧。男的身穿马裤,白衬衫,蹬着高筒靴,就像舞蹈家一样优雅。姑娘穿着短马靴,身材颀长,稚雅俏丽。他们之间洋溢着和谐的友情。有无数次玛丽·卡森心中感到纳闷,为什么除了她以外,竟然没有一个人为他们这种密切的、几乎是亲昵的关系感到痛心疾首。帕迪认为这种关系好极了,菲——她简直是根木头——像平常一样什么都没讲,而那些男孩子把他们当成兄妹。是因为她爱拉尔夫·德·布里克萨特,才使她窥见别人所看不到的东西吗?或者这是出于她的想象,而这里除了一个三十多岁的男子与一个还完全未长大成人的姑娘的友情之外，别无其他？废话！没有一个三十多岁的男子——连拉尔夫·德·布里克萨特也不例外——能对即将出落成大美人的动人少女视而不见。就连拉尔夫·德·布里克萨特也概莫能外吗？哼！拉尔夫·德·布里克萨特尤其看得清，什么都逃不过这个男人的眼睛。

她的双手发抖了，钢笔中的墨水在信纸的下方洒下一串深蓝色的点子。她那嶙峋的手指从文件格中抽出了另外一张纸。她将钢笔又在墨水池里蘸了蘸，不假思索地像第一回那样把那些词句又写了一遍。随后，她吃力地举步，移动着臃肿的身体向门口走去。

"明妮！明妮！"她喊道。

"老天爷呀，是她！"女仆的说话声从对面的客厅里清晰地传了过来。她那张总是显得年轻的、长满了雀斑的脸从门后伸了出来。"亲爱的卡森夫人，要我给您拿些什么呀？"她问道，心里惊讶这老太太怎么没像往常那样，打铃叫史密斯太太。

"去找修篱工和汤姆。让他们马上来见我。"

"我是不是该先告诉史密斯太太一声？"

"用不着！就按吩咐去做吧，丫头！"

园丁汤姆是个形容枯槁的老头儿。当年他是个用棍子挑着包袱卷的流浪汉，17年前在这儿当临时工。他后来爱上了德罗海达的花园，不忍离去了。修篱工完全是个天生的流浪汉，这时他被叫去在牧场里没完没了地用铁丝缠紧那些木桩，为这次宴会修理庄园的白色栅栏。这次召唤使他们诚惶诚恐，没用几分钟就赶来了。他俩穿着工作裤和法兰绒汗衫站在那里，两手紧张地搓弄着帽子。

"你们俩都会写字吗？"卡森问道。

他俩点了点头，咽了口唾沫。

"好。我想让你们看着我在这张纸上签字，然后，紧接着我的签名，签上你们的名字和住址。明白了吗？"

他们点点头。

"像往常那样把你们的签名写清楚，然后用印刷体清楚地写上你们的永久住址。我不管邮局的差役是否能把信送到那里，反正能通过那个地址找到你们就行。"

这两个人看着她签上了自己的名字，这是她仅有的一次正正规规的签字。汤姆走上前去，把钢笔按得噼啪作响，吃力地在那张纸上签了名。接着，修篱工用又大又流畅的字写上了"蔡斯·霍金斯"，并且写上了悉尼的一个地址。玛丽·卡森毫不松劲地看着他们。他们签完字之后，她给了他们每人一张暗红色的10镑票子，随后，她严厉告诫他们对此事要守口如瓶，并挥挥手让他们回去干活。

梅吉和教士早就不见踪影了。玛丽·卡森沉重地坐在书桌旁，抽出了另一张纸，又开始写起来。这封信可不像上封信那样轻而易举地一挥而就了。她一次又一次地停笔想着，然后，毫无幽默感地咧嘴笑笑，接着往下写。她好像有许多话要写，因为她写得很潦草，字都挤成了一堆，可是，她依然需要第二张纸。最后，她把她写的东西看了一遍，把两张纸叠在一起，塞进信封，用火漆在背面封了口。

去赴宴会的只有帕迪、菲、鲍勃、杰克和梅吉。休吉和斯图尔特被认为是小家伙，比他们自认为的要小得多。玛丽·卡森一生中只有这一次是慷慨解囊。每个人都穿得一身簇新，这些衣服是基里这地方能拿得出来的最好的衣服。

帕迪、鲍勃和杰克被浆过的衬衫、硬衬胸、高筒袜、白蝴蝶领结、黑燕尾服、黑裤子和雪白的背心裹得动弹不得。这是一次正式的宴会，所以男人得戴白领结，穿燕尾服，女人得穿拖地的长裙。

菲穿着一身绉纱礼服，色泽富丽的蓝灰色别具一格，和她很相配。柔软的褶层拖在地上，领口开得很低，礼服紧紧地裹在腰身上，缀满了珠子，颇具玛丽女王①时代的风格。她像傲慢的贵太太那样，把头发高高绾起，掠到脑后，梳成蓬松的一团。她戴着基里商店里出售的一种仿造的珍珠短项链和耳环，它们几乎可以乱真，只有近看才知道是赝品。她手中的鸵鸟毛扇子染成了和她的长裙一样的颜色，取得了完美和谐的效果，并不像第一眼看去的那样显得卖弄。天气依然十分炎热，晚上7点钟，气温还有华氏一百多度。

当菲和帕迪从他们的房子里一露面，那些男孩子都目瞪口呆了。他们一生中从来没有见过他们的父母如此出众的漂亮，如此陌生。帕迪看上去还是61岁的样子，但是这种非同凡响的打扮使他俨然像个政治家。而菲则乍一看去，就像比她48岁的年纪顿然年轻了10岁似的，楚楚动人，充满生气，一笑百媚生。詹斯和帕西哭喊了起来，不肯望妈妈和爸爸。他们惊惶万状，大失体统。但妈妈和爸爸的举止一如往昔，不一会儿，这对双生子也就赞羡地微笑起来了。

但是众所瞩目的却是梅吉。也许是因为基里的女裁缝依然对自己的少女时代萦怀难忘，并且对其他受到邀请的年轻女郎全都在悉尼定制自己的长袍怨恨不已，她把自己的全部心思都投进梅吉的这套服装之中去了。这是一套无袖、带褶、低开领的服装。菲觉得这不合适，可是梅吉向她恳求，而且女裁缝也向她担保，所有的姑娘都会穿这种衣服的——难道她想让她的女儿穿着过时的服装，土里土气，让人笑掉大牙吗？于是，菲便通情达理地让步了。这件用细薄绉纱和层层叠叠的雪纺绸做成的服装，仅仅在腰部稍微收紧了一些，但是在髋部却有一条用同样的料子做成的带子。这身衣服的颜色略有些发暗，灰中带浅粉，那时候，这种颜色被称为玫瑰灰。女裁缝和梅吉两人面对面地把这件长袍全部绣上了粉红色的小玫瑰花

---

① 玛丽女王（1516—1558），其在位时间为1553—1558年。

苞。梅吉把她的头发尽可能地剪短，做成了短发型，甚至连基里的姑娘们都对这种发型感到骇然。当然，鬈发更为时髦，不过，对梅吉来说，短发比长发更适宜。

帕迪张嘴喊出了声，因为她不再是他的小丫头梅吉了。但是，他又无言地闭上了嘴。很久以前，他在神父宅第中，在弗兰克那里他已经领教过这种情形了。不，他不能永远把她当作一个小姑娘，她已经是个年轻女郎，已经在镜中含羞地凝望自己的花容月貌了。为什么要让这可怜的小家伙过得苦上加苦呢？

他向她伸出了一只手，温和地笑着。"哦，梅吉，你真可爱啊！来，我要亲自陪你去，鲍勃和杰克会陪你妈妈去的。"

她只差一个月便17岁了，帕迪在自己的一生中第一次感到自己垂垂老矣。可是，她是他的心头肉。什么也不能破坏她成年后参加的头一次宴会。

他们缓缓地向庄园走去，比第一批来客到的要早得多。他们约好了和玛丽·卡森一起进餐，并且站在她的旁边和她一起接待客人的。谁都不愿把鞋弄脏，可是在德罗海达的尘埃中行走1英里，就意味着必须在厨房里站一站，把鞋擦亮，将裤脚和裙裾上的尘土刷去。

拉尔夫神父穿着他日常的法衣，这件法衣式样简朴，只有几道闪光的线条。法衣正面，数不清的小黑扣从袍边直扣到领口，扎着紫红边的教长饰带。这身衣服很适合他，任何男子的晚宴服装都抵不上这身服装的一半。

玛丽·卡森选择了一套白缎子服装，白花边，白色鸵鸟羽毛。菲呆呆地盯着她，尽管菲养成了冷漠的习惯，也不能不为之震惊——她干吗把自己打扮成这副样子，就像一个昏庸的老姑娘玩弄出嫁的把戏一样呢？她老年发福，这对她是大为不利的。

可是，帕迪好像没发现有任何不当之处。他走上前去握住了他姐姐的手,满面笑容。尽管拉尔夫神父半觉有趣,半觉超然地看着这不小的场面,但依然觉得帕迪真是个可爱的人。

"哦,玛丽!你显得多好看哪!就像个年轻姑娘!"

确实,她那副模样简直和维多利亚女王[①]死前不久摄下的那幅照片上的神态差不多。专横的鼻子两侧各有一道深深的纹路,执拗的嘴显得不屈不挠;那双略有些凸出的、冷冰冰的眼睛一眨不眨地盯着梅吉。拉尔夫神父那双漂亮的眼睛从侄女的身上转到了姑妈的身上,又从姑妈的身上转到侄女的身上。

玛丽·卡森向帕迪微笑着,用手挽住了他的胳臂。"你陪我吃晚饭吧,帕德里克。德·布里克萨特神父将陪着菲奥娜,男孩子们必须让梅格安坐在他们中间。"她转过头来望着梅吉。"你今晚跳舞吗,梅格安?"

"她太小了,玛丽,还不到 17 岁呢。"帕迪连忙说道。他记起了自己做父亲的又一条不是,他的孩子们全没学过跳舞。

"太可惜了。"玛丽·卡森说道。

这是一个壮观、豪华、侈靡、煊赫一时、欢天喜地的宴会。至少,四处都是这样传说的。罗亚尔·奥马拉偕妻子、儿子们和他唯一的女儿从 200 英里以外的因尼斯莫瑞倾巢出动。尽管这不是什么了不起的事,但基里的人是很少想到跑 200 英里去看一场板球赛,更不用说是赴一次宴会了。还有从伊奇-乌伊斯奇来的邓肯·戈登,谁也不能说服他解释一下,他为什么把他自己那个远离海洋的牧场称为"猎海马的苏格兰盖尔人[②]农场"。与他同来的有马丁·金、他儿子安东尼和安东尼太太。他是一位上了年纪的牧场主,由于玛丽·卡森是个女人,所以他无法常常登门造访。还有从被人们念成

[①] 维多利亚女王(1819—1901),不列颠和爱尔兰女王,在位时间为 1837—1901 年。
[②] 居住在苏格兰北部和西部山区的苏格兰人。

布雷基普尔的布雷恩·Y.普尔地区来的伊万·帕；有从迪班-迪班来的多米尼克·奥鲁尔克；从比尔-比尔来的霍里·霍普顿，以及其他几十位来宾。

他们之中大都是当今信奉天主教的新兴家族，能够以盎格鲁-撒克逊姓氏炫耀一番的家族是很少的。来宾中的爱尔兰人、苏格兰人和威尔士人差不多相等。不，倘若天主教徒在苏格兰或威尔士的话，他们既没有指望在那个国家中取得统治地位，也得不到世居其地的新教徒的同情。但是，在这里，在基兰博周围数千英里方圆的地区，他们这些贵族是可以公然蔑视英国贵族的，他们是他们所能看到的一切的主人。德罗海达这片最大的产业比一些欧洲公国的面积还要大。小心呀，摩纳哥①的王侯们，列支敦士登②的君主们！玛丽·卡森更加位高权重。他们在打扮入时的悉尼乐团的伴奏下，随着华尔兹舞曲飞快地旋转着，或站在一边，随孩子们去跳查尔斯顿舞，大嚼着龙虾馅饼和冻生牡蛎，畅饮着保存了15年的法国香槟和保存了20年的苏格兰单一麦芽威士忌。如果让他们说心里话，他们倒宁愿吃烤羊腿或腌牛肉，宁愿喝廉价酒、烈性的班德堡③产的朗姆酒或成桶的格拉夫顿④苦啤酒。但是，体味一下生活中更美好的东西也不错，这正是他们所追求的。

是的，他们中间的大部分人都遇上了歉收年。好年景的时候，他们小心翼翼地将经过检验的羊毛收藏起来，以防恶劣气候的袭击，因为谁也无法预言是否要下雨。但是，气候不错已有一段时候了，而且在基里花销也很小。哦，一旦降生在大西北的黑壤平原上，世

---

① 摩纳哥是欧洲的一个小国，领土面积仅有1.98平方公里。
② 列支敦士登面积仅有160.5平方公里。
③ 位于澳大利亚昆士兰州中部的沿海观光城市。
④ 位于新南威尔士州东北内陆的小城，接近昆士兰州边界。

界上就再也没有一个地方能比得上这地方了。他们并不恋旧,不想重返故国去朝圣,因为他们在那里因信奉天主教而饱受歧视,而澳大利亚是个天主教盛行的国家,不存在这类歧视。大西北就是他们的家乡。

再说,今天晚上的开销也都是由玛丽·卡森包下来的。花这笔钱对她来说算不上一回事。据说,她连英国的王位都能买下。她的钱以钢铁公司的形式存在着,以银矿、铅矿和锌矿的形式存在着,以铜币或金币的形式存在着,以数百种不同的形式存在着,大部分这类东西都毫不夸张地意味着能变成钱。德罗海达已经有很长时间不是她收入的主要来源了,它只不过是一个有利可图的消遣之地罢了。

吃饭的时候,拉尔夫神父没有直接和梅吉搭话,吃完饭以后也没和她讲话。整个一晚上他故意不理她。不管他在客厅的什么地方,她都拿眼睛找他,她的感情受到了伤害。他发觉了这一点之后,极想在她的椅子旁边停留,向她解释,如果他在她身上集中的注意力超过了对卡迈克尔小姐、戈登小姐或奥马拉小姐的注意,那对她的声誉(或他的声誉)都是不利的。像梅吉一样,他不跳舞;也像梅吉一样,他吸引了许多人的目光。毫无疑问,他们俩是这间屋子里最漂亮的人。

他不理她一半是由于不喜欢她今晚的外表,那短短的头发,可爱的装束,和那双精巧的玫瑰灰色便鞋和两英寸高的后跟,她的个子长高了,身材发育得女性感十足;一半是由于她的丰采使其他所有的年轻女郎黯然失色,这使他倍感骄傲而又不知所措。卡迈克尔小姐外表显得很有教养,但没有那金红色头发的特殊光彩;金小姐梳着优美的亚麻色发辫,却没有那柔软的身材;迈凯尔小姐身段极美,但那张脸却活像钻过铁丝栅栏偷吃苹果的马。但他总的反应却是失望的,有一种恨不能把日历往回倒翻的深感痛苦的愿望。他不希望梅吉长大,希望她是个小姑娘,能让他把她当作自己所珍重的孩子。当他在帕迪的脸上看到一种与自己颇有同感的表情时,他不禁会心一笑。哪怕他一生中将自己的感情仅仅表达出一次,该多好啊!可是,习惯、所受的训练和谨慎小心是根深蒂固的。

随着晚宴的进程,舞蹈越来越不受拘束,香槟和威士忌换成了朗姆酒和啤酒,晚宴的活动变得更像一次剪毛棚的舞会了。凌晨2点的时候,就连牧场工人和女工也完全看不出它和基里地区那种完全平等相待的一般娱乐会有什么区别了。

帕迪和菲仍然在场,可是,半夜的时候,鲍勃、杰克和梅吉迅速离去了。菲和帕迪都没有发觉,他们正在自得其乐。如果说他们的孩子不会跳舞的话,他们自己却会跳,而且跳了。基本上是他们俩在一起跳的。在拉尔夫神父看来,他们似乎突然显得互相协调了,这也许是因为他们在一起松弛一下、快乐一下的机会太少吧。在他的记忆中,无论什么时候看到他们,身边总是至少有一个孩子。他曾想过,大家庭的父母一定是很苦的,除了在卧室里以外,他们简直没有片刻机会能单独待在一起。在他们的头脑中,觉得在卧室里谈一谈倒不如干些别的事。这也许是可以谅解的。帕迪还是那副和蔼可亲、兴致勃勃的老样子,可是菲今晚上确实是丰采照人。当帕迪应付差事地去邀请一位牧场主的太太跳舞的时候,她是不乏早就渴望与之一舞的舞伴的。这间屋子里有许多比她年轻得多的女人,因为没有什么人邀舞而无精打采地坐在椅子上。

但是,拉尔夫神父观察克利里夫妇的机会是有限的。他一看到梅吉离开了这间屋子,顿感年轻了10岁,变得生龙活虎了。他和霍普顿小姐、迈凯尔小姐、戈登小姐和奥马拉小姐翩翩起舞,跳得好极了。他还和卡迈克尔小姐跳了布莱克·鲍顿舞[1],这使姑娘们大为

---

[1] 1926—1928年间在美国流行的一种踢踏加摇摆的舞蹈。

吃惊。可是在这之后，他又轮流和这个屋子里的每一个未婚姑娘跳了一圈，甚至连可怜巴巴的、相貌丑陋的帕夫小姐也和他跳了一回。此时此刻，由于每个人都彻底放开了，洋溢着友善的气氛，谁都没有对教士有丝毫的责备之意。事实上，他的热情和友善反倒受到了交口称赞。谁也不能说他们的女儿没和德·布里克萨特神父跳过舞。当然，如果不是私人宴会，他是不能下舞池的，但是，看到这样一个漂亮的男人真正自得其乐了一次，是令人高兴的。

凌晨3点钟时，玛丽·卡森站了起来，打着哈欠。"不，别让这场庆祝活动停下来！要是我累了的话——我确实累了——我可以去睡觉。我真想睡了。不过，这儿有的是吃的、喝的，已经和乐队打好招呼了，只要有人跳舞，就伴奏。有一点儿吵闹声反倒能使我更快地进入梦乡。神父，你能送我上楼去吗？"

一出客厅，她没有向那威严的楼梯走去，却领着教士向她的休息室走去。她沉重地依在他的胳臂上。这扇门是锁着的，在他用她递过来的那把钥匙开门的时候，她在一旁等着，随后，在他的前面走了进去。

"这是一次很不错的宴会，玛丽。"他说道。

"我的最后一次宴会。"

"不要这样讲，亲爱的。"

"为什么不？我活够了，拉尔夫，我要停止生活了。"她那冷酷的眼睛射出嘲弄的光芒。"你怀疑我的话吗？七十多年来，当我想做什么事的时候，我都毫无问题地办到了。所以，倘若死神以为他想让我什么时候死，我就什么时候死，那他就大错特错了。当我选择好时机的时候，我就会死去的，而且用不着自杀。我们的反抗力源于求生的意志，拉尔夫，假如我们真的想停止生活的话，这并非难事。我厌倦了，我想要停止下来了。这非常简单。"

他也感到厌倦了，但却不是厌倦活着，而是厌倦无休无止地保持着表面的东西，厌倦这里的气候，缺乏志同道合的朋友。这间屋子仅仅点着一盏高高的、价值连城的红宝石玻璃煤油灯，光线昏暗。玛丽·卡森的脸上被投上了一层绯红色的半透明的阴影，恍恍惚惚地使人觉得她那种倔强的神情中带着些鬼气。他的脚和后背感到疼痛，有很长时间他没有这样大跳其舞了，尽管他为自己能够赶得上所有最新的时尚而感到骄傲。年已三十五，作为一个农村教士，他在教会中有影响吗？他还没有起步就已经收场了。啊，年轻时代的梦想啊！还有年轻人那种说话时的漫不经心和年轻人暴烈的脾气。他还没有坚强到足以经受考验。但是，他决不会再犯那个错误了。决不会了，决不会了……

他烦躁地走动着，叹息着。这有什么用呢？时不再来了啊。到了坚定地面对这个事实的时候了，到了抛弃希望和幻想的时候了。

"拉尔夫，你还记得我说过，我要让你吃惊，要让你自己搬起石头砸自己的脚吗？"

那干涩、衰老的声音使他从由于碌碌无为而引起的沉思中惊醒过来。他向玛丽·卡森望去，微笑着。

"亲爱的玛丽，我决不会忘记你说过的任何一句话。过去的七年中，什么事情少了你都办不成。你的精明、你的怨恨、你的洞察力……"

"要是我再年轻一些的话，就会用另一种不同的方法得到你了。你绝不会明白，我是多么想把我的年纪从窗户里扔出去30年呵。假如魔鬼走到我面前，以重返青春的代价买去我的灵魂的话，我会立即就卖出去，绝不会像老白痴浮士德那样愚蠢至极地对这桩交易感到懊悔。可是，魔鬼是不存在的。你知道，我实在不能使自己相信有上帝或魔鬼。我从来没有看到过他们实际存在的丝毫证据。你呢？"

"没见到过。但是，信仰并不建立在存在的证据之上，玛丽。它存在于信念之中,信念是教会的试金石。没有信念,就一无所有。"

"一个非常短命的信条。"

"也许吧。我认为,信念产生于一个男人或女人的内心。对我来说,这是一个不断斗争的过程,这一点我承认,但是我绝不会屈服。"

"我倒愿意让你失败。"

他那双湛蓝的眼睛里充满了笑意,在灯光下变成了灰色。"哦,亲爱的玛丽!**这个我知道**。"

"可你知道这是为什么吗?"

一种可怕的敏感使他感到战栗,要不是他拼命地抗拒的话,这种感觉几乎充溢了整个身心。"我知道是为什么,玛丽,请相信我,我甚感抱歉。"

"除了你母亲以外,有多少女人曾爱过你?"

"我母亲爱我吗?我怀疑。不管怎么样,她临终的时候是讨厌我的。大部分女人都是这样的。我的名字本来应该叫希波吕托斯[①]。"

"哦!这就向我说明了许多东西!"

"至于说到其他女人,我想只有梅吉爱我……可她是个小姑娘。要说有几百个女人想得到我,也许并不过分,但是,她们爱我吗?我对此甚表怀疑。"

"我爱过你。"她忧郁地说道。

"不,你没有爱过我。我是你暮年时期的刺激物,如此而已。当你看着我的时候,我使你想起了你由于年纪而不能干的事。"

"你错了。我爱过你。上帝,我是多么爱你呀!你认为我的年龄能自然而然地排除这种爱吗?哦,德·布里克萨特神父,我告诉你一些情况吧。在这个蠢笨的身体之内,我依然是年轻的——我依

[①] 希腊传说中雅典王忒修斯和希波吕托的儿子。忒修斯的第二个妻子淮德拉企图勾引他,遭到了他的拒绝。

然有感情，依然有愿望，依然有梦想，依然生机盎然。这些东西由于受到了我躯体的束缚而焦躁难忍。衰老是我们那富于报复性的上帝加诸我们的最厉害的报复。为什么他不让我们的思想也衰老呢？"她靠在椅子上，合起了双眼，愠怒地露出了牙齿。"当然，我将要下地狱的。但是，在我下地狱之前，我期望我能够有机会告诉上帝，他是个自私的、满腹恶意的、可怜地为信仰进行辩护的人！"

"你孀居太久了。上帝给了你选择的自由，玛丽。你本来可以再婚的。倘若你没有选择再婚，结果使你处于无法容忍的孤独之中，这是你自己造成的，而不是上帝造成的。"

有那么一阵工夫，她一言不发，两手紧紧地抓住椅子的扶手。随后，她渐渐放松下来，睁开了眼睛。那双眼睛在红色的灯光下熠熠闪光，但是没有泪水。只是由于某种难以忍受的情绪而显得更亮罢了。他屏住呼吸，心中感到恐惧。她看上去就像是一只蜘蛛。

"拉尔夫，我的写字台上有一个信封。你能把它给我拿过来吗？"

他觉得身上发痛，心里害怕。他站起来，向她的写字台走去，拿起了那封信，好奇地看了它一眼。信的正面什么也没写，可是，信的背面却用火漆紧紧地封着，并且盖上了写着一个大"D"字的公羊图章。他把信给她拿了过去，放到了她的面前。可是她没有接那封信，而是向他挥挥手，让他回到自己的座位上去。

"这是你的，"她说着，咯咯地笑了起来，"拉尔夫，这是有关你命运的文件，就是这么回事。这是我对咱们之间长期争论的最后的、最有力的一击。我不能在这里看到即将发生的事情了，真是可惜。但是，**我知道**将会发生什么，因为我了解你，我对你的了解比你认为我对你的了解要深刻得多。你身上有一种令人难以容忍的自负！在那个信封里放着你的命运和灵魂。我肯定把你输给梅吉了，但是我坚信她也得不到你。"

"你为什么这样恨梅吉呢？"

"以前我告诉过你一次。因为你爱她。"

"但**不是**那种爱!她是个我永远也不会得到的孩子,是我生活中的一枝玫瑰花。梅吉只是一个理想,玛丽,是一个理想!"

但是,那老太太轻蔑地一笑。"我不想谈你那宝贝的梅吉!我不会再见到你了,所以,我不想跟你谈论她而浪费时间。关于这封信,我希望你以一个教士的身份立誓,在你亲眼见到我的死尸之前不打开它,但是在我下葬之前,你一定打开它。起誓吧!"

"这没有起誓的必要,玛丽。我会按照你的要求去做的。"

"对我起誓,不然我就把它收回!"

他耸了耸肩。"那么,好吧。我以教士的名义起誓:在我没有见到你逝世之前,不打开这封信,然后,在你下葬之前打开它。"

"好,好!"

"玛丽,请不用担心。这只不过是你的想象罢了。一到早晨,你会笑话它的。"

"我不会看到早晨了。我今天晚上就要死,我已经虚弱到无法等待再见到你时的喜悦了。这是怎样的一个急转直下啊!现在,我要上床去了,你能送我到楼梯上去吗?"

他并不相信她的话,但他明白,争论是没有用的,再说,她也没有抛开这个念头而高兴起来的情绪。只有上帝才能决定一个人什么时候死,除非他将一个人停止自己生命的自由意志交给这个人。但是她已经说过,她不会这样做的。于是,他便帮她气喘吁吁地爬上了楼梯,在楼梯顶上,他将她的手放在了自己的手中,低头吻了吻她的手。

她把自己的手抽了回来。"不,今天晚上不能只吻我的手。吻我的嘴,拉尔夫!吻我的嘴,就像我们是情人一样!"

枝形灯上有400支蜡烛,照亮了整个宴会厅。借着这辉煌的灯光,她看到他脸上露出的厌恶的表情,一种本能的畏缩。这时,她盼望着能死去。她渴望一死了之,急切难耐了。

"玛丽,我是个教士,**我不能!**"

她刺耳地、令人毛骨悚然地笑了起来。"哦,拉尔夫,你多虚伪啊!虚伪的男人,虚伪的教士!想一想吧,有一回你实际上鲁莽地要向我求爱呢!你是这样自信我会拒绝吗?我多希望我当时没拒绝啊!要是我们能让那天夜晚再回来的话,我情愿出卖我的灵魂,来看看你是如何千方百计地摆脱那天晚上的困境的。**虚伪、虚伪、虚伪**!你就是这么回事,拉尔夫!一种软弱的、无用的虚伪!软弱的男人,软弱的教士!我想,你在圣母马利亚的面前还能装模作样,并且装到底吗?德·布里克萨特神父,你一直就是这样装模作样的吧?虚伪!"

庄园的外面还没有透出曙光,没有一点亮光。夜色柔和,黑茫茫的,炎炎暑热笼罩着德罗海达。这场狂欢已达到了极其喧闹的地步,如果这座庄园有邻居的话,那警察就会因此而登门了。有人因恶心反胃在廊檐下大口呕吐着。一片灌木丛的朦胧阴影下,两个模模糊糊的身影紧紧地拥在一起。拉尔夫神父避开了呕吐者和那对情人,踏着松软的、刚刚修剪过的草坪悄然无声地走着。他的心头十分烦乱,不知道也不在意他在向什么地方走去。他只是想离开她,那个可怕的老蜘蛛坚信她在这美好的夜晚正在织着自己的死亡之网。已经是凌晨时分了,热气仍未消散,微风沉闷地拂过,芸香和玫瑰花丛悄然地散发出一股令人倦怠的香气。这种天地间的寂静只有在热带或亚热带地区才能领略得到。哦,上帝啊,显显灵吧,快显显灵吧!拥抱这黑夜,拥抱生活,无拘无束地拥抱吧!

他在草坪的远处停住了脚步,站在那里仰望着天空,在一种本能的冥想中寻找着上帝。是的,就在天上的某个地方,在那星光闪烁的地方,是多么纯洁,多么神秘啊。漫漫夜空中到底有什么呢?

白昼的蓝色天穹正在升起。一个人能看到永恒的闪光吗？除了目睹那远远地缀在天幕之上的繁星，没有什么东西能使人确信时间的永恒和上帝的存在。

当然，她是对的。这是一种虚伪，完全是一种虚伪。既不做一个男人，也不做一个教士。他只想做一个兼有二者的人。不！不会二者兼得的！教士和男人不能同时并存——要做男人就不能做教士。我为什么一度被她的网缠住了呢？她有强大的地位，也许比我猜想的还要强大。那封信里写的是什么？玛丽是多么愿意引诱我啊！她了解多少情况？她能直截了当地猜到多少情况？而又有什么东西值得去了解，或去猜测呢？她完全是枉费心机。是孤独寂寞使她变得疑心重重，使她心中始终充满痛苦。可是你错了，玛丽。我**可以**产生那种感情。但是，我偏偏不愿意选择这种做法。多年来，我已向自己证明这是能够加以控制、压抑和克服的。因为唤起那种感情是一个男人的行为，而我是个教士。

有人正在墓地里哭泣。当然，这是梅吉。其他任何人都不会想到这种地方的。他提起法衣的下摆，迈过了锻铁横栏，觉得今天晚上不把梅吉对付过去是不行的。假如他在生活中曾勇敢地面对着一个女人的话，那么他也必须同样对待另一个女人。他那可笑的超然公正又回到他身上了。那个老蜘蛛，她的毒汁的作用是不会长久的。上帝惩罚她吧，**上帝惩罚她吧！**

"亲爱的梅吉，别哭了。"他说着，在她身边被露水打湿的草地上坐了下来，"喂，我敢打赌，你连一块像样的手绢都没有。女人总是这样的。把我的拿去吧，把眼泪擦干，要像个好姑娘。"

她把手绢接了过去，按照他的话擦着眼睛。

"你这身漂亮的衣服还没有换呢。你从半夜就坐在这儿了吗？"

"是的。"

"鲍勃和杰克他们知道你在这儿吗？"

"我告诉他们,我去睡觉了。"

"怎么回事,梅吉?"

"今天晚上你没有跟我讲话!"

"啊!我想也许是这么回事吧。喂,梅吉,望着我!"

东方透出了鱼肚白,揭开了沉沉的夜幕,德罗海达的雄鸡高啼着,迎来了熹微的黎明。于是,他看清了,即使是涟涟的泪水也无法掩住她那眼睛的秀美。

"梅吉,你是宴会中最漂亮动人的姑娘,而且大家都知道,我到德罗海达来得太勤了。我是个教士,因此我应该避嫌。不过,我怕人们的想法并不那么纯洁。从教士的情况来看,我算年轻的,长得也不难看。"他顿了一下,想着玛丽·卡森会怎样欢迎这种略有些克制的说法,他无声地笑了。"要是我对你献一点儿殷勤,刹那间便会传遍整个基里。这个地区的每一条电话线里都会传播着这件事。你明白我的意思吗?"

她摇了摇头。那头剪短的鬈发在渐渐变亮的光线中显得更鲜明了。

"唔,要了解纷纭世事你还太年轻啊。可是你必须学会去了解,教导你好像总是我的本分,对吗?我的意思是,人们将会说我不是作为一个教士,而是作为一个男人对你感兴趣的。"

"神父!"

"很可怕,是吗?"他微微一笑,"可是,我可以向你担保,这就是人们会讲的话。你知道,梅吉,你再也不是一个小姑娘,而是个年轻女郎了。但是,你还没有学会掩饰你对我的注意力,所以,我只好在众目睽睽之下不和你说话。你是用一种也许会被人曲解的眼光盯着我的。"

她用一种古怪的眼光看着他,她的凝视中蓦然闪现出一种令人费解的表情。随后,她猛地转过头去,侧着脸对他说:"是的,我明白了。我没有明白这一点，真是太笨了。"

"你不认为现在到回家的时候了吗？毫无疑问，每个人都会睡过头的，可是，假如有人像往常那样醒来，你可就说不清、道不明了。你不能说你是和我在一起的，梅吉，就连对你的家里人也不能说。"

她站了起来，低头看着他。"我走了，神父。我希望他们能更了解你，这样就决不会认为你有那种事了。你没有那种事，对吗？"

由于某种原因，这话是伤人感情的，比玛丽·卡森那冷酷的奚落话还刺伤他的灵魂。"没有，梅吉，你说得对。我没有那种事。"他跳了起来，苦笑着。"要是我说，我希望有那种事，你会觉得奇怪吗？"他将一只手放在自己的头顶上，"不，我根本就不想有这种事！回家吧，梅吉，回家！"

她面色凄楚。"晚安，神父。"

他拉住了她的双手，弯下腰，吻了吻。"晚安，最亲爱的梅吉。"

他目送着她穿过墓地，迈过横栏。她那穿着绣满了玫瑰花苞衣服的远去的身影十分优美，富于女子气，显得略有些缥缈。玫瑰是灰色的。"多么恰到好处啊。"他对那尊守护神说道。

当他漫步穿过草坪往回走的时候，许多汽车轰响着离开了德罗海达，宴会终于散场了。屋子里，乐队队员正在把乐器装进盒子。他们已经被朗姆酒和疲劳弄得摇摇晃晃了。筋疲力尽的女仆和临时工打算把屋子清理出来。拉尔夫神父向史密斯太太摇摇头。

"让大伙儿都睡觉去吧，亲爱的。你们精力充沛的时候对付这种事要容易得多。我保证不让玛丽·卡森发火。"

"您还想吃点儿什么吗，神父？"

"老天爷呀，不吃啦！我要去睡觉。"

将近傍晚的时候，一只手碰了碰他的肩头。他懒洋洋地睁开眼睛，迷迷糊糊地去抓那只手，想把那只手贴在他的面颊上。

"梅吉。"他含混不清地说道。

"神父,神父!哦,请你起来好吗?"

一听见史密斯太太的声音,他突然变得异常清醒了。"怎么回事,史密斯太太?"

"是玛丽·卡森出事了。神父,她死啦。"

他看了看表,已经是傍晚6点多钟了。极度的迟钝使他头昏眼花,摇摇晃晃,这是可怕的暑热造成的。他挣扎着脱去了睡衣,穿上教士的衣服,匆匆忙忙地将一条很窄的紫红色圣带往脖子上一套,拿上了临终涂油、圣水、大银十字架和乌木念珠。他连想都没有想过史密斯太太的话是否对头。他知道那老蜘蛛已经死了。她到底吃下过什么东西没有?祈祷上帝,要是她吃过的话,那么,在这个房间中没有明显的迹象,医生也没有看出什么明显的可疑之处。他不知道,举行涂油礼能有什么用处。可是又非举行不可。他要是拒绝举行涂油礼,要求进行验尸,各种错综复杂的情况都会出现的。然而,这完全无助于他心中突然升起的有关自杀的疑云。让他把《圣经》放到玛丽·卡森的尸体上,简直让人厌恶透顶。

她已经彻底死去了,一定是在她就寝后几分钟之内去世的,足足有15个小时了。窗户都关得紧紧的,房间里由于有一些装着水的大平底盘而显得溽热。这些平底盘是她执意要放在每一个不起眼的角落里的,以使她的皮肤保持鲜嫩。空气中有一种奇特的声音,他愚蠢地纳了一会儿闷,才明白他听到的是苍蝇发出的嗡嗡嘤嘤的声音。它们很热闹地在她身上作乐交配、产卵。

"看在上帝的分上,史密斯太太,把窗子打开!"他喘了口气,向外面走去,脸色苍白。

尸体的僵硬已经过去,又变软了,所以令人作呕。呆滞的眼球呈现出一种说不出的颜色,薄薄的双唇已经发黑。她的身上到处都落满了苍蝇。在他对她履行职责、轻声念着古拉丁文劝诫经的时候,不得不让史密斯太太在一旁轰着苍蝇。这是一场多么滑稽的戏啊,她太可憎了。这是她散发出来的气味!啊,上帝!比清新的牧场上的任何一匹死马都要难闻。他不愿意像她活着时那样碰她的身体,尤其是那苍蝇下了卵的嘴唇。几个小时以后她身上恐怕就会生满密密的蛆了。

终于,职责履行完毕。他直起腰来。"史密斯太太,马上去找克利里先生,看在上帝的分上,告诉他,让他的孩子们马上做一具棺材。没有时间派人去基里了,不然,我们会眼睁睁地看着她腐烂的。天哪!我觉得恶心。我要去洗个澡,把衣服扔在我的门外,烧掉。我再也不想从这些衣服上闻到她的气味。"

他穿着马裤和衬衫走进自己的房间时——因为他行李中没有带备用的法衣——他想起了那封信和他的诺言。已经过7点了。当女仆和临时工们飞快地清理宴会的残羹剩汁,把客厅又改成小教堂,为明天的葬礼做准备的时候,他能听到一片压抑的嘈杂声。没办法,他只得今晚到基里去一趟,另取一件法衣和做追思弥撒的祭服。他到边远的牧场时,有几样东西是从不离身的,总是仔细地用带子系好,放在小黑箱子的格子中,那就是为生育、死亡、祝福、礼拜而用的圣餐,适合于一年中任何时候用的法衣。可是,他是个爱尔兰人,携带着黑色的、做追思弥撒用的法器是冒险的。帕迪的声音在远处回响着,不过现在他不能和帕迪打照面。他知道,史密斯太太会把要做的事做好。

他坐在窗边,眺望着夕阳中德罗海达的景色。魔鬼桉镀上了一层金黄色,花园中,一丛一簇的红色、粉色和白色玫瑰都被染成了红色。他从自己的箱子里拿出了玛丽·卡森的信,捧在手中。她坚持要他在她的葬礼之前看这封信,但是,他头脑中有一个声音在喃喃地说,他必须**现在**看。不是在今晚见到帕迪和梅吉之后看,而是**现在**就看。除玛丽·卡森之外,他现在还没见到任何人。

信中装着四张纸。他将它们捻开,马上就看到下面的两张是她的遗嘱。上面两张是以一封信的形式写给他的。

我最亲爱的拉尔夫:

在这个信封中你看到的第二个文件是我的遗嘱。我早先写过一份十分完备、经过签字、加封的遗嘱,存在基里的哈里·高夫的办事处。这里面封入的遗嘱所立的时间要迟得多,自然,哈里处的那一份就失效了。

事实上,我是前几天才立下它的,并且由汤姆和修篱工做证,因为我知道,任何受益人都不许给遗嘱做证。这份遗嘱是合法的,尽管它不是哈里为我草拟的。我向你担保,世界上没有一家法院能否认它的合法性。

但是,如果我想要对我的财产处置加以改变的话,为什么我不让哈里起草这份遗嘱呢?非常简单,我亲爱的拉尔夫。因为我想除了你和我以外,不让任何人知道尚有这份遗嘱的存在。这是唯一的一份,你保管着它。没有一个人知道你持有这份遗嘱。这是我的计划的一个非常重要的组成部分。

你还记得福音书中魔鬼将我主耶稣基督带到了一座山顶上,用整个世界诱惑他的那段事情吗?[①]当知道我拥有一点儿撒旦的力量,并用整个世界来诱惑我所爱的人(你怀疑撒旦爱基督吗?我不怀疑),该是多么愉快呀。过去几年中,我对你进退维谷的处境的观察使我心中十分快活,我越接近死亡,我的幻象就变得越使人快活。

[①] 见《圣经·新约·马太福音》第五章第八节:"魔鬼又带他上了一座最高的山,将世上的万国,万国的荣华,都指给他看。对他说:'你若伏拜我,我就把这一切都赐给你。'耶稣说:'撒旦退去吧。因为经上记着说:当拜主你的上帝,单要侍奉他。'"

你读过遗嘱之后，就会明白我的意思了。我现在就知道，当我在阳界之外的地狱中被焚烧的时候，你依然留在阳间，但是，却在另一个地狱中忍受着比上帝可能制造出来的更为猛烈的火焰的焚烧。哦，我的拉尔夫，我能对你进行毫厘不差的评价啊！如果说，我根本不懂得其他的事情该怎么去做的话，我却始终知道怎样让我所爱的人受苦受难。而你是一个比我那已故的、亲爱的迈克尔好得多的目标。

当我第一次认识你的时候，你就想得到德罗海达和我的钱财，对吗，拉尔夫？你想用它作为你的进身之阶。可是后来梅吉来了，你就把最初和我交往的目的排除出了你的头脑，对吗？我成了你拜访德罗海达的一个借口，这样你就可以和梅吉在一起了。我不清楚，你能这样快就改变你的忠诚吗？你对我的实际价值到底了解多少？你知道吗，拉尔夫，我认为你是根本不了解的。我想，在一个人的遗嘱中提到其确切的财产数字不符合贵妇人的身份，所以，此处我只是将我的财产数额向你透个底，以为你做决定提供一个参考。随你送人或取用区区几十万镑吧，我的财产大约有1300万镑吧。

第二页马上就要写满了，我不耐烦把这封信写成一篇论文。读一读我的遗嘱吧，拉尔夫。读完之后，你就会决定怎么处置它了。你是把它正式提交给哈里·高夫以接受法律检验呢，还是把它烧掉，永远也不告诉任何人，曾经有过这么一份遗嘱？这是你不得不做出的决定。我应当补充一下，哈里办事处的那份遗嘱，是我在帕迪来这里一年之后立下的，我把我拥有的一切都留给他了。只有这样，你才能知道应当如何进行权衡。

拉尔夫，我爱你，因为你不想得到我，我多么想杀掉你啊；但除那样做以外，用这种办法进行报复要好得多。我不是那种高尚的人。我爱你，但是却希望你在痛苦中尖声呼喊。你知道，因为我清楚你将会做出什么样的决定。我了解这一点，就像我身临其境、亲眼所见一样地有把握。你会痛苦叫喊的,拉尔夫,你会明白极度痛苦是怎么一回事的。所以,就接着读下去吧,我的英俊的、野心勃勃的教士!读一读我的遗嘱,决定你的命运吧!

这封信既没有签名,也没有缩写的签署。他觉得脑门上冒出了一片汗水,一直顺着头发流到脖子后面。有那么一瞬间,他真想站起来把这两份文件一烧了事,决不看那第二份文件的内容。但是,她对她追求对象的估计是准确的,这个臃肿的老蜘蛛。当然,他会接着看下去的,他好奇至极,难以抵御这种诱惑。上帝呀!他做过什么事使她这样对待他?为什么他不生得矮小怪异、丑陋不堪呢?倘若他是那副模样的话,他也许会很幸福的。

后两页纸也同样是用那种精确的、几乎是缜密的文笔写成的,就像她的灵魂一样刻薄、充满恶意。

我,玛丽·伊丽莎白·卡森,以我健全之头脑与身体在此宣布,此件是我最后的遗嘱与遗言,因此,先前由我所立之任何遗嘱均属无效,并作废。

除下述特殊处理的遗产外,我在世间的一切动产、钱财及房地产均遗留给圣罗马天主教会,特此将遗赠条件阐述如下:

一、上述之圣罗马天主教会下文简称教会。请教会了解我对其教士拉尔夫·德·布里克萨特所持有的尊重与钟爱之感。**仅仅**由于他的慈善、宗教上的指导与永不辜负期望的支持,我才将我的财产做出如此之处置。

二、只要教会赏识上述之拉尔夫·德·布里克萨特神父之价值与才干,此项遗产则将继续支持教会的事业。

三、上述之拉尔夫·德·布里克萨特神父为掌管我财产的主要负责人,负责管理、指导使用我在世的动产、钱财及房地产。

四、上述之拉尔夫·德·布里克萨特神父去世之后，对于我的遗产的下一步之管理处置将合法地受他最后的遗嘱及遗言之约束。即，教会将继续拥有全部的所有权，但拉尔夫·德·布里克萨特神父将全权负责对他的管理继承人进行提名；不得迫使他选择一位教士或教会的世俗成员作为他的继承人。

五、德罗海达牧场永远不得出售，不得再行划分。

六、我的弟弟帕德里克·克利里受雇为德罗海达牧场之管理人，并有权居住在我的房子中。他的薪水由拉尔夫·德·布里克萨特神父自由决定付与，而不得由其他人决定。

七、在我弟弟，上述之帕德里克·克利里死亡的情况下，其未亡人及子女将允许留在德罗海达牧场；管理人之职位将按顺序由其子罗伯特、杰克、休吉、斯图尔特、詹姆斯及帕特里克中之一人接任，但弗朗西斯除外。

八、在帕特里克或任何一子死亡，而弗朗西斯为留世之最后一子的情况下，同样权利得由上述帕德里克·克利里之孙享受。

特殊处理之遗产：

帕德里克·克利里，得继承我在德罗海达牧场之房屋内所有物品。

我的女管家尤妮斯·史密斯，得保留其所希望之优厚薪水，此外，即刻付与她5000镑；在她退休时，给予公平合理之退休金。

明纳妮·奥布维恩和凯瑟琳·唐纳利，得保留其所希望之薪水，此外，即刻付与每人1000镑；在她们退休时，给予公平合理之退休金。

拉尔夫·德·布里克萨特神父，只要他在世，则每年付与其10 000镑作为其私人不受调查之费用。

这份文件是经过正式签名，有签署日期及证人确证的。

他的房间朝西。夕阳即将西沉。每年夏天，尘幕都在静静的空气中到处飘浮着，阳光穿过微细粉尘，世间万物仿佛变成了金黄和紫红色。变化多端的云朵镶上了耀眼的亮边，云蒸霞蔚，掠过压在树尖和远方牧场之上的如血火球。

"妙啊！"他说道，"我承认，玛丽，你已经把我战胜了。精彩的一击。傻瓜是我，不是你。"

泪水模糊了视线，他看不清纸上的字了，他没等泪水打在纸上便把它们拿开了。1300万镑。1300万镑啊！这正是在梅吉来到之前的那些日子中他打算追逐的东西。而随着她的到来，他就放弃了这个打算，因为他不能冷酷地进行这种竞争，使她的继承付诸东流。但是，假使他曾经知道这老蜘蛛所拥有的财产的价值，他会如何呢？那样又会发生什么情况呢？他连这笔财产的十分之一都没想到。1300万镑啊！

七年来，帕迪和他的家人住在牧场工头的房子里，狂热地为玛丽·卡森干活儿。他们为了什么？就为了她付给的那点可怜的工资吗？拉尔夫神父从来没有听到过帕迪抱怨过这种菲薄的待遇。他毫不怀疑，在他姐姐去世之后，看在他拿着普通牧工工资管理着这片产业，同时他的儿子们拿着打杂工的工钱干着牧羊工的活儿的分上，他们一定会得到丰厚的报答的。他凑凑合合地过着日子，对德罗海达的热爱愈来愈深，好像它是他的一样，理所当然地设想它将会归于他。

"妙啊，玛丽！"拉尔夫神父又说道。自从他少年时代以来，泪水头一次落在了他的手背上，不过没有落到纸上。

1300万镑，这也是成为德·布里克萨特红衣主教的机会。这不利于帕迪、他的妻子、他的儿子们——还有梅吉。她像魔鬼似的把他看透了！她把帕迪的一切都剥夺了。他要怎样做，本来是一清二楚的：他可以把这份遗嘱投进厨房的火炉，毫不迟疑地捅到炉膛里去。但是，她已经断定了帕迪是不会生妄念的，她死后他在德罗海达的生活将比她在世的时候要舒适得多，德罗海达简直不可能被人从他手中夺走。是的，这是件有利益、有权力的事，但并没有得到土地本身。不，他不会成为那笔令人难以置信的1300万镑的拥有者，但是，他将备受尊敬，会有一笔相当不错的赡养费。梅吉不会挨饿，或光着脚流落世上的。她不会成为梅吉小姐，也无法与卡迈克尔小姐及其同等地位的那些人平起平坐。他们会受到相当的尊重，社会的承认，但是不会进入社会的最上层。永远也进入不了社会的最上层。

1300万镑。这是从基兰博脱身和脱离终生湮没无闻的机会，是博取教会行政统治集团中的一席之地，保证他得酬壮志，忝列上层的机会。如今他年纪尚轻，足以夺回他失去的地盘。玛丽·卡森怀着报复心理使基兰博变成了主教使节任命版图的中心。这震动会一直传到罗马教廷的。尽管教会十分富有，但1300万镑毕竟是1300万镑啊。即使是教会，也不能对它等闲视之。而且，他完全凭个人的力量将这笔钱纳入教会名下，玛丽·卡森已经白纸黑字地承认了他的力量。他知道，帕迪是永远无法对这份遗嘱进行争议的，玛丽·卡森已经永远无法来争议了，上帝惩罚她。哦，当然啦，帕迪会勃然震怒，会永远不想再见到他或再和他讲话的，但是，他的恼恨不会发展成一场官司。

他决定了吗？在他读着她的遗嘱的那一刻，他已经知道他该怎么去做了吗？泪水已经干了。拉尔夫带着往日的风度站了起来，确信他整个衣裾上没有褶皱之后，便向门口走去。他必须到基里去取一件法衣和祭服。但首先，他想再看一眼玛丽·卡森。

尽管窗户洞开着，屋里依然弥漫着混浊沉闷的恶臭。一丝风也没有，无精打采的窗帘一动不动。他稳重地迈着步子走到了床边，站在那里低头看着。她面部每一处潮湿的地方，蝇卵已经开始孵化出了蛆，肿胀的胳膊变成了绿乎乎的一团，皮肤已经破了。噢，上帝呀。你这个令人作呕的老蜘蛛。你已经赢了，但这是一个什么样的胜利啊。这是一个行将化为粪土的漫画式的人对另外一个人的胜利。你无法战胜我的梅吉，也无法从她那里夺走你永远得不到的东西。我也许将在地狱中与你并排被烈火焚烧，但是我了解为你所准备的地狱：当你坚持要我们在无穷的永恒中一起腐烂的时候，你会看到我是不在乎的……

帕迪正在大厅的楼下等候着他，脸色苍白，手足无措。

"啊，神父！"他趋前说道，"这难道不可怕吗？多让人震惊呀！我从来没想到她会这样就去了。昨儿晚上她还那么好啊！亲爱的上帝啊，我怎么办才好呢？"

"你见过她了吗？"

"苍天保佑，见过了！"

"那么你就知道必须做些什么了。我还从来没有见过一具尸体腐烂得这么快呢。假如你不在几小时之内把她体面地放到某种容器中，你就不得不把她倒进汽油罐了。明天上午的头一件事，就是必须把她下葬。用不着浪费时间给她做个漂亮的棺材，用花园里的玫瑰花或其他什么东西把棺材盖住。可是要赶快啦，伙计！我要到基里去取法衣。"

"请尽快回来，神父！"帕迪恳求道。

但是，拉尔夫神父此一去比单单到神父宅第去一趟所需的时间要长得多。在他将汽车向神父宅第方向拐过去之前，先把车开到了基兰博比较繁华的侧街上，来到了一个坐落在花园之中的相当俗气的寓所。

哈里·高夫刚坐下来要吃饭，可是，当女仆告诉他来访者是什么人后，他便走进了会客室。

"神父，和我们一块儿吃点吧？腌牛肉、白菜、水煮土豆和欧芹酱，这次的牛肉不算太咸。"

"不啦，哈里，我待不住。我只是到这儿来告诉你，玛丽·卡森今天早晨去世了。"

"圣耶稣啊！我昨天夜里还在那儿呢！她显得多好呀，神父！"

"我知道。今天凌晨3点钟左右我扶她上楼的时候，她还一点儿事都没有呢，可是，她一定是在刚就寝的那工夫死去的。今天傍晚6点钟，史密斯太太发现她去世了。到那时为止，她已经死了好长时间，人都变得不像样了。那房间关闭得就像是一个细菌培养室，一整天的热气都闷在里面。上帝啊，要是我能忘记见到她那副模样时的情景就好了！简直没法说，哈里，太可怕了。"

"她明天就下葬吗？"

"必须下葬。"

"什么时候？10点钟？在这种热天，我们得像西班牙人那样晚点用餐了。不过，不用担心，反正现在动手打电话通知人们已经晚了。你愿意让我替你效劳去办这件事吗，神父？"

"谢谢，这太承你的情了。我到基里来只是为了取法衣的。在我启程之前，根本就没想到会要做追思弥撒。我必须尽快赶回德罗海达，他们需要我。明天早晨9点钟开始做弥撒。"

"告诉帕迪，我将带着她的遗嘱前往，这样，葬礼之后我就可以直接处理这件事了。神父，你也是一位受益者，因此，你留下读一读这份遗嘱，我将不胜感激。"

"哈里，恐怕咱们还有一点小问题。你知道，玛丽另立了一份遗嘱。昨天夜里她离开宴会之后，给了我一个加了封的信封，让我答应在我亲眼看到她的尸体的时候打开它。当我照办的时候，我发现里面装着一份新的遗嘱。"

"玛丽立了一个新遗嘱？没有通过**我**？"

"显然是这样的。我想，这是一件她经过长期仔细考虑后留下的东西,但是,至于她为什么需要选择对它保密,我就不得而知了。"

"你现在把它带来了吗,神父?"

"带来了。"教士把手伸进了衣裾,拿出了几页折得很小的纸。律师当即无动于衷地将它读了一遍。他看完之后,抬起了头。拉尔夫神父没想到在他的眼睛中看到了错综复杂的表情:羡慕、愤怒和某种蔑视。

"唔,神父,恭喜恭喜!你终究得到这笔财产了。"他不是天主教徒,可以讲这样的话。

"请相信我,哈里,我看到它的时候,比你还要吃惊。"

"这就是唯一的一份吗?"

"据我所知,是的。"

"而她迟至昨天夜里才交给你吗?"

"是的。"

"那么,你为什么不把它毁掉,以保证可怜的老帕迪能得到他有充分权利应该得到的东西?教会根本没有权利得到玛丽·卡森的财产。"

教士那双漂亮的眼睛毫不为之所动。"啊,但是这事现在已成定局了,哈里,对吧?这是玛丽的财产,她爱怎么处理就怎么处理。"

"我要建议帕迪起诉。"

"我想你会这样做的。"

话说到这里他们就分手了。等到大家在早晨赶去参加玛丽·卡森的葬礼时,整个基兰博及所有附近的地区都会知道这笔钱属于谁了。死者长已矣,一切皆无可挽回。

当拉尔夫神父穿过最后一道门进入家内圈地的时候,已经是凌晨4点了,因为他并不急于开车返回来。一路上,他希望自己的脑子里一片空白,他不愿意让自己思考。既不想帕迪、菲或梅吉,也不想那具他们已经放进棺材里(他虔诚地希望如此)的恶臭、臃肿的尸体。

相反，他让自己的双眼和脑子去看、去想这夜色。那孤零零地挺立在闪着微光的草地上的死树，幽灵般地闪着银白色。他要去看、去想那一堆堆木材投下的黑魆魆的阴影，和那在天空中浮动着的、缥缈的一轮满月。有一次，他把汽车停下，走了下来，走到了一段铁丝栅栏旁，靠在绷紧的铁丝上，在桉树和野花的醉人芳香中呼吸着。这片土地如此美丽，如此纯洁，对擅自控制它的人们的命运是如此的冷漠。他们也许能攫取它，但是在漫漫的岁月中却是它控制了他们。除非他们能够呼风唤雨，否则，总是这片大地统治他们。

他把汽车停在房后稍远的地方，慢慢地向房子走去。每一扇窗子都灯火通明，在女管家的房间里，他隐隐约约听到史密斯太太正在指挥着玫瑰园里的两个女仆。紫藤架的黑影里有个人影在走动着。他蓦地站住了，不由自主地毛骨悚然。这个老蜘蛛变着法缠着他。然而，那不过是梅吉，正在耐心地等待着他回来。她穿着马裤和靴子，显得生气勃勃。

"你吓了我一跳。"他猛地说道。

"对不起，神父，我没有那个意思。不过，我不想和爸，还有那些小子待在里面。妈还带着婴儿待在家里呢。我想，我应该和史密斯太太、明妮和凯特一起祈祷，可是我不情愿为她祈祷。这是一种罪孽，对吗？"

他没有情绪勾起对玛丽·卡森的回忆。"我并不认为这是一种罪孽，梅吉，虚伪反倒是罪孽。我也不愿意为她祈祷。她不是……一个非常好的人。"他脸上闪过一丝笑意，"所以，假如你觉得这样讲是有罪的话，那我也有罪，而且罪孽更深重。我被想象成是爱一切人的，你却没有这种负担。"

"你没事吧，神父？"

"对，我很好。"他抬头望着这幢房子，叹了口气，"我不想待在这里面，就是这么回事。在她待过的地方没有光明，黑暗之魔没被驱走之前，我不想待在她待过的地方。如果我跃上马背，你愿意陪我骑到黎明吗？"

她的手碰了一下他的黑袖子，又放了下去。"我也不愿进里面去。"

"等一下，我把法衣放到汽车里去。"

"我到马厩去。"

她第一次试图从他的立场，他那成年人的立场出发去和他相会。他确定无疑地感觉到了她身上的这种变化，就像确定无疑地嗅到了玛丽·卡森那美丽的花园中的玫瑰花香一样。玫瑰花啊。苍白的玫瑰花。玫瑰花，玫瑰花，处处开遍了玫瑰花。草原上的片片花瓣哟，夏日的玫瑰，红的、白的、黄的。玫瑰的浓郁芬芳飘荡在夜空中。粉红色的玫瑰，溶溶的月光将它冲淡成了灰白的颜色。玫瑰的灰烬哟，玫瑰的灰烬。我的梅吉，我已经把你抛弃了。可是，难道你不明白，你已经变成一种威胁了吗？因此，我已经把你在我抱负的鞋跟下蹂碎了，你对我而言不过是草原上一朵被蹂碎的玫瑰罢了。玫瑰的芳香。玛丽·卡森散发出的气味。玫瑰和灰烬，玫瑰的灰烬。

"玫瑰的灰烬。"他说道，翻身上马，"让我们像月亮那样远离这玫瑰的芳香吧。明天，这幢房子里将飘满玫瑰花香。"

他踢了一下那匹栗色牝马，赶到了梅吉的前面，顺着通往小河的道路慢慢跑去。他想哭一哭才好，在他嗅到玛丽·卡森那进一步装饰起来的棺材的气味之前，一个即将面临的事实尚未使他思绪如麻的头脑受到实际的冲击。他会很快就离去的。思如潮，情如潮，澎湃难遏。在得知了那个令人难以置信的遗嘱的条款之后，他在基里是无法摆脱这种状态的，这如潮思绪使他想马上到悉尼去。**马上！**他要逃脱这种折磨，好像从来不知道有这么回事，可是，这种痛苦却紧追不舍。他无能为力。这并不是一件说不清什么时候才会发生的事，而是马上就要临头的事，他几乎都能看到帕迪的面孔了：充满了嫌恶，掉头而去。此后，在德罗海达他不会受到欢迎了，再也不会见到梅吉了。

随后,惩罚就开始了。蹄声嘚嘚,令人觉得像飞一样。这样好些,这样好些,这样好些。疾驰,疾驰。是的,安安稳稳地躲进大主教宅第的一间小屋中,这样感情上的打击肯定会越来越小,直到这种精神上的痛苦终于消逝。这样要好一些。这样总比留在基里,眼巴巴地看着她长成一个大姑娘,然后有朝一日嫁给一个未知的男人要好一些。眼不见为净,心不想不烦。

那么,眼下他和她做些什么好呢?驰过小河远处的那片黄杨树和橡胶树林吗?他似乎无法去想为什么了。只是感到痛苦。这并不是背叛的痛苦,已经没有感到这种痛苦的余地了。他只是为了将要离开她而痛苦万分。

"神父!神父!我跟不上你了!慢点儿,神父,求求你!"

这叫声唤起了他的责任感,使他回到了现实中。就像个动作迟钝的人一样,他猛地勒住了马头。那牝马原地打转,直到它兴奋地跳了个够,他才松开缰绳。他等待着梅吉赶上他。那正是苦恼所在。梅吉正在追赶着他。

在离他们不远的地方,一台钻孔机在隆隆作响。这里有一个很大的、冒着蒸汽的池塘,散发着硫黄味,一根像轮船上的送风管一样的管子从它的深处钻出了沸腾的水。这热气腾腾的池塘的四周,就像是从轮毂中伸出的轮辐。那钻孔机喷出的水,涓涓流过平坦的、毛茸茸的、宛若绿宝石般的草地。池塘的岸边几乎全是灰色的烂泥,烂泥中有一种叫作"亚比斯"的淡水鳌虾。

拉尔夫神父笑了起来。"梅吉,这味像地狱的味,是吗?就在她的产业中,在她的后院中,有硫黄和硫黄石。当她装饰着玫瑰花到地狱里去的时候,她应该闻到这种味儿的,对吧?哦,梅吉……"

这些马受过训练,不拉着缰绳它们也会站着不动。附近没有栅栏,半英里之内也没有树木。但是,池塘边上,离钻孔机不远的地方有一根原木，那里的水要凉一些，这是供冬浴的人擦脚擦腿时的座位。

拉尔夫神父坐了下来，梅吉和他拉开一点儿距离坐了下来，转过身来望着他。

"怎么了，神父？"

这是她常向他提问的一句话，但这次听起来有些特别。他微微一笑。"我把你出卖了，我的梅吉，以1300万银币把你卖掉了。"

"把我**卖掉**了？"

"这是夸张的说法。别怕。来，坐得离我近些。也许我们再也没有机会一起交谈了。"

"你是说，在为姑妈服丧期间吗？"她在原木上挪了挪身子，靠近他的身边，"服丧的时候有什么不一样吗？"

"我不是那个意思，梅吉。"

"你的意思是，我长大了，人们会在背后说我们的闲话吗？"

"不完全是这样。我是说，我要走了。"

见面徒增烦恼，又要吞下一个苦果。她既没有大哭，没有啜泣，更没有激烈的反对。只是身体微微地抽动了一下，好像被一副担子压偏了，负重不均使她无法恰当地承受它。她吐了口气，但又不像是叹息。

"什么时候走？"

"就是几天的事了。"

"哦，神父！这比弗兰克走更难让人忍受！"

"对我来说，这比一切都难以忍受。我没有任何安慰，而你至少还有你的家庭。"

"你有你的上帝。"

"说得好，梅吉！你长大了！"

但是，作为一个固执的女子，她的脑子又转到了那个她深埋在心头、没有机会询问的问题上了。他要走了,失去了他日子将会很难熬的,但是,这个问题本身是很重要的。

"神父,在马厩里你说过'玫瑰的灰烬'。你指的是我衣服的颜色吗?"

"从某种意义上讲,也许是。不过我想,我实际上是另有所指。"

"什么?"

"你根本不会理解的,我的梅吉。这个想法是没有生命力的,它没有权利诞生,更别说培育它成长了。"

"世上任何东西都有权利诞生,就连一个想法也不例外。"

他转过身去望着她。"你明白我说的是什么,对吗?"

"我想是这样的。"

"不是任何诞生的东西都是好的,梅吉。"

"是的。不过,如果它已经诞生,那它实际上就存在了。"

"你争辩起来就像个耶稣会会士。你多大了?"

"再过一个月就17岁了,神父。"

"你整整辛劳了17年。哦,艰苦的工作使我们早熟。梅吉,当你有时间思索的时候,你都在想些什么?"

"哦,想詹斯、帕西和其他的男孩子,想爸和妈,想哈尔和玛丽姑妈。有时候想生养孩子是怎么回事。我特别爱想这个。还想骑马和羊群,男人们谈的所有的事情,天气、雨水、菜园子、母鸡和我第二天要做的事情。"

"你想象过有一个丈夫吗?"

"没有,除非我想生孩子,我猜我会有一个丈夫的。婴儿没有父亲可不好。"

尽管他心中很痛苦,但他还是笑了,她真是个无知和美德的离奇的混合体啊。随后,他侧转过身来,一只手托着她的下巴,低头盯着她。怎么办才好呢?以前是怎么做的呢?

"梅吉，不久前，我明白了一些我本来早该明白的东西。当你告诉我，你曾经想过些什么的时候，你并没有完全说实话，对吗？"

"我……"她刚要说，又哑口无言了。

"你没有说你想过我，是吗？如果不是心虚的话，那么在你提到你父亲的名字时应该提到我的名字。我想，我要离去也许是一件好事，你不这样想吗？比起那些女学生的热恋，你稍稍老成一点儿，但是你还不像个快17岁的人那样老成，对吗？我喜欢你没有那种精于世故的聪明，可是，我知道女学生的热恋有多么痛苦，我尝够她们那种迷恋的苦头。"

她好像要说什么，可终于合上了那双泪光莹莹的眼睛，一个劲儿地摇着头。

"喂，梅吉，这只不过是你将要成为成年女子的一个阶段，一个标志罢了。当你长成一个女人之后，你就会遇上一个注定要成为你丈夫的男人，你的生活会变得很繁忙，除了把我想成一个帮助你度过可怕的成长期的老朋友外，你就不会再想我了。你千万不能以一种浪漫的方式来想我。我绝不能考虑你希望我成为你丈夫的愿望。我根本没有那样想过你，梅吉，你明白我的意思吗？当我说我爱你的时候，我并不是说我是像男人那样爱你。我是个教士，不是个男人。所以，别让有关我的幻想来充满你的头脑。我要离开了，而且，我不确定我是否还会有回来的机会，哪怕是一次拜访的机会。"

她的肩膀垂了下来，好像担子太重了。但她的头却抬了起来，直瞪瞪地望着他的眼睛。

"我不会用有关你的幻想来填充自己的头脑的，别担心。我知道你是个教士。"

"我并不认为我错误地选择了自己的职业。这职业使我心中充满了一种需要，这是其他任何人，甚至连你都不可能有的。"

"我知道。当你做弥撒的时候我就感到了。你有一种力量。我想,你一定有一种像我们的上帝一样的感觉。"

"在教堂里的时候,我总能感觉到来自天上的气息,梅吉!当每一天过去的时候,我便死去了,但在每天早晨做弥撒的时候,我又复活了。这是不是因为我是上帝所选中的教士,或者是因为我能觉察到那令人敬畏的气息,并且知道我的力量超过了在场的每一个人?"

"这有关系吗?事情就该是这样嘛。"

"这也许对你来说是无关紧要的,但对我却至关重要。我很怀疑,我很怀疑。"

她把话题转到了与她有关的事上。"神父,我不知道,失去了你我将会怎样生活下去。先是失去了弗兰克,现在是你。哈尔毕竟是另外一回事。我知道,他已经死了,永远不会回来了。可你和弗兰克却活在人间啊!我会永远记挂着你们在干着什么,你们是不是一切平安,我是不是能做些什么事帮助你们。甚至我会惦念着你们是不是还活着,对吗?"

"我也会有同样感觉的,梅吉,而且我相信弗兰克也会这样的。"

"不。弗兰克已经把我们忘在脑后了……你也会这样的。"

"我永远不会忘记你的,梅吉,只要我活着,就不会忘记。我要是活得长久,这就是对我的惩罚。"他站起身来,把她拉了起来,轻轻地,充满深情地用双臂搂着她,"我想,这就是道别了,梅吉。我们不能再单独地待在一起了。"

"神父,假如你不是个教士的话,你会娶我吗?"

这个称呼让人感到不愉快。"不要老这样叫我。我的名字叫拉尔夫。"他答非所问地说。

虽然他搂着她,但他没有吻她的打算。那张向他仰起的脸庞几乎看不清楚,因为没有月亮,周围一片漆黑。他能感到她那小而隆起的乳房贴着他的胸口,有一种莫名其妙的感觉,使他心乱。更撩乱人心的是,她的双臂搂着他的脖子,紧紧地搂着,就好像在她的生活中天天扑在男人的怀抱中那样自然。

他从来没有作为一个情人而吻过任何人，现在也不想这样，就连梅吉他也不想吻。面对着她那即将离去的神父，她想得到的是一次脸颊上的热吻，一次热烈的拥抱。她是个敏感而骄傲的人。他一旦打破了她那珍贵的梦幻，并使这种梦幻变成冷静的客观态度，她的感情肯定会深深地受到伤害。毋庸置疑，她和他一样急于以告别来结束这一切。要是她知道他心中的痛苦比她还厉害，她会感到宽慰吗？当他向她的面颊低下头去的时候，她踮起了脚尖，与其说她是想方设法倒不如说她的嘴唇碰巧挨上了他的嘴唇。他就像尝到了蜘蛛的毒汁似的，猛地往后让了让。接着，他又把头向前俯去，舍不得推开她。他竭力想对那张柔情的、紧闭的嘴说些什么，而她在等待着，张开了自己的嘴唇。她的身子像酥了一样，软瘫了，像是一团温暖而又柔软的黑影。他的一只胳臂夹着她的腰，另一只胳臂抱着她的后背，托着她的后脑勺，手指插进了她的头发，把她的脸靠向他的脸，仿佛生怕他还没来得及抱紧她，没来得及仔细看看眼前这个叫梅吉的人时，她就从他的身边消失了似的。她既是梅吉，又非梅吉，和他所熟悉的那个人是如此不相容。因为他的梅吉不是一个女人，他没有感到她像个女人，对他来说，她永远不会是个女人，就好像他对她不是个男人一样。

这种想法使他战胜了那使他沉迷的感觉。他猛地扳开了她那搂着他脖子的双臂，将她推开，竭力想在黑暗中看清她的脸庞。可是，她的头是低着的，没有望着他。

"该走了，梅吉。"他说道。

她一言未发，转向了她的马匹，翻身上马，等着他。通常是他等着她的。

拉尔夫神父是对的。每年的这个时候，德罗海达遍地都是玫瑰，因此，房子里充满了花香。可是那天早晨8点钟的时候，花园里几乎没有一朵开放的玫瑰了。最后一朵玫瑰从花丛上采来后不久，第一位送葬者就来了。早餐很随便，小小的餐室里摆着咖啡和新鲜的烤奶油卷。在玛丽·卡森置厝墓穴之后，将在大餐厅里举行一次更加丰盛的宴会，供赶远路回家的送葬者果腹。消息已经传遍了附近的地区，根本没有必要怀疑基里地区小道消息传播的效率，因为电话线是合用线。在上下嘴唇一碰，说着些套话的同时，那些眼睛以及眼睛后面的头脑却在推测着、判断着、狡诈地微笑着。

"我听说，我们要失去您啦，神父。"卡迈克尔小姐不怀好意地说道。

那天早晨，他穿上那件没有花边的白长袍和带银十字的、暗淡的黑十字褡的时候，从来没显得如此冷淡，如此缺少人情味。仿佛在这里的只是他的躯体，而他的灵魂已经远去了。他漫不经心地低头看着卡迈克尔小姐，勉强使自己打起精神，扮出笑脸。

"卡迈克尔小姐，上帝的天机不可测啊。"他说着，又走去和别人讲话了。

他的脑子里正在想些什么没人能猜到。他正在想着由于遗嘱而即将面临的与帕迪的对抗，他既害怕看到帕迪怒火万丈，又**需要**帕迪的震怒与蔑视。

在做追思弥撒之前，他转过身来面对着他的教民们。屋子里挤得水泄不通，玫瑰花散发出浓重的香味，即使窗户全都开着，也无法使这香气消散。

"我不打算致一篇冗长的颂词，"他用清晰而略带着一点儿爱尔兰味的、相当地道的牛津音说道，"你们都认识玛丽·卡森。她是社会的栋梁，教会的支柱，她对教会的热爱超过了任何活着的人。"

话说到这儿，有些人敢起誓，他的眼睛里含着嘲弄，而其他的人则一动不动地站在那里，由衷而持久的悲伤使他们变得迟钝了。

"她是教会的支柱,她对教会的热爱超过了任何活着的人,"他更加清晰地重复了一遍,他不是那种不敢面对挑战的人,"在她弥留的时刻,她是孤独的,然而她又是不孤独的。因为在我们弥留的时刻,我主耶稣基督和我们在一起。他和我们在一起,替我们承担着极度的痛苦。最伟大的人和最卑微的人的死亡都不是孤独的。死是乐事。我们聚集在这里为她不朽的灵魂而祈祷,在活着的时候得到我们爱戴的她将享有公平的和永恒的报答。让我们祈祷吧。"

那临时凑合的棺材被玫瑰花严严实实地盖着,无法看到下面。它放在一辆带轮的轻便车上,这是男孩子们拆卸了农场一些设备拼装起来的。即使窗户大开着,玫瑰散发着浓厚的香气,他们依然能闻到她尸体的气味。连医生都这么说。

"我到德罗海达的时候,她已经腐烂得不成样子了,我简直忍不住要倒胃,"他在合用电话线上对马丁·金说道,"我一生中从来没有像我同情帕迪·克利里那样同情过任何一个人。这不仅是因为他被人骗到了德罗海达,而且因为他不得不把那一堆可怕的、乱糟糟的东西硬塞进棺材里。"

"那我可不愿意当抬棺人了。"马丁说道。由于所有的听筒都摘下来了,声音很微弱,医生不得不让他把话重复了三次才听明白。

多亏有了那辆轻便车,因为谁也不愿意扛着玛丽·卡森的遗体,穿过草坪抬到墓穴去,当墓穴盖在她的身上盖上,人们终于能正常呼吸的时候,谁也没感到有什么遗憾。

在送葬者们群集在大餐厅里吃饭,或尽力做出吃饭的样子的同时,哈里·高夫把帕迪、他的家人、拉尔夫神父、史密斯太太和两个女仆带到了会客室。送葬者中谁也没有回家的意思,因此,都装出吃东西的样子。他们都想就近看看在宣读完遗嘱后,帕迪走出来时的神态。公正地说,在葬礼期间,他和他的家人没有做出任何给人感觉地位抬高了的举动。帕迪还是像往日那样好心,为他的姐姐哭了一场，而菲也显得和往日一样，好像对她身边发生的事情总是漠然处之。

"帕迪，我希望你起诉。"哈里·高夫用生硬的、愤怒的声音念完了那份令人惊愕的文件之后，说道。

"这个可恶的老太婆！"史密斯太太说道。尽管她喜欢这位教士，但是她更喜欢克利里家的人。他们给她的生活带来了一对婴儿和其他的孩子。

可是，帕迪却摇了摇头。"不，哈里！我不能那样做。这笔财产是她的，对吧？她愿意怎样处理，完全有权利。要是她希望让教会得到它的话，那就按她的希望让教会得到它吧。我不否认，这有点儿叫人失望，可是，我不过是个普普通通的小人物，所以，这也许是最好的做法。我并不认为我喜欢担负拥有德罗海达这样规模的产业的责任。"

"你不明白，帕迪！"律师用缓慢而清楚的声音说道，就好像他是在向一个孩子进行解释，"我所谈的不仅仅是德罗海达。请相信我，德罗海达不过是令姐遗产中微不足道的一部分。她在上百个第一流的公司中都是主要的股东。她拥有钢铁厂和金矿，拥有米查尔有限公司，在悉尼有一幢10层的办公楼。这些全都是属于她的。她比澳大利亚的任何一个人都有钱！真可笑，不到四个星期之前，她才刚刚让我与米查尔有限公司的经理们联系，查一查她财产的确切的规模。在她死的时候，她拥有的财产大概在1300万镑以上。"

"1300万镑！"帕迪就像在谈论地球到太阳之间的距离似的说道。他感到十分茫然。"事情已经定下来了，哈里。我并不想为这种钱财承担责任。"

"这没有什么责任，帕迪！你还不明白吗？钱财是会自己关照自己的！你根本用不着去下种或收割，只不过雇上几百个人为你照管它就行了。对这份遗嘱起诉吧，帕迪，**求求你**！我会为你聘请国内最好的律师，必要的话，我会为你在枢密院奋斗到底的。"

帕迪突然想到，他的家人一定和他一样关心此事，他便转向了迷惑不解地坐在一条佛罗伦萨大理石凳子上的鲍勃和杰克。"孩子们，你们怎么看？你们想要追回玛丽姑妈的1300万镑吗？如果你们想的话，我就打官司，没啥可说的。"

"可是，不管怎么样，咱们都可以住在德罗海达，遗嘱上不是这么说的吗？"鲍勃问道。

哈里答道："只要你父亲的孙子中有一个人活着，谁也不能把你们从德罗海达赶走。"

"咱们将住在这儿的大宅里，有史密斯太太和姑娘们照顾咱们，还能挣上一笔优厚的工钱。"帕迪说道。好像他宁愿相信坏运气，也很难相信好运气似的。

"那咱们还求什么呢，杰克？"鲍勃问他的弟弟，"你不中意吗？"

"我觉得挺中意。"杰克说道。

拉尔夫神父不停地走动着。他既没有站下来脱掉追思弥撒的法衣，也没有找把椅子坐一坐。他就像一个神秘而又英俊的术士，孤零零地站在屋子后部的阴影中，两手放在黑十字褡下面，脸上十分平静。他那双冷漠的蓝眼睛的深处，有一种恐惧的、令人震惊的怨恨。他所期待的那种暴怒与蔑视的惩罚根本就没发生，帕迪用友善的金盘子把一切都拱手相送了，并且**感谢**他为克利里家解除了一个负担。

"那菲和梅吉的意见呢？"教士严厉地追问着帕迪，"你还没有想到和你家里的女人们商量一下吧？"

"菲？"帕迪焦急地问道。

"随你怎么决定吧，帕迪。我无所谓。"菲答道。

"梅吉呢？"

"我才不想要她的1300万银币呢。"梅吉说道。她的眼睛紧紧地盯着拉尔夫神父。

帕迪向律师转过身去。"那就这样吧,哈里。我们不想对这份遗嘱起诉。让教会把玛丽的钱财拿去吧,欢迎拿去。"

哈里两手一击。"该死的,我讨厌看到你们被欺骗!"

"我为我的命运而感谢玛丽,"帕迪温和地说,"要不是她,我还在新西兰勉强混日子呢。"

当他们走出了会客室时,帕迪在那些群集在会客室门口的、着了迷的送葬者的众目睽睽下,叫住了拉尔夫神父,向他伸出手去。

"神父,不要觉得我们会有怨气。玛丽一辈子也没让任何人支配过,不管是教士、兄弟,还是丈夫。你把财产从我这里拿走吧。她做了她想做的事。你对她太好了,对我们也极好,我们永远不会忘记的。"

这是问心有愧的。这是一种**负担**。拉尔夫神父几乎举不动步去握那只骨节嶙峋、污迹斑斑的手,但是,红衣主教的头脑占了上风。他热烈地抓住了那只手,脸上含笑,心里极为痛苦。

"谢谢你,帕迪。我会照顾你们,决不会让你们短吃缺用,这一点你尽可放心。"

就在那个星期里,他走了,没有再在德罗海达露面。这几天中,他都在收拾他那简单的行李,并且到这个地区每一个有天主教徒家庭的牧场走了一趟,除了德罗海达。

在拉尔夫·德·布里克萨特神父成为克卢尼·达克大主教私人秘书的同时,前任威尔士的教士沃蒂·托马斯到任,担任基兰博区的教区教士。但是,拉尔夫神父的工作很轻松,他有两个副秘书。他的大部分时间都用于查看玛丽·卡森拥有些什么,数量有多大,并使之集中于教会利益的支配之下。

第三部

Three
1929—1932
Paddy

1929—1932

帕迪

Three
1929—1932
Paddy

8

在鲁德纳·胡尼施的安格斯·金恩举行的一年一度的宴会中，新的一年到来了，而克利里家往大宅的搬迁依然没有结束。这可不是一件一夜之间就能干完的事，他们忙于打点七年以来积攒下来的什物。菲声称，大宅的客厅至少应该先收拾好。谁也没有着慌，尽管大家都盼望着能搬进去。在某些方面，大宅并没有什么不同之处：它没有电，到处都厚厚地落满了一层苍蝇。但是在夏天，它要比外面凉爽二十来度，因为它有厚厚的石墙，魔鬼桉遮蔽着屋顶。浴室也着实豪华，整个冬天，从隔壁厨房的大火炉后面通过来的管子都能供应热水，而管子中的每一滴水都是雨水。尽管在这座大建筑里有十个小隔间，可以洗盆浴或淋浴，但是大宅中和小一些的房子中都不惜工本地修建了室内盥洗间，其豪华程度达到了闻所未闻的程度，嫉妒的基里居民称之为骄奢淫逸。除了帝国旅馆、两家客栈、天主教神父宅第和女修道院之外，基兰博地区就只有一些户外厕所了。德罗海达庄园不在此列，这多亏了它那为数众多的水箱和屋顶可以收集雨水。规矩是严格的：不允许滥用冲洗水以及大量使用洗羊药水。但是，体会过在地上挖个洞就当厕所用的滋味后，这里的情况就像天堂一样了。

拉尔夫神父在12月初给帕迪寄来了一张5000镑的支票。他在信上说，这笔钱是给他们过日子用的。帕迪不知所措地惊叫了一声，把支票递给了菲。

"我怀疑我所有的工作都加到一起也挣不到这么多钱。"他说。

"我拿它干什么好呢?"菲问道。她望着那支票,随后抬眼望着他,"这是钱哪,帕迪!至少这是钱,你明白吗?哦,我不在乎玛丽的1300万镑——这么多钱根本不现实。可**这是**实实在在的。我拿它干什么好呢?"

"花了它,"帕迪直截了当地说,"给孩子们和你添几件新衣服,好吗?也许,你愿意为大宅买些东西?我实在想不出咱们还需要什么了。"

"我也一样,这不是太愚蠢了吗?"菲从早餐桌旁站了起来,急切地对梅吉招了招手,"来,丫头,咱们到大宅去看看。"

尽管从玛丽·卡森死后那动荡不安的一星期以来,三个星期已经过去了,但克利里家的人还没到大宅附近去过呢。不过,这回到那儿去,比以前那种勉勉强强的拜访要好得多。她和梅吉从一个房间走到另一个房间,史密斯太太、明妮和凯特也陪着她们。菲比梅吉要活跃得多。梅吉被她搞糊涂了。她一个劲儿地自顾自叨念着,什么这个太糟糕啦,那个让人厌恶透啦。玛丽是不是色盲?难道她根本没有鉴赏力吗?

在会客室里,菲停留的时间最长,非常在行地打量着。这个会客室太大了,有40英尺长,30英尺宽。天花板有15英尺高。它的装潢是最好的东西和最糟糕的东西的令人莫名其妙的混合。房间里漆着一层均匀的奶白色,已经有些发黄了,根本不能突出天花板上那豪华的造型图案或墙壁上的雕花镶板。沿着走廊的一侧,一溜儿40英尺长都是巨大的落地窗,挂着厚实的棕色丝绒窗帘,深黑的影子投在失去了光泽的、棕色的椅子上。还有两把极漂亮的孔雀蓝的长椅和两条同样漂亮的佛罗伦萨大理石长凳,一个堂皇的带紫粉色纹理的奶白色大理石壁炉。在打磨得亮闪闪的柚木地板上,三块奥巴松地毯铺成了精确的几何图形,天花板上垂下一盏6英尺长的沃特福德枝形吊灯①，周围是一串串的链子。

"史密斯太太，真得好好夸夸你呀。"菲说道，"这里的装潢糟糕得要命，但是却干干净净，一尘不染。我会给你一些值得照看一下的东西的。没有一样东西能衬托出那些贵重的长椅——简直是丢脸！自从我见到这个房间的那天起，我就想把它好好收拾收拾，好让每一个进来的人都要赞不绝口，并且舒服得让人舍不得离开。"

玛丽·卡森的写字台是维多利亚时代的东西，丑陋不堪。写字台上有一部电话，菲走到了它的面前，轻蔑地用手指轻轻地弹了弹那已经发暗的木头。"我的那张写字台会使这儿显得漂亮的，"她说道，"我要动手安排这个房间，等把它收拾完，我再从小河那边搬过来，在这之前我可不来。这样，我们至少有一个大家能聚集在一起却又不感到气闷的地方。"

她的女儿和仆人们站在那里，挤作一小堆不知如何是好。她给哈里·高夫打了个电话。马克·福伊公司委托夜班邮车送来了布样。诺克·柯尔比公司将送来油漆样品，格雷斯兄弟公司将送来墙壁纸样品，悉尼的这种或那种商店将送来为她特别编制的商品目录，吹嘘他们的成套家具陈设。哈里哈哈大笑着，他保证能让家具商们，以及能符合菲那种苛刻要求的油漆工们来一场竞争。克利里太太真是好运气！她要把玛丽·卡森的影子从这幢房子里扫地出门。

电话一挂完，每个人都被指挥着立即去扯掉那些棕色的窗帘。在菲的亲自监督下，这些窗帘被扔到了外面的垃圾堆里。她甚至亲手点火把窗帘统统烧了。

"我们不需要这些窗帘，"她说，"我也不打算强行将它们塞给基兰博的穷人。"

---

① 爱尔兰沃特福德地区所产的吊灯。

"是的，妈。"梅吉目瞪口呆地说道。

"我们不需要任何窗帘。"菲说道，对公然与时下流行的装饰品背道而驰没有丝毫的不安。"这些廊子太深了，阳光没法直接照射进来，所以我们干吗要挂窗帘呢？我要让这个房间亮一些。"

所有材料都到了，油漆工和家具商们也来了。梅吉和凯特被分派爬到梯子上，清洗和擦亮顶部的窗子，与此同时，史密斯太太和明妮处理下部的窗子。菲四处走着，用敏锐的眼光查看着一切。

到次年1月份的第二个星期时，会客室全部收拾完毕。这桩新闻当然从电话线里传开去了。克利里太太把德罗海达的会客厅变成了宫殿。在欢迎人们参观大宅的时候，霍普顿太太陪着金太太和奥鲁尔克太太一起去了。这难道不是国内的头等大事吗？

菲一番努力的结果大获成功，这一点是毫无疑问的。带浅粉色条纹、上面画着绿叶扶疏的红玫瑰的奶白色奥巴松地毯随意地点缀在光亮如镜的地板四周。墙上和天花板上涂了一层新鲜的乳白色油漆。每一个造型和雕花都涂上了金色，显得十分醒目。镶壁板上那大片的椭圆形平面间隔上覆盖了一层浅黑色的绸子，上面的图案和那三块地毯一样，是一串玫瑰花纹，宛如在乳白色和涂金的环境中挂上了几幅夸张的日本画。那盏沃特福德吊灯被放低了，离地板只有6英尺半高，上面数千个小棱块都擦得雪亮，闪着五颜六色的光彩。吊灯上的黄铜链拴在墙上，不再盘在天花板上。在细长的乳白涂金的桌子上，沃特福德烟灰缸旁立着沃特福德台灯和插着乳白色、粉色玫瑰的沃特福德花瓶。所有那些宽大、舒适的椅子上又罩上了一层乳白色的波纹绸，屋角摆上与椅子配套的小巧的垫脚凳。每个垫脚凳上都铺着令人惬意的粗横棱纹绸。在一个阳光明媚的角落中，放着那架古雅的钢琴，上面有一只插着粉色玫瑰的乳白色大花瓶。壁炉上挂着菲祖母的那张穿着浅粉色、带撑架裙子的肖像。对面的墙上有一幅更大的肖像，是年轻时代的、红头发的玛丽·卡森。她的面部就像年轻时的维多利亚女皇，穿着一件时髦的、带裙撑的黑长裙。

"好啦，"菲说，"现在我们可以从小河边搬过来了。有空的时候，我会把其他房间收拾好的。哦，有钱，并且花在一个体体面面的家上，不是很好吗？"

在他们搬家前三天，天色很早，太阳还没有升起来，家禽院里的雄鸡就快活地喔喔高啼。

"可怜的东西，"菲说着，用旧报纸把她的瓷器包了起来，"我不明白它们干吗要乱叫一通。手边连个做早饭的鸡蛋都没有，搬家前男人们都待在家里吧。梅吉，你得替我到鸡棚里去一趟，我太忙了。"她匆匆地看了看一张发了黄的《悉尼先驱报》，对一个束腰的紧身衣广告嗤之以鼻。"我不明白，帕迪干吗要让我们订这么多报纸，谁都没时间去看。它们只是被摞起来，用炉子烧都来不及。看看这张吧！比咱们这所房子的租约还旧。唔，至少它们可以用来包东西。"

看到她母亲这么快乐，真是叫人高兴。当梅吉快步走下屋后的台阶，穿过灰飞尘扬的院子时，她想道。尽管每一个人都自然而然地盼望着住进大宅，可是，妈妈却好像更急迫，似乎这样她就能回忆起住高堂广厦的滋味了。她多聪明，多有品位啊！有许多东西以前谁都不了解其意义，因为他们既没有时间也没有钱来使它们焕发出异彩。梅吉心中十分激动，爸爸已经去过基里的首饰店，用5000镑中的一部分给妈妈买了一串真正的珍珠短项链和一对真正的珍珠耳环，只有这些东西上面才有小钻石呢。他打算趁他们在大宅中吃第一顿饭的时候把这些东西送给她。现在，她已经能看到她母亲脸上往日的那种郁闷之色不见了。从鲍勃到那对双生子，孩子们都在急切地等待着这个时刻，因为爸爸已经把那只扁平的大皮盒子给他们看过了。打开那盒子之后，只见黑丝绒的底座上放着那闪着白色乳光的珠子。妈妈的心花怒放深深地感染了他们,就像看到下了一场喜人的透雨一样。直到眼下,他们还不理解这些年来他们所熟悉的她是多么不幸。

鸡棚很大,里面养着4只公鸡和40只母鸡。夜晚,它们栖息在一个破烂不堪的窝里。在细心扫过的地面上,四周有一排装满了稻草的赤黄色板条箱,鸡可以伏在里面。鸡窝的后部高高低低地横着一些栖木。但是在白天,这些母鸡就在一个用铁丝网拦起的大饲养场里四处咯咯地叫着。当梅吉拉开饲养场的门,挤进去的时候,这些鸡急忙围住了她,以为她是来喂食的。但是,梅吉是晚上喂食的,所以她一边嘲弄着它们这种愚蠢可笑的样子,一边从它们身上迈过,向鸡棚走去。

"真是的,你们这群没出息的鸡!"她一边在鸡棚里翻弄着,一边一本正经地斥责着它们,"你们一共有40只,可是才下了15个蛋!连一顿早饭都不够,更甭说做蛋糕了。嗯,我现在警告你们——要是你们不赶紧干出个样儿来,你们的命运就是上砧板,那东西是专门对付鸡笼里的老爷和太太们的。别跟我伸尾巴,翘脖子,就好像我没把你算在内似的,先生们!"

梅吉用围裙小心翼翼地兜着鸡蛋,唱着歌跑回了厨房。

菲正坐在帕迪的椅子里,读着一张《史密斯周刊》。她脸色发白,嘴唇在颤动着。梅吉能听到男人们在屋里到处走动着,6岁的詹斯和帕西在摇床上笑着,在男人们离家之前,是从来不许他们起床的。

"妈,怎么啦?"梅吉问道。

菲没有回答,只是凝视着前方,上唇周围沁出了一片汗珠,两眼发呆,充满了一种克制的、绝望的痛苦,好像她内心在想尽一切办法使自己不喊出来。

"爸,爸!"梅吉害怕地尖叫着。

她的这种声调把他唤了出来,他还穿着法兰绒内衣呢。鲍勃、杰克、休吉和斯图也跟在他身后出来了。梅吉没有说话,只是用手指着妈妈。

帕迪的心好像一下子就提到了嗓子眼里。他向菲弯下腰去,抓起了她那软弱无力的手腕。"怎么了,亲爱的?"他用一种孩子们从来没有听到过的温柔的声音说道。然而不管怎么样,他们都知道,他们不在旁边的时候,他就是用这种声音和她说话的。

她似乎还能辨别得出那特殊的声音,这声音足以使她从那令人吃惊的迷离恍惚中缓过劲来。那双灰色的大眼睛抬了起来,望着他的脸。这双眼睛和善而又憔悴,再也不显得那样年轻了。

"你看这里。"她指了指报纸下方的一条消息,说道。

斯图尔特刚才已经走到了他母亲的身后,站在那里,两手轻轻地扶在她的肩膀上。帕迪在看那篇文章之前,先看了他儿子一眼。斯图尔特的眼神简直和菲的一模一样。帕迪向他点了点头。曾经让弗兰克感到嫉妒的情形从来没有使斯图尔特萌生过嫉妒,好像他们对菲的爱只能把他们紧紧地联系在一起,而不是使他们离心离德。

帕迪缓慢而大声地读着,他的声音越来越凄楚。那小小的标题是:拳击家被判无期徒刑。

弗朗西斯·阿姆斯特朗·克利里,26岁,职业拳击手,因去年7月谋杀32岁的工人伦纳德·艾伯特·卡明,今日于古尔本地区法院被判刑。庭审只进行了10分钟,陪审团便做出了裁决,建议法院给予该犯最严厉的惩罚。贾斯蒂斯·菲茨休-坎尼里先生说,这是一个简单的、一目了然的案件。7月23日,卡明和克利里在海港饭店的公共酒吧间发生了激烈的争吵。嗣后,古尔本警察局的汤姆·比尔兹莫尔警官由两名警察陪同,于当夜被海港饭店业主詹姆斯·奥格尔维先生唤至该店。在饭店后面的胡同里,警察发现克利里正在击打已失去知觉的卡明的头部。他的拳头上沾满了血迹和卡明的一簇簇头发。在被捕时，克利里虽已饮酒，但神志清醒。他被指控为暴力袭击，企图造成人体严重损伤。但是，第二天卡明在古尔本地区医院因脑震荡死亡之后，指控被改为谋杀。

律师阿瑟·怀特先生进行了抗辩，以精神病为理由认为被告无罪，但是四位医学证明人明确声称，根据麦克纳顿条例，克利里不能被认为患有精神病。在向陪审团的陈诉中，贾斯蒂斯·菲茨休-坎尼里先生告诉他们，不存在着有罪或无罪的问题，裁决是明明白白的犯罪，但是他请求他们认真考虑一下从宽或从严的两种建议，因为他将受他们的意见的支配。在对克利里进行宣判的时候，贾斯蒂斯·菲茨休-坎尼里先生将他的行动称为"非人的残暴"，并且遗憾地认为，鉴于醉酒引起的未经考虑的犯罪性质，排除了绞刑的处罚。他说，克利里的双手就像真刀真枪一样。克利里被宣判为终身监禁，服苦役。该项宣判由古尔本监狱执行，该狱是为处理强暴囚徒而设立的。当问及犯人是否有什么话要讲的时候，克利里回答说："千万别告诉我母亲。"

帕迪望了望报纸的上部，看清了日期：1925年12月6日。"是三年多前的事了。"他无能为力地说道。

谁都没有答话，也没动一动，因为谁也不知道怎么办才好。房子的前面，传来了那对双生子欢快的笑声，他们不停嘴地说着，嗓门很高。

"千万——别——告诉我母亲，"菲木然地说道，"而且谁都没有告诉他母亲！啊，上帝！我那可怜的弗兰克！"

帕迪用手背擦去了脸上的泪水，然后在她的面前蹲了下来，轻轻地拍了拍她的大腿。

"亲爱的菲,把你的东西收拾起来。咱们去找他。"

她刚刚站起来一半,又一屁股坐了下去,煞白的脸上,那双眼睛呆呆地瞪着,闪着光,就像死了一样,瞳孔很大,闪着一层金色的光。

"我不能去。"她的话中没有一点痛苦的表示。但每个人都感受到了她的痛苦。"他看到我会伤心死的。哦,帕迪,那会害死他的!我太了解他了——了解他的傲骨、抱负、想成为重要人物的决心。让他独自承担这羞耻吧,他想要的就是这样。你念念吧。'千万别告诉我母亲。'我们必须帮助他保守他的秘密。去看他,对他或对我们有什么好处呢?"

帕迪依然在啜泣着,但他并不是为弗兰克哭泣,而是为菲脸上消逝了的生气而哭泣,为她那光彩熄灭的眼睛而哭泣。这个约拿①,这家伙一直就是这么个角色。这个满腹怨恨、带来毁灭的人,他永远站在他和菲的中间,是把菲从他的心中和**他的**孩子们的心中拉走的祸根。每次看上去菲的幸福似乎就要来到的时候,弗兰克就把它夺走了。可是,帕迪对菲的爱就像她对弗兰克的爱那样地深沉,那样无法断绝。自从在神父宅第那个夜晚之后,他再也无法把这小伙子当作代人受过了。

于是,他说道:"喂,菲,要是你觉得不和他见面为好的话,咱们就不和他见面吧。不过,我倒想知道他是不是安然无恙,能为他做些什么,就为他做些什么。我写信给德·布里克萨特神父,叫他照料一下弗兰克,怎么样?"

她的眼睛并没有露出愉快的神色,不过,她的面颊上却泛起了淡淡的红晕。"好吧,帕迪,就这样办吧。只是要让他保证不能叫弗

---

① 《圣经·旧约全书》中的先知,喻带来不幸的人。

兰克知道我们发现了这件事。弗兰克肯定认为我们不知道,他会安心的。"

几天之内,菲恢复了她的活力,对装饰大宅的兴趣使她忙碌着。但是,她的沉默无言又变成了郁郁寡欢,只是倔强不屈的神态更少了,表现出一种呆滞的沉静。她好像对大宅最终的外观如何的关切超过了对她家庭生计的关切。也许,她认为他们在精神上已经能照顾自己,而史密斯太太和女仆们会照顾他们的物质生活。

然而,发现了弗兰克的困境却深深地影响了每一个人。大一些的男孩子们为他们的母亲感到悲伤,整夜辗转,在那可怕的时刻她的那副面容时时映入他们的脑海。他们爱她,前几个星期中她的那种欢快给他们留下了永远难以忘怀的一线光明,激起了他们想使这光明失而复得的热切愿望。如果说,在这之前,他们的父亲是他们的生活赖以转动的枢轴,那么,从那时候起,他们的母亲就与他同等重要了。他们一心一意地关心着她、体贴着她,不管她如何冷淡他们都不计较。不管菲想要什么,从帕迪到斯图,克利里家的男人都勠力同心地使她生活顺心,每个人都要求自己始终不渝地做到这一点。任何人都没有再冲撞过她或叫她伤心。当帕迪把那珍珠首饰送给她的时候,她只是简短而又干巴巴地说了一声谢谢,既没有感到快活,也没有兴趣仔细地看一看。但是,大家都在想着,要不是因为弗兰克的话,她的反应该是多么不同啊。

倘若不是搬进了大宅的话,可怜的梅吉会遭受更大的痛苦,因为梅吉还没有被接纳进完全由男人组成的保护妈妈的同盟(也许是考虑到让她加入显得有些勉强),父亲和哥哥们会希望她承担菲显然不愿做的一切事。结果,是史密斯太太和女仆们与梅吉一起分担了这个重负。菲最厌恶的事就是照看那两个最小的儿子。史密斯太太完全挑起了抚养詹斯和帕西的担子,那股热情劲儿没有使梅吉感到不安。她觉得,这两个孩子迟早总得托付给这位女管家。这反而使她感到高兴。梅吉也为母亲感到悲伤，但是并不像男人们那样全心全意，因为她的忠心受到了极为痛苦的考验。菲对詹斯和帕西的冷漠，深深地伤害了充满她内心的那种母爱。她心里想，要是我有了孩子，我决不会偏爱他们中间的一个的。

当然，住在大宅的滋味和以前完全不同。首先，他们不习惯每个人都有一间卧室。女人们根本用不着为里里外外收拾房子的活儿而操心。从洗衣、熨烫到做饭、打扫房间，所有的事情都被明妮、凯特和史密斯太太包下来了，谁要是帮她们一把，她们还感到惊慌失措呢。由于食物充裕，还能挣到一小笔工钱，络绎不绝而来的无业游民都暂时地作为牧场杂工记入了牧场的花名册。他们为庄园劈柴，喂养家禽和猪，挤奶，帮助老汤姆看管那些可爱的花园，干着所有的粗重活儿。

帕迪已经和拉尔夫神父通了信。

"玛丽财产每年的收入大约有400万镑，谢天谢地，米查尔公司是一家私人拥有的公司，它的大部分财产都投资在钢铁、造船和采矿工业上，"拉尔夫神父写道，"因此，我所转让给你的，不过是玛丽财产中的沧海一粟，不及德罗海达一年盈利的十分之一，用不着再担心坏年景了。德罗海达牧场盈利甚厚，我可以永远靠利息支付你们的薪水。这样，你所得到的钱就完全是你应得的，不会削弱米查尔公司。你得到的是牧场的钱，而不是公司的钱。我只需要你把牧场的账簿保存好，并诚实地记账，等候查账员。"

在帕迪接到那封非同一般的信之后，有一次趁大家都在家时，他在那间美丽的客厅里举行了一次会议。他那罗马式的鼻子上架着那副读书用的钢框眼镜，坐在乳白色的椅子里，把腿舒舒服服地放在与椅子相配套的垫脚凳上，烟斗放在沃特福德烟灰缸中。

"这椅子太棒了，"他微笑着，愉快地环视了一下，"我想，我们对此应当向妈妈说声谢谢才是，对吗，小子们？"

"小子们"都咕咕哝哝地表示赞同。菲低下了头,她坐在当年玛丽·卡森的那把高背椅中,这把椅子现在又罩上了一层乳白色的波纹绸。梅吉的双腿蜷在垫脚凳旁,她把它当作椅子用,两眼没有离开她正在缝补着的袜子。

"嗯,德·布里克萨特神父已经把一切都安排好了,他真是宽宏大量,"帕迪接着说道,"他已经在银行里以我的名义存了7000镑,而且给你们每个人都开了一个2000镑的户头。作为牧场经理,每年付我4000镑;作为助理经理,每年付鲍勃3000镑。所有干活儿的孩子——杰克、休吉和斯图——每年付2000镑,小男孩们每人每年可以拿1000镑,直到他们能决定自己想做什么事的年龄。

"在小男孩们长大以后,即使他们不打算在德罗海达干活儿,也将保证他们像德罗海达的整劳动力一样,每个人每年都可以得到一笔进项作为他们的财产。詹斯和帕西到12岁的时候,将送他们到悉尼的里弗缪学院寄宿学习,用这笔财产作为受教育的开支。

"妈妈自己每年有2000镑,梅吉也一样。家务管理开支保持在5000镑,尽管我不明白为什么神父认为我们管理一幢房子需要这么多钱。他说,这是防备我们万一有比较大的变动时用的。关于史密斯太太、明妮、凯特和汤姆的报酬,我已经得到了他的指示;我得说,这是十分慷慨的。其他的工资开支由我自己决定。但是我作为牧场经理所做的第一个决定是,至少要增加六名牧工,这样德罗海达才能管理得像个样儿。对这么一小群人来说,活计太多了。"关于他姐姐的经营管理,这是他说得最重的一句话。

得到这么多钱,是所有的人闻所未闻的。他们静悄悄地坐在那里,竭力想对他们的好运气习惯起来。

"帕迪,我们连一半都花不掉,"菲说道,"他没有向我们明确说怎么花这笔钱。"

帕迪温和地望着她。"我知道,孩子妈。但是,一想到我们再也用不着为钱而发愁,不是很好吗?"他清了清嗓子。"现在,我似乎觉得,尤其是妈妈和梅吉将要松闲一些了,"他接着说道,"我对摆弄数字向来不在行,可是妈妈却像个算术老师,会加减乘除。所以,妈妈将要当德罗海达的记账员,而不是由哈里·高夫的事务所充当。我从来没有想到这件事,但是,哈里不得不雇用人来专门管理德罗海达的账目,眼下他正好缺人手,所以,把这件事交还给我们,他是根本不会在意的。其实,提出妈妈可能是个好管账员的正是哈里。他打算特地从基里派个人来教你呢,孩子妈。显然,这是件相当复杂的事情。你得让分类账、现金账和日记账保持平衡,把所有的事情都记在日志上,等等。够你忙的啦。不过,这工作不会像做饭、洗衣那样让你感到气馁的,对吗?"

话就在梅吉的舌尖上转,她直想喊:我怎么办?洗衣,做饭,我和妈干的一样多啊!

菲竟然露出了笑容,自从看到弗兰克的消息以来,这还是头一遭。"我会喜欢这份工作的,帕迪,我确实愿意干。这会使我感到自己是德罗海达的一部分。"

"鲍勃将会教你开那辆新劳斯莱斯牌汽车,因为你得常跑基里,上银行,去见哈里。此外,这对你也有好处,会使你明白,你可以开车去你想去的地方,而用不着让我们跟在你身边了。咱们在这儿太孤陋寡闻了。我总是打算教你们这些女人学开车,可以前没时间。好吗,菲?"

"好,帕迪。"她快活地说道。

"现在,梅吉,我们得安排安排你了。"

梅吉把手中的袜子和针放了下来,抬起头,用一种既是询问又是抱怨的眼光望着她父亲。对他要说什么她已心中有底了:她妈妈忙于账簿,所以,管理房屋和附近的地方就是她的事了。

"我可讨厌你变成像我们认识的一些牧场主的女儿那样的游手好

闲、势利眼的小姐，"帕迪微笑着说道，这笑容使他的话丝毫没有蔑视的意思，"所以，小梅吉，我打算让你干一项满时工作的活儿。你将替我们照管内部围场——鲍尔海德、小河、卡森、温尼莫拉和北坦刻。你还得照管家内圈地。你负责那些牧羊马。哪些得去干活儿，哪些得换班休息。当然啦，在羊群集中接羔的时候，我们全都会努力投入工作的，不过我想，其他方面你就得自己去对付了。杰克可以教你使狗和牧羊鞭。你还是个顽皮透顶的姑娘，所以我想，你是宁愿在牧场上干活儿也不愿意围着屋子转的。"他带着比往日更为厚道的微笑，结束了他的话。

在他说话的时候，她的抱怨和不满飞到九霄云外，他又成了那个爱她、为她着想的爸爸了。她刚才是怎么了，干吗要那样怀疑他呢？她觉得羞愧难当，真想用那根大针刺自己的腿。不过，她太高兴了，没有工夫去转那个自找疼痛的念头。可是，话又说回来了，这不过是为了表示她的自责而产生的一种过激的想法罢了。

她的脸上露出兴奋的神色。"啊，爸，我会热爱这个工作的。"

"爸，我呢？"斯图尔特问道。

"女仆们不再需要你在家里转了，所以，你也要出去，再到牧场上去，斯图。"

"好吧，爸。"他渴望地望着菲，但是什么也没说。

菲和梅吉学着驾驶那辆劳斯莱斯牌新汽车，这是玛丽·卡森死前一星期买来的。在菲学习管理账簿的同时，梅吉学习驯犬。

要不是因为拉尔夫神父总不在身边的话，梅吉一定是个十分幸福的人。骑着马到牧场上去干牧羊人的活儿，这一直就是她朝思暮想的。然而，她的内心依旧在为拉尔夫神父痛苦。回忆起梦境中他的亲吻，是如此珍贵，不由人不千百次地重温着。但是，回忆无益于现实，它就像是一个徘徊不去的幽灵，现实的感觉是无法用魔法将其召来的。她千方百计地想这样做，但这幽灵却像是一片凄怆、缥缈的行云。

当拉尔夫写信把弗兰克的消息告诉他们时，她以为他会利用这个借口来拜访他们，但这个希望破灭了。关于他到古尔本监狱探望弗兰克的事，他的描述是措辞谨慎的，淡化了这件事所带来的痛苦，丝毫也没透露出弗兰克的精神病一直都在恶化着。他徒劳无益地试图以精神病的名义把弗兰克送进莫里塞特精神病院，但是谁也不听他的。因此，他只好简单地凭空编了一段所谓弗兰克服从社会对他的过失所进行的惩罚。并且在加了重点线的段落中告诉帕迪，弗兰克根本不知道他们已经了解到真相了。他一再向弗兰克保证，这件事是通过悉尼的报纸传进他的耳中的，并且保证永远不让家中知道此事。说完这番话之后，弗兰克的情绪稳定多了。他说，那就这么办吧。

帕迪曾经谈起过要卖掉拉尔夫神父的那匹栗色母马。梅吉把以前她骑着玩的那匹四肢和身体细长的黑色阉马当了牧羊马，因为比起院子里那些性情暴躁的母马或准备阉割的马，它容易驾驭，性情也更好。牧羊马都十分聪明，但极少有性情温和的。甚至在周围没有未阉雄马的情况下，也无法使它们成为非常温顺的牲口。

"哦，求求你，爸，我也能骑那匹栗色马！"梅吉恳求道，"想想吧，如果他对我们这样好心好意，把他的马卖掉该多糟糕呀。神父会回来看望，会发现我们把他的马卖掉的！"

帕迪若有所思地盯着她。"梅吉，我并不认为神父会回来。"

"可是他或许会来的！你怎么能保证他不来！"

那双和菲十分相似的眼睛对他来说太重要了。她的感情已经受到了伤害，他不能让自己再去伤害她了，这可怜的小东西。"那好吧，梅吉，我们就留下这匹母马吧。不过要说明白，你轮流使用这两匹马，因为我不愿意在德罗海达有膘肥体壮的马，你听见了吗？"

在这之前，她并不愿意使用拉尔夫神父本人的坐骑，但是此后，她改变了做法，厩中的这两头牲口都有机会去消化掉它们吃下的燕麦了。

由于梅吉到牧场上去了，菲几个小时地坐在客厅里的写字台前，也就只好由着史密斯太太、明妮和凯特去宠着那对双生子了。这两个小家伙过得可美了。他们什么东西都碰，但是由于他们总是那样快乐，兴致勃勃，谁和他们生气都长不了。长期皈依天主教的史密斯太太，夜晚便在她那小屋中怀着感恩至深的心情跪下祈祷，这种感激之情她是秘藏心头的。她自己的孩子罗伯活着的时候，从来没有使她这么愉快过，而且，许多年来，大宅里没有过一个孩子，它的占有者不许她们和小河那边的牧场工头住宅里的居民厮混在一起。但是，克利里一家人是玛丽·卡森的亲戚，他们来了以后，这里终于有了孩子。尤其是现在，詹斯和帕西将永远住在大宅里了。

冬天干旱，夏天就没有雨水。茂盛的、没膝高的草在炎炎赤日的照射下变成了茶褐色，甚至连叶片心都蔫了。要想放眼瞭望一下牧场，就得眯起眼睛，把帽檐低低地压在前额上。整个草地闪着耀眼的亮光，小旋风匆匆忙忙地掠过闪着微光的、蓝色的蜃景，把枯死的树叶和折断的草叶片从一堆带到另一堆。

啊，太旱了！连树都干枯了。树皮僵硬地从树干上脱落下来，吱吱嘎嘎地裂成碎片。但是羊群还没有饿肚子的危险——草至少可以支持到来年，也许更久——可是，谁也不愿意看到一切都干成这种样子。明年或后年不下雨的可能性是非常大的。好年景能下10到15英寸的雨水，坏年景降雨少于5英寸，也可能滴雨不下。

尽管暑热炎炎，苍蝇如麻，梅吉还是乐意待在外面的牧场上，骑着那匹栗色牝马在咩咩叫着的羊群后面溜达。一群狗躺在地上，伸出舌头，让人误以为它们心不在焉，只要有一只羊窜出紧紧地挤在一起的羊群，离得最近的一条狗便会如离弦之箭一般飞跑过去，用尖利的牙齿咬那不幸的逃跑者。

梅吉策马跑到羊群的前头，打开牧场的大门。在吸入了几英里的灰尘之后，这种解脱是可喜的。那些得到这个机会在她面前大显身手的狗连咬带赶地把羊群驱过围场大门的时候，她耐心地等待着。把牛聚拢到一起赶走要难得多，因为它们又踢又撞，常常把来不及防备的狗弄死。就是牧工干这个活儿的时候，也得做好费点儿气力和动用鞭子的准备。但是，狗却喜欢赶牛这种富于冒险意味的活儿。不过，赶牛的时候并不需要她，帕迪亲自参与这项工作。

但是，狗一直强烈地吸引着她，它们的聪敏是非同寻常的。大部分德罗海达的狗都是卡尔比犬，棕褐色的皮毛，爪子、胸脯和眉毛是乳白色的。但是也有昆士兰赫勒犬，个头儿更大，皮毛是带黑斑的蓝灰色。此外，还有各种各样的卡尔比犬和昆士兰赫勒犬的杂种。热天一到，就要对母狗用科学的方法进行配种，使其繁殖、下崽。等到它们断奶、长大之后，便在围场内进行挑选。好的便留下或出售，不好的便打死。

梅吉吹着口哨，把狗唤到她的脚下，在羊群后面把门关上，拨转栗色牝马往家走。附近有一大片树林，都是桉树，桉树属植物和黄杨树，树林的边缘偶或有些柳树。她欣然地骑着马走进树林的荫翳之中，现在可以从容不迫地四下看看了。她快乐地眺望起来。桉树上都是虎皮鹦鹉，它们尖叫着，拙劣地模仿着鸣禽。雀鸟从这一个树枝飞到另一个树枝上；头顶黄绿色的葵花凤头鹦鹉栖息在那里，歪着头，用闪闪发光的眼睛目送着她；黄鹂鸽在松土中寻觅着蚂蚁，它们那可笑的尾巴上下跳动着；乌鸦永远是那样让人心烦，使人生悲。它们的叫声在百鸟和鸣中是最令人反感的噪声，毫无乐趣，只让人感到一种凄凉。不知怎的，还使人心寒。这叫声使人联想到腐肉、污物和绿头蝇，根本不能令人联想到金铃鸟的鸣啭，要说像哭声倒是恰如其分。

当然，到处都是苍蝇。梅吉的帽子上带着面罩，可是，她那裸露的双臂却遭了殃。栗色牝马的尾巴总是挥个不停，它身上的肉也总是抖着、动着。马通过厚厚的皮和毛也能感觉得到灵巧轻盈的苍蝇，这使梅吉惊愕至极。苍蝇吸食汗水，这就是为什么它使马和人如此苦恼。但是，人绝不会任其像在羊身上那样为所欲为的，所以，它们便把羊作为更亲密的对象了。它们在羊臀部的毛周围下卵，或者哪里的毛又潮又脏，就在哪里下卵。

空气中充满了蜜蜂的喧闹声，四处都是闪闪发光的、急速飞动的蜻蜓，它们在寻找产卵的阴沟。优美而色彩绚丽的蝴蝶和飞蛾上下翻飞着。梅吉的马蹄踏翻了一根朽木。她目不转睛地盯着那朽木的背面，身上直起鸡皮疙瘩。那朽木的背面满是吓人的蛴螬，又白又肥、令人作呕的木虱和鼻涕虫，大蜈蚣和蜘蛛。兔子从洞中连蹦带跳地窜出来，又闪电般地缩了回去，蹬起一股白色的土烟。随后它们又转身向外张望，鼻子急速地抽动着。再往前些，一只针鼹停止了寻找蚂蚁，在她身边惊惶万状、愕然失措。它飞快地打着洞，几秒钟之内就看不到它那有力的爪子了。它逐渐消失在一根大原木的下面。在它刨洞的时候，那滑稽的动作引人发笑。它浑身上下的针刺都放倒了，以便能顺利地钻进地下，扬起的土堆成了一堆。

她从通往庄园的大路上走出了这片树林。灰尘之中有一片带深灰色斑纹的东西，那是一群胸脯粉红、脊背灰色的鹦鹉在寻找昆虫和蛴螬。不过，当它们听到她走来的时候，一起飞了起来。它们就像是一片铺天盖地的浅洋红色的浪潮，胸脯和翅背在她的头上掠过，不可思议地从一片灰色变成了一片粉红。她想，倘若明天我不得不离开德罗海达，永远不再回来的话，在梦中我也愿意住在红翅背鹦鹉的扑打声中的德罗海达……干旱一定会愈来愈严重的。袋鼠都跑进来了，愈来愈多……

这里有一大群袋鼠，约莫有两千只。鹦鹉一飞，把它们从平静的凝视中惊起，大跨步地、优美地跳跃着，向远处跑去，其快如飞。在动物中除了鸸鹋，未有能望其项背者，连马都赶不上它们。

每当陶醉于这种粗浅的自然研究时，她总是想起拉尔夫。梅吉私下里从来没有仔细地思量过她对他的那种女学生式的热恋，或直截了当地称之为爱情，就像人们在书中写的那样。她的表现和埃塞尔·德尔①小说中的女主角没有什么差别。在他那从事的教士职业和她对于他的希望——使他成为她的丈夫的希望——之间，有一道不可逾越的樊篱，这似乎是不公平的。如果能像爸爸和妈妈那样与他住在一起，他一定会像爸爸对妈妈那样地崇拜她。这一切是如此顺理成章。梅吉好像从来不觉得妈妈有什么值得父亲那样崇拜，然而他却对她崇拜至极。所以，拉尔夫不久就会明白，和她住在一起比他索居独处要强多了。可是，她还不明白，在任何情况下，拉尔夫神父都不会抛弃他的教士职业。是的，她知道找一个教士做丈夫或情人都是被禁止的，但是她已经习惯于脱离拉尔夫的教职来考虑这个问题了。她那种正规的天主教教育尚未达到讨论教士誓约本质的地步，而她本人并没有信仰宗教的需要，因此，也就谈不上自愿地深入地研究它。梅吉在祈祷中并不能得到满足，她仅仅恪守着天主教的条文而已，因为不这样做就意味着将万劫不复地在地狱中受到焚烧。

眼下，在她那白日美梦中，她尽享着和他在一起生活、在一起睡觉的无穷乐趣，就像爸和妈那样。这时，与他耳鬓厮磨的想法使她激动不已，在马鞍上不停地胡思乱想起来。她把这种亲近想象成了狂吻，除此之外就想不出别的了。驱策奔驰在围场上根本无法使她的性教育有所长进，因为远处狗的鼻息声，使一切动物的头脑中都无法产

---

① 英国作家，在1911年—1939年间共出版三十余部畅销浪漫言情小说。

生交配的愿望。其他的牧场也都一样，不加选择的交配是不允许的。当在一个特别的围场中将公羊送到母羊中去的时候，梅吉就会被打发到别的地方去。而看到一条狗趴在另一条狗的背上，那不过就是用她的鞭子抽打一下这对狗，不许它们"闹着玩儿"罢了。

也许人类不具备判断哪样更糟糕的能力：是带着烦躁不安和激动难耐的那种初生乍萌的渴望更糟呢，还是以一种顽强的劲头务求实现其独特愿望更糟呢？可怜的梅吉渴望着她不甚了了的东西。现实中有一种最基本的拉力，不可抗拒地把她往拉尔夫·德·布里克萨特那里拉。因此，她做梦想着他，如饥似渴地思慕着他，需要他。她感到悲哀，尽管他声称爱她，但是她对他是那样微不足道，他连看都不来看她。

策马而来的帕迪打断了她的思路。和她一样，他也是往庄园那个方向去的。她微笑着，勒住了栗色牝马，等着他赶上来。

"真是意外相逢啊。"帕迪说道。他那匹老花毛马和女儿那匹中年的牝马并辔而行。

"是的，太意外了，"她说道，"远处的旱情是不是还要严重？"

"我想，还要旱。老天爷啊，我从来没见过这么多袋鼠！除了米尔帕林卡那地方，一定都是旱透了。马丁·金谈起要来一次大会猎，但是我不明白，一队用机关枪的兵怎么能使袋鼠的数目明显地减少。"

他是如此和蔼，如此体贴人、谅解人，如此充满挚爱，而她极少在一个男孩子都不在场的情况下和他待在一起。梅吉还没来得及改变思路，便脱口问了一个拿不准的问题，尽管她内心一直在试图打消着各种疑虑，但是这个问题依然折磨着她，使她苦恼。

"爸，为什么拉尔夫神父不来看咱们呢？"

"他忙着呢，梅吉。"帕迪答道，但是他的声音变得谨慎起来了。

"不过，教士们也有假日，对吗？他以前是那样喜爱德罗海达，我肯定，他是想来这儿度假的。"

"梅吉,从某一方面来讲,教士们是有假日的,可是从另外一方面来讲,他们永远不离职守。譬如,他们一生中,每天都必须做弥撒,就算独居独处时也不例外。我觉得德·布里克萨特神父是个非常聪明的人,他明白,在生活中走回头路是根本办不到的。小梅吉,对他来说,德罗海达已经是有些时过境迁了。假如他回来的话,这里是不会使他得到往日的那种愉快的。"

"你是说,他已经把我们给忘了。"她干巴巴地说道。

"不,实际上并没忘。要是他忘记了的话,他的信不会写得这么勤,也不会打听我们每一个人的情况。"他在鞍子上转过身来,蓝色的眼睛中充满了怜悯,"我想,他不再回来是再好不过的,因此我也就没有邀请他,并让他动归心。"

"爸!"

帕迪执意要冒一冒风险。"喂,梅吉,你梦想着一个教士是不对的,到了你理解这一点的时候了。你把秘密藏得挺不错,我认为其他任何人都不了解你对他的感情。但是,你向我提出疑问来了,对吗?尽管问得不深,但是足以说明问题了。现在听听我的回答吧,你必须停止这种想法,听见了吗?德·布里克萨特神父起过圣誓,我知道他根本没有打破这种誓言的意思,而你却误解了他对你的钟爱。他认识你的时候就已经是个成年人了,你不过是个小丫头。喂,梅吉,就是到今天他也还是这样看待你的。"

她既没答话,脸色也没变。是的,他想道,没错,她真不愧是菲的女儿啊。

过了一会儿,她绷着脸说道:"可是,他可以不再当教士。这就是我一直没有机会对他讲的话。"

帕迪大惊失色,简直不敢相信这话。尽管他的言语十分激烈,但梅吉相信他的表情比他的言语还要激烈。

"梅吉!哦,仁慈的上帝啊,这是地狱里最糟糕的话!你应该上学才是，孩子，要是玛丽姑妈死得再早些的话，我会及时让你去悉尼，至少让你在那里待上两三年。可是现在你太大了，对吗？可怜的小梅吉，我可不愿意让他们拿你的年龄开玩笑。"他缓和了一些，接着往下说。他一字一顿地说着，使他的话显得尖锐，极其严厉，尽管他并不打算严厉，只是想彻底消除错觉，"梅吉，德·布里克萨特神父是**教士**。他绝对不能半路还俗，对这一点要放明白。他的誓言是神圣的，庄严隆重，不可违背。一个人一旦成了教士就不能走回头路了。他在神学院的监督人绝对保证让他在宣誓之前就明了它的内容。一个立过誓的人非常明确，一旦立誓就再也不能违背它。德·布里克萨特神父已经立过了誓言，他绝不会违背的。"他叹了口气。"梅吉，你现在明白了，是吗？从现在开始，你再做德·布里克萨特神父的白日梦就是无法原谅的了。"

他们是从庄园的前面进去的，因为马厩比畜牧围场更近一些。梅吉一句话没说，拨转了栗色牝马向马厩走去，把她父亲孤零零地甩在了后面。有那么一阵工夫，他一直扭头望着她的背影。但是，当她消失在马厩周围的篱笆中之后，他夹了夹花毛马的肋骨，慢慢地遛着马，埋怨着自己，埋怨着刚才他那番话是否有必要。男女之间的事真他妈可恶！似乎大家各有一套标准，而且相去甚远。

拉尔夫·德·布里克萨特神父的声音十分冷淡，然而比起他的眼神，这声音还算热情多了。当他说着那些刻板而又严加推敲的词句时，那双眼睛从没有离开过那年轻教士毫无血色的脸庞。

"你的表现尚未达到我主耶稣基督对他的教士的要求。我想，你对这一点的了解比指责你的我们可能要清楚得多，但是我依然要代表你的主教来指责你。你的主教不仅是你的教会同事，而且是你的上级。你要完全服从他，你的地位不允许你对他的意见或决定讨价还价。

234

"你真正理解你给自己、给你的教区,尤其是给你声称最挚爱的教廷所带来的耻辱吗?你对贞洁所立下的誓言和你所立下的其他誓言一样庄严,一样具有约束力,违背它是极大的犯罪。当然,你将永远不得再见那个女人了,但是,在你与诱惑苦斗的时候,我们有责任帮助你。因此,我们已经安排你即刻离开,到北领地的达尔文教区任职。今晚,你将乘快车前往布里斯班,再乘火车到朗里奇。在朗里奇你将搭乘澳洲航空号飞机赴达尔文。眼下,你的行李正在打包,并且在快车发车之前送上去,因此,你没有必要返回你目前的教区了。

"现在,请你和约翰神父一起到小教堂去祈祷。在上火车之前,你就留在小教堂里。为了使你得到安慰,约翰神父将陪同你一起到达尔文去。你被免职了。"

教会行政机构的教士们是聪明而又清醒的,他们不允许这个宗教道德上的罪人有机会和作为他情人的那个年轻姑娘再进行接触。这已经成为他目前所在教区的丑闻了,他的处境十分糟糕。至于那位姑娘——就让她等待、守望、大惑不解去吧。从现在开始,直到抵达达尔文,他将受到能干的、已得到命令的约翰神父的监视。此后,他从达尔文所寄出的每一封信都将被打开,将不允许他打长途电话。她永远不会知道他的去向,他也永远无法通知她。他再也不会得到与其他姑娘交往的机会了。达尔文是个边远的城镇,几乎没有什么女人。他的誓言是绝对的,他永远无法从这些誓言中解脱出来,倘若他过于软弱,无法控制自己,教会就必须对他实行控制。

当拉尔夫神父目送着那年轻教士和他所指派的监护人走出房间之后,便从写字台旁站了起来,走进了一间内室。克卢尼·达克主教正坐在他通常习惯坐的那把椅子上。与他成直角的地方,默默无言地坐着一位身系紫红色腰带,戴着室内便帽的男人。主教是个身材魁伟的人,一头浓密而漂亮的白发,蓝色的眼睛十分热情。他是个生气勃勃的人,富有强烈的幽默感,极喜欢美食。而他的来访者则恰好相反，长得又矮又瘦，便帽下是一圈稀疏的黑发，黑发下是一张骨瘦如柴的、苦行僧似的脸庞，一双深色的大眼睛。略带菜色的皮肤上长着一圈络腮胡子。论年龄，从30岁到50岁，说他多大都行，但实际上他是39岁，比拉尔夫·德·布里克萨特年长3岁。

"请坐，神父，喝杯茶吧，"大主教诚心诚意地说道，"我正想派人去换一壶新茶呢。在解除那年轻人的职务时，你是用适当的劝诫提及他的行为的吗？"

"是的，阁下。"拉尔夫神父简洁地说道。他在茶桌旁的第三把椅子上坐了下来。那桌子上摆着极薄的黄瓜三明治，粉白相间的、小巧精致的加糖霜蛋糕，热奶油烤饼配上水晶盘子里的果酱和掼奶油，一套银茶具，以及镀着精致的金叶的艾恩斯里瓷杯。

"亲爱的主教阁下，这种事情真是不幸。但是，就是我们这些给上帝的教士委任圣职的人也是软弱的，也是凡夫俗子。我发现我在内心里深深地为他惋惜。今天晚上，我要为他将来变得更坚强而祈祷。"来访者说道。

他带着明显的外国腔调，声音柔和，在发"S"音的时候带着咝咝声。他的国籍是意大利，他的头衔是罗马教廷驻澳大利亚天主教会的教皇使节，他的名字叫维图里奥·斯卡班扎·迪·康提尼-弗契斯。他扮演着一个联结澳大利亚僧侣统治集团和梵蒂冈神经中枢的微妙角色，这就意味着，他是这一地区中最势高权重的教士。

在得到这项任命之前，他当然是希望去美利坚合众国的，但是思索再三，他断定到澳大利亚也相当不错。如果不计面积，仅看人口的话，这是一个很小的国家，但是它也相当笃信天主教。和其他的英语国家不一样，在这儿信仰天主教不会带来社会地位的下降，也不会妨碍政治家、商人和法官的雄心壮志。这是一个富庶的国度，有力地支持着教廷。用不着害怕他在澳大利亚期间会被罗马遗忘。

使节阁下也是一个非常难以捉摸的人，他那双在茶杯金边上闪动的眼睛并不看克卢尼·达克大主教，而是盯着不久就要成为他的秘书的拉尔夫·德·布里克萨特神父。达克主教极其喜爱这位教士，这已经是众所周知的事了，但是使节阁下却不知道**他本人**对这样一个人将喜爱到何种程度。这两个爱尔兰—澳大利亚教士是那样身材高大，比他高得多，他得抬头才能看到他们的脸，这使他甚感不耐烦。德·布里克萨特神父对他上司的态度完美无瑕：灵巧，毫无拘束，毕恭毕敬，但又坦率诚实，充满了幽默感。他怎样才能适应为一位完全不一样的主人工作呢？从意大利的教会人员中任命使节是通常的惯例，但是拉尔夫·德·布里克萨特神父对梵蒂冈兴趣甚大。他本人因十分富有而声名卓著（与一般的见解相反，他的上司既没有被授权从他那里拿到钱，他也不自愿交出这笔钱），而且他单枪匹马地为教廷带来了财富。因此，梵蒂冈决定，使节大人要任命德·布里克萨特神父为他的秘书，悉心考察这个年轻人，并确切判定他的为人。

总有一天教皇将不得不给澳大利亚一顶红衣主教的四角帽作为酬劳，但是这事还不一定。因此，责成他在德·布里克萨特这样年纪的教士中进行考察，而德·布里克萨特神父在这些人中显然是名列前茅的候选人。事情就是这样的。那么就让德·布里克萨特神父的勇气在一位意大利人面前接受一会儿考验吧。这也许很有意思。但是，为什么这个人的个子不能再矮一点儿？

拉尔夫神父文质彬彬地啜着茶，显得异乎寻常的沉默。使节阁下注意到他只吃了一小角三明治，对其他那些精肴美馔连碰都没碰，但是他却干渴难当地喝了四杯茶，既没加糖，也没加牛奶。唔，这正如他的报告中说到的：在个人生活习惯方面，这位教士饮食有度，唯一的弱点是他拥有一辆豪华的汽车（而且其速如飞）。

"神父，你的名字是法国人的名字，"使节阁下温和地说道，"可是，我却听说你是爱尔兰人。这是怎么回事呢？这么说，你的家族是法国人喽？"

拉尔夫神父微笑着摇了摇头。"大人，这是诺曼底人①的姓氏，是一个非常古老而又受人尊敬的姓氏。我是拉诺夫·德·布里克萨特的一支后裔子孙，他是征服者威廉②朝中的一位男爵。1066年，他随同威廉入侵英国，他的一个儿子在英国取得了封地，这个家族在诺曼底国王统治下的英国兴旺发达起来了。后来，在亨利四世③时代，他们中间的一些人渡过了爱尔兰海，在爱尔兰岛上的英国领土上定居下来。当亨利八世④使英国教会脱离罗马的权力控制时，我们保持着对威廉的忠诚，这就是说，我们感到我们应该首先效忠于罗马，而不是伦敦。但是，在克伦威尔的共和政体时期⑤，我们失去了我们的领地和封号，我们的这些领地和封号从此再也没有恢复过。查理⑥使英国人特别愿意以取得爱尔兰人的土地作为奖赏。你知道，爱尔兰人恨英国人不是没有缘由的。

"但是，相对来说，我们下降为卑微之人了，可我们依然忠于教廷，忠于罗马。我哥哥在米思郡⑦有一个兴旺的种马饲养场，希望养一匹能在德拜赛马会⑧和利物浦障碍赛马会上夺标的马。我是次子，而只要次子希望能在教会里供职的话，便进入教会，这一直是我们家族的传统。你知道，我对自己的姓氏和血统是极其自豪的。德·布里克萨特家族已经有150年的历史了。"

---

① 10世纪定居在法国塞纳河口，接受了法国文化的一支诺曼人及其后裔。
② 指英王威廉一世。
③ 亨利四世（1367—1413），英国国王，在位时间为1399—1413年。
④ 亨利八世（1491—1547），英国国王，在位时间为1509—1547年。
⑤ 指1649年克伦威尔处死英王查理一世至1660年斯图亚特王朝复辟这一段时期的共和政体。
⑥ 指查理二世，1660—1685年在位，斯图亚特王朝复辟后的英国国王。
⑦ 在爱尔兰岛。
⑧ 每年在英国埃普索姆举行的赛马会。

啊,好极了!一个古老的贵族姓氏,一份备尝颠沛和迫害之苦而依然保持忠诚的、无可指责的履历。

"那拉尔夫是怎么回事?"

"是拉诺夫的一种缩写,大人。"

"明白了。"

"神父,我会十分怀念你的。"克卢尼·达克主教说道。他在半张烤饼上涂上果酱和攒奶油,一下子就囫囵吞枣地塞进了嘴里。

拉尔夫神父冲他笑着。"阁下,您真让我进退两难了!在这里,我坐在我的旧主人和新主人之间,要是我的回答使一个人感到愉快的话,另外一个人就会感到沮丧。但是,我是否可以这样讲,在我切盼为这位大人服务的同时,我也对另一位大人恋恋不舍。"

这话讲得很得体,是一种外交式的回答。康提尼-弗契斯主教开始认为,有这样一位秘书,也许会干得不错。但是,瞧他那副英俊的容貌,那令人惊奇的面色,那健美的身体。他过于漂亮了。

拉尔夫神父又归于沉默了,视而不见地盯着茶桌。他正在入神地想着他刚刚处分过的那个年轻教士。当那教士明白他们不会让他去和他的姑娘道个别的时候,他的眼神是非常痛苦的。亲爱的上帝啊,倘若这是他,而那姑娘是梅吉,又该怎么样呢?要是一个人言行谨慎的话,可以短时间地侥幸逃脱惩罚。要是一个人能限制女人只在一年一度的假日里才见面,以避开教区居民的耳目,那就可以永远不受惩罚。但是,碰上了一个狂热的女人,人们总会发觉的。

有那么几次,只是由于他在小教堂那大理石地面上跪得太久,肉体的痛苦使他行动艰难,才阻止了他去赶下一班返回基里和德罗海达的火车的。他曾经对自己说过,他完全是孤独的受害者,他怀念在德罗海达体会到的人情味。他告诉过自己,在他屈服于瞬间的软弱,并且轻轻地抚摸过梅吉的后背之后,什么也没有改变。他对梅吉的爱依然停留在喜欢和赏心悦目的范围之内,还没有到使人烦躁不安的地步，憧憬也没有使整个身心发生紊乱。因为他不能承认有任何事情发生了变化。在自己的心中他把梅吉当作一个小姑娘，排除任何可能与此相反的幻想。

他想错了。痛苦并没有渐渐消失，反而愈来愈厉害，并且来得更无情、更不祥。以前，他的孤独感只是一种不受个人情感影响的东西，根本谈不上在他生活中的任何一个人能弥补这孤独感。但是现在，这孤独之中出现了一个名字：梅吉。梅吉，梅吉，梅吉……

他从沉思冥想中清醒了过来，发现迪·康提尼-弗契斯主教的眼睛正一眨不眨地望着他，比起现在的主人那双生气勃勃的圆眼睛，这双洞察一切的深色大眼睛要危险得多。拉尔夫神父机智有余，没有不自然地装出自己没走过神的样子。他用同样敏锐的眼光望了他将来的主人一眼，随后淡淡一笑，耸了耸肩头，好像是在说：每个人都有一本难念的经，偶或想一想并非大过。

"告诉我，神父，经济形势的突然不景气影响到你所掌管的财务了吗？"这位意大利高级教士圆滑地问道。

"到目前为止，还没有任何值得忧虑的事，阁下。市场的涨落不会轻而易举地影响到米查尔公司的。我能够想象得到，那些财产投资不如卡森夫人谨慎的人就是丧失了其大部分利益的人。当然，德罗海达牧场的情况也不很好，羊毛的价格看跌。但是，卡森太太在把她的钱投资到农业方面是非常谨慎的，她宁愿把钱投资到可靠的金属工业方面。尽管依我之见，这是一个购置土地的良机，但我们不仅要购置农村的牧场，而且也要在主要城市购置房屋和建筑。价格低得可笑，但不会永远这么低的。倘若我们现在购进的话，我看不出在这几年里不动产方面会有什么损失。经济萧条总有一天会结束的。"

"有道理。"使节阁下说道。如此看来，德·布里克萨特神父不仅是个相当不错的外交家，而且也是个相当不错的商人哩！真的，罗马对他垂青是不错的。

Three
1929—1932
Paddy

9

但是，就在1930年，德罗海达尝到了经济萧条的滋味。全澳大利亚的男人都出门找工作。在无工可做的时候，那些无力偿付租金的人都在徒劳无益地找寻着工作。那些住在地方自治地上的小棚屋里的妻儿老小排着长队领取施舍，那些当父亲的、做丈夫的出门四处流浪去了。男人在启程之前，将他的基本必需品裹在毯子里，用皮条拴好，背在后背上，希望他所经过的牧场即使不能雇用他，至少能提供点儿糊口的吃食。他们背着包袱卷，从人们常来常往的道路上穿过内陆，在悉尼市过夜。

食物的价格很低，帕迪把德罗海达的食品室和仓库都装了个满满登登的。每个人到了德罗海达之后，都能把自己的旅行食品袋塞满。奇怪的是，纷至沓来的流浪者们总是不断地变化着。他们一旦用热气腾腾的好肉填饱肚子，并装满了路上用的口粮以后，并没有恋栈不去的意思。他们四处云游，寻求只有他们自己才知道的东西。无论如何，不是每个地方都像德罗海达这样乐善好施，这里的人只是对这些赶路的人何以没有留下来的意思而感到大惑不解。也许是因为无家无业、无处可去而产生的厌倦和漫无目的，才使他们不停地漂泊吧。大部分人都挣扎着活了下来，也有一些人倒下去死了，要是乌鸦和野猪还没有把他们吃得只剩下一副骨架，人们便将他们掩埋掉。内陆是一片广袤无垠而又荒无人烟的地方。

斯图尔特又被无限期地留在家里了，离厨房门不远的地方总是倚着一支猎枪。好的牧工很容易雇到，帕迪那本花名册表明，破旧的新牧工工棚里住进了九个单身汉，因此，斯图尔特可以从围场上腾出手来。菲无法再把现款到处乱放，为了安全起见，她便让斯图尔特在小教堂的祭坛后面做了一个暗柜。流浪者中坏人很少。坏人宁愿待在大城市和乡间大镇。对于坏人来说，赶路的生活太纯洁、太寂寞，缺少那些乱七八糟的东西。然而，帕迪不想让他家里的女人冒险，这是谁都不会抱怨的。德罗海达声名遐迩，对路上那些少数不逞之徒是很有诱惑力的。

那年冬季风暴十分厉害，有些是干风暴，有些是湿风暴。接踵而至的春夏两季，雨量十分丰沛，德罗海达的草场上的草长得比往年都要茂盛，都要高。

詹斯和帕西正在史密斯太太的厨房的桌子上刻苦地学习着相应的课程，眼下，他们在热热闹闹地说着当他们到将要寄宿的里弗缪学院时，会是个什么样子。不过，这种谈话会使史密斯太太大冒其火，他们已经学会了在她能听得到的地方不说离开德罗海达的话。

天又旱了起来。在无雨的夏天里，没膝深的草全都干了，被炙烤得打了卷儿，发着银白的光。由于在这片黑壤平原上生活了十年，他们对这种反反复复忽干忽涝的现象已经习以为常。男人们只是耸耸肩膀，四处走动着，就好像它不过是一件总要发生的事情一样。真的，这里主要的营生基本上就是在一个好年景和下一个好年景之间设法生存下来，不管下一个好年景何时才来。谁也无法预言雨水之事。布里斯班有个叫因尼格·琼斯的男人，在预测长期天气预报方面还算有两下子，他运用的是太阳黑子活动的新方法。可是，一来到黑壤平原，他的话便没人信了。让悉尼和墨尔本的小姑娘们毕恭毕敬地听他的天气预报吧，黑壤平原的人们是死抱着他们那种深入骨髓的陈腐观念不放的。

1932年的冬天，又刮起了干风暴，而且天气奇寒，可是茂盛的草地上的尘土却减少到了最低限度，苍蝇也不像往常那样多得数不胜数了。可那些生气勃勃的、悲惨地被剪去了毛的绵羊依然不堪苍蝇之扰。住在一幢不甚豪华的木房中的多米尼克·奥鲁尔克太太很喜欢延纳来自悉尼的来访者。她的旅游日程中最精彩的项目之一就是拜访德罗海达庄园，向她的来访者表明，即使是远在这块黑壤平原上，有些人也在过着一种高雅的生活。话题总是要转到那些清瘦的、像落汤鸡似的绵羊身上。冬天，羊群被剪去五六英寸的羊毛，炎热的夏季一到便会长出来。但是，正如帕迪非常郑重地向一位这样的来访者所说的，这样有助于得到质地更好的羊毛。重要的是羊毛，而不是羊。在他发表了这番议论之后不久，《悉尼先驱晨报》发表了一封来信，要求敦促议会立法以结束其所谓"牧场主的残酷"。可怜的奥鲁尔克太太吓坏了，可是帕迪却笑得肚子发疼。

"这个蠢家伙还从来没见过牧工划破羊肚子，用一根打包用的针缝起来的事哩，"他安慰着惶惶不安的奥鲁尔克太太，"这不值得烦恼，奥鲁尔克太太。他们住在城里，不知道另一半人是怎么生活的，他们舍得花钱去宠他们的牲口，就像宠孩子似的。一离开城市可就不一样啦。在这儿，你从来没见过一个需要帮助的男人、女人或小孩会被置之不顾，可是在城里，同样是这些娇宠爱畜的人却对一个人求助的哭喊不闻不问。"

菲抬起头来。"他说得对，奥鲁尔克太太，"她说道，"不管是什么东西，一多就不值钱了。这里羊多，城里人多。"

8月的一天，当一场大风暴平地而起的时候，只有帕迪一个人远在野外。他翻身下马，把那牲口紧紧地拴在树上，自己坐在一棵芸香树下，等待着风暴过去。五条狗都在他的旁边挤作一堆，浑身在发抖，而他本打算转移到另一个围场去的绵羊却心惊肉跳地、三一群俩一伙地四散逃开了。风暴来得十分可怕，它积蓄着猛烈异常的力量，直到大旋风的中心逼到头上才开始发威。帕迪用手指堵住了耳朵，紧闭着双眼，默默地祈祷着。

在他坐着的地方，脱落的芸香树叶在上旋的狂风中不停地簌簌作响，不远的地方有堆死树桩和原木，周围长着很深的草。在这堆发白的、枝枝权权的东西中间有一棵粗大的枯桉树，裸露的树干高耸40英尺，直指漆黑的云团，尖而参差不齐的顶端又细又长。

漫天乱闪的蓝色闪电极明亮耀眼，透过帕迪紧闭的眼皮灼疼了他的眼睛，使他倏地跳了起来，紧接着又像个小玩偶似的被一声巨大的爆炸声震倒在地上。他仰起脸来，看见最后一下壮观的闪电在那棵枯桉树的顶端四周跳闪着，发出耀眼的蓝紫色的光晕。随后，还没容他明白出了什么事，所有的东西刹那间都被烧着了。那些腐朽之物的组织中，最后一滴水分早已被蒸发殆尽，四处蔓生的草非常深，干得像纸。大地就像是给天空一种挑战的答复，那棵大树的顶端吐出长长的火焰。与此同时，它四周的原木和树桩也烧了起来。围绕着这个中心，一圈大火在旋风中向外席卷而去，一圈一圈地扩展着，扩展着，扩展着。帕迪连走到他的马前的时间都没有了。

被烤干的芸香树也燃着了，它那湿嫩的树心往外渗着树胶。帕迪放眼看去，四下都是厚厚的火墙。树林在熊熊地燃烧着，他脚下的草也呼呼作响，冒起了火苗。他听见自己的马在嘶叫着，这叫声使他的心都快跳出来了。他可不能眼巴巴地看着这可怜的畜生拴在那里，孤弱无助地被活活烧死。一条狗狂嗥了起来，这狂嗥声变成了像人一样的痛苦的尖叫。有那么一会儿，它狂窜乱跳着，就像一个跳动着的火把，随后，慢慢地倒在了火焰熊熊的草地上。其他那些惨叫着四散逃去的狗被飞速蔓延的火吞没了，大火乘风，比任何长眼生翅的东西都要快。当他正站在那里盘算哪条路离他的马最近的时候，席卷而来的大火刹那间就把他的头发烧焦了。他低头一看，只见脚下一只大美冠鹦鹉被烤得吱吱作响。

帕迪蓦地醒悟到,这就是末日了。在这个地狱里,他和他的马都没有出路。甚至就在他这样想的时候,身后的那片未开垦的处女地已经是四面大火了,桉树在噼噼啪啪地爆着。帕迪胳臂上的皮肤已经在皱缩、变黑,头上的头发终于在其他更明亮的东西之下变得模糊不清了。这样的死法是难以形容的,因为火是从外往里烧的。最后死去的是大脑和心脏,它们终将会被烧得失去作用的。衣服冒火的帕迪在这片火的大屠杀中跳着,不停地尖叫着,而那可怕的声声惨号都是在呼唤着他妻子的名字。

其他的男人都赶在风暴之前回到了德罗海达庄园,将马放进了牲畜围场。有人向大宅走去,有人向牧工工棚走去。在菲的那间灯火通明的客厅里,木柴在乳白和粉红相间的大理石壁炉里烧得啪啪作响。克利里家的小伙子们都坐在那里,侧耳倾听着风暴。这些天来,谁都不敢冒险到外面去看一看。壁炉里燃烧着的桉木散发着好闻的辛辣味儿,午茶推车里堆满了蛋糕和三明治,十分诱人。谁都不指望帕迪能回来吃茶点了。

大约4点钟的时候,云层向东方滚滚而去,大家都不由自主地松了口气。尽管德罗海达的每座建筑物上都装了避雷针,可不知怎的,每逢干风暴来临,谁也无法泰然处之。杰克和鲍勃站了起来,说是到外面去透透新鲜空气,但实际上是想去松弛一下压抑的神经。

"看!"杰克指着西边说道。

围绕着家内圈地的树林上空正在升起一大股青铜色的浓烟,它的上缘被扯成了横向的烟带。

"耶稣呀!"杰克喊道。他跑进了屋里,直奔电话机。

"起火了,起火了!"他冲着话筒喊道。仍然留在房间里的人转过身来,目瞪口呆地望着他,他随后又跑到外面观望去了。"德罗海达起火啦,火势很大!"接着,他便挂断了电话。这就是他需要向基里交换台和沿线那些电话铃一响就习惯地抓起来听的人说的话。

尽管从克利里家到德罗海达以来，基里地区从未发生过大火灾，但是，这种例行做法他们还是知道的。

小伙子们分头去骑马，牧工们从牧工棚里挤了出来。与此同时，史密斯太太打开了一间仓库，搬出了成打的麻袋。烟是在西边，而风正在从那个方向吹来，这就意味着，火将会向庄园推进。菲脱下长裙，穿上了帕迪的马裤，随后和梅吉一起向马厩跑去。现在需要每一双能搬动麻袋的手。

在厨房里，史密斯太太把炉膛里的火拨旺，女仆们动手从天花板的钩子上取下大罐子。

"亏得我们昨天杀了一头小公牛，"女管家说道，"明妮，这儿是酒库的钥匙。把我们所有的啤酒和朗姆酒都取来，然后，在我炖牛肉的时候，你们动手做苏打面包。要快，**快**！"

由于起了风暴而惶惶不安的马已经闻到了烟味，很难上鞍。菲和梅吉骑上了那两匹又踢又蹬、难以驾驭的良种马，从马厩里来到了院子中，以便更好地控制住它们。当梅吉全力对付那匹栗色牝马的时候，从基里方向的路上有两个流浪汉脚步沉重地赶来了。

"起火了，太太们，起火了！还有两匹多余的马吗？给我们几条袋子。"

"顺那条路到畜牧围场去。老天爷呀，我希望你们谁也别在那边被火烧着！"梅吉说道，她还不知道她父亲就在那儿。

那两个人急忙从史密斯太太那儿抓来了几条麻袋和水袋。鲍勃和男人们已经走了有五分钟了，那两个流浪汉尾追而去。菲和梅吉是最后离开的。她们飞马向小河驰去，越过了小河，消失在冒烟的方向。

她们的后面是园丁汤姆，他用钻井泵灌满了那辆大水车，然后发动了引擎。由于老天没有下大雨，没有足够的水去扑灭这场大火，但是，他需要使那些麻袋保持濡湿，人们正在挥动着那些麻袋。当他挂着低挡把卡车开到远处小河的岸边时，便踩住了刹车，回头望了一会儿那人去屋空的牧工工头住宅。远处还有两座空房子，这里是庄园最薄弱的部分，这里是易燃物能接近小河远处那片树林的唯一的地方。老汤姆向西边望去，摇了摇头，突然下定了决心。他设法将卡车倒过小河，掉头来到了附近的岸上。他们根本无法阻止围场那边的火势，他们不得不退回来。他来到了紧挨着他曾经住过的牧场工头住宅的冲沟顶上，将水管和水箱接了起来，开始用水冲淋着这个建筑。接着，他又越过工头住宅向旁边的两座小一些的房子走去，也把它们浇湿了。这是他最能帮得上忙的地方，让这三座房子湿透，这样就不会起火了。

在菲和梅吉并辔而驰的时候，不祥的烟云在西边升起，随风扑来愈来愈浓的燃烧的气味。天色渐暗，越来越多的野兽从西边逃窜过来，有袋鼠、野猪、发抖的绵羊和牛、鸸鹋、大蜥蜴以及成百上千的兔子。当她策马从鲍尔海德进入比拉-比拉的时候，发现鲍勃把围场的门全都敞开了——德罗海达的每一个围场都有名称。绵羊竟会如此愚蠢，它们会慌里慌张地跑进一片围篱，站在离敞开的大门不远的篱脚下，可是却根本看不到大门。

人们到达火场时，大火已经向前推进了10英里，并且还在向两侧蔓延，每一秒钟大火都在向前延伸着。又长又深的草和疾风使大火从一片树林跃向另一片树林。她们骑在惊惶万状、被嚼子勒疼的马身上，无可奈何地望着西边。想在这边拦住火是办不到的，一支军队也休想在这里拦住。他们不得不撤回庄园去，保卫庄园，倘若办得到的话。火的前缘已经有5英里宽了。假若他们不催逼疲惫的坐骑的话，大火也会赶上他们，并且超过他们的。这情形对绵羊来说是太糟糕了，但是却无计可施。

当他们马蹄嘚嘚地从可涉水而过的地方穿过那浅浅的水流时，老汤姆仍在小河旁冲淋着房屋。

"好汉子，汤姆！"鲍勃喊道，"浇下去，让它们湿透为止，这样就能坚持很长时间了，听见了吗？你不是个莽撞地逞英雄的人，比有些榆木脑袋的人强得多。"

庄园的院子里停满了小汽车，从基里而来的道路上还有更多的汽车大灯在跳动着，闪着耀眼的光。当鲍勃拨马走进牲畜围场的时候，一大群人正站在那里等着他们。

"火大吗，鲍勃？"马丁·金问道。

"我想，火势太大了，没法救了，"鲍勃绝望地说道，"我估计火大约有5英里宽。风这么大，火延伸的速度几乎像飞跑的马那么快。我不知道我们是不是能把这座庄园救下来，不过我想，霍里应该准备保卫他的地方去了。下一个就要轮到他了，因为我不知道怎么扑灭这场大火。"

"唔，对于这样一场大火，我们要做什么已经晚了。上一次大火是在1919年。我将组织一批人到比尔-比尔去，不过我们人员充足，而且还要来更多的人呢。基里可以动员差不多500人来救火。谢天谢地，幸亏我在德罗海达的西边，我能讲的就是这些。"

鲍勃咧嘴一笑。"你真是个狠心的安慰者，马丁。"

马丁环视了一下。"鲍勃，你父亲在哪儿呢？"

"像你的布格拉牧场一样，在大火的西边。他到芸香树林那边，去把一些要生羔的母羊赶到一起。我估计，芸香树林离起火的地方至少还要往西5英里。"

"没有其他人让你担忧的吧？"

"谢天谢地，今天还没有。"

梅吉走进房子的时候，她想，从某种意义上说，这真像是一场战争：有指挥的迅速行动，必须关心食物和饮料，保持力量和勇气。灾难的威胁迫在眉睫。其他人来到之后，便加入了已经在家内圈地中的人群，那些人正在放倒紧挨着小河岸边的零星树木，清除四周长得过长的草。梅吉回忆起她头一次到德罗海达的时候曾经想过，家内圈地以前一定优美得多。相比之下，它周围的树木显得葱茏蓊郁，而它却光秃秃的，十分凄凉。现在，她明白这是为什么了。家内圈地无非是一个巨大的圆形防火场。

每个人都在谈着七十余年来基里地区所发生的各种各样的火灾。真是太奇怪了，在长期干旱期间，火灾从来没有形成主要的威胁，因为这里没有足够的草可以使火势向远处蔓延。有几次火灾和这回一样，伏雨过后一两年，草长得很深，茂茂盛盛地成了引火场，于是基里就有大火灾发生了。有时候，这样的火灾会失去控制，直烧数百英里。

马丁·金指挥着 300 个留下的男人保护德罗海达。他是这个地区年长的牧场主，与火灾搏斗了 50 年。

"我在布格拉有 15 万公顷的地。"他说，"1905 年，我那地方的羊和树损失殆尽。我用了 15 年才恢复起来，有那么一阵工夫，我以为我恢复不起来了，因为那年头羊毛和牛肉都卖不出好价钱。"

风依然在号叫着，到处都可以闻到燃烧的气味。夜幕已经降临，可是，西边的天空被那可怕的火光照得通亮，低垂的烟开始呛得他们咳嗽了。没过多久，他们便看到了火的前缘，巨大的火舌在跳动着，扭曲着，腾起 100 码高，变成了浓烟，呼呼的声音就像足球场中观众那过分兴奋的狂喊声，震耳欲聋。围绕着家内圈地的那片树林的西边已经起火，变成了一堵厚厚的火墙。当梅吉呆若木鸡地在庄园的走廊下望去的时候，可以看到大火映出了人们那渺小的身影，跳来跳去，就像是地狱中那些极其痛苦的灵魂。

"梅吉，你能进来一下，把这些盘子归置到餐具橱里吗？姑娘！你知道，咱们可不是在野餐哪！"传来了妈妈的声音。她勉勉强强地转身走了过去。

两个小时之后，第一批换下来的、筋疲力尽的人摇摇晃晃地来了，急不可耐地吃着、喝着，恢复一下耗尽的体力，再回去接着搏斗。牧场的女人们为此吃力地干着活儿，以保证充分供应炖肉、苏打面包、茶、朗姆酒和啤酒，即使供300人吃也绰绰有余。在发生火灾的时候，每个人都在干着最适合于他或她干的工作。也就是说，女人要做出饭来，以保证男人们体力充沛。一箱一箱的酒被喝完了，又代之以新的箱子。男人们被烟灰弄得浑身漆黑，被疲劳弄得摇摇晃晃。他们站在那里大口大口地喝着酒，大块大块地往嘴里塞着面包。肉一炖好，便狼吞虎咽地吃下满满一大盘，将最后一大杯朗姆酒一饮而尽，便又返回火场去了。

在厨房里跑来跑去的梅吉惊惶恐惧地望着那片大火。火本身有一种超乎世间万物之美的壮观，因为它是一种来自天上的东西，一种无情地来自遥远的日光的东西，一种来自上帝和魔鬼的东西。火的前部已经迅速地推进到了东边，现在，他们已经完全被包围了。梅吉什么都能看得一清二楚，在这场范围难定的大燔烧的前缘所过之处，什么东西都休想存活。黑、橙、红、白、黄，搅成了一团。一棵大树的黑色侧影四周镶上了一层橙色的外壳，缓缓地燃着，闪着刺眼的白光。红色的余烬就像嬉戏的幽灵一样在上空飘动着，旋转着。烧空了心的树木呈现出黄色，跳动着。一棵桉树就像爆裂了似的，令人目眩的深红色的树皮纷纷如雨下。突然从某个直到现在才烧着的东西上蹿起了橙黄和白色相混的火舌，它终于顶不住这场大火了。哦，是啊，在茫茫夜色中这景色实在壮美，她会一辈子记住这场面的。

风速突然加大，迫使女人们都顺着紫藤枝爬上了覆盖着麻袋的银色铁皮的房顶，因为男人全到外面的牲畜围场上去了。尽管她们已经用湿麻袋武装了起来，可她们的手和膝盖还是隔着麻袋被烧伤了。她们在炙人的房顶上打扫着余烬，生怕铁屋顶抵不住上面灰烬的积层而坍塌下来，冒着火苗的碎片会落在下面的木桩上。但是，最可怕的火势已经东移10英里，向比尔-比尔去了。

德罗海达庄园离这片产业的东界只有3英里，离基里最近。比尔-比尔与这片产业搭界，再往东是奈仁甘。当风速从每小时40英里增加到60英里的时候，所有这个地区的人们都明白，除非下一场雨，否则无法阻止这场大火继续烧上几个星期，使方圆数百英里的第一流土地变成一片焦土。

在这场大火中，小河边的房子被烧得最惨，尽管汤姆把他的水罐车灌满，去浇，再灌满，再去浇。可是眼下风速增加了，房子烧了起来。汤姆退到了卡车中，哭泣着。

"你最好跪倒在地，求求上帝，当大火的前缘在我们的西边时，风力不要加大了，"马丁·金说道，"要是风再大的话，不仅庄园要完蛋，咱们也得玩完啦。耶稣啊，我希望比尔-比尔别出什么事！"

菲递给他一大杯没掺水的朗姆酒。尽管他不是个年轻人，但是他却在搏斗着，情况需要怎么干就怎么干，并且以主人般的风度指挥着一切行动。

"真是太傻了，"她对他说道，"在一切都似乎要烧起来的时候，我却在不断地惦念着一些奇怪的东西。我并没有想到死，没有想到孩子，或想到这座华丽的房子将毁于一旦。我想到的不过就是我的针线篮，我那干了一半的编织活儿，我这几年来收集的一盒纽扣，还有几年前弗兰克给我做的那些心形的蛋糕盘。失去了这些东西我怎么能活下去呢？你知道，所有这些小东西都是些不可替代的、商店里买不到的东西。"

"实际上，大多数女人都是这样想的。头脑的反应很有意思，对吗？我记得1905年逃出一片火海的家时，妻子突然转身冲回家中，我就像发疯了似的高声喊叫着。她冒这么大的险，竟然只是为了取一只绷着一小块绣花活儿的绷子。"马丁·金咧嘴一笑，"虽然我们的房子完蛋了，但我们及时逃了出来。当我建成了一个新家以后，她做的头一件事就是把她那个绣花活儿完成。那是一块老式的刺绣品,你是了解我说的这种东西的。那上面绣着:'故乡啊,可爱的故乡。'"他放下了那只空杯子,摇了摇头,对女人不可思议的行为大不以为然。"我得走了。加里兹·戴维斯需要我们到奈仁甘去。如果我没猜错,安格斯的鲁德纳·胡尼施也会需要帮助的。"

菲的脸变白了。"啊,马丁,烧到那么远了吗?"

"已经传话了,菲。布鲁和伯克正在集中人马。"

大火又往东横冲直撞地蔓延了三天,其前缘在不断地加宽着。随后,突然下了一场暴雨,几乎连续下了四天,浇灭了每一块火炭。可是,大火已经横扫了数百英里,从德罗海达的中部向东,直到基兰博边界地区的最后一片产业鲁德纳·胡尼施,在这片地区之间烧出了一道宽20英里的黑色焦土地带。

直到开始降雨之前,谁都没指望能接到有关帕迪的消息,因为他们以为他安然无恙,远远地待在燃烧带的另一边,被地上的热气和依然在燃烧的树林隔开了。如果大火没有使电话线受到损伤的话,鲍勃以为他们会接到马丁·金的电话,因为顺理成章的推论是,帕迪会努力西去,到布格拉庄园避难的。可是,在雨下过六个小时以后,依然没有他的消息,他们就开始着急了。四天以来,他们一直心安理得,看不出有什么值得焦急的理由,以为他不过就是被隔开了,并且决定等待。与其到布格拉去找他,倒不如等他自己回家。

"现在他该回来了呀。"鲍勃说道。他在客厅里走来走去,其他人都望着他。具有讽刺意味的是,大雨使空气变得阴冷,大理石炉膛里又烧起了熊熊的火。

"鲍勃,你怎么想?"杰克问道。

"我认为,该到我们去找他的时候了。他也许受了伤,或者在徒步行走,得走很长的路才能到家。也许他的马被吓坏了,把他抛了下来，躺在什么地方动不了了。他只带着隔夜粮，尽管他还不至于饿死，可是那些食物支持四天，无论如何也不够。眼下最好是不要制造大惊小怪的气氛，这样我就用不着把奈仁甘的人叫回来了。但是，假如我们在天黑之前找不到他的话，我就骑马到多米尼克那儿去，明天我们会到整个地区打听去的。老天爷呀，我希望电话总局的那帮家伙赶紧来修复电话！"

菲在发着抖，她的两眼发出了疯狂的光，几乎快狂乱了。"我要把长裤穿上，"她说，"坐在这里等，我受不了。"

"妈，待在家里吧！"鲍勃恳求道。

"鲍勃，要是他在哪里受了伤，随时随地都会出事的。你已经把牧工们派到奈仁甘去了，这使我们出去寻找极缺人手。要是我陪梅吉一起去的话，不管遇到什么情况，我们在一起都会有足够的力量对付的。可是，如果梅吉一个人去，就得由你们中间的一个人陪着她一起去寻找，那对她来说是一种浪费，更甭提我了。"

鲍勃让步了。"那好吧。你可以骑梅吉的那匹阉马，你已经骑着它去过火场了。每个人都带上一支步枪，多带些子弹。"

他们骑马出发了，越过小河，来到了那片被烧毁的地区的中心地带。无论何处都看不到一样绿色或灰色的东西，只有一大片湿透的黑色炭灰，在下了几个小时的雨以后，仍然在令人难以置信地冒着蒸汽。每一棵树上的每片叶子都成了柔软而卷曲的纤维。在以前曾是草地的地方，到处都能看见一小堆黑乎乎的东西。这是被火烧死的绵羊，以及意外被火烧死的阉牛或野猪这样大一些的动物。他们脸上的泪水和雨水搅在了一起。

鲍勃和梅吉走在这支小小队伍的前头，杰克和休吉在中间，菲和斯图尔特殿后。对菲和斯图尔特来说，这段路程是十分平静的。由于他们紧紧地靠在一起，心里感到了慰藉，他们没有说话，以能互相结伴而感到满足。有时，马匹因为发现了什么可怕的迹象忽而靠紧，忽而分开，但对最后这对骑手似乎没有什么影响。泥泞使他们走得缓慢而艰难，但是地面上一簇一丛烧焦的草却像是一层粗纤维织成的地毯，使马有了落脚之处。在远处地平线上的每一个圈栏都使他们抱着能找到帕迪的希望，可是时间一分一秒地过去了，他却始终没有出现。

他们的心沉甸甸的，发觉起火的地点比他们想象的要远得多，是在芸香树围场那边。一定是风暴云将烟火遮盖住了，他们是在大火推进很长距离时才发现了它的。起火的分界区使人目瞪口呆。在一条清晰而歪扭的分界线的一侧只剩下了闪着光的黑焦油，而另一侧则是他们所习见的土地，呈现出浅褐色和青灰色，在雨中显得十分阴郁，但却生机勃勃。鲍勃停了下来，边往回退，边对大家说道：

"喂，我们就从这儿开始吧。我从这儿往正西方向去，这个方向可能性最大，而且我的身体最壮实。每个人都带足弹药了吗？好。要是你们发现了什么，就往天上开三枪，凡是听到枪声的人必须开一枪作为回答。然后就等着。不管三枪是谁打的，五分钟之后要再打三枪，而且每隔五分钟都要打三枪。听到的人打一枪回答。

"杰克，你顺着起火线寻找。休吉，你往西南方向去。我往西去。妈和梅吉，你们往西北去。斯图沿着起火线往正北去。每个人都走得慢一些。下雨天要看远不容易，而且这里到处都有树林。常喊着点儿，也许爸在看不到你的地方能听到你的声音。不过要记住，除非你看到了什么，否则不许开枪，因为他身边没带枪，要是他听见枪声，而他的喊声我们却听不见，这对他很不利。

"祝大家好运气，上帝保佑你们。"

就像香客到了最后一个岔路口一样，他们在灰蒙蒙的、连绵不断的雨中分头去了，彼此越离越远，身影越来越小，终于各自消失在预定好的道路上。

斯图尔特仅仅走了半英里，这时，他发现离起火线很近的地方有一排被烧焦的树木。那里有一棵小芸香树,又黑又皱,就像一个黑色的小拖把。紧挨着烧焦的分界线处,残留着一株高大的树桩。他所看到的是帕迪的马,四蹄平躺,和一棵大桉树的树干烧结在一起了。而帕迪的那两条狗变成了硬挺挺的小黑东西,四肢就像棍子似的伸着。他从马上下来,泥浆没到了靴子的踝部,他从鞍鞘中把步枪取了下来。他双唇在翕动着,一边滑滑跌跌地穿过硬木炭,一边在祈祷着。要不是看到马和狗,他会希望那是一个流浪者或是一个累垮的徒步旅行者被火烧着了,陷入了困境。但是,帕迪是骑着马,带着五条狗的,在这条路上谁也不会骑着马,带着一条以上的狗的。这是深入德罗海达腹地的地方,不可能出现赶脚的牲口商,或是从布格拉往西去的牧工。远处,是另外三条被烧焦的狗。一共是五条狗。他知道,他不会找到第六条了,他也的确找不到。

离那匹马不远的地方有一根原木,当他走到近前时,发现那里窝着一个被烧焦的人。这不会错了。那东西背靠着地躺着,在雨中闪着光。后背弯得像张大弓,中间向上凸起,除了肩头和臀部,其他部分都不挨着地面。那人两臂张开着,扬了起来,肘部弯曲,就好像是在苦苦哀求着。皮肉尽脱,露出了焦骨的手指成了爪形,好像抓了一个空。两条腿也是张开的,但是两膝弯曲,黑乎乎的头部茫然地望着天空。

斯图尔特敏锐的视线呆呆地在他父亲的身上停了一会儿。他看到的不是一个毁坏了的躯壳,而是一个人,就好像他还活着似的。他把步枪指向天空,开了一枪,又装上一粒子弹,开了第二枪,再装了一粒子弹,第三枪也打响了。他隐隐地听见远处有一声回答的枪响,接着,在更远的地方传来了极其微弱的枪声,这是第二个回答。随后他便想起,较近的枪声大概是来自他母亲和妹妹的。她们是往西北,他是往北。他没有等到规定的五分钟,便又往枪膛里装上了一粒子弹,把枪指向了正南方,开了枪。停顿了一下,重新上子弹，开第二枪，再上子弹，第三枪。他将武器放在了身后的地面上，站在那里望着南边，翘首谛听着。这一次，头一声回答是从西边来的，这是鲍勃开的枪，第二个回答来自杰克或休吉，第三个回答来自母亲。他冲着步枪叹了口气，他不希望女人最先赶到他这里。

这样，他没有看见在北边的树林里出现了一头硕大的野猪，但是他闻到了野猪的气息。这头野猪体大如牛，笨重的躯干滚圆肥硕。当它低头拱着潮湿的地皮走过来的时候，那短而有力的腿在颤抖着。枪声惊动了它，它正在痛苦中挣扎呢。它身体一侧的稀疏的黑毛被燎光了，露出了鲜红的肉。当斯图尔特凝视着南边的时候，他闻到的正是那股烤猪皮的香味，就像是从锅里冒出的一股烤肘子的味道，被切开的表皮全都烤脆了。他琢磨着他以前一定到过这个地方，这片湿透了的、黑色的土地在他降生之日就已经铭刻在他大脑的某一部分之中了。恰在此时，他从这种似乎早就体验过的、令人难以理解的平静的忧伤中惊觉了过来，他转过头去。

他弯下腰去摸枪，想起它还没有上膛。那头公野猪一动不动地站在那里，发红的小眼睛由于疼痛而显得疯狂，黄色的獠牙十分尖利，呈半圆形向上翘着。斯图尔特的马嘶叫起来，它嗅到那畜生的气味了。野猪转过笨重的脑袋望着它，随后放低姿势准备攻击了。在它的注意力转向那匹马的时候，斯图尔特找到了唯一的机会，他飞快地弯腰抓起了步枪，啪地拉开枪栓，另一只手从夹克衫的口袋里摸出一颗子弹。四面还在下着雨，那持续的啪嗒雨声盖住了其他响声。但是，野猪却听到了枪机向后滑动的声音，在最后的一刻，它将攻击的方向从马转向了斯图尔特。当他一枪直射进那畜生的胸膛时，野猪已经快扑到他身上了，但是它的速度一点儿也没有减低。那对獠牙斜了一下，扑偏了，撞在了他的下身上。他跌倒在地上，血就像开足了的水龙头似的涌了出来，浸透了他的衣服，喷了满地。

当野猪感觉到吃了子弹的时候，便笨拙地掉过身来，它踉跄着，摇晃着，步履蹒跚地用獠牙刺他。那1500磅的身体压在了他的身上，将他的脸压进了满是柏树脂的泥浆之中。有那么一会儿，他的双手抓着两边的土地，狂乱而徒劳地挣扎着，试图挣出来。这种时刻也是他早就料到的，这就是为什么他从没有过希望、梦想和计划，只是坐在那里，沉迷于生气勃勃的世界，没有时间为自己的命运而痛苦伤悲的原因。他在想着，"妈，妈！我不能和你在一起了，妈！"甚至当他的心脏在体内爆裂的时候，他还在这样想着。

"我不明白，斯图为什么不再开枪呢？"梅吉问她妈妈。她们策马向着两次连放三枪的地方小跑着，在泥泞之中无法跑得再快了，她们感到心急如焚。

"我猜，他一定是认为我们已经听到了。"菲说道。但是，在思想深处她却在回忆着分头往不同方向去寻找时斯图尔特的脸色。回忆着他伸手抓住她的手时的神态，和他向她微笑时的样子。"我们现在离得不会太远了。"她说着，逼着她的马不灵活地、一滑一跌地慢跑着。

可是，杰克已经先到了那里，鲍勃也到了。当他们从那最后一片充满生机的土地上向这大火燃起的地方奔来时，他们抢在了女人的前面。

"别过来，妈。"当她下马的时候，鲍勃说道。

杰克跑到梅吉的身边，抓住了她的胳臂。

那两双灰眼睛转到一边去了。当她们看到这情形的时候，并没有感到特别慌乱和恐惧，好像什么都无须告诉她们似的。

"是帕迪吗？"菲用一种不像是自己的声音问道。

"是的。还有斯图。"

两个儿子都不敢望她。

"**斯图？斯图！你说什么？斯图？**哦，上帝啊，这是怎么了，出什么事了？不会是他们俩吧——不会的！"

"爸爸被火围住了,他死了。斯图一定是惊动了一头公野猪,它袭击了他。他向它开了枪,可是,在它垂死挣扎的时候,倒在了他的身上,把他压住了。他也死了,妈。"

梅吉尖叫了一声,挣扎了起来,试图挣脱杰克的手。可是菲却像石头人般地站在那里,鲍勃那双肮脏的、沾满血污的手抱着她。她的眼睛呆滞无光,直勾勾的。

"这太过分了。"她终于说道,抬头望着鲍勃,雨水从她的脸上流下,一缕缕的头发披散在脖子周围,就像是金黄色的涓涓细流。"鲍勃,让我到他们身边去,我是其中一个人的妻子,是另一个人的母亲。你不能让我远远地站着——你没有权利让我远远地站着。让我到他们身边去。"

梅吉一言不发,站在那里,依在杰克的怀抱中,两手抱着他的肩头。当鲍勃搂着妈妈的腰走过那片被毁灭的地方时,梅吉望着他们的背影,但是她没有跟他们去。休吉从迷蒙的雨中出现了。杰克冲着妈妈和鲍勃点了点头。

"跟他们去,休吉,和他们待在一起。我和梅吉回德罗海达把大车赶来。"他放开了梅吉,帮着她骑上了栗色牝马,"快点吧,梅吉,天快黑了。咱们不能让他们在这儿待一夜,在咱们回来之前,他们也走不了。"

要在烂泥中赶大车,或驾任何车辆都是不可能的。最后,杰克和老汤姆在两匹牵引马后面用链子拴上了一张瓦楞铁皮,汤姆骑在一匹牧羊马背上牵着它们,杰克骑马走在前面,擎着一盏德罗海达最大的灯。

梅吉留在了庄园里,坐在客厅的火前。史密斯太太极力劝她吃点东西。她泪流满面地望着这姑娘默默地忍受着这个打击,既不动也不哭。前门的门环响了起来,她转身去开门,心中疑惑到底是谁竟然能穿过这片泥泞到这里来。在各个相距遥远的庄园之间荒僻的道路上，新闻传播的速度总是让人惊讶不已。

拉尔夫神父正站在廊檐下，他浑身湿漉漉的，溅满了泥浆。他穿着骑马服和油布雨衣。

"我可以进来吗，史密斯太太？"

"啊，神父，神父！"她哭喊着，扑进了他伸出的双臂中，"你怎么知道的？"

"克利里太太给我打了电报，我非常感激一位经理兼财产所有人的好意。我不得不离开迪·康提尼-弗契斯大主教，到这里来了。妙极了！你相信我一天得把这话说上一百遍吗？我是飞来的。飞机在着陆的时候陷进了泥里，机头插进了地皮，所以，我还没有在地面上走，就知道它是什么样子了。天哪，多美丽的基里！我把箱子留在神父宅第的沃蒂神父那里，从帝国饭店老板那里讨了一匹马。他还以为我疯了呢，和我赌一瓶黑标乔尼沃克，说我根本穿不过这片烂泥。哦，史密斯太太，别这么哭了！亲爱的，世界不会因为一场火灾而完蛋的，不管这场火有多大！"他说着，微笑着拍了拍她那起伏不定的肩膀。"我在这里一个劲儿地解释，你却偏偏一个劲儿地不作声。千万别这么哭了。"

"这么说，你是不知道了。"她抽噎着。

"什么？知道什么？怎么回事——出什么事了？"

"克利里先生和斯图尔特死了。"

他的脸顿然失色，两手推开了女管家。"梅吉在哪儿？"他大声喊道。

"在客厅里。克利里太太还在围场上守着尸体呢。杰克和汤姆已经去接他们了。哦，神父，尽管我很虔诚，可有时候我忍不住想，上帝太残忍了！为什么他非夺去他们俩的生命不可呢？"

可是，拉尔夫神父站在这里只是为了知道梅吉在哪里。他向客厅里走去，边走边脱下了雨衣，身后留下了一串泥迹。

"梅吉！"他一边说着，一边走到她身边，在她的椅子一侧跪了下来，把她那双冷冰冰的手紧紧地抓在他那湿漉漉的手中。

她从椅子里滑了下来，慢慢地倒在他的怀中，头枕在他那滴着水的衬衫上，合上了眼睛。尽管她痛苦、伤心，但是她感到非常幸福，希望这一刻永远也不要结束。他来了，这证实了她对他所具有的力量，她没有想错。

"我身上湿，亲爱的梅吉，你会沾上水的。"他低低地说着，脸颊贴着她的头发。

"没关系。你来了。"

"是的，我来了，我想肯定一下，你是否安然无恙。我有一种这里需要我的感觉，我必须搞清楚。哦，梅吉，你爸爸和斯图！事情是怎么发生的？"

"爸葬身火海，斯图找到了他。他是被一头公野猪弄死的。他射中了它以后，它压在了他的身上。杰克和汤姆已经接他们去了。"

他没有再说什么，只是搂着她，轻轻地摇着，就好像她是个孩子，直到火把他的衬衫和头发的一部分烤干。由于她身体的重量，他感到有点儿发僵。这时，他用一只手托着她的下巴，把她的头托了起来，直到她仰脸望着他，但是他没有想到吻她。这是一种复杂的冲动，并不是出于他内心的愿望，而是他看到她那双灰色的眼睛中蕴藏的感情之后所产生的某种本能的冲动。这是一种生疏的、非同一般的神秘的感觉。她的胳臂悄悄地从他的胳臂下面抬了起来，扣住了他的后背。他忍不住缩了一下，但忍住没因疼痛叫出声。

她往后退了一点儿。"怎么啦？"

"一定是飞机着陆时擦伤了我的肋骨。飞机的机身陷进基里陈年的烂泥中去了，这真是一次十分笨拙的着陆。我扑在前面的座椅背上保持平衡来着。"

"来，让我看看。"

她手指沉着地解开了那件潮湿的衬衫的扣子，把衬衫从他的胳膊上褪下，又从他臀部后方拉了下来。在他那光滑的棕色皮肤上，有一条清晰而难看的紫红色斑痕，从肋骨下的一侧拉到另一侧。她屏住了呼吸。

"哦，拉尔夫！你就带着这伤一直从基里骑马来的吗？伤得多厉害啊！你觉得没关系吗？不觉得虚弱吗？你身子里也许有什么东西破裂了吧？"

"没有，我很好，没这种感觉。我急着赶到这儿，想弄清你是不是安然无恙。我想，我脑子里根本就没有把这伤当成一回事。假如我有内出血的话，我想，我早就会知道的。上帝呀，梅吉，**别碰！**"

她已经低下了头，正在用嘴唇温柔地贴着那擦伤，手掌带着一种使他心旌摇荡的感觉，顺着他的前胸滑到了他的肩头。他呆住了，感到很恐惧，想不顾一切地挣脱出来，便用力扳她的头。可不知怎的，反而紧紧地抱住了她，仿佛有一条蛇紧紧地缠住了他的意志力，使他的意志窒息了。疼痛飞到了九霄云外，教会飞到了九霄云外，上帝也飞到了九霄云外。他寻到了她的嘴，迫使它拼命地张大，想要把她得到得越多越好。为了缓和他这种如饥似渴的狂劲，他把她抱得紧得不能再紧了。她把脖子给了他，袒露出了自己的肩膀。那里的皮肤冷冰冰的，比绸子还要光滑。这情形就像是越来越深地淹没在水中，透不过气，无能为力。精神上的巨大压力几乎把他完全压垮了，感官中突然之间好像恣肆洋溢地充满了带苦味的浓酒。他想哭泣，在这致命的重负之下，继续拥抱下去的愿望渐渐地泄了劲儿。他将她搂着他那受了伤的身体的胳臂扳开，一屁股坐在自己的脚跟上，头垂在胸前，似乎在全神贯注地看着膝头上发抖的双手。梅吉啊，你对我做了些什么？要是我让你随心所欲的话，你又会对我如何呢？

"梅吉，我爱你，我将永远爱你。可我是个教士，我不能这样……我真不能这样啊！"

她很快地站了起来，拉直了她的罩衫，站在那里低头看着他，慌乱地微笑着，这只能使她眼中那失望的痛苦显得更加明显。

"好啦，拉尔夫。我要去看看史密斯太太是不是能给你搞些吃的东西，然后我给你把马匹用的涂抹剂拿来。它对促使擦伤结疤有奇效，我敢说，止痛的效力比亲吻要强得多。"

"电话能用吗？"他挣扎着问道。

"能用。他们在树上拉了一条临时线路，两三个小时以前就给我们接通了。"

但是，她走后好几分钟，他还不能使自己完全平静地坐在菲的写字台旁。

"交换台，请给我接中继线。我是德·布里克萨特神父，在德罗海达——噢，哈罗，多琳，我知道，你还在交换台。听到你的声音我也很高兴。人们永远不会知道在悉尼交换台值班的是谁，只能听见她那叫人厌烦的声音。我想给待在悉尼的教皇使节大人打个加急直通电话。他的号码是1010-2324。多琳，在我等悉尼电话的时候，请给我接一下布格拉。"

在接通悉尼之前，已经没有什么时间把发生的事详细告诉马丁·金了，但是通知布格拉方面说一句便够了。基里将从他这里，以及电话共用线上的偷听者那里知道所发生的事的，而那些敢于骑马穿越泥泞的人会赶来参加葬礼。

"是阁下吗？我是德·布里克萨特……是的，谢谢您，我已经安全抵达，但是机身已经陷在泥浆里了，我不得不乘火车返回了……是泥浆，阁下，**泥——浆**！不，阁下，这里在下雨，什么东西都寸步难行。我不得不骑在马背上从基兰博赶到德罗海达，这是下雨时唯一可试的办法……这就是我给您打电话的原因，阁下。我还是来一下好。我想,我一定是有过某种预感……是的,情况很糟糕,糟透了。帕德里克·克利里和他的儿子斯图死了,一个是在大火中烧死的,一个是被公野猪压死的……公——野——猪,大人,一头野猪……是的,您说得对,在这里不得不讲一种有点儿稀奇古怪的英语。"

通过声音微弱的电话,他能听到沿线的偷听者的喘息声,他不由得咧嘴笑了笑。你总不能冲着电话大喊大叫,让所有的人都必须挂上电话——偷听是基里向它的急于交际的公民们提供的唯一乐趣,它具有群众性——不过,只要他们挂上电话,那使节大人就会听得更清楚些了。"阁下,蒙您的允许,我将留下主持葬礼,并且确保这位寡妇和遗孤们安然无事……是的,阁下,谢谢您。我尽快赶回悉尼。"

交换台也在听着。他拍了拍电话叉杆,马上又说道:"多琳,请再接回布格拉。"他和马丁·金谈了几分钟,并且决定:由于时当8月,冬寒未去,葬礼将在后天举行。尽管遍地泥泞,还是有许多人愿意来参加葬礼,并且准备骑马到这儿来,但这是一件既缓慢又艰巨的事。

梅吉拿着马匹涂抹药回来了,但并没有替他涂抹的打算,只是默默地把药瓶递给了他。她突然告诉他,史密斯太太正在小餐厅里给他准备一餐热气腾腾的晚饭,还需一个小时,因此他还有时间洗个澡。他不安地意识到,从某种意义上来说,梅吉认为他使她大失所望了。但是他不知道她为什么要这样想,或她是从哪种角度来判断他的。她**知道**他是干什么的,为什么她要生气呢?

在朦胧的晨色中,那小小的队伍护送着遗体来到了小河旁,停了下来。尽管河水依然没有漫过两岸,但是基兰河已经变成了一条涨得满满的、水流湍急的、有30英尺深的河流了。拉尔夫神父骑着那匹栗色牝马游了过去,和他们见了面。他的脖子上围着圣巾,他的职业用品装在一个马褡里。菲、鲍勃、杰克、休吉和汤姆围站在一边。他拉下了盖着遗体的帆布,准备给他们施涂油礼。给玛丽·卡森涂过圣油之后,什么也不能使他感到恶心了。他发现帕迪和斯图的身上没有任何使人感到厌恶的地方。他们的外表都呈现出黑色,帕迪是让火烧黑的,斯图是由于窒息而发黑的,但是,那教士还是满怀着热爱和尊敬吻了他们。

那张粗糙的瓦楞铁皮拖在几匹驮马的后边,在地皮上发着刺耳的声音,蹦蹦跳跳地滑行了15英里,在泥浆地上留下了深深的沟槽。几年之后这些沟槽依然可辨,甚至在其他季节,地上长满了草的时候,依然看得出来。不过,他们似乎不能再前进了,打着漩涡的小河把他们远远地留在了它的一侧,虽然这里离德罗海达只有1英里路。他们站在那里,呆呆地望着魔鬼桉的树冠,尽管下着雨,但那些树冠依然清晰可辨。

"我有个主意。"鲍勃转身对拉尔夫神父说道,"神父,你是唯一骑着精力充沛的马的人,事情得靠你了。我们的马只能在这条小河里游个单程——它们在泥地和寒冷中奔波之后,已经没劲儿了。请你回去找几个44加仑的空汽油桶,把盖子密封住,使它们不可能漏水或松脱。如果必要的话,就把它们给焊上。我们需要12只,假如你找不到更多的汽油桶,10只也行。把它们绑在一起,带过小河来。我们把它绑在瓦楞铁皮下面,像乘驳船一样漂过去。"

拉尔夫神父二话没说,就按他的嘱咐去办了。这比他能想出的任何一个主意都要高明。迪班-迪班的多米尼克·奥鲁尔克和他的两个儿子骑马来了。他们住得不远,用不着赶许多路。当拉尔夫神父向他们讲明应当怎样做之后,他们便迅速动起手来,在羊圈里到处找空油桶。他们把油桶里贮存的糠和燕麦倒了出来。又到处找盖子,把没有生锈的、看似坚固的盖子焊到桶上。雨依然在下着,不停地下着。不再下两天是不会停的。

"多米尼克，我极不愿意求你们办这件事，不过，这些人回来之后，恐怕也都快半死了。葬礼得明天举行。虽然基里的丧仪承办人能及时地把棺材做好，可是我们根本无法把它们从这片烂泥塘里运出来。你们哪位能费心做一具棺木？我只需要一个人跟我一起游过小河。"

奥鲁尔克的两个儿子点了点头。他们不愿意看到让大火糟蹋过的帕迪或公野猪糟蹋过的斯图尔特。

"我们干吧，爸。"利亚姆说道。

拉尔夫神父和多米尼克·奥鲁尔克骑着马，把汽油桶拖在后面来到了小河旁，游了过去。

"对啦，神父！"多米尼克喊道，"咱们用不着在这该死的泥地上挖个大坟坑了！老玛丽为迈克尔在后院修大理石墓穴的时候，我常常想，为这个窝囊废她也太有点儿破费了。可是，假如她眼下就在这儿的话，我会吻她的！"

"对极啦！"拉尔夫神父喊道。

他们把汽油桶绑在了铁皮的下面，一边绑六个，将帆布蒙在上面，捆紧，用绳子把它们套在游水而过的、筋疲力尽的牵引马身上。那绳子最终会拉着这筏子走的。多米尼克和汤姆跨着那两匹大牲口，在德罗海达一侧岸边和制高点上停了停，回头望着。这时，那些人仍然孤立无援地钩住那只临时拼凑而成的筏子，往岸边推着，猛地推进了河中。驮马开始举步了。当筏子漂起来的时候，汤姆和多米尼克尖声吆喝着马。筏子跳动颠簸得十分厉害，但是它浮动着，有足够的时间把它平平安安地拉过来。与其把这个临时凑成的筏子拆散，倒不如不拆散，索性让两位驭手赶着他们的马顺着通向大宅的路走下去。铁皮在汽油桶上颠动比没有汽油桶垫着要好得多。

在通往堆满了羊毛包的剪毛棚一侧的大门前有一道大坡，于是，他们便把筏子和它所载运的东西放进了一间柏油味、汗味、羊毛脂味和粪便的臭气味冲鼻的大屋子里。明妮和凯特裹着油布雨衣从大宅到这边来守第一班灵。她俩分别跪在铁棺材架两侧,念珠串在咔咔地响着,念经的声调抑扬顿挫。她们很清楚,得不遗余力地追念死者。

宅第里面挤满了人。邓肯·戈登从伊奇-乌伊斯奇来了,加里兹·戴维斯从奈仁甘来了,霍里·霍普顿从比尔-比尔来了,伊登·卡迈克尔从巴科来了。老安格斯·麦克奎恩搭了一辆当地的货车,和汽车司机挤在一起到了基里。在那里,他向哈里·高夫借了一匹马,并且和他一起骑马赶来了。一条路走不通,他们便再换一条路,足足在烂泥浆里走了200英里。

"我饥肠响如鼓了,神父。"七个人在小餐厅里坐定,吃起了肉片腰子馅饼之后,霍里对教士说道。"大火在我那里从这头烧到了那头,几乎没剩下一只活着的羊和绿色的树了。我只好说,前几年年景不错,真是幸运啊。再重新进货我还付得起钱。要是雨能继续下的话,草地会很快恢复起来的。不过,神父,但愿老天爷保佑我们在下一个十年中避免另一次天灾吧,因为我不会再有积蓄对付另一次天灾了。"

"喂,霍里,你的损失比我小。"加里兹·戴维斯说道,他显然带着大享其乐的神态切着史密斯太太做的又轻又薄的馅饼。一连串的灾难也绝不会长时间地使黑壤平原的人胃口不佳的。戴维斯需要用食物来满足他的胃口。"我估计,我的土地大约一半受到了损失,也许还有三分之二的绵羊。真是倒霉透顶,神父,我们需要你的祈祷。"

"唉,"老安格斯道,"神父,我的损失没有小霍里和加里[1]那么大,可是也够糟心的了。我的土地损失了6万公顷,我的小绵羊损

---

[1] 加里兹的爱称。

失了一半。这年头儿就是这样,神父,这真使我希望自己像个年轻小姐那样,不离开悉尼就好了。"

拉尔夫神父微微一笑。"这是个过时的愿望啦,安格斯,这你自己很明白。你离开悉尼的理由和我离开克伦纳玛拉的理由是一样的。那地方对你来说太小了。"

"唉,别提啦。石南是不会像桉树那样引起这样一场大火的,对吗,神父?"

这将是一个奇特的葬礼,拉尔夫神父一边四下看着,一边想道。仅有的女宾就是德罗海达的女人们,因为全部外来的送葬者都是男人。在史密斯太太给菲脱了衣服,擦干了身子,把她安顿到她和帕迪合用的那张大床上之后,拉尔夫给她服了一剂剂量很大的鸦片酊。菲拒绝喝那剂药,歇斯底里地哭泣着。他捏着她的鼻子,把药无情地倒进了她的嗓子眼儿。有意思的是,他根本就没想到她的精神已经垮下来了。药很快就发生了作用,因为她已经有24个小时粒米未沾牙了。当发现她已经沉沉睡去时,拉尔夫也安心地休息了。他一直在注意着梅吉,眼下,她正在厨房里帮助史密斯太太做饭。男孩子们全都上了床,他们疲惫至极,连潮湿的衣物都没来得及脱便垮下来了。尸体被安放在一个无人居住、笼罩着悲伤气氛的地方。明妮和凯特已经完成了分配给她们的、风俗习惯所要求的守灵差使,加里兹·戴维斯和他的儿子伊诺克接了班。其他的人一边吃饭、说话,一边自行排了班,每班一小时。

年长的人在餐厅吃饭的时候,年轻人都不在场。他们都在厨房里做出一副给史密斯太太帮忙的样子,其实全都在盯着梅吉。拉尔夫神父发现了这一情形,他觉得既苦恼又宽慰。哦,她肯定要在他们中间挑选丈夫的,她不可避免地要这样做。伊诺克·戴维斯29岁,是个"黑色的威尔士人",这就是说,他长着一头黑发,眼睛特别黑,是个漂亮的小伙子;利亚姆·奥鲁尔克26岁,头发黄中带红，蓝眼睛，和他那25岁的弟弟罗利十分相像；康纳·卡迈克尔和他妹妹长得一模一样，他年龄大一些，32岁了，虽然有点傲慢，但相貌着实英俊。要是依着拉尔夫神父的意思在这群人里挑选的话，他中意于老安格斯的孙子阿拉斯泰尔。他和梅吉的年龄最接近，24岁，是个多情的小伙子，长着和他祖父一样的苏格兰人的眼睛，头发已经呈灰白色了，这是他的家族的特征。让她和他们之中的一个相爱，结婚，得到她朝思暮想的孩子吧。哦，上帝啊，我的上帝，倘使你能为我办到这一点的话，我将很高兴地承受爱她的痛苦，十分高兴……

棺材上没有覆盖鲜花，小教堂四周的花瓶也都是空的。那可怕的火的热浪所过之处——这火是两天前刚刚被大雨浇灭的——还有什么花能幸存下来呢？它们全都像被踩躏过的蝴蝶一样，纷纷落在烂泥之中。甚至连一株问荆或一枝早开的玫瑰都没有。而且大家全都累了，疲乏至极。那些为了表示对帕迪的热爱而在泥泞的道路上远途赶来的人累了；那些运回尸体的人累了；那些拼命地做饭、打扫卫生的人累了；拉尔夫神父已经累得好像觉得是在梦游似的；菲那绝望、苍白的脸上，两眼黯然失神；梅吉带着一副悲愤交集的脸色；聚在一起的鲍勃、杰克和休吉陷入了共同的哀伤……

他没有讲什么颂辞。马丁·金代表全体到会的人简短地讲了几句，随后，教士马上就做了追思弥撒。他理所当然地带着他的圣餐杯、圣餐和一条圣带，因为当一个教士去对人施以安慰或帮助的时候，不带这些东西他就无法活动。但是，他没有带法衣，而这幢房子里也没有这东西。可是老安格斯在路上的时候，曾到基里的神父宅第绕过一个弯子，在油布雨衣裹着的马褡里装了一件参加追思弥撒用的黑丧服。于是，他便在雨水噼噼啪啪地打着窗户，咚咚地敲着二层楼上的铁皮房顶的声响中，合乎体统地装束了起来。

随后，他就走了出去，走到了令人凄然的雨中，穿过完全被热浪烤成了棕色的、枯萎的草坪，向围着白栅栏的墓地走去。这一次，抬棺者们都愿意把那朴素的长方形箱子扛在肩头了。他们在泥地上一步一滑地走着，雨水扑打着他们的眼睛，他们竭力想看清前进的方向。中国厨子坟上的那些小铃铛单调乏味地响着。

葬礼进行完毕，一切安排妥当。送葬者们骑上他们的马启程了。他们那油布下的脊背都驼着，有些人不胜凄怆地望着那一片被毁灭的景象，而另一些人则为他们能幸免一死，逃脱了火灾而谢天谢地。拉尔夫神父把他那几样东西收拾了起来，他明白，趁他还能走的时候，他必须走。

他走去看望菲，她坐在写字台旁，低头呆呆地盯着自己的双手。

"菲，你会平安无事的吧？"他坐在能够看到她的地方，问道。

她转向了他，她的内心显得如此平静、冷漠，使他感到害怕。他闭上了眼睛。

"是的，神父，我会平安无事的。我还有那些账簿，还有五个儿子——如果算上弗兰克的话，是六个。不过，我想我们不能把弗兰克算在内了，对吗？为那件事，我对你感激不尽。得知你的人在照看着他，使他稍微安心地生活下去，真是一个安慰。哦，要是我能看看他就好了，哪怕就一次！"

她就像是一座灯塔，他想道，每一次那强烈的感情——这感情多得无法容纳——在她的心中复苏的时候，都要闪出哀痛之光。这是一道炫目的闪光，随后便是长时间的寂灭。

"菲，我希望你能考虑一些事情。"

"哦，是什么？"她的闪光又熄灭了。

"你在听我说话吗？"他厉声问道，心里感到担忧，感到一种比刚才更强烈的、突如其来的恐惧。

有好一阵工夫，他以为她深深地遁入了自己的内心世界，就连他那严厉的声音也无法穿透。可是，那灯塔又一次闪出了耀眼的光，她双唇翕动着。"我那可怜的帕迪！我那可怜的斯图尔特！我那可怜的弗兰克！"她凄凄切切地说着，然后又恢复了那钢铁般的自我控制力，仿佛她已经下定决心使那熄灭的周期延续下去，在她的有生之年不再闪光了。

她的眼睛茫然地在房间里扫视着。"是的，神父，我正在听着。"她说道。

"菲，你的女儿怎么办呢？你想到你还有一个女儿吗？"

那双灰色的眼睛抬了起来，望着他的脸，几乎带着一种怜悯的表情盯着他。"任何一个女人都会想到这一点吗？什么是一个女儿？她只能使你回想起痛苦。她只是一个人年轻时的变体，将丝毫不差地重蹈另一个人的覆辙并且哭得泪流满面。不，神父。我竭力忘掉我有一个女儿——倘若我真的想到她，也是把她当作我的一个儿子。做母亲的只记得她的儿子。"

"你会哭得泪流满面吗，菲？我只见你流过一次眼泪。"

"你再也不会见到了，因为我永远不会再有泪水了。"她的整个身子都在战栗着，"神父，你想了解一些事情吗？两天以前，我才发现我是多么地爱帕迪，就好像我终生都在爱着他似的——太晚了。对他来说太晚了，对我来说也太晚了。要是你能明白我多么希望能有一次机会，把他搂在我的双臂之中，对他说我爱他，该有多好啊！哦，上帝，我希望没有人遭受过我这样的痛苦！"

他移开了眼光，不去看那突然之间神态大变的脸庞，给她时间以恢复平静，也给自己时间以理解这位谜一般的人。这人就是菲。

他说："其他任何人都不曾体会过**你的**痛苦。"

她的一边嘴角抬了抬，露出了一丝严峻的微笑，"是的，这是一种安慰，对吗？这也许没有什么可值得羡慕的，但我的痛苦是**我的**。"

"菲，你能答应我一些事情吗？"

"说吧。"

"你要照顾梅吉,不能忘记她。让她去参加地方上的舞会,认识几个小伙子,鼓励她多想想自己的婚姻大事和建立一个自己的家庭。今天,我看见所有的小伙子都盯着她。给她机会,让她在比这更欢快的气氛中和他们相见。"

"不管你怎么说,都依你吧,神父。"

他叹了口气,便随她去望着自己那瘦小而又惨白的手出神发愣了。

梅吉跟他来到了马厩。帝国饭店老板的那匹栗色骟马已经用草料和麸子填饱了肚皮,在这马的乐园里待了两天。他把饭店老板的那副旧马褡扔到了马背上,弯下腰系紧了马肚带和马褡的绳扣。这时,梅吉靠在一大捆稻草上,望着他。

"神父,看看我发现什么啦。"当他紧完马褡,直起腰来的当儿,她说道。她伸出了一只手,手中有一朵浅粉色的玫瑰花。"这是唯一的一朵了。我在水箱架下面的树丛背后找到的。我想,它没有受到大火热气那么厉害的烘烤,又受到了遮掩,没叫大雨淋着。所以,我为你把它采来了。这是能让你记住我的东西。"

他从她手中接过了那半开的花,他的手无法保持平静。他站在那里低头看着那朵花。"梅吉,我用不着再记住你了,现在用不着,永远用不着。你就在我的心里,这你是知道的。我无法对你掩藏这种感情,对吗?"

"可有时候,看得见摸得着的纪念品还是需要的,"她固执地说道,"你可以把它带走,看着它,当你看到它的时候,它会提醒你,要不然你可能会把所有的事都忘掉。请带上它吧,神父。"

"我叫拉尔夫。"他说道。他打开了自己那小小的圣餐盒,将那本装订着珍贵的珍珠母的大部头弥撒书取了出来,这是属于他个人的财产。这东西是 13 年前他的亡父在他接受圣职的时候送给他的。书页在夹着一条又厚又大的白缎带处打开了,他又翻过几页,把玫瑰花放在里面,用书把它夹了起来。"梅吉,你也想从我这儿得到一件纪念品,是吗?"

"是的。"

"我不会给你的。我希望你把我忘掉,希望你在自己周围的世界多看看,找一个好男人,嫁给他,得到你如饥似渴地想得到的孩子。你是个天生的母亲。你千万不要苦苦地恋着我,这是不对的。我永远不会离开教会。为了你的缘故,我要对你完全打开天窗说亮话。我不想离开教会,因为我对你的爱和一个丈夫将给予你的爱是不一样的,你明白吗?忘掉我,梅吉!"

"你不愿意和我吻别吗?"

他的回答是翻身骑上了饭店老板的栗色马,还没来得及把老板的毡帽戴到自己的头上,便驱马向门口走去。须臾间,他那双湛蓝的眼睛闪动着亮光,随后,马儿便走进了外面的雨地中,不情愿地打着滑走上了通往基里的道路。她并没有打算去追赶他,只是待在阴暗、潮湿的马厩里,呼吸着马粪和草料的气味。这使她想起了新西兰的谷仓和弗兰克。

30个小时之后,拉尔夫神父走进了教皇使节的房间。他穿过房间,吻了吻主人的戒指,便疲乏地一屁股坐在了椅子上。只是当他感到主教那双慈爱的、洞察一切的眼睛在盯着他的时候,他才发觉他的外表一定很特殊。难怪在中心站下火车的时候,那么多人都盯着他看呢。他根本就没想起沃蒂·托马斯神父替他在神父宅第里保管的那只箱子,便在差两分钟就要发车的时候登上了夜班快车。他在冰冷的车厢里穿着衬衫、马裤和靴子走了600英里。衣服湿透了,但他根本就没觉得冷。于是,他带着沮丧的微笑低头看了看自己,然后走到了主教的身边。

"对不起,阁下。出了许多事情,我根本就没想到我的这副怪样子。"

"不用抱歉，拉尔夫。"和他的前任不一样，他愿意叫他秘书的教名，"我觉得你的样子非常浪漫，也很帅。只是有点儿太世俗化了，你同意吗？"

"不管怎么样，确实是有些太世俗化了。至于说到浪漫和帅，阁下，这只是因为您还没怎么见过基兰博地区常穿的服装。"

"亲爱的拉尔夫，倘若你突然决定穿戴灰溜溜的粗麻袋布衣服，那你就是在想方设法使自己显得既浪漫又帅！骑装和你很相配，而且，实际上也是这样的。祭司的法衣也差不多是这样，你无须费力告诉我，你只是把它当作教士的黑色服装，而没有察觉到它和你十分相配。你有一种特殊的令人动心的力量，十分迷人。你仍然保持着你那匀称的身段。我认为你一向是愿意如此的。我还想，在我被召回罗马的时候，我将带你和我同行。看到你置身于我们那些又矮又胖的意大利高级教士之中，一定会使我大大开心，就像一只漂亮整洁的猫站在一群受惊吓的肥鸽子中间。"

罗马！拉尔夫神父从椅子上站了起来。

"这很糟糕吗，我的拉尔夫？"主教接着说道。他那只戴着戒指的、温柔的手在抚摸着他那只心满意足地咪咪叫着的阿比西尼亚猫的光滑后背。

"糟透了，阁下。"

"这里的人，你是很喜欢他们的。"

"是的。"

"你是同样热爱他们大家呢，还是对其中一些人的爱超过另外一些人？"

可是，拉尔夫神父至少和他的主人一样聪慧，现在，他跟着他主人的时间已经足以使他知道主人的头脑是如何想的了。于是，他用一种使人迷惑的诚实态度，一个他发现能够立即麻痹这位大人的神经的诡计，避开了这个滑头的问题。那难以捉摸的、狡猾的头脑根本就没想到，一种外表的坦率也许比任何一种借口都更虚伪。

"我确实热爱他们大家，但是，正如您所说，我对某些人的热爱要超过对另外一些人的热爱。我最爱的是一个叫梅吉的姑娘。我总觉得我对她有一种特殊的责任，因为这个家庭是如此唯儿子马首是瞻，忘记了她的存在。"

"这个梅吉有多大？"

"我说不太准。哦，我想，大概有二十岁吧。不过，我已经让她母亲答应，从她那些账簿里抽出身来，用充足的时间保证这姑娘能参加几次舞会，认识几个小伙子。寸步不离德罗海达会使她虚度光阴，这是一种耻辱。"

除了讲实话以外，他没有多说一句。主教那难以言喻的、灵敏的嗅觉马上就发现了这一点。虽然他只比他的秘书大三岁，但是他在教会生涯中所受的挫折没有拉尔夫多。不过，他觉得自己在许多方面都比拉尔夫要老辣得多。梵蒂冈扼杀了一些生气勃勃的精干之才，如果这些人才华早露的话。而在拉尔夫身上这种灼灼才华是绰绰有余的。

不知怎的，他的戒备之心松弛了下来，继续望着他的秘书，继续着这个探究拉尔夫·德·布里克萨特神父性格成因的有趣把戏。起初，他确信这里面有耽于肉欲而表现软弱的问题，不是在这方面，就是在另一方面。那极其漂亮的外表和与之相称的身材肯定会使他成为许多人情欲的目标。这种事太多，对于保持清白是不利的。随着时间的推移，他发现自己只看对了一半。毋庸置疑，这种事情他是能意识到的，可是，主教开始确信拉尔夫确实是清白无辜了。因此，不管拉尔夫神父热衷于什么事，都不存在着肉欲的问题。如果说拉尔夫有搞同性恋的嫌疑的话，那么，他曾经让这位教士和一些熟练的、不可救药的同性恋者在一起待过，但并没有产生什么效果。在这个地方，他曾看到这位教士和一些最漂亮的女人在一起，也没有产生什么效果。拉尔夫没有一丝产生兴趣或情欲的迹象,甚至在他根本没有发觉自己被监视的情况下,也没有这种迹象。主教不能总是亲自去观察的,可是当他雇用狗腿子去干这事的时候,是不通过秘书去办的。

他开始认为拉尔夫神父的弱点是作为一名教士的傲慢和野心勃勃,这二者作为个人性格的一部分,他是能理解的,因为他本人就具备这两个特点。和其他所有的伟大而不朽的机构一样,教会能够为抱负远大的人提供职位。流言蜚语传说,拉尔夫神父欺骗了他声称他极其热爱的克利里家,夺去了他们拥有充分权利的遗产。如果他确实是这样的话,倒是值得把这个人紧紧掌握在自己的手中。当他提到罗马的时候,那双漂亮的蓝眼睛简直冒出了火花!也许,再使一个锦囊妙计的时候到了。他懒洋洋地抛出了一个能勾起交谈的话引子,不过,他那耷拉着的眼皮下的双眼却十分敏锐。

"拉尔夫,在你离开的时候,我从梵蒂冈方面获悉了一些新闻,"他说着,轻轻地放下了那只猫,"我的谢芭,你太自私了,把我的腿都弄麻了。"

"噢?"拉尔夫坐到了椅子上,他强睁着眼睛。

"是啊,你该上床睡觉了,不过,在你没有听到我的新闻之前还不能睡。不久以前,我给教皇寄了一封私人的信件。今天,我的朋友蒙泰沃迪主教给我带来了回信——我搞不清他是不是文艺复兴时代音乐家的一位后裔[①],我见到他的时候,怎么就没问一问呢?哦,谢芭,你高兴的时候,就非得用爪子刨来刨去吗?"

"我正在听呢,阁下,我还没睡着。"拉尔夫神父笑了笑,说道。"难怪您这样喜欢猫呢。您自己就像猫,为了自己开心而折磨着捕得

[①] 文艺复兴时代意大利有一位小提琴家、歌剧作曲家叫格劳迪奥·蒙泰沃迪(1567—1643),因为他的名字与蒙泰沃迪主教一样,故教皇使节联想到他是音乐家的后裔。

的食物。"他"啪"地打了一声响指,"喂,谢芭,离开他,到我这儿来!他太凶了。"

那只猫马上就从那紫红色的衣摆上跳了下来,穿过地毯,轻巧地跳上了教士的膝头,摇着尾巴站在那里。它嗅出了马和泥浆的陌生气味,便发起愣来。拉尔夫那双蓝眼睛带着笑意望着主教那棕色的眼睛,那双眼睛半闭着,但非常警觉。

"你是怎么办到这一点的呢?"大主教问道,"一只猫是决不会到任何人那里去的,可是谢芭却到你那里去了,就好像你给它喂了鱼子酱和缬草似的。忘恩负义的东西!"

"我在等着,阁下。"

"而你用这个来惩罚我,把我的猫从我这儿引走了。好吧,你赢了,我输了。你以前输过吗?这是一个有趣的问题。亲爱的拉尔夫,得向你祝贺啊。将来,你会戴上主教冠,穿上长袍,被称为阁下的,德·布里克萨特主教。"

这话一下子使那双眼睛睁圆了!他喜形于色了。这回拉尔夫神父没有打算掩饰或隐瞒自己的真实感情。他真正笑逐颜开了。

第四部

Four
1933—1938
Luke

1933—1938

卢　克

Four
1933—1938
Luke

10

　　土地恢复的速度之快真叫人吃惊：没出一个星期，绿色的小草芽便钻出了黏糊糊的泥淖。不到两个月，被炙烤一干的树木便逐渐长出了叶子。如果说这里的人们坚忍不拔、恢复力强的话，那是因为在这片土地上他们不这样就别无出路。那些心脏虚弱或缺乏一股坚韧忍耐力的人在大西北是待不久的。但要使这累累伤痕逐渐消失，尚需数年的时间。疮痍斑驳的树干必须长满树皮才能再呈现出白色、红色或灰色，而一部分树木则再也不能获得新生，成了树干焦黑的死木。几年之后，朽解的残骨剩骸就像易逝的露水一样，随着时间的流逝而消失，逐渐被掩盖在尘土和来往的细碎蹄印下面。知道这段故事的流浪者将指着泥浆地上留下来的那道从德罗海达延伸到西边的、被临时尸体架拉出的轮廓鲜明的深槽，给不知道这段故事的流浪者看，直到这段故事变成黑壤平原口头传说的一个组成部分。

　　在这场大火中，德罗海达大概有五分之一的土地受到了损失，并且损失了 25 000 只绵羊，对一个由于近几年年景好而在邻近地区储存着 125 000 只绵羊的牧场来说，这个损失微不足道。抱怨命运的刻薄，或上帝的天罚是毫无意义的，那些受害者愿意把它当作一场自然灾害。唯一要做的事就是减少亏损，重新开始。这种情况并不是第一次，谁也无法断定它就是最后一次。

　　但是，德罗海达的花园却由于花的活力受到了严重的摧残而显得光秃秃的，一片褐色。仰仗着迈克尔·卡森的那些水箱，在大旱之年这些花园尚能幸存下来，然而在一场大火中一切都无法幸存。甚至连紫藤都不开花了。当大火烧来的时候，那刚刚成形的一丛一簇柔嫩的蓓蕾便枯萎了，玫瑰花卷曲了，三色堇枯死了，紫罗兰变成了一堆深棕色的乱七八糟的东西，背阴处的晚樱已经凋谢，不会再恢复活力了，满天星在火中窒息而死，香豌豆藤已经枯萎，香气杳然。火灾期间从水箱里放出的水被随之而来的暴雨所提供的水取代，因此，德罗海达的每一个人都牺牲了他们或多或少的业余时间，帮助老汤姆把花园恢复起来。

鲍勃决定继续执行帕迪曾提出的增加人手管理德罗海达的方针，又多雇了三个牧工。玛丽·卡森的方针是，不雇用非克利里家族的男人做长期工，宁愿在聚集羊群、接羔和剪毛的时候雇用额外的人手。但是，帕迪觉得，当人们知道他们有永久性的工作时，是会干得更卖力的，而且长期雇用也不会造成什么太大的差别。长期以来，大部分牧工都是脚板痒痒，在哪儿也待不长。

小河背后稍远处的新房子是有家室的男人居住的。在马圈后面的一棵胡椒树下，老汤姆得到了一幢崭新整齐的三开间小屋。每当他走进这幢房子时，都要带着一种主人的喜悦咯咯地笑上一阵。梅吉继续照料近处的围场，她母亲还是负责那些账簿。

菲把帕迪与拉尔夫主教通信的任务接了过来，可是菲除了告诉他有关牧场管理的事务以外，什么情况都不对他讲。梅吉渴望能拿到他的信件，贪婪地看一看，可是，菲却不让她得到这种机会。菲一搞清他的信件的内容便马上把信锁进一个铁箱子里。由于帕迪和斯图已经去世，菲什么事也不挂在心上了。至于梅吉的事，拉尔夫主教前脚走，菲后脚就把自己的诺言忘到了九霄云外。梅吉婉言谢绝了一些舞会和宴会的邀请。菲发觉了这一点，但从来没有规劝过她，或告诉她应该去参加。利亚姆·奥鲁尔克抓住一切机会驾车到这里来；伊诺克·戴维斯总是打电话；康纳·卡迈克尔和阿拉斯泰尔·麦克奎恩也是这样。可是，对他们之中的每一个人梅吉都是三言两语地打发了，一心想使他们丧失对她的兴趣。

这年夏天雨水很足，但是还不至于引起一场洪水。地面上总是一片烂泥，长达1000英里的巴温-达令河水又深又宽，水势汹涌。冬天来到的时候，继续下着零星小雨，天上飞过的褐色云片是由水构成的，而不是尘土。因此，由于经济萧条而在这条道路上到处游荡的人逐渐减少了。因为多雨的季节里在这条路上流浪是糟糕透顶的，湿冷交加，肺炎在那些无法在温暖的隐蔽处睡觉的人中间十分猖獗。

鲍勃担起心来。他说长此以往，羊群会发生腐蹄疫的。美利奴绵羊待在过潮的地上，肯定会生蹄病。剪羊毛更是办不到了，因为剪毛工不会碰那些浑身透湿的羊。而且，除非在接羔前烂泥能变干，否则，在潮湿的地面上、寒冷的空气中，许多羊羔都会死掉。

两长一短的电话铃声是德罗海达的电话，菲应答着，转过身来。
"鲍勃，是AML公司打给你的电话。"
"哈罗，吉米，我是鲍勃……是的，对……哦，好呀！证明书都弄妥了？对，让他来见我……对，如果他真有这么好的话，你可以告诉他，他也许会找到工作的，不过，我还是想亲眼见见他；我不愿意不见兔子就撒鹰，也不相信证明书……对，谢谢。唔，唔。"

鲍勃又坐了下来。新牧工要来了，据吉米说，是个好样的。在西昆士兰平原的朗里奇和查尔威尔附近干过活儿。还是个好牲口商。证明书写得很好，人也实在。凡是四条腿、一条尾巴的，他都能骑。他曾经驯过马。在这之前是个剪毛工，是个好手。吉米说，他一天能剪一百多只。正是这一点让他有点怀疑。为什么一个剪羊毛的好手情愿拿牧工的工资？出色的剪毛工为了马鞍而放弃羊毛剪是不太常见的。不过,他的接羔叉用得很熟吗?

随着岁月的流逝,鲍勃说话的调子变得更慢,澳大利亚味儿也更重了。不过,为了弥补这一点,他说的句子变短了。他已经快30岁,而使梅吉大为失望的是,在他们为了面子而不得不去参加的为数不多的几次喜庆活动上,他丝毫没有对任何一个合适的姑娘动心的迹象。在这件事上他腼腆至极,然而在另一方面,他似乎完全迷上了这片土地,一心一意地爱着它。杰克和休吉年龄越来越大,也更像他了。确实,当他们三个人一起坐在一把硬大理石长椅上的时候,会被人当成三胞胎。在大理石椅上坐一坐是他们在家中最舒适的消遣。实际上,他们宁愿在外面的围场上野营,而在家睡觉的时候,愿意四仰八叉地躺在他们卧室的地板上,害怕床会把身子睡软。太阳、风和干旱使他们的头发褪了色,长满雀斑的皮肤变得像一种杂色斑驳的红木,蓝色的眼睛闪着暗淡而平静的光,凝望着远方,凝望着银黄色的草地,眼角刻着深深的皱纹。要说出他们的年龄,或谁最大,谁最小,简直是不可能。他们个个都生着帕迪那罗马人式的鼻子和宽阔亲切的脸庞。但他们的身材都比帕迪壮实,这是多年弯着腰、伸着胳臂剪羊毛造成的。但是,他们都有着体魄清瘦、从容大方的骑手的健美。然而,他们并不渴望女人、舒适和生活乐趣。

"新来的人结婚了吗?"菲用尺子和红钢笔画着整齐的线,问道。

"不知道,没问。明天他来的时候就知道了。"

"他怎么到这儿来?"

"吉米打算开车送他来,他们还得去看看坦克斯坦德的那些老阉羊。"

"哦,希望他能待一段时间。要是他还没有家室,我想过几个星期他就会走的。可怜的人,这些牧工。"菲说道。

詹斯和帕西正在里弗缪学院寄读。他们发誓,只要一到14岁这个法定年龄,一分钟也不在那里多待。他们渴望着和鲍勃、杰克、休吉一起奔驰在围场上的那一天；渴望着德罗海达再次由家里的人自己经营，而外来者随他们自由来往。尽管他们也继承了这个家庭好读书的热情，但是他们一点儿也不喜欢里弗缪学院。书若是放在马褡里或夹克的口袋里，午后在芸香树的树荫下阅读，那会比在耶稣会学校的教室里阅读要令人愉快得多。寄宿学校对他们来说是一个艰苦的过渡时期。那大窗户的教室、宽阔翠绿的操场、姹紫嫣红的花园和各种各样的设施对他们来说毫无意义。他们对悉尼和城里的博物馆、音乐厅、美术馆也毫无兴趣。他们和其他牧场主的儿子交朋友，在空闲时间里他们就会想家，或是以夸耀德罗海达的辽阔、壮观去唬人，听者大为惊叹，但又深信不疑。伯伦河汇合点以西的任何人都听说过巨大的德罗海达。

几个星期过后，梅吉才见到这个新来的牧工。他的名字卢克·奥尼尔被正式地记入了花名册，并且比其他牧工们更经常被大宅里的人提及。他拒绝住在牧场新手的工棚里，而是住进了小河那边的最后一幢空房子里。还有一件事，他对史密斯太太做了自我介绍，并且取得了这位太太的好感，尽管她平日并不把牧工们放在心上。早在遇到他之前，梅吉就对这个人感到十分好奇。

由于她宁愿把她的栗色牝马和黑色骟马放在马厩里，也不愿意放在牲畜围场里，而且早晨的时候常常不得不比男人们动身晚，所以，她通常很长时间碰不上任何一个雇来的男人。但是，在一个夏日的傍晚，树枝梢头残阳如血，长长的阴影逐渐没入悄然而至的夜色中的时候，她终于见到了卢克·奥尼尔。她正从鲍尔海德返回，从可以涉水的地方越过小河，而他正从东南方向过来，往远处去，也在那可以涉水的地方过河。

太阳正迎着他的眼睛，所以，他还没看见她，她就看到他了。他骑着一匹高大的栗色烈马，这匹马黑鬃，黑尾，黑蹄。她非常了解这匹马，因为她的工作就是负责让那些干活的马循环使用。她正感到奇怪，为什么这几天不常见到这匹独特的牲口呢。男人们都不喜欢它，要是没人帮一把的话，从来不骑它。显而易见，这个新牧工却根本没把它放在心上。当然，这就说明他骑得了它。它是一匹能把骑手猛然摔在地上的烈马，赫赫有名，并且还有骑手下马的时候猛咬骑手头部的习惯。

当一个人骑在马背上的时候，很难说出他的身高，因为澳大利亚牧工用的是一种将美国式鞍子后面弓形部和鞍头高度减低的小英国鞍。骑马的时候两膝弯着，身子笔直。新来的人似乎很高，不过有的人往往只是躯干高而已，两腿却短得不相称，所以，梅吉对她的判断是有保留的。可是，他和大部分牧工不一样，喜欢穿白衬衫和白色的厚毛头布裤，而不是灰法兰绒和灰斜纹布的衣服。有点像花花公子，她下了判断，真可笑。要是他不怕烦勤洗熨的话，那就祝他顺利吧。

"你好，太太！"当他们碰头的时候，他摘下了那顶灰色的旧毡帽，又像个浪子似的扣在了后脑勺上，喊道。

梅吉退到了一边。他那双含笑的蓝眼睛带着毫不掩饰的赞赏望着她。

"哦，你肯定不是女主人，那你一定是这家的女儿喽，"他说道，"我是卢克·奥尼尔。"

梅吉含含糊糊地应付了几句，不愿意再看他了。她又慌乱，又生气，以至于想不出什么恰如其分的、轻松的对话。哦，这太不公平了！怎么还有其他人的眼睛和脸庞竟然和拉尔夫神父一样！不过，他看她时的样子和拉尔夫神父不一样：那笑容是他自己所特有的，没有燃烧着对她的爱。她头一眼看见拉尔夫神父蹲在基里车站广场的尘土中时，梅吉就在他的眼中看到了爱。她直视着**他的**眼睛，却看不见**他**！这真是一个无情的玩笑，一种惩罚。

卢克·奥尼尔没有发觉他同伴的种种思绪。他们溅着水花跨过小河，尽管水花如雨，但他们仍然走得很猛。他让他那匹顽劣的栗色马和梅吉那匹娴静的牝马并辔而行。她是个美人，没错！瞧那头发吧！克利里家的男人一律是红头发，这个小家伙的头发也带着几分红。要是她抬起头来，让他有机会看看她的脸该多好呀！恰在此时，她抬起头来。一看到她的脸，他的眉头皱了起来，感到大惑不解。她好像并不讨厌他，这是没错儿的，可是她好像竭力想看到什么而又看不到，或好像看到了什么，但又希望没看到。反正是诸如此类的表情。不管怎么样，这似乎使她心烦意乱。卢克不善于被女人掂量来掂量去，让人家找弱点。自然，他被她那宛如落日一样金红的头发和柔媚的眼睛迷住了。不过，只是由于她的不快和扫兴才使他来了兴趣的。她依然在望着他，樱口微张，由于天热，上唇和额前的汗珠在闪着光，金红色的眉毛因为在纳闷地探求着什么而皱了起来。

他咧嘴一笑，露出了和拉尔夫神父一样的又大又白的牙齿。但是那微笑和拉尔夫神父不一样。"你知道你看起来就像个孩子吗？真是像啊！"

她转开了目光。"对不起，我没打算盯着你看的。你使我想起了一个人，就是这样。"

"随你盯着看吧。这总比看着你的天灵盖要强，尽管那样也许更好些。我使你想起了谁？"

"不是个什么了不起的人。只不过看到某个人这样熟悉，又是这样不熟悉，感到奇怪罢了。"

"你叫什么名字，年轻的克利里小姐？"

"梅吉。"

"梅吉……不够体面，和你一点儿都不相称。我倒宁愿你叫个比琳达或麦德琳之类的名字，不过，假如梅吉是你非叫不可的最好的名字，我就这么称呼吧。梅吉是什么的缩称——梅格丽特？"

"不，是梅格安。"

"啊,这个名字就体面得多了!我就叫你梅格安吧。"

"不,不行!"她气冲冲地说道,"我讨厌这个名字!"

可他只是大笑着。"你太有自己的特点了,年轻的梅格安小姐。你要知道,假如我想管你叫尤丝塔西娅、索芙洛妮亚或奥格斯塔的话,我就会这样叫的。"

他们已经到了牲畜围场。他滑下了他的栗色马,在它张口想咬他时,对它脑袋来了一拳,这一下就把它制服了。他站在那里,显然是在等她把手伸给他,好让他帮她下马。可是她却用脚跟碰了碰那匹栗色牝马,顺着道路继续走了下去。

"漂亮的小姐不可以和普通的老牧工待在一起吗?"他在她身后喊道。

"当然不!"她连身都没转地答道。

哦,这太不公平了!就连他两腿站在那里的样子都像拉尔夫神父。一样高的个子,一样宽的双肩,一样窄的髋部,而且,那股潇洒劲也多少有些相同,尽管从事的职业不同。拉尔夫神父走起路来像个舞蹈家,而卢克·奥尼尔像个运动员。他的鬈发也是那样浓密,那样黑,他的眼睛也是湛蓝湛蓝的,他的鼻子也是那样优美而笔直,他的嘴型也是那样完美无瑕。然而,只有一点他和拉尔夫神父不一样:拉尔夫神父像一棵魔鬼桉,是那样高大,那样雪白,那样气派堂皇;而他则像一棵蓝桉,但也是那样高大,那样雪白,那样气派堂皇。

从那次邂逅之后,梅吉总是注意听着对卢克·奥尼尔的看法和传闻。鲍勃和男孩子们对他的工作很满意,似乎和他处得也不错。显然,他身上没有懒筋,鲍勃是这样说的。有一天晚上,当评论起他是个非常漂亮的人时,就连菲也在谈话中提起了他的名字。

"他使你想起什么人了吗?"梅吉正趴在地毯上读着一本书,懒洋洋地问道。

菲考虑了一会儿这个问题。"嗯,我想,他有点儿像德·布里克萨特神父。体格一样，肤色一样，不过，不是特别像。作为男人，他们相差很远。

"梅吉，我希望你能像个小姐一样坐在椅子里看书！正因为你穿着马裤，所以你千万不能忘记要端庄稳重。"

"啐！"梅吉说，"就好像谁看见了似的！"

事情就这样发展着。他们有相似之处，但是，这两张面孔背后的男人是那样截然不同。只有梅吉为了这一点而辗转苦恼，因为她爱着他们之中的一个，为发现了另一个人的魅力而愤懑不平。她发现，他在厨房里是一个最受宠爱的人，而且还发现他何以穿得起奢侈的白衬衫和白裤到围场去。原来是史密斯太太替他洗熨的，她被他那机敏的、能哄人的魔力降服了。

"哦，他是个多漂亮的爱尔兰人哪！"明妮出神入迷地叹道。

"他是个澳大利亚人。"梅吉激怒地说道。

"也许是在这儿出生的，亲爱的梅吉小姐。但是叫奥尼尔这样的名字，就说明他像帕迪的那些又脏又贪吃的手下人一样，是爱尔兰人。梅吉小姐，我没有任何不尊重你那慈善而虔诚的父亲的意思，愿他在平静中安息，和天使们一起欢乐吧。卢克先生要不是爱尔兰人，那他怎么会长着黑头发、蓝眼睛？古时候，奥尼尔家族还是爱尔兰的国王呢。"

"我想，是奥康诺家族吧。"梅吉顽皮地说道。

明妮那双小圆眼睛闪了闪。"啊，梅吉小姐，那可是个很大的国家呀。"

"看你再胡说！它的大小和德罗海达差不多！不管怎么说，奥尼尔是奥伦治[1]地方的姓氏，你糊弄不了我。"

---

[1] 古时欧洲一都市，位置在现法国东南。

"就算是这么回事吧。但那是一个古老的爱尔兰姓氏,奥伦治人还没想到的时候,这个姓氏就已经有了。这是北爱尔兰地区的姓氏,所以,奥伦治有那么几个人姓这个姓是合情合理的,不是吗?可是,亲爱的梅吉小姐,后来还有克兰波伊的奥尼尔和奥尼尔·莫尔家族呢。"

梅吉放弃了这场争论。明妮以前曾有过的那种芬尼亚式[①]的好斗脾气早就没有了,而且,她连"奥伦治"这个词都不能一口气说出来。

大约一个星期之后,她又在小河那边碰上了卢克·奥尼尔。她怀疑他其实在等着她。不过她不知道,假若他真是在等她,她该怎样对待他。

"你好,梅格安。"

"你好。"她从栗色牝马的两耳之间直看过去,说道。

"下个星期日晚上在布雷恩·Y.普尔有一个剪毛棚舞会。你愿意和我一起去吗?"

"谢谢你邀请我,可是我不会跳舞。不会有意思的。"

"我会教你,一点不费力,所以没什么妨碍。我要是带主人的妹妹去,鲍勃即使不把那辆新劳斯莱斯借给我,总会把那辆旧的借给我吧?"

"我说了,我不愿意去!"她咬着牙关说道。

"你说过你不会跳舞,我说我教你。你从没说过即使你会跳舞,也不愿和我去,所以我推想,你是反对跳舞,而不是我。你想食言吗?"

她火冒三丈,怒视着他,可他只是冲着她笑。

"你真是被宠得不像样儿了,小梅格安,不能由着你任性的时候

[①] 传说中的爱尔兰古代勇士。

到了。"

"我没有被宠坏!"

"别瞎扯啦,跟我说点儿别的吧!难道你不是唯一的小姐,这么多哥哥围着你转,拥有全部这些土地和钱财,有一幢漂亮的房子和仆人吗?我知道,这片产业归天主教会所有,可是克利里家也不缺钱。"

这正是他们之间的天壤之别!她得意地想道。这一点正是自打她遇到他以来感到困惑的问题。拉尔夫神父是绝不会被表面现象所迷惑的,而这个人却缺乏他那种敏感。这个人没有一种内在的感觉告诉他表面现象之下到底有着什么。他在马背上生活,而生活的错综复杂或痛苦他根本就不知道。

大吃一惊的鲍勃连一声都没吭,就拿出了那辆新劳斯莱斯的车钥匙。他盯了卢克一会儿,什么话也没讲,随后,他咧开嘴笑了。

"我从来都没想到梅吉要去参加舞会,不过,带她去吧,卢克,而且欢迎你带她去!我敢说,她会喜欢舞会的,可怜的小叫花子。她从来不出大门。我们本应该想到带上她,可不知怎么的,却从来没这样做。"

"你、杰克和休吉干吗不去呢?"卢克问道。显然,他是不情愿奉陪他们的。

鲍勃摇了摇头,惊恐地说:"不,谢谢你啦。在跳舞方面我们不太灵。"

梅吉穿上了她那套玫瑰灰色的服装,她没有其他服装可穿。她根本没想到过动用一些拉尔夫神父以她的名义存在银行里的钱去置办几件参加宴会和舞会的衣服。直到现在,她还在千方百计地拒绝别人的邀请,因为像伊诺克·戴维斯和阿拉斯泰尔·麦克奎恩这样的男人,一听到个"不"字便轻率地泄了气。他们没有卢克·奥尼尔那种大胆莽撞的劲头儿。

可是，当她在镜子中盯着自己的时候，她在想，下个星期妈妈到基里作通常的旅行的时候，她应该去一趟，去找老格特，让她帮着做几件新上衣。

她讨厌穿这身服装。倘若她再有一套哪怕稍微合适一点儿的衣服，马上就会把这套衣服脱掉的。以前，是另一个不同的黑发男人。这衣服和她的爱情与梦幻，眼泪与孤寂有着不解之缘，为了这样一个卢克·奥尼尔之类的人穿上它，似乎是一种亵渎。她已经逐渐习惯于掩饰自己的感情了，总是显出一种镇静和表面的快乐。外表的自我控制变得比树上的树皮还要厚，有时，她会在夜深人静之际想到她的母亲，并且浑身发抖。

她有朝一日会变得像妈妈那样把一切感情都斩断吗？弗兰克的父亲存在的那个时候，妈妈也是这样开始的吗？假如妈妈知道梅吉已经了解有关弗兰克的真相，她会怎样做，怎样说呢？啊，神父宅第的场景恍如昨日。爸爸和弗兰克面对着面，抱着她的拉尔夫痛心至极。那些可怕的事被大喊大叫地说了出来。一切事情都对上号了。梅吉想，凡是她知道的，她总会懂得的。她已经长大了，足以认识到得到孩子不像她通常想象的那样简单。除了结过婚的一对之外，任何人之间的某种身体接触是绝对禁止的。为了弗兰克，可怜的妈妈是怎样地露过丑啊。难怪她是这样与众不同。梅吉想，要是这事出在她身上，她会想到一死了之的。在书里，只有最低等、最下贱的姑娘才不结婚而生孩子呢，而妈妈从来不是这样的人。梅吉由衷地希望妈妈能向她讲讲这件事，或者她自己有勇气去挑开这个话题。也许，在某些微不足道的方面她还能帮上忙呢。但是，妈妈是那种既不要人接近她，她也不去接近别人的人。梅吉冲着镜子里自己的身影叹了口气，希望那种事绝不要发生在自己的身上。

然而，她正值妙龄，在凝望着自己那穿着玫瑰灰色服装的身影时，她想体验到感情，希望激情像强劲的热风一样吹遍她的全身。

她不想像个小机械人似的在沉闷的苦干中了此一生。她希望有变化、有活力、有爱情。她需要爱情、丈夫和孩子。苦苦追求一个她永远得不到的男人有什么用呢？他不想得到她，永远也不会想得到她。他说过，他爱她，但不会像一个丈夫那样地爱她。因为，他已经将身体许给了教会。难道所有的男人都是那样，爱某种无生命的东西超过爱一个女人吗？不，肯定不是所有的男人都这样的。也许，只是那些不好相处的男人，那些满脑子怀疑和总是持有反对理由的复杂男人才是这样的。但是，世上还有头脑比较单纯的男人，爱一个女人胜于爱其他任何女人的男人。譬如说吧，像卢克·奥尼尔这样的男人。

"我想，你是我所见到过的最漂亮的姑娘。"当卢克发动劳斯莱斯汽车的时候，说道。

梅吉不大懂得赞美之词。她吃惊地斜瞟了他一眼，什么也没说。

"这样不好吗？"卢克问道，显然，他并没有因为她缺乏主动性而感到烦恼。"只要把钥匙一转，把仪表板上的按钮一揿，车就开了。不用摇动曲柄，祈祷在筋疲力尽之前马达会转起来。这就是生活，梅格安，这是毫无疑义的。"

"你不会把我一个人丢下的，是吗？"

"老天爷呀，不会的！你是跟我一起来的，对吧？这就是说，今天这一夜你就是我的，我不打算让任何人得到机会。"

"你多大了，卢克？"

"30。你多大了？"

"快23了。"

"有这么大，呃？你看起来就像个孩子。"

"我不是孩子了。"

"噢！那么，你谈过恋爱吗？"

"一次。"

"就这么多啊？在 23 岁的时候？老天爷呀！我像你这么大的时候，已经出入情场十几次啦。"

"我敢说，我本来也会这样的，可是在德罗海达我很少遇上可以谈谈恋爱的人。在我的记忆里，你是头一个见面不仅仅是羞羞答答说一声'哈罗'的牧工。"

"唔，假如你是因为不会跳舞才不愿意去跳舞的话，那你只是站在圈外往里看了，对吗？没关系，我们很快就会解决这个问题的。今天晚上结束的时候，你就会跳了，几个星期之后，我们就会把你当作第一流好手的。"他迅速地瞟了她一眼，"不过，你不会对我说，其他牧场的那些牧场主没有试图让你和他们去参加他们那些奇特的舞会吧？我能理解那些牧工，你的地位要比那些普通牧工高一等，可是，有些牧场主一定向你送过秋波吧？"

"要是我比牧工们高一等的话，你干吗邀请我呢？"她避而不答。

"噢，我闯遍了全世界，"他露齿一笑，"喂，别改变话题呀。基里周围一定有几个邀请过你的家伙。"

"有几个，"她承认了，"不过我的确一点儿也不想去。你是把我强拉来的。"

"这么说，其余的人比宠物蛇还傻喽，"他说，"好的东西我从不会视而不见。"

她不敢十分肯定她是否喜欢他这种说话的方式，但是，和卢克在一起的麻烦是，他是个从不让步的倔汉子。

人人都会来参加剪毛棚舞会的。从牧场主的儿子、女儿到牧工和他们的妻子——假如他们有的话；从女仆到保姆，以及各种年龄的城镇男女居民。举例来说吧，当女教师们要找机会与牲畜及牧场代理商的徒工、银行的纨绔子弟和不属于牧场的真正的丛林居民亲热一番的时候，这种舞会就给她们提供了方便。

适合于正式场合的彬彬举止在这里根本就见不到。老米基·奥布赖恩从基里赶来拉小提琴。拉键盘手风琴和按钮手风琴的人旁边总是有一些人在互相轮流替换着。他们给老米基伴奏。与此同时,这位老提琴师则坐在一只桶上或羊毛包上,一口气拉上几个钟头。他那垂下来的下唇在流着口水,因为他不耐烦去咽口水,这有碍于他的音乐速度。

但是,这里的舞不是梅吉在玛丽·卡森生日宴会上看到的那种舞。这是一种生气勃勃的圆圈舞:谷仓舞、快步舞、波尔卡、瓜德利尔舞①、苏格兰双人舞、玛祖卡舞②和罗杰·德·科弗利斯爵士舞——这种舞不过就是匆匆地拍一下舞伴的双手,或随随便便地挽着胳臂发疯似的转圈儿。这里谈不上什么过分亲密,也没有什么轻柔曼雅。每个人似乎都把各种举动当作是求欢不成后的胡闹。浪漫的私通都远远地跑到外面去了,远离了这片嘈杂和喧闹声。

没过多久,梅吉就发现自己大大地羡慕起自己那位英俊的同伴来了。许多挑逗性的或含情脉脉的目光几乎都集中在他的身上,就像以前对拉尔夫神父那样,而且有过之而无不及。就像以前拉尔夫神父那样。就像以前那样。不得不用这种极其疏远的过去时态来想他,真是太可怕了。

卢克是说话算数的,只是在他去上厕所的时候,才让她单独待着。伊诺克·戴维斯和利亚姆·奥鲁尔克也在这里,他们心急火燎地想去填补他在她身边的那个位置。他没有给他们任何机会。梅吉自己好像眼花缭乱了,没有想到除了他以外,接受其他男人的邀请完全是她的权利。尽管她没有听见那些窃窃嘲讽的评论,可是卢克听见了。这家伙真是死不要脸,一个普普通通的牧工,居然在他们的鼻子底下把她勾到手了!卢克根本不在乎这些啧啧非难。他们曾经

---

① 一种旧式的四对舞。
② 一种轻快活泼的波兰舞。

各有机会，要是他们没有尽力地利用这些机会的话，活该他们倒霉。

最后一个舞是华尔兹。卢克抓起梅吉的手，胳臂搂着她的腰，把她贴在自己的身上。他是个出色的舞伴。她发现她无须多费力气，只要按照他推动的方向出步就行了，这使她十分惊讶。而且，这样被搂着，紧贴着一个男人，能感到他胸部和大腿的肌肉，吸收着他身体的温暖，使她有一种非同一般的感觉。和拉尔夫神父那次短暂的接触，给她的印象如此强烈，以至她来不及去领略那些支离的东西。而且她天真地认为，她在拉尔夫怀抱里所领略到的东西，永远不会再从其他人那里领略到了。然而，尽管这次的感觉颇有些异样，但很让她激动。她的心跳加快，并且，从他突然带着她旋转，把她搂得更紧，将自己的脸颊贴着她头发的那股劲头中，她明白他也觉察到了这一点。

劳斯莱斯汽车引擎低沉地轰响着往家里开去，大灯照亮了崎岖的道路，路上的一切都显得清清楚楚。他们没说什么话。布雷恩·Y.普尔离德罗海达70英里，穿过几个围场，一路上既看不到一幢房子，也看不到人家的灯光，阒无人踪。横越德罗海达的高地只比其他的地面高出100英尺，但是，在黑壤平原上登上它的顶部，就像在瑞士登上了高山的顶巅一样。卢克停住了汽车，走了下来，绕过汽车，打开了梅吉身边的车门。她走下了汽车，站在他的身边，有点儿发抖。他是想不顾一切地吻她吗？这里非常安静，离任何人都很远！

在他们的一侧，有一道蜿蜒而去的朽木栅栏。卢克轻轻地扶着她的胳膊肘，怕她穿着那双时髦的鞋会绊倒。他帮着她走过了那片低洼不平的地面，躲过地上的兔子洞。她一言不发地紧紧抓着那栏杆，眺望着平原大地。起先，她感到恐惧，后来，由于他一动不动，不去碰她，她也就不再慌乱，而是迷惑不解了。

几乎就像在阳光下那样，一切都看得一清二楚。静穆、清淡的月光照出了广阔无垠、一览无余的远方。微光乍现的草地发出了一片低低的窸窣声,像是不肯停歇的低回浩叹。草原上闪动着一派银色、白色、灰色。当风向上吹动披着月光的树冠时,那片片树叶倏忽一闪,宛如点点火星。树林在地面投下了夹着无数光斑的黑黝黝的阴影,神秘莫测,就像地狱中张开了许多嘴。她抬起头来,想数一数天上的繁星,可是怎么也数不清。星空恰似一片转动的蛛网上结满了细密的露珠,这些小点在一闪一灭,一闪一灭。这节奏井然的闪动就像永恒的上帝一样,万劫不变地闪着。它们好像结成了一张网,高悬在她的头顶上,如此美丽动人,如此宁谧寂静,洞悉一切地探究着人们的灵魂。星光一闪,就像昆虫那宝石般的眼睛在聚光灯下那样,变得晶莹剔透。星光一灭,就像有表情似的合上了眼睛。星斗阑干,具有动魄惊心的力量。唯一的声响,就是草原上的热风、树林的飒飒响声、熄了火的劳斯莱斯偶或发出的铿锵声,和一只入睡的飞鸟从某个地方发出的抱怨声——因为他们打扰了它的休息。唯一的气味就是矮树丛发出的馥郁的杂香。

卢克在黑暗中转身抽出了他的烟荷包和一叠卷烟纸,开始卷烟。

"梅格安,你是在这里出生的吗?"他问道,手掌懒洋洋地来回搓着几根烟叶。

"不是,我生在新西兰。是13年前到德罗海达来的。"

他把弄好的烟末倒进了纸筒里,在拇指和食指之间捻着,随后将它舔好,把点火那一头露出来的几根烟丝往里捅了捅,划着了火柴,点燃了烟卷。

"你今天晚上很快活,是吗?"

"哦,是的!"

"我愿意带你去参加所有的舞会。"

"谢谢你。"

他又沉默了,静静地抽着烟。他回过头去,越过劳斯莱斯的车顶望向那片树林,那只愤怒的鸟依然在抱怨地叽叽喳喳叫个不休。

当他手指间那支噼啪作响的烟剩下一个烟头时,他将它扔到了地上,用靴子后跟拼命向下蹑,直到确信烟头已经完全熄灭了。只有澳大利亚丛林居民会把烟头熄得如此彻底。

梅吉叹了一口气,从那片月色中转过身来。他扶着她向汽车走去。他十分明智,不会在这种开始阶段吻她的,因为他打算,如果可能的话就娶她。第一步让她先期待他的吻吧。

夏季一天天地过去了,这里又举行了几次舞会。大宅的人对梅吉自己找了一个极漂亮的男朋友也逐渐习惯了。她的哥哥们避免拿她取笑,因为他们爱她,也很喜欢卢克。卢克·奥尼尔是他们雇用过的最能吃苦耐劳的工人。没有比事实更好的证明了。在本质上,克利里家的男人与其说是属于牧场主阶级,倒不如说是属于劳动者阶级。他们从来没有从他没财产这一点来看他这个人。菲也许已经对他做过更多的掂量与权衡,但她没有精力更多地关心这件事。不管怎么样,卢克那沉静的自负所产生的效果,使他显得和一般的牧工不一样。正因为这样,他们更像对待自己人那样对待他。

在晚上以及不去围场的时候,便在大宅的道路上出出进进,这已成为他的习惯了。过了不久,鲍勃便宣称,这么多人都围在克利里家的饭桌上吃饭,如果让他独自在一边吃饭是愚蠢的。于是,他便和他们一起吃饭了。此后,当他很想留下和梅吉长谈的时候,却要让她走1英里路去睡觉,这也被认为是不明智的。于是,他被允许搬进了大宅后面的一间客房。

到这时,梅吉对他已是朝思暮想,不像一开始时那样瞧不起他,总是拿他来和拉尔夫神父相比了。旧日的伤痕已经愈合。不久之后,什么拉尔夫神父的嘴是那样笑,而卢克是这样笑;什么拉尔夫神父那生动的蓝眼睛有一种淡漠的沉静,而卢克的眼睛总是不停地闪耀着激情之类的想法,她已经忘得一干二净。她年纪轻轻,从未尝过饶有趣味的爱情。如果说她曾经尝过,那也只是片刻而已。她想细品满口爱情的清香，让这清香沁透肺腑，使她的头脑为之眩晕。拉尔夫神父已经成了拉尔夫主教。他永远永远也不会回到她的身边了。他为1300万镑把她出卖了，这使人满腹怨恨。要是在矿泉边上的那天夜里他没有用过"出卖"这个词的话，她就不会为了它而伤脑筋了。可是他用了这个词，为了猜透他的意思，她曾冥思苦想了无数个夜晚。

一次舞会上，在卢克紧抱着她的时候，她感到挨着他后背的手痒酥酥的。她的心被他、他的触碰和勃勃生气搅乱了。哦，她从来没感到自己的爱火会为他而燃。她从来没想到过，倘使她再也见不到他，她会感到迷惘和枯竭。她从来没因为他在望着她而感到过心灵的抽搐和颤抖。但是，当卢克殷勤地护卫着她，越来越多地参加本地区的各种活动的时候，她就更了解伊诺克·戴维斯、利亚姆·奥鲁尔克和阿拉斯泰尔·麦克奎恩这样的人了。他们这些人都不能像卢克·奥尼尔那样使她动心。尽管他们个头儿很高，她须仰视才见，可他们都没有卢克那样的眼睛；要是说他们有和他一样的眼睛的话，却没有他那样的头发。他们总是缺点儿这个、短点儿那个，而卢克却什么都不缺，尽管她也不明白卢克到底拥有什么。除了他曾使她回想起拉尔夫神父之外，她也承认在他的身上还有别的东西能吸引她。

他们谈了许多话，但总不外乎是那些平平凡凡的事：什么剪羊毛啦，土地啦，绵羊啦，或者他生活中还缺少什么啦，要么就是他所见过的地方或某个政治事件。他偶尔读读书，但不像梅吉那样是个有读书积习的人，也不打算像她所希望的那样去看书。她似乎也无法轻而易举地劝他去看她觉得有意思的这本书或那本书。他既不把谈话往有知识深度的方面引，也从不对她的生活表现出什么兴趣，或问一问她生活中缺少什么。这是最耐人寻味，也是最叫人苦恼的。有时候，她渴望谈一些比绵羊或雨水更叫她关心的事，可她刚把话题往这上面引,他就熟练地把话题转到与个人生活无关的事上去了。

卢克·奥尼尔聪明、自负,极能吃苦耐劳,并且能勒紧肚皮攒钱。他出生在恰好处于南回归线上的南昆士兰州朗里奇城外的一个肮脏的、篱笆条围成的板棚里。他父亲出身于一个境况优裕但家规甚严的爱尔兰家族,但却是个败家子。他母亲是温顿一个德国屠夫家的女儿。她执意要嫁给老卢克,因此便和家庭脱离了关系。这间棚屋里有10个孩子,他们连鞋都没有一双——在炎热的朗里奇不穿鞋不大碍事。老卢克有兴致的时候,就靠剪羊毛谋生。不过,他最有兴致的是喝陈年淡朗姆酒。小卢克12岁那年,他在布莱克奥小酒店的一次火灾中丧生。于是,小卢克很快就开始了自己四处剪羊毛的生活。他是一名涂柏油的小工。要是一名剪毛工因为疏忽,将绵羊的皮肉和毛一起剪下来的话,他就把熔融的焦油涂到那参差不齐的伤口上。

只有一件事卢克从不畏惧,那就是艰苦的活计。对苦活累活他干得生龙活虎。不知这是因为他父亲曾经是个泡酒馆的酒客和市井无赖,还是因为继承了他的德国母亲那种对勤奋的热爱。谁也不耐烦去把原因搞个水落石出。

当他又长大些时,便从涂油小工熬成了毛棚工。在羊身上的毛纷纷落下、垛成高高的一堆时,他便从台板上跑下来,抓起那又大又沉的羊毛包,扛到打卷工作台上进行整边。这期间,他学会了整边,把外表污损的羊毛边挑出来,送到由分等工负责的箱子里。分等工是剪毛棚里高高在上的人。他就像个品酒家或香水鉴定家,靠训练培养是学不出来的,除非对这项工作有直觉。可卢克不具备分等工的直觉。要是他想多挣钱的话,只能去当压毛工或剪毛工,而多挣钱是他理所应当的愿望。他有当压毛工的力量,把分过等级的毛压成又大又重的包,可是能干的剪毛工挣得更多。

现在，他是个好工人的名声在西昆士兰已经尽人皆知了，所以，他不会碰上生手所遇上的麻烦。优雅、协调、力量、耐性，卢克身上具备了各种必要的素质。这种人一定会成为一个高效率的剪毛工的。很快，卢克便可以在一星期六天中每天剪二百多只绵羊。一百多只可以挣一个英镑。这种速度比得上一种被称为蜥蜴的大剪刀手摇机。使用这种带有又宽又粗的梳子和切刀的新西兰大型手摇机在澳大利亚是不合法的，尽管它们使剪毛工效率成倍地提高。

那是极度紧张的工作。他用双膝夹住一只绵羊，弯下他那高大的身体，大剪刀急速掠过绵羊的身体，羊毛犹如盛开的花朵。他将羊毛整片剪下，尽可能在几秒钟之内剪完，剪刀紧贴着长满了蓬松卷毛的羊皮，这样羊圈工头才高兴。工头随时会出现在任何一个达不到他那苛刻标准的剪毛工身后。他不在乎暑热难当、汗流浃背，以及能让他一天喝上三加仑水的干渴，甚至连那些成群的、令人烦恼的苍蝇也不放在心上，因为他就出生在苍蝇成群的乡间。他也不在乎那些通常对剪毛工来说异常讨厌的绵羊。它们中间有的身上涂着一块块的焦油，有的湿漉漉的，有的个头奇大，有的欺软怕硬，有的羊毛脏兮兮的，有的身上落满了苍蝇。但它们都是美利奴细毛羊，这就是说，除了蹄子和鼻子，浑身的羊毛都得剪下来，从一整张涂着焦油的、像一层滑溜溜的纸板一样的羊皮上剪下来。

不，他并不在乎工作本身，活儿越苦，他的感觉就越好。他恼火的是嘈杂声，是被关在棚内干活，是那股恶臭。世上没有比剪毛棚更糟糕的地方了。于是，他决心成为趾高气扬的工头，当一个在一排弯腰曲背的剪毛工身边转来转去的人，看着那些属于他自己的羊毛被人用平稳的、极熟练的动作剪下来。

在屋子一头的藤椅间，
坐着羊棚的工头，他转着眼睛四处看。

一首古老的剪羊毛歌就是这样唱的，而这正是卢克·奥尼尔决心办到的。当个趾高气扬的工头，当个小企业主，当个牧场主，当个拥有牲畜的人。毕生当一个永远弯着腰、伸着胳膊的剪毛工对他是不适合的。他想要痛痛快快地在露天下干活，同时看着金钱滚滚流入腰包。也许，正是由于卢克有可能成为一名熟练的剪毛工，当一名使用窄刃剪刀的剪毛工，一天能剪300只美利奴羊，属于完全合乎标准的少数剪毛工之列，才使他留在了剪毛棚中。此外，剪毛工们还靠赌博来敛财。遗憾的是，他的个头有点儿过高，弯腰低头需多用几秒钟，就是这几秒钟便使他在这一行中很难出人头地。

他的脑子在有限的范围之内想出了另一个能够使他获得他朝思暮想的东西的办法。大约就在他人生的这个阶段，他发现自己对女人很有吸引力。他初试身手是在格纳仑加当一名牧工的时候。那个牧场的继承人是个女人，非常年轻，十分漂亮。那次尝试把他撞了个头破血流。她最后看上了一个新近从英国移民来的牧工，此人的辉煌成功已经成了这片未开垦的处女林地的传奇了。他从格纳仑加到了宾格里，找了一份驯马的工作，眼睛却盯着庄园里那位与其鳏居的父亲住在一起的芳华已过、相貌平平的女继承人。可怜的多特，他险些就要把她搞到手了。可是，她最后服从了她父亲的愿望，嫁给了一个精力充沛的六十多岁的老头儿。毗邻的那片产业就是他的。

这些尝试耗费了他三年时间。他断定，在每一个女继承人身上花20个月的时间太长，太让人厌烦了，出门四处旅行一下对他来说要更适合一些。他不停地走动，希望能在更大的范围内搜罗到一个有希望的对象。他高高兴兴地赶着牲口踏上了西昆士兰的牧工之路。他到过库珀和迪阿曼蒂纳。他到过新南威尔士最西边的巴科和布鲁·奥沃弗娄。他年已三十，可是他发财的机运还是没有丝毫头绪。

每个人都听说过德罗海达，可是，只是当卢克发现那里的管理者有一个唯一的未出嫁的女儿的时候,他的耳朵才竖起来的。她没有继承的希望,不过,他们也许打算至少在基努那或温顿附近给她10万公顷的土地做陪嫁。这是基里附近一片相当不错的土地,但对他来说,它太狭窄,森林占的面积太多了。卢克渴望得到昆士兰最西边的那片广袤的土地。在那里,草原绵延伸向无边的远方,而人们只能影影绰绰地记得它的东边有些树林。那里只有草地,无边无际地延伸着,延伸着,在他的土地上,人们每走上10公顷的土地才有幸能看到一只绵羊。因为这里有时没有草,只是一片龟裂干涸的黑土荒地。草地、太阳、暑热和苍蝇,对每一个他这类人来说都是乐园。这就是卢克·奥尼尔心目中的土地。

他已经从吉米·斯特朗那里打探到了有关德罗海达的其他传闻轶事,吉米是AML公司牧工牧场代理人,头一天开车送他的就是吉米。当他发现天主教会拥有德罗海达的时候,这不啻是当头一棒。但是,他知道能够继承遗产的女继承人为数甚少。所以,当吉米接着说道,这位待嫁的姑娘自己有一笔数目相当可观的现款和许多溺爱她的哥哥时,他决定按计划行事。

尽管卢克长期以来将自己一生的目标盯在基努那或温顿附近的10万公顷土地上,并且为了达到这个目标狂热地干着活儿,但事实上在他内心深处,对实实在在的现款的热爱远胜于对这些钱最终会给他买来的东西的热爱。他关心的既不是土地的拥有权,也不是它的继承权,而是巴望在他的存折上,在他的名下,累积起一行行整齐的数目。他梦寐以求的不是格纳仑加或宾格里,而是与之等价的现款。一个真正想要成为小老板的男子汉绝不会满足于没有土地的梅吉·克利里的,也绝不会热爱像卢克·奥尼尔所干的那种艰苦的体力活儿的。

在圣十字学校大厅里举行的舞会,是许多星期来卢克带梅吉去参加的第十三次舞会。他们所去之处他是如何找到的，他又是怎样得到邀请的，梅吉根本猜不出来。但是，他每个星期六都定期地向鲍勃借劳斯莱斯汽车的钥匙，把她带到150英里内的某处去。

这晚，天气很冷。她站在一道栅栏旁，眺望着一片没有月色的景致。这时，她感觉得到脚下结霜的地面在发出吱吱的响声。冬天到了。卢克伸出胳臂搂住了她，把她拉到了自己的身边。

"你觉得冷了，"他说道，"我还是送你回家吧。"

"不，现在好了，我暖和起来了。"她屏着呼吸答道。

她感到他有些变化，不再松松地搂着她后背了。但是，靠在他的身上，感觉着他的身体散发出来的温暖和他身上骨骼的不同结构，十分舒服。甚至隔着羊毛衫，她能感到他的手在微微地动着，画着圈，这是一种含糊试探的抚摸。要是在这种时候她说冷的话，那他就会停止这种抚摸的。要是她什么都不说，他就会认为这是默许他进行下去。她很年轻，极想尝一尝正正当当的爱情的滋味。除了拉尔夫之外，这是唯一一个使她感兴趣的男人，因此，干吗不体味一下他的吻是什么样呢？但愿他的吻是不同的！让他的吻有别于拉尔夫的吻吧。

卢克认为她的沉默就是默许。他将另一只手放到了她的肩头，把她的脸转向他，低下了自己的头。一张嘴实际上的感觉就是这样的吗？哦，不过就是一种压按！那么，她认为爱的象征是什么呢？她的双唇在他的唇下动了动，她又立刻希望她不要这样做。他往下压得越发紧了，嘴张得很大，用他的牙和舌头迫使她的双唇分开，舌头在她的嘴里转动着。真叫人反感。为什么这似乎和拉尔夫吻她的时候大不一样？那时候，她没有感觉像这回这样湿乎乎的、微微有些恶心的感觉，她那时好像根本就没想到这些。当拉尔夫那熟悉的手触动了一种神秘的活力时，她的嘴就像个小盒子一样，只顾向他张开了。可卢克到底**在干什么呀**？当她脑子里恨不得把他推开的时候，她的身子为什么却这样颤动着，紧紧地贴着他？

卢克已经在她身体的一侧找到了敏感点，他将手指放在上面，使她的身体扭动起来。到目前为止，她还没有焕发出什么热情来呢。接吻中断了，他将嘴紧紧贴着她脖子的一侧。她似乎更喜欢这样，一双手搂着他，气喘吁吁的。可是，在他将嘴唇向下滑到她颈前的同时，他的手企图把她的衣服从她的肩头推下。她猛地一推他，快步走开了。

"够了，卢克！"

那个举动使她很扫兴，有些反感。当卢克扶着她坐进汽车，并且卷了一根自己迫切需要的烟卷时，他非常清楚地意识到了这一点。他一向颇自负地认为自己是一个多情种子，到目前为止，还没有任何一个姑娘不乐意过呢——不过，话又说回来了，她们没有一个像梅吉那样是个大家千金。甚至连那个宾格里的女继承人，比梅吉富有得多的多特·麦克弗森也像那些丑姑娘一样粗俗不堪。她没上过时髦的悉尼寄宿学校，没有那些无用的东西。尽管卢克相貌堂堂，可是说起有关两性的经验，他与普普通通的农村劳动者相差无几。除了他所喜欢的东西外，对于玩弄技巧他知之甚少，而对于理论则一窍不通。许许多多和他搞过恋爱的姑娘很乐意向他保证，她们喜欢他这种水平。但这就意味着，他不得不依靠某些个人的知识，并且并不总是可靠的个人知识。遇上一个像卢克这样富于魅力、吃苦耐劳的男人，姑娘会嫁给他的，因此，一个姑娘就很可能想方设法去取悦他。没有比告诉一个男人，说他是个前所未见的最好的人更能让他高兴的了。卢克从来没想到过，除了他以外，有多少男人曾被这种话愚弄过。

他依然在想着老多特。在她的父亲把她在满是死蝇蛆的剪毛工棚里锁了一个星期之后，她屈从了他的愿望。卢克暗暗地耸了耸肩。梅吉是个行将裂开的坚果，吓着她或让她起反感是划不来的。陶然

303

乐事必须靠边站,就是这么回事。他得按照显然是她所乐意的方式向她求爱,什么鲜花呀,献殷勤呀,不能来过分鲁莽的把戏。

一种令人不快的沉默持续了一会儿,随后,梅吉叹了口气,颓然靠在了车座上。

"对不起,卢克。"

"我也很抱歉。我没有惹你生气的意思。"

"哦,不,你没有惹我生气,真的!我想,我对这个还不太习惯……我是害怕,不是生气。"

"哦,梅格安!"他将一只手从方向盘上拿了下来,放在了她那紧攥着的手上。"喂,这个用不着担心。你还带点儿小姑娘气,我进展得太快了。咱们忘掉它吧。"

"好吧,忘掉吧。"她说道。

"他吻过你吗?"卢克好奇地问道。

"谁?"

她的声音里带着恐惧吗?可是,她的声音里为什么会有恐惧呢?"你说过,你恋爱过一次,所以,我以为你是知道这种事情的内情的。对不起,梅格安,我本来应该明白,在你们这样地处这种地方的家庭,是完全闭目塞听,与世隔绝的。你的意思不过是说,你曾经对某个从来没有注意到你的家伙抱着一种女学生式的迷恋。"

是的,是的,是的!就让他这么想吧!"你说得很准,卢克。那不过是一种女学生式的迷恋。"

在宅第的外面,他又把她拉到了自己的身边,给了她一个温柔的长吻,没搞张嘴伸舌头那套把戏。她一点儿反应也没有,但显然她喜欢这样。他向客房走去,对自己没有毁掉良机而感到满意。

梅吉慢腾腾地上了床,躺在那里,望着投射在天花板上的柔和的灯光。哦,有一件事已经证实了:卢克的亲吻根本就没有使她想起拉尔夫的吻。而且，在他的手指从侧面伸进衣服的时候，在他吻着她的脖子的时候，她最后有一两次感到了一种隐约令人惊惶的激动。像对待拉尔夫那样同等对待卢克是没有用的，但她无法肯定她不会再进行这样的对比。最好把拉尔夫忘掉吧，他不会成为她的丈夫的，而卢克却能。

卢克第二次吻梅吉的时候，她的举动就不一样了。他们到鲁德纳·胡尼施参加了一次快活的宴会。那里是鲍勃为他们的短途旅行画下的界线的极点，这次晚会从头到尾都进行得十分愉快。卢克拿出了他的最佳风度，去的路上他讲了许多笑话，使她忍不住地一个劲儿大笑，随后，在整个宴会上都对她温情脉脉，频献殷勤。而卡迈克尔小姐下了多大决心想把他从她身边拉走啊！她走到了阿拉斯泰尔·麦克奎恩和伊诺克·戴维斯不敢露面的那个地方，和卢克、梅吉纠缠不休，公然向卢克卖弄风情，迫使他出于礼貌也得邀她跳一次舞。卢克和卡迈克尔小姐跳的是一曲慢三步，跳得很拘谨，完全是舞场做派。曲子一结束，他什么也没讲，只是把两眼往天花板上一瞟，使卡迈克尔小姐明白无误地觉得，对他来说，她不过是个令人厌烦的人物，随后便立即回到了梅吉的身边。这一手梅吉很喜欢。自从这位小姐在基里娱乐会上妨碍了她的愉快那天起，梅吉就讨厌她了。她永远忘不了拉尔夫神父抱起一个小女孩，跨过水坑，把这位小姐甩在一边时的那种神态，今天晚上卢克也摆出了同样的脸色。啊，妙啊！卢克，你真棒！

回家的路又漫长又寒冷。卢克从老安格斯·麦克奎恩那里骗来了一包三明治和一瓶香槟。当他们走完了三分之二的路程时，他把汽车停了下来。那时和现在一样，澳大利亚的汽车里极少有安暖气的，可是这辆劳斯莱斯车里却有。那天夜里，暖气大受欢迎，因为地面上的霜花已经有两英寸厚了。

"哦，在夜里像这样不穿外套地坐着，不是很棒吗？"梅吉微笑着接过了卢克递给她的那只斟满了香槟酒的银白色折叠杯,吃了一块火腿三明治。

"是呀,这很棒。今晚你显得真漂亮,梅格安。"

她眼睛的颜色是什么样的呢?一般来说,他不喜欢那种灰色,太贫血了。但是,看着她那双灰色的眼睛,他敢发誓,在那蓝蓝的底色上有着各种各样的色彩:强烈的靛蓝,像晴天朗日的天空;有青苔般的深绿,还有一丝黄褐色。那对闪光的眼睛就像柔和、半透明的珠宝,周围是一圈长长的上翘的睫毛。那睫毛在闪着微光,好像在金色中浸过一般。他伸出手去,用手指轻轻地掠过她一只眼睛上的睫毛,然后一本正经地低头看着她的睫毛上端。

"哟,卢克?怎么啦?"

"我禁不住想看看你的梳妆台上是不是放着一罐金粉。你知道吗?你是我见到过的唯一一个睫毛上实实在在闪着金色的姑娘。"

"哦!"她碰了碰自己的睫毛,看着手指,笑了起来,"这么说,是真有啦!可它一点儿也不掉下来。"香槟酒呛得她鼻子发痒,胃里直往上冒气泡。她觉得快活极了。

"真正金色的睫毛,它的形状和教堂的顶一样,真正金色的绝美头发……我总是希望它能像金属那样硬就好了,然而它却又柔软,又纤细,就像婴儿的头发……你一定在皮肤上涂了金粉,它是那样闪闪发光……而那美得无与伦比的嘴,是为了接吻才造就的……"

她坐在那里呆呆地望着他,那娇嫩的粉唇微微张开,就像他们头一次碰见时那样。他伸出手去,将她手中的空杯子拿了过来。

"我想,你还需要一点儿香槟吧。"他说着,将那杯子斟满。

"我得承认,这太美好了,停在这里,在路途上稍稍休息一下。感谢你想起向麦克奎恩先生要了这些三明治和酒。"

劳斯莱斯的大引擎在一片静寂中轻轻地轰响着,温暖的空气几乎无声无息地从排风孔送了进来,他俩只能听见这两种不同的、缓缓的声音。卢克解开领带,扯了下来,将衬衣的领口敞开,他们的短上衣放在后座上,汽车里太暖和了。

"啊,这样就觉得好多了!我不知道是谁发明的领带,然后一定让人们在穿正式服装时戴上一条。不过,假如我碰上他的话,我就用他的发明勒死他。"

他突然转过身去,把脸向她的脸低下去,似乎想用自己的嘴唇像片玩具拼板一样裹住她嘴唇的整个曲线。尽管他没有搂着她,或碰她身上的其他地方,但她觉得被他紧紧地吸引住了。在他向后靠去的时候,她的头也跟了过去,直到把头放到了他的胸膛上。他抬起双手捧住了她的头,这样就可以更方便地吻她那令人惊讶地做出了反应的嘴,酣尝樱唇。他叹息了一声,便忘情地沉湎于其中了。这孩子般的、柔软的嘴唇终于和他的嘴唇接在了一起。最后,他随便怎样吻都可以了。她的胳臂搂着他的脖颈,颤抖的手指插进了他的头发,另一只手的手掌放在他前颈下那光滑的棕色皮肤上。尽管在递给她第二杯香槟酒的时候他的情绪已经起来,但是这一次他没有着忙,只是望着她。他没有放开她的头,吻着她的面颊,吻着她那合上的眼睛,吻着她那眉毛下弯弯的眉骨。然后,他又返回去吻她的面颊,因为那面颊光洁如玉,又返回去吻她的嘴,因为它那稚气的形状使他发狂,自从他头一次见到她的那天起,就使他如狂如痴……

"你最好嫁给我,梅格安,"他说道,眼睛中含着柔情和笑意,"我认为,你的哥哥根本不会同意咱们刚才干的那事的。"

"是的,我也认为我最好嫁给你。"她赞同道。她的嘴唇垂了下来,两颊现出了淡淡的红晕。

"咱们明天向他们讲明吧。"

"有什么不可以的呢?越快越好。"

"下个星期我开车带你到基里去。我们去见托马斯神父——我想，你是愿意在教堂举行婚礼的——安排一下结婚预告，再买一只订婚戒指。"

"谢谢你，卢克。"

哦，事情就是这样的。她已经表了态，不可能再挽回了。几个星期之内，或不管还要多长时间，只要在教堂里一公布结婚者的姓名以征求意见，她就将嫁给卢克·奥尼尔。她将要成为……卢克·奥尼尔太太了！多么陌生啊！她为什么要说同意呢？因为是他告诉我，我必须这样，他说过我应该这样做。可这是为什么？！使他脱离危险吗？为了保护他自己，或我吗？拉尔夫·德·布里克萨特啊，有时候，我觉得我恨你……

小汽车里的那一幕让人心惊肉跳，心绪纷乱。和上一次一点儿也不一样。有许多美好而又令人惊恐的感觉。哦，他那双手的触摸！

对于这桩新闻谁都没有感到十分意外，至于反对，连想都没想过。唯一让他们吃惊的是，梅吉斩钉截铁地拒绝把这事写信告诉拉尔夫主教。她几乎歇斯底里地拒绝了鲍勃认为他们应当邀请拉尔夫主教到德罗海达来，以及应当找个大房子举行婚礼的主意。不，不，不！她冲着他们大喊大叫，梅吉是个说话从来不提高嗓门的人呀。显然，她之所以发脾气，是因为她希望他永远不回来看他们；她的婚事是她自己的事。要是他毫无理由地到德罗海达来，因而失去了一般的礼貌的话，她就有责任不接待他，对此他是无话可说的。

于是，菲答应在她的信中只字不提此事，对事情应当这样办抑或是那样办，她似乎无所谓，对梅吉选择一个什么样的丈夫好像也没有兴趣。管理像德罗海达这样大的牧场占用了她的全部时间。菲的记录完完全全地描述出一个绵羊牧场生活，可作为历史学家的参考资料，因为这些记录不仅仅是数字和分类账。有关每一群羊移动的记述都十分严格。季节的变化，每日的天气，甚至连史密斯太太每顿做的是什么饭，都记录了下来。1934年7月22日的日志记录中写着：晴，无云，清晨温度34度。今日未做弥撒。鲍勃在家，杰克带两名牧工在莫琳巴，休吉带牧工一人在西坝，比尔巴瑞尔将3岁阉羊从布金赶到温尼姆拉。3时，温度升高，85度。气压计稳定，30.6英寸。西风。食谱：腌小牛肉，水煮土豆，胡萝卜和白菜，及葡萄干布丁。梅格安·克利里将于8月25日，星期六，在基兰博圣十字教堂与牧工卢克·奥尼尔先生结婚。晚9时，温度45度，下弦月。

Four
1933—1938
Luke

11

卢克给梅吉买了一只钻石订婚戒指。这只戒指很朴素但十分漂亮,两粒四分之一克拉的钻石嵌在一对白金心形底座上。8月25日,正午,他们在圣十字教堂进行了结婚预告仪式。仪式一结束,在帝国饭店举行家宴。史密斯太太、明妮和凯特自然也应邀参加了这个宴会。而梅吉坚持认为,她看不出詹斯和帕西从600英里以外的地方赶来参加一个他们并不真正明白的仪式有什么意义,于是他们便被留在了悉尼。她已经收到了他们的贺信。詹斯的信很长,信笔写来,充满了孩子气,而帕西的信只写了"祝好运气"四个字。当然,他们认识卢克,他们在假期曾和他一起骑着马,奔驰在德罗海达的牧场之间。

对梅吉执意要把婚事的规模搞得尽可能小,史密斯太太大为伤心,她本来希望在德罗海达唯一的姑娘结婚之时,能看到彩旗飞扬、锣鼓喧天、狂欢数日的场面。但是,梅吉甚至过分到连结婚礼服都不要穿的地步了。结婚时,她将穿一身日常的衣服,戴一顶普普通通的帽子,这些衣物以后可以兼做她旅行用的全副行头。

"亲爱的,带你到什么地方去度蜜月,我已经定下来了。"星期日那天,在他们商定了婚礼的计划之后,卢克滑坐到她对面的一把椅子上,说道。

"哪儿?"

"北昆士兰州。你在裁缝那儿的时候,我和帝国酒吧的几个家伙聊了聊。他们跟我说,要是一个人身强力壮、干活不怕吃苦的话,在那个甘蔗之乡是可以赚到钱的。"

"干什么呢?"

"收割甘蔗。"

"收割甘蔗?那可是苦活儿呀。"

"不,你错了。一般干苦力的工人身材不像白人收割工那样高大,干不了这活儿。此外,你也和我一样清楚,澳大利亚的法律禁止输入黑人或黄种人去干苦工,也不许他们干工资高于白人的活儿,免得把面包从澳大利亚人的口中夺走。现在,正缺收割工,工钱丰厚。身材高大,又能够割甘蔗的人还是不太多的。可是,我行,那个活儿难不倒我!"

"这就是说,你想让我们在北昆士兰安家了,卢克?"

"对。"

她越过他的肩头,穿过那排巨大的窗户,凝望着德罗海达:那些魔鬼桉,那家内圈地,那远方绵延不断的树林。不住在德罗海达!到某个拉尔夫主教永远也找不到她的地方去,从此再也见不到他,无可改变地紧随着坐在她对面的这个陌生人,可能永远无法回来了……她那双灰眼睛盯着卢克那生气勃勃的、急切的脸。她的那双眼睛变得更漂亮了,但却明明白白地充满了凄怆。他只是感觉到了这一点。她没有流泪,嘴唇或嘴角也没有拉下来。可是,梅吉为什么而悲伤,他并不在乎,因为他不打算让她在他的生活中变成举足轻重的人,以至于他还得为她担忧发愁。人所公认,对于一个曾试图娶多特·麦克弗森的男人来说,得到了梅吉真是额外占了便宜。但是,她那令人惬意的身体和温顺的天性反倒使卢克在内心深处提高了警惕。没有一个女人,哪怕是梅吉这样漂亮的女人,足以对他产生支配的力量。

于是,他定下心来,单刀直入地谈到了心中的主要想法。有些时候,是得要些手腕的,可在这件事上,玩手腕就不如直来直去了。

"梅格安,我是个老派的人。"他说。

她盯着他,大惑不解。"是吗?"她问道,可她心里的声音却在说:这有什么关系?

"是的,"他说道,"我相信,当一个男人和一个女人结婚的时候,女方所有的财产都应当归男方所有。和旧时候处理嫁妆的办法是一样的。我知道你有一小笔钱,现在我告诉你,在咱们结婚的时候,你得签字,将它移交给我。在你仍然还是单身的时候,让你知道我心中在想些什么,并且决定你打算把它如何处理,是公平合理的。"

梅吉压根儿就没有想过她将守着这笔钱。她只是简简单单地设想,一旦她结了婚,这笔钱就是卢克的,而不是她的了。除了受过高等教育、极有地位的女人以外,所有澳大利亚的女人都受过这种熏陶,认为她们多多少少算是她们男人的一项财产。而梅吉对此尤其有切身体会。爸爸总是支配着菲和他的孩子们。自从他死了以后,菲就把鲍勃当作他的继承者,无所不从。男人拥有钱财、房屋、老婆和孩子。梅吉从来没有对他的这种权力产生过疑问。

"哦!"她惊呼道,"卢克,我不知道需要签署什么东西呀。我认为,我们一结婚,我的东西自然而然就归你所有了。"

"以前是这样的,可是,当堪培拉那些愚蠢的傻瓜给了妇女选举权以后,这规矩便被废止了。梅格安,我希望咱们之间的任何事情都公平合理,所以,现在我就向你讲明白事情将会怎样。"

她笑了起来。"好啦,卢克,我不在乎。"

她的做法就像个老派的贤妻一样;就是那个老多特也没这么好说话啊。"你有多少钱?"他问道。

"眼下,有14 000镑。每年我还可以拿到2000镑。"

他吹了个口哨。"14 000镑!哎哟!这可是一大笔钱呢,梅格安。最好让我来替你照看着这笔钱。下个星期，咱们可以去见银行经理，提醒我把将来的每一笔收入也都准确无误地写在我的名下。我不会动一个子儿，这你是知道的，这是以后用来购买牧场用的。以后的几年里，咱们俩得苦一场，把挣下的每一文钱都节省下来。好吗？"

她点了点头。"好吧，卢克。"

由于卢克一个微不足道的疏忽，险些使婚礼半途而废。他不是一个天主教徒。当沃蒂神父发现这一点的时候，他惊恐万状地举起了双手。

"仁慈的上帝啊，卢克，你怎么不早一些告诉我呢？真的，老天作证，在举行婚礼之前，我们要竭尽全力让你皈依，并且给你做洗礼的！"

卢克目瞪口呆地望着沃蒂神父，惊讶至极。"谁说过皈依的话，神父？我什么都不是，过得挺痛快，不过，要是你发愁的话，随便把我看成什么人都行。但是，把我当作一名天主教徒，办不到！"

他们的解释都是枉费心机。卢克根本就不接受皈依的主意。"我从来不反对天主教或爱尔兰自由邦，不过，我想，天主教徒在爱尔兰是很难混下去的。可我是个奥伦治人，而且不是个变节者。假如我是个天主教徒，而你想让我皈依卫理公会①，我的回答也是一样的。我反对当叛徒，我不会成为天主教徒的。因此，神父，你得把我和你的教民们区别对待，就是这么回事。"

"那么，你们不能结婚！"

"为什么不行？要是你不想让我们结婚的话，我认为英国教会的

---

① 基督教（新教）卫斯理宗的教会，是美国独立以后，美国卫斯理教派的教徒脱离圣公会而组成的独立的教会。

313

牧师，或律师哈里·高夫不会反对我们的婚姻。"

菲不痛快地笑了笑，她想起了她和帕迪与一个教士之间发生过的那些不幸的意外事件。而她平息了那场冲突。

"可是，卢克，我必须在教堂里结婚！"梅吉惊恐地抗议道，"要是不的话，我就要背着罪孽生活了！"

"哦，就我所知，在罪孽中生活也比变节好得多。"卢克说道，有时，他是个令人费解的、充满了矛盾的人。就像极力要得到梅吉的钱那样，那种鲁莽、执拗的脾气使他不肯稍让半步。

"喂，结束这种愚蠢的争执！"菲没有冲着卢克而是冲着教士说道，"按照帕迪和我的那种做法办，结束这场争论吧！要是托马斯神父不愿意玷污他的教堂，他可以在神父宅第为你们举行婚礼！"

大家全都惊讶错愕地盯着她，不过，这倒确实是一着妙棋。沃蒂神父让步了，同意在神父宅第给他们举行婚礼，尽管他拒绝在交换戒指时为他们送上祝福。

教会不完全的认可使梅吉觉得她犯下了罪孽，不过，还不至于糟到要下地狱。神父宅第的女管家、足智多谋的老安妮想尽了一切办法把沃蒂神父的书房装饰得尽量与教堂一样，摆上了几大花瓶鲜花和许多黄铜烛台。但这是一个让人心里不痛快的仪式，气鼓鼓的教士使大家觉得，他只是为了避免在别处举行世俗婚礼的窘迫局面，才进行这次结婚仪式的。既没有做婚礼弥撒，也没有祝福。

不管怎么样，事好歹算是办完了。梅吉成了卢克·奥尼尔太太。到目前为止，离原定到达北昆士兰和度蜜月的时间已经稍微有些迟了。卢克拒绝在帝国饭店度过星期六之夜，因为他要赶星期日从贡的维底到布里斯班的邮政列车的支线火车。而到贡的维底的车每周只有在星期六夜里才开一班。这趟邮政列车将在星期一准时将他们带到布里斯班，赶上去凯恩斯的快车。

贡的维底的火车拥挤不堪，没有一个能让人不受干扰的地方。

他们坐了整整一夜，因为这趟车没有挂卧铺车厢。一小时又一小时，列车毫无规律地、牢骚满腹地奔驰着。每当机车司机觉得该给自己来一铁罐茶的时候，或让一群羊沿着铁路漫步的时候，或和牲口贩子扯皮的时候，便让列车没完没了地停在那里。

"我不明白，为什么他们把贡的维底念成甘的维底，但又不愿意按这样拼写呢？"梅吉闲极无聊地问道。他们在那间按制度要求漆成的、糟糕透顶的绿色候车室里等候着，候车室里摆着黑色的长椅。这里是贡的维底在星期日时唯一开门的地方。可怜的梅吉，她很紧张，心里忐忑不安。

"我怎么能知道？"卢克叹了口气，他不想说话，一个心眼想快点儿订立干活的合同。由于这天是星期日，他们连一杯茶都搞不到。直到星期一早晨邮车到达布里斯班吃早餐的时候，他们才有机会填饱了他们的辘辘饥肠，解了解干渴。布里斯班之后便是南布里斯车站。他们慢慢地穿过这座城市，来到罗马街车站，搭上了去凯恩斯的火车。在这里，梅吉发现卢克订了两张二等车的硬板座票。

"卢克，咱们并不缺钱用呢！"她疲惫而又恼火地说道，"要是你忘记在银行里取些钱的话，我的钱包里还有鲍勃给我的100镑。你干吗不买一等卧铺票呢？"

他惊讶地低头望着她。"可是，到邓洛伊只有三天三夜的路啊！咱们俩都年轻力壮，身体健康，为什么要花钱坐卧铺呢！在火车上坐一会儿死不了，梅格安！你要明白，你嫁的是个普普通通的、老练的干活的人，不是一个该死的牧羊场主！"

于是，梅吉便在卢克为她抢占的一个靠窗子的座位上颓然坐下，用手托着发着抖的下巴，望着窗外。这样，卢克就不会发现她已经是泪水盈眶了。他对她讲话就像对一个没有责任感的孩子一样，她开始怀疑，他是否确确实实是这样看待她的了。她心里产生了反抗的情绪，但这情绪只是微微露头。她强烈的骄傲感不能容忍这种无理的责备。然而,她却暗自想,她是这个人的妻子,也许他对这个新情况还不习惯呢。得给他时间。他们将要住在一起,她要为他做饭、补衣、照料他,给他生儿育女,做他的好妻子。看看爸爸是怎样赏识妈,是怎样崇拜她的吧。得给卢克时间。

他们将要去一个叫作邓洛伊的镇子,离沿着昆士兰海岸线而行的铁路北端的凯恩斯只差50英里。他们在3英尺6英寸宽的窄轨铁路上前后颠簸摇晃了数千英里。车厢里的每个座位上都有人坐着,没有机会躺一躺,或舒展一下身子。尽管这地方村落比基里地区要稠密得多,生活更加精彩,但是她怎么也提不起兴趣来。

她的头在痛,吃不下东西,暑热难当,比基里任何一次暑热都要厉害。那件可爱的、粉绸的结婚服装被窗口吹进来的煤烟弄得污秽不堪,皮肤被无法蒸发的汗水弄得黏糊糊的。而比身体上的不舒服更令人烦恼的是,她几乎是在恨卢克了。显然,旅行根本没有使他感到疲劳或不舒服。他悠然自得地坐在那里和两个去卡德韦尔的男人东拉西扯。他只是在站起来,毫不在意地从她蜷缩着的身上俯向窗口时,才往她这边瞟一眼。他把一份卷起来的报纸向那些站在铁道边上、急于了解时局大事的人扔了过去。那些人手执钢锤子,衣衫褴褛。他们喊道:

"报纸!报纸!"

"是保养铁路的养路工。"他又坐下时,解释道。这是他头一次这样。

看来,他认为她和他一样感觉旅途愉快,舒适自在,以为飞掠而过的滨海平原让她入迷了。然而她却视若无睹地望着这片平原,在她没有真正踏上它之前,她就开始讨厌它了。

在卡德韦尔,那两个男人下了车。卢克穿过车站前的道路,到卖油煎鱼加炸土豆的铺子里,带回了一个用新报纸包着的包。

"亲爱的梅格安,他们说,卡德韦尔的鱼非得亲口尝尝才能知道其中的妙处。这是世界上最好的鱼。喂，来点儿。这是你尝的第一口地道的香蕉乡①食品。告诉你吧，没有比昆士兰再好的地方啦。"

梅吉瞥了一眼那一块块浸着奶油的油腻腻的鱼，用手绢捂住了嘴，快步向厕所跑去。他在过道里等着，过了一会儿，她走了出来，脸色苍白，浑身发抖。

"怎么啦？你觉得不舒服吗？"

"咱们一离开贡的维底，我就觉得不好受了。"

"老天爷呀！你干吗不对我说呢？"

"你为什么没发觉呢？"

"在我看来，你没啥事儿呀。"

"还有多远才能到？"她让步了，问道。

"三到六个小时，也许长点儿，也许短点儿。在这个地方，他们不怎么按时刻表行车。现在那些家伙已经走了，有不少空地方，你躺下吧，把脚丫子放在我的膝盖上。"

"哦，别像对孩子那样跟我说话！"她厉声说道，"要是他们早两天在邦达伯格下车的话，就好多了！"

"喂，梅格安，拿出点儿精神来！快到了。过了图里和因尼斯费尔就到邓洛伊了。"

时近傍晚，他们走下了火车。梅吉使劲抓着卢克的胳臂，她心性高傲，不肯承认自己已经无法正常走路了。他向站长打听到了一家接待干活人的旅店，然后提起他们的箱子，向站外的街道走去。梅吉跟在他身后，像喝醉了酒似的摇摇晃晃。

"只要走到这条街那一边的尽头就行了，"他安慰道，"就是那个白色的二层楼房。"

---

① 澳大利亚昆士兰州的别称。

虽然他们的房间很小，摆满了许多维多利亚时代的家具，显得有些拥挤，但在梅吉看来就赛似天堂了。她一头倒在了双人床的边上。

"亲爱的，吃饭前先躺一会儿。我到外面找找路标去。"他说着，便从房间溜达出去，看上去就像他们结婚的那天早晨一样生气勃勃，悠然自得。那天是星期六，而今天已经是星期三傍晚了。他们整整在弥漫着令人窒息的纸烟和煤烟的喧闹车厢里坐了五天。

当咔咔作响的火车钢轮经过铁轨连接点的时候，床就在单调地摇动着，可是，梅吉却欣然地扑在枕头上，沉沉睡去。

有人把她的鞋和长筒袜脱了下来，给她盖上了一条被单。梅吉被惊醒了，睁开眼四下看了看。卢克坐在窗架上，蜷起一条腿，正在抽着烟。她一动，他便回过头来，望着她，他笑了。

"你是个多好的新娘啊！我正在这儿盼着度我的蜜月，可我的老婆却倒头睡了差不多两天！当我叫不醒你的时候，我还真有点儿担心呢。不过，客店老板说，乘火车旅行和这种潮气就能把女人折腾成这样。他说，只要让你把疲劳睡过去就行了。现在你觉得怎么样？"

她身子发僵地坐了起来，伸了伸胳臂，打着哈欠。"我觉得好多了，谢谢你。哦，卢克！我知道我年轻力壮，可我是个女人啊！我不能像你那样受这种身体上的折磨。"

他走了过来，坐在床沿上，用一种颇为动人的、后悔的姿态，抚摩着她的胳膊。"对不起，梅格安，真是对不住。我没有想到你是一个女人，对身边带着妻子还不习惯，就是这么回事。你生气吗？宝贝儿？"

"我饿了。你没想到，自从上次吃过东西到现在已经有一个星期了吗？"

"那你干吗不洗个澡,穿上一套新衣服,到外面瞧瞧邓洛伊呢?"

客店的隔壁是一家中国餐馆,在那里,卢克让梅吉有生以来头一次尝到了东方食品。她饿坏了,什么东西都会觉得好吃的,可是,这种吃食却特别鲜美可口。她也顾不上那菜肴是老鼠尾巴做的,还是鱼翅或鸡鸭肚做的了。在基兰博就有这样风言风语的传说,说这里只有一家希腊人开的馆子卖牛排和油煎土豆片。卢克从店里带来了几瓶两夸脱①装的啤酒,非要她喝一杯不可,尽管她不喜欢喝啤酒。

"先喝点儿水就没事了,"他建议道,"啤酒不会让你身上发软的。"

饭后,他挽着她的胳臂,趾高气扬地在邓洛伊镇上散着步,就好像他拥有这个镇子似的。另一方面,卢克是个天生的昆士兰人,邓洛伊是个多好的地方啊!它的外貌和特点与西部的城镇迥然不同。也许它的规模和基里差不多,但是,走在一条主要街道上却永远不会看到那杂乱无章的建筑。邓洛伊是井井有条地建成的一个方形市镇,所有的店铺和房屋都漆成了白色,而不是棕色。窗户上都装着垂直的木气窗,大概是为了通风。凡是可能的地方,都省去了房顶。就说那座电影院吧,里面有一个银幕,有带气窗的墙和一排排船上用的帆布桌椅,但却完全没有顶棚。

镇子的四周有一片名副其实的丛林。到处都缠绕着葡萄藤和爬山虎——盘上了桩柱,爬满了房顶,攀附着墙壁。树木随随便便地长在道路的中间,或者把房子建在树木的周围,也可能树就从房子中间长出来。要想说清树木或人们的住宅孰先孰后,是根本办不到的。给人最强烈的印象是,一切植物都在毫无控制地、蓬蓬勃勃地生长着。椰子树比德罗海达的魔鬼桉还要高大,还要挺拔,树叶

---

① 夸脱,容量单位,1夸脱,英制合1.136升,美制合0.946升。

在深远的、令人目眩的蓝天下摆动着。在梅吉看来，这里到处都闪动着强烈的色彩。这里没有棕灰色的土地。每一种树似乎都花朵累累——紫红、橙黄、鲜红、浅粉、莹蓝、雪白。

这里有许多中国人，他们穿着黑绸裤，黑白相间的小鞋，白色的短袜，马褂领的衬衫，背后拖着一条辫子。男男女女长得都十分相像，梅吉发现要说出谁是男，谁是女，非常困难。整个城镇的经济命脉似乎都掌握在中国人手里。这里有一家比基里任何一个商店都要货丰物盈的百货店。店名是中国名字，招牌上写着：阿王百货店。

所有的房子都建在很高的木基桩上，就像德罗海达的那幢牧工头住宅一样。卢克解释说，这是为了最大限度地获得周围的空气，并且保证不会因遭受白蚁之灾而在建成后一年垮塌。在每一根桩子的顶部，都有一块边缘下折的马口铁皮。白蚁的身子中间无法弯曲，这样，它们就无法爬过马口铁护板，进入房屋本身的木头了。当然，它们尽情受用那些木桩。不过，当一根木桩朽了的时候，可以把它取走，代之以新的木桩。比起建造新房屋来，这方法既方便又省钱。大多数花园都像是丛林，长着竹子和棕榈，仿佛居民们已经放弃保护植物区秩序的打算了。

那些男人和女人使她感到吃惊。和卢克一起去吃饭和散步的时候，她按照习惯穿上了高跟鞋，长丝袜，缎子长衬衣和轻飘飘的、带腰带的半截袖绸外衣。她头上戴着一顶大草帽，手上戴着手套。最让她恼火的是，人们盯着她的那种眼光使她产生一种不舒服的感觉，她是个穿着不合时宜的人！

男人都是赤脚露背，其中大多数都袒胸露怀，除了土黄色的卡其布短裤之外，什么都不穿。少数遮盖着胸膛的人穿的不是衬衫，而是运动员式的背心。女人们更糟糕。少数仅马马虎虎地穿着棉布衣服，显然，她们把内衣全部省去了。她们不穿长袜，脚上马虎邋遢地蹬着便鞋。但大多数女人都穿着超短裤，赤着脚，无袖的衬衫不雅观地遮着乳房。邓洛伊是个开化的镇子，不是个穷困的海滩。但在这里，土生土长的白人居民不知羞耻地光着身子，四处闲逛着，中国人反而穿得要好一些。

到处都是自行车，数量成百上千。汽车很少，根本看不到马。是啊，和基里大不一样。这里天气很热，热不可耐。他们路过一只温度计，上面令人难以置信地仅仅指在90度上。基里有115度，可好像比这里凉快得多。梅吉觉得自己似乎是在凝固的气体中走动着，呼吸的时候，觉得肺里充满了水。

"卢克，我受不了啦！求求你，咱们回去好吗？"还没走到1英里，她就气喘吁吁了。

"要是你想回，就回去吧。你觉得潮气逼人吧？不论冬夏，这里的湿度很少低于百分之九十，温度很少低于85度或高于95度。季节的变化很不显著，可是在夏天大暑的时候，季风能使湿度高达百分之百。"

"夏天下雨，冬天不下雨？"

"一年到头都下雨。季风总是光临此地，不刮季风的时候，就换成了东南风。东南风也带来许多雨水。邓洛伊的年降雨量在100英寸到300英寸之间。"

一年下300英寸的雨！老天要是给可怜的基里开恩下上50英寸的雨，人们就欣喜若狂了，然而离基里2000英里的此地竟多达300英寸。

"夜里也不凉快吗？"他们到了客店之后，梅吉问道；比起这种蒸汽浴来，基里炎热的夜晚又是可以忍受的了。

"不太凉快。你会习惯的。"他打开了他们房间的门，转过身站在那里，让她进去。"我要到酒吧间喝啤酒去，不过，一个半小时后就回来。这段时间对你来说应当是绰绰有余了。"

她吃了一惊,匆匆地看了看他的脸。"是的,卢克。"

邓洛伊地处南纬17度,因此,夜幕是在骤然之间降临的。前一分钟,太阳好像刚刚西沉,后一分钟浓重的夜色便笼罩了大地,伸手不见五指了。天气暖洋洋的。卢克回来的时候,梅吉已经熄了灯,躺在床上,被单拉在下巴下。他笑着伸出手去,把被单从她身上揭去,扔在了地板上。

"天够热的,亲爱的!咱们不需要被单。"

她能听见他在四处走动着,隐隐地能看见他正在脱衣的身影。"我把你的睡衣放在梳妆台上了。"她低低地说道。

"睡衣?这种天穿那个?我知道,在基里,他们对男人不穿睡衣的想法会感到意外,可这儿是邓洛伊!你真的穿着睡衣吗?"

"是的。"

"那就脱掉吧,不管怎么说,这该死的东西只会成为累赘。"

梅吉笨手笨脚地设法脱下了那件上等细布做的睡衣,为了她的新婚之夜史密斯太太好心好意地在上面绣了花。谢天谢地,屋里很黑,他看不见她。他说得对,光着身子躺着,让敞开的气窗里吹进的微风轻轻拂着她的全身,要凉快得多。但是,一想到另一个热乎乎的身体要和她躺在一张床上,未免有些扫兴。

床上的弹簧吱吱嘎嘎地响着。梅吉感到那潮乎乎的皮肤挨着了她的胳臂,她吓了一跳。他侧过身来,将她拉到怀里,吻着她。起初,她顺从地躺着,竭力不去想那张开的嘴和那伸将过来的、粗野的舌头,但随后她就开始往外挣了。她不想紧贴着那热乎乎的身体,不想接吻,不想要卢克。这和从鲁德纳·胡尼施回来的那天夜里在劳斯莱斯汽车中的滋味一点儿也不一样。她似乎在他身上根本就看不到为她着想的意思。他身体的一部分强行压着她的大腿,与此同时,一只手——那手上的指甲厚硬、尖锐——从她的臀部中间插了进去。她的害怕变成了恐惧,但是他身体的力量和决心把她制服了。

他根本就没有意识到她的心情。突然，他放开了她，坐了起来，似乎在他自己的身上摸索着，猛地拉上了什么东西。

"用不着担心，"他喘着气，"仰面躺着，是时候了。不，不是那样！分开你的腿，看在上帝的分上！你就什么都不懂吗？"

不，不，卢克，我不！她想哭喊。这太可怕了，太令人厌恶了。不管你打算对我怎样，都不可能得到教会或人类法则的允许！事实上，他已经压在了她的身上，抬起了臀部，一只手按着她，另一只手牢牢地插在她的头发里，使她动也不敢动。她试图按照他的愿望去做。她嘴里发出了又长又响的尖叫声。

"闭嘴！"他哼哼着说道，把手从她的头发里拿了出来，提防地捂住了她的嘴。"你想干什么，想让这家该死的客店以为我在谋杀你吗？安静地躺着！**好好躺着！**"

她挣扎着，一心想摆脱这可怕而又痛苦的事，但是他身体的重量使她动弹不得。他的手捂住了她的喊叫声。他大发慈悲地从她的身上滚了下来，仰面躺着，气喘吁吁。

"下回就会好多了。"他吃力地说道。

那么，你为什么不事先体体面面地告诉我呢？她想咆哮，可是，她已经完全没有力气说话了，只想快些死了才好。这不仅仅是由于疼痛，而且也是因为她发现她在他眼里毫无地位，只是一个工具罢了。

第二次疼痛依然如旧，第三次还是如此。卢克本希望第一次之后她的不舒适感能奇妙地消失（就像他说的那样），因此，他不理解她为什么还是要挣扎、喊叫。卢克很恼火，把后背对着她，睡觉了。泪水从梅吉的脸上流下来，流进了头发里。她仰面躺着，希望死去，或重新回到德罗海达的旧日生活中去。

多年前，拉尔夫神父告诉她的得到孩子的神秘方法，指的就是这个吗？没想到是通过这样一种微妙的方式才理解了他那番话的意思。难怪他不愿意亲口解释得更明白啊。然而卢克却老实不客气地

323

用实际行动频频解释了三回。显然,他并不疼。因此,她发现自己在恨他,恨这种事。

梅吉又累又疼,一动就痛极难忍。她磨磨蹭蹭地侧过身去,背对着卢克,扑在枕头上饮泣着。她睡不着觉,尽管卢克睡得很熟。她那战战兢兢的微动连对他呼吸的节奏都没有影响。他睡觉没那么多毛病,很老实,既不打鼾,也不来回翻身。在她等待黎明来临的时候,她想道,倘若事情仅仅是一起躺躺的话,也许她会发现他倒是个好伴儿。黎明就像黑夜一样迅速而又令人悲哀地来临了。听不到雄鸡报晓声,以及另外那些唤醒德罗海达的羊叫、马嘶、猪哼和狗吠。这似乎有些奇怪。

卢克醒了,他转过身来。她觉得他在吻着她的肩膀,她已经如此疲乏,渴念故土,忘记了羞怯,顾不上盖住自己的身体。

"喂,梅格安,让咱瞧瞧你,"他命令道,一只手放在她的臀上,"转过来,就像个听话的小姑娘一样。"

今天早晨没有什么要紧事。梅吉转过身来,畏畏缩缩的,躺在那里呆滞地望着他。"我不喜欢梅格安这个名字,"她说道,这是她唯一能想出的抗辩,"我实在希望你叫我梅吉。"

"我不喜欢梅吉这个名字。不过,要是你真这样讨厌梅格安这个名字的话,我就管你叫梅格好啦。"他那目不转睛的眼光如醉如痴地上下看着她的身体。"你的线条多好啊。"他摸着她的一个乳房,粉色的乳头是瘪的,鼓不起来了。他把几个枕头摞了起来,靠在上面,微微笑着。"喂,梅格,亲我。该轮到你和我做爱了,也许你会更喜欢这个,嗯?"

只要我活着,我就绝不想再吻你了,她想道。梅吉是在那些只要有女人在场就从不脱一层衣服的男人中间长大的,但是,在炎热的季节,从敞开的衬衣领口能看到他们那多毛的胸脯。他们都是汗毛很重的人,没有使她产生过厌恶感;可这个肤色黑黑的男人却很异样，令人生厌。拉尔夫也是有那样一头黑发，但她清清楚楚地记得他那光滑而又无毛的胸膛。

"按照我说的那样做，梅格！亲我。"

"哦，求求你，卢克，别再来了！"她哭着。"求求你，别再来了！求求你，求求你！"

那双湛蓝的眼睛若有所思地审视着她。"就疼得那么厉害吗？好吧，那咱们来点儿别的吧。不过，看在上帝的分上，一定要来点情绪。"

男人是多奇怪的生物啊，就好像这种事是世界上最快活的事儿似的，干得那样起劲。这种冒牌的爱情真是叫人恶心。要不是梅吉希望这种事最终会带来一个孩子的话，她早就直截了当地拒绝再进行下去了。

"我已经给你找到了一个工作。"在客店的餐厅里吃早饭的时候，卢克说道。

"什么？在我还没有来得及给咱们安排一个舒适的家之前吗，卢克？在我们**甚至还没有**一个家之前吗？"

"咱们租一幢房子毫无用处，梅格。我要去割甘蔗，一切都安排好了。昆士兰州最好的蔗工帮是一个叫阿恩·斯温森的家伙领导的。这个蔗工帮里有瑞典人、波兰人和爱尔兰人。你在旅途后蒙头大睡的时候，我已经见过他了。他还差一个人手，愿意考察我一下。也就是说，我要和他们一起住在工棚里。我们一个星期割六天，从日出到日落。不仅如此，我们还得在海岸地区来来去去，不管哪儿有活儿都得去。我挣多少钱，要看我能割多少甘蔗。要是我割得和阿恩的那帮人一样好，一个星期我就能挣回20镑！20镑一星期呀！你能想象得出那是什么劲头吗？"

"卢克，你是想对我说，我们将不住在一起吗？"

"不住在一起,梅格!那些男人不会让一个女人待在工棚里的。你独自一人占一幢房子有什么用呢?你最好也去工作。这都是为了给咱们的牧场攒钱哪。"

"可我住在哪儿呢?我能干什么活儿呢?这里也没有牲口可放。"

"是啊,太可惜了。这就是为什么我给你找个住在雇主家的工作,梅格。你将免费用餐,我就用不着花钱养活你了。你到黑米尔霍克去当女管家,那是路德维格·穆勒的地方。他是这个地区最大的甘蔗老板,他老婆是个病人,没法亲自管家。明天早晨我就带你到那儿去。"

"可我什么时候能见到你呢,卢克?"

"星期天。路迪①明白你是个结过婚的人,要是你星期日不在的话,他不会介意的。"

"哦!你当然是把事情安排得叫你心满意足了,对吗?"

"我想是的。哦,梅格,我们就要发财啦!我们要苦干一场,节省每一分钱。我们能在西昆士兰给自己买一片最好的牧场,这个日子不久了。我在基里的银行里有14 000镑,每年还有2000镑入账,咱们每年还能挣1300镑。不会太久的,亲爱的,我保证。为了我而默默地忍受吧,嗯?现在咱们干得越苦,也就意味着你能越早地看到你自己的厨房。这种时候,为什么要躲在一幢租来的房子里呢?"

"如果这就是你的愿望,那就依你吧。"她低头看着自己的钱包说,"卢克,你拿走了我的那几百镑吗?"

"我把它存到银行里去了,你不能把钱带在身边,梅格。"

"可是你一个不剩地都拿走了!我一文不名了!我如果需要花钱该怎么办呀?"

---

① 路德维格的昵称。

"你为什么还想花钱呢？上午你就要到黑米尔霍克了。而在那里你什么都用不着花。客店的账我会付的。该是你明白你嫁的是个干活人的时候了，梅格。你已经不是个花钱如流水的、娇生惯养的牧场主的女儿了。穆勒将直接把你的工资记在我的银行账户上，和我的钱存在一起。我自己也不花钱，梅格，这你是知道的。这笔钱咱们俩谁都不碰，因为这是为了咱们的将来，咱们的牧场。"

"好吧，我明白。你是个聪明人，卢克，不过，要是我怀了孩子该怎么办呀？"

有那么一会儿，他打算告诉她实话，即在牧场没有成为实际之前是不会有孩子的。可是，她脸上的某种神态使他决定不告诉她了。

"唔，船到桥前自然直，好吗？在没有买到牧场之前，我宁愿不要孩子，所以，咱们就盼着没有孩子吧。"

没有家，没有钱，没有孩子，没有丈夫去干那种事了。梅吉笑了起来。卢克靠向她，举起了他的茶杯来了一句祝词。

"为如意袋①干杯。"他说道。

上午，他们坐当地的公共汽车到黑米尔霍克去了。那辆破旧的福特车窗上没玻璃，只能乘12个人。梅吉觉得好多了，因为，当她只让卢克吻她的乳房的时候，他就饶过她了，而且他似乎和喜欢那种可怕的事一样喜欢这样。她想要孩子时，心急火燎，可她勇气不足。兴许，就这样也已经有孩子了，她无须为此再烦恼了，除非她还想再要孩子。她目光闪闪地望了望周围，汽车沿着红色的、肮脏的道路咣咣作响地奔驰着。

这一带乡村和基里判若两样，让人透不过气来。她不得不承认，这里有一种基里所不具有的壮观和美丽。一望便知，这里不缺水。

---

① 避孕套的俗称。

土壤是鲜明如血的鲜红色，没有休耕的田地里的甘蔗正好和土壤的颜色截然相反：与卢克胳膊一般粗细的紫红色蔗秆上，晃动着15或20英寸长的绿油油的叶子。卢克热情非凡地说，世界上任何地方的甘蔗都没有这里的长得高，出糖量多，它的产量是已知最高的。那鲜红的土壤层厚达100多英尺，土壤含有多种丰富的养料，尤其是有充沛的雨水，甘蔗是非长得其好无比不可的。而且，世界上没有任何地方像这里一样，雇用白人来收割。这些白人都干劲十足，拼命想挣钱。

"看来你对街头演说倒很在行，卢克。"梅吉挖苦地说道。

他斜睨了她一眼，感到很意外，但是他忍住了，没说什么，因为公共汽车停在了路边，该他们下车了。

黑米尔霍克是山顶上一幢很大的白房子，周围长满了椰子树、香蕉树以及较矮的、美丽的棕榈树，它那向外张开的、大扇子似的叶子宛如孔雀的尾毛。一片40英尺高的竹林挡住了最令人头疼的西北季风。尽管那房子坐落在山顶上，但它的下面，仍然支着15英尺的木桩。

卢克扛着她的箱子，梅吉在他的身边吃力地沿着红土路爬着，气喘吁吁。她依然穿着那双正正规规的鞋和长筒袜，帽子萎靡不振地扣在头上。那位甘蔗大王不在家，但是，在他们拾级而上的时候，他的太太却架着两拐在外面的廊子里迎接他们。她笑容满面。梅吉一看到她那张慈祥和蔼的脸，便马上觉得好多了。

"请进，请进！"她带着浓重的澳大利亚口音说道。

梅吉本来以为会听到一口德国腔呢，所以现在她心里感到无限快慰。卢克放下箱子，在那位太太从木拐上腾出右手以后，和她握了握手，然后，便急急忙忙、脚步咚咚地下了台阶，赶回程的汽车去了。阿恩·斯温森10点钟要在客店外面带他走呢。

"你叫什么名字，奥尼尔太太？"

"梅吉。"

"哦,好名字。我叫安妮,我宁愿让你叫我安妮。自从一个月前我的女仆离开我以后,真是孤独寂寞啊。不过,要找个好管家很不容易,所以我就自己对付着干。这里只有我和路迪要照顾,我们没有孩子。我希望你愿意和我们住在一块儿,梅吉。"

"我相信会的,穆勒——安妮太太。"

"我带你看看你的房间去吧。你对付得了这只箱子吗?恐怕我扛东西不太行。"

就像这幢房子的其他部分一样,这个房子陈设简朴,但这是这幢房子中唯一一间可以不受那道防风林的阻碍而远眺的房间。这房间和起居室共用一条外廊。在梅吉看来,那间摆着藤条家具、缺少窗帘之类纺织物的起居室似乎显得空荡荡的。

"在这里穿丝绒或印花棉布的衣服太热了,"安妮解释道,"我们只用藤条家具,并且在看得过去的情况下,尽可能穿得少。我不得不教教你,不然你会活不下去的。你穿得太多啦。"

她自己穿的是一件开领很低的无袖汗衫和一条很短的短裤,短裤下面是她那双可怜的、扭曲的腿,步履蹒跚。在说服卢克给她买新衣服之前,梅吉只好问安妮借衣服了,她很快就找到了相类似的衣服。她不得不解释手中无钱,这是件丢脸的事,可是,这样丢一下脸至少可以摆脱她短衣少穿的窘境。

"唔,你穿我的短裤肯定比我要好看。"安妮说道。她继续发表她那轻松活泼的宏论。"路迪会给你弄来木柴的,你用不着自己去劈,或者把木柴拖上台阶。我希望咱们能像邓尼[①]附近的那些地方一样用上电炉。政府的动作慢透了。也许来年电线能架到黑米尔霍克,

---

[①] 邓洛伊的简称。

但是在那之前,恐怕还得用这种可怕的老式火炉。不过,你等着吧,梅吉!只要他们给电,咱们就有电炉子、电灯和电冰箱用了。"

"我对没有这些东西过日子已经习惯了。"

"是啊,可是你来的那地方,热天的时候很干燥。这里就糟得多啦,我只是怕你的健康受到损害。对那些不是此地出生、迁居这里的女人,常常会这样的。血液会受某些影响。你知道,我们这地方和北半球的孟买、仰光在同一纬度上。除非在本地出生,人或牲口都适应不了这地方。"她微笑着,"哦,已经把你请到,真是太好了!我和你会过得愉快的!你喜欢读书吗?我和路迪有读书癖。"

梅吉脸上放出光来。"哦,我喜欢读书!"

"好极啦!你会感到很满足,不会想念你那漂亮的丈夫了。"

梅吉没有回答。想念卢克?他长得漂亮吗?她想,倘若她从此再也不见到他,她倒会十分快活的。但他是她的丈夫,法律规定,她必须和他一起生活。她是心甘情愿走进这种生活的,除了她自己以外,谁也怨不得。也许,当挣足了钱,购买西昆士兰的牧场成为现实的时候,就到了卢克和她在一起生活的时候了,安家立业,互相了解,相敬如宾。

他不是个坏人,或者说不像是个坏人,只是他独身已久,不知道该怎么和另外一个人共同生活罢了。他是个头脑简单的人,冷酷地追求着一个专一的目标,百折不回。他想得到的是一种具体的东西,纵使只是一个梦想。经过不懈的努力和艰苦的牺牲,肯定会得到实实在在的报答。为此,人们得尊敬他。她片刻也没想过,他会花钱让他自己过得豪华舒适。他是说话算数的。钱将留在银行里。

麻烦的是,他没有时间,也不愿意去理解一个女人。他似乎不知道女人和男人是有区别的,需要他所不需要的东西,正如他所需要的东西她不需要一样。不过,事情本可能更糟糕,他本有可能找到的是比安妮·穆勒冷酷得多而又不体贴人的雇主。在这个山顶上，她反倒不会受到任何伤害。哦，可是这里和德罗海达太不一样了！

她们巡视完了这幢房子，一起站在起居室的外廊上，眺望着黑米尔霍克。刚才的那种思绪又沛然涌上心头。人们无法把成片的甘蔗称为围场，因为它的范围很小，一眼可以望尽，随风摇摆，长势茂盛，不停地闪着光，呈现出雨水冲刷后的翠绿。蔗田从一个长长的斜坡上一直连绵逶迤到一条丛林莽莽的大河岸上，这条河比巴温河要宽得多。在河流的远处，又重新出现了蔗田，那令人不快的绿色和紫色的蔗秆杂然相处，一方一方经过精耕的田地一直延伸到一座大山的脚下，接着又是一片丛林。远方，在这座山峰的后面，耸立着另外一些山峰，在遥远的地方呈现出淡紫色。蓝色的天空比基里要瑰丽、深远，飘过一团团浓云，整个色调显得生机盎然，非常热烈。

"那是巴特莱·弗里尔山，"安妮指着那座孤零零的山峰，说道，"海拔6000英尺。听说它蕴藏着丰富的锡矿，可是，因为丛林密布，无法开采。"

随着令人气闷的、徐徐吹动的风飘来一股强烈的、令人作呕的恶臭。自从梅吉下火车以来，她的嗅觉就一直没闲着过。这气味像是一股朽烂的味道，但又不完全像，带着一种令人无法忍受的甜丝丝的味道，四处弥漫着，简直可以触摸得到，不管风吹得多猛，似乎都无法使这种气味减少。

"你闻到的是糖蜜味儿。"安妮注意到梅吉的鼻子在翕动着，便说道。她点燃了一支特制的阿戴兹香烟。

"这味道让人恶心。"

"我知道，这就是我抽烟的原因。不过，在某种程度上你会习惯它的，尽管大部分气味永远也不会消失。日复一日，这里永远有糖蜜味儿。"

"河边那些有黑烟囱的建筑物是什么？"

"那是工厂，在那里甘蔗被加工成原糖。剩下的东西，就是残留有糖分的干剩余物，就叫作蔗渣。原糖和蔗渣被送到南方的悉尼，作进一步提纯。从原糖里，他们提炼出糖浆、糖蜜、红糖、白糖、金色糖汁和流汁葡萄糖。蔗渣用来制造成像梅索奈特①那样的建筑纤维板。什么都不会浪费的，一点儿都不会浪费。这就是为什么在这次经济萧条中，种甘蔗依然是一种很赚钱的买卖。"

阿恩·斯温森身高6英尺2英寸，和卢克一样高，而且同样清秀。他那裸露的身体由于终年暴露在阳光下而变成了深棕色，满头都是粗密的金黄色鬈发。那俊美的瑞典人特征与卢克的特点如此相似，从中可以毫不费力地看出在苏格兰人和爱尔兰人的血管里渗透着多少斯堪的纳维亚人的血液。

卢克已经脱去了厚毛头布裤和白衬衫，穿上了短裤。他和阿恩登上了一辆陈旧的、呼哧直喘的T型通用卡车，动身到那帮正在贡底②附近割甘蔗的人那里去了。他随身带着的那辆旧货店买来的自行车和他的箱子一起放在车厢上。他渴望开始干活儿。

那些人从一清早就开始割甘蔗，卢克跟在阿恩身边出现在工棚方向的时候，他们连头都没抬。割甘蔗时穿戴的工作服是短裤、靴子、厚毛袜和帆布帽。卢克眯起眼睛，盯着那些正在苦干的人。这是一幅奇特的景象。他们从头到脚都是漆黑的污垢，汗水在胸膛上、胳臂上和后背上开出了粉红色的细道。

"这是甘蔗上的烟垢和粪肥弄的，"阿恩解释道，"在收割之前，我们得烧一烧这些甘蔗。"

---

① 这是一种用作绝缘体的纤维板的商标名。
② 贡的维底的简称。

他弯腰拾起两件工具,给了卢克一件,他自己拿着一件。"这是甘蔗刀,"他说着,举起了他那把砍刀,"你就用这个割甘蔗。要是你知道怎么用的话,使起来很容易。"他露齿一笑,做起了示范,尽量做出轻松自如的样子。

卢克望着手中握着的那把毫无光泽的家伙,这东西和西印度的甘蔗砍刀截然不同。它是逐渐展宽成一个大三角形,而不是逐渐收缩成一个尖。它有两个刃端,其中一端有一个令人厌恶的弯钩,就像公鸡的后爪。

"对北昆士兰的甘蔗来说,西印度的那种砍刀太小了,"阿恩停止了他的示范,说道,"你会发现,这是一种合用的家伙,要让它保持锋利,祝你好运气。"

他走到了自己分管的那一段,留下卢克在那里踌躇地站了一会儿。随后,他耸了耸肩膀,开始干起活来。几分钟之内,他便明白,他们为什么要让奴隶和那些头脑简单得不知道还有其他更容易一些的谋生方式的人种使用这种工具了。和剪羊毛一样,他带着一种讽刺性的幽默想道。弯腰,砍劈,直腰,牢牢地抓住那不好控制的、头重脚轻的甘蔗捆,从头往下一捋,劈掉叶子,有条不紊地放成一堆,再接着割另一束甘蔗秆。弯腰,砍劈,劈叶,将它放到那一堆上去……

许多毒虫害兽和甘蔗一起生长着:老鼠、袋狸、蟑螂、癞蛤蟆、蜘蛛、蚊子、黄蜂、苍蝇和蜜蜂。各种各样毒咬痛螫的东西,无所不有。因此,蔗工们要先烧一烧甘蔗,宁愿把翠绿的、生气勃勃的甘蔗糟践得一塌糊涂,在干活的时候被那烧焦的庄稼弄得身上肮脏不堪。即便如此,他们还是不免被咬、被螫、被割破。要不是卢克穿着一双靴子的话,他的那双脚就比手更糟糕了,但没有一个蔗工戴手套。手套会使人的速度慢下来,在这个行当中,时间就是金钱。此外,手套太女人气了。

日落时分，阿恩命令收工，并走过来，看看卢克的进展如何。

"嘿，好伙计！"他拍着卢克的后背，喊道，"5吨，头一天这样就不赖了！"

回工棚的路并不远，可是，热带的黑夜来得真快，等他们到了工棚时，天已经漆黑了。在进工棚之前，他们脱光了身子，一起来了个淋浴，随后，把手巾围在腰上，成群结伙地进了工棚。不管哪个蔗工在这个星期当班做饭，也不管他擅长做什么饭，反正桌上的饭食已经摆得满满当当的。今天是牛排、土豆、苏打面包和果酱布丁卷。这些汉子一拥而上，狼吞虎咽，把最后一个面包渣都贪婪地吃了下去。

沿着瓦楞铁皮建成的长屋，是两排面对面的铁床。这些人用一种赶阉牛的人也会赞美不已的、创造性的话语咒骂着甘蔗，唉声叹气。他们光着身子，沉重地倒在未漂过的床单上，从铁环上拉下蚊帐，不一会儿，就睡着了。纱布帐下，躺着模糊不清的身影。

阿恩把卢克留了下来。"让我瞧瞧你的手。"他检查着那血渍斑斑的割伤、水泡和螫伤，"先敷上风铃草，然后再用这种药膏。要是你接受我的建议的话，你就每天晚上用椰子油擦手，擦一辈子。你生就一双大手，所以，你的后背要是受得了这种活计的话，你会成为一个好蔗工的。一个星期内你就能练出来，不会这么疼了。"

卢克那健壮的身体上，每一块肌肉都在不同程度地疼着。除了感到浑身上下像钉在十字架上那样疼痛之外，他什么感觉都没有了。两只手都涂上了药膏，包了起来，伸直了身子躺在分配给他的那张床上。他拉下蚊帐，在那周围都是令人窒息的小洞眼的天地里，合上了眼睛。他要早知道不可避免地要忍受这种考验，他决不会愿意在梅吉身上浪费他体内的精华的。在他的思想深处，她已经成了一个凋萎、多余、不受欢迎的形象，被打入冷宫了。他知道，在他割甘蔗的时候，他会将她抛到脑后去的。

正像预言过的那样，一个星期之后他磨炼出来了，达到了阿恩对这伙人的最高要求，日割8吨。随后，他一心一意要赶过阿恩。他想得到这笔钱中最大的份额，也许还能成为一个合伙人呢。但是，他最想看到的是，每个人看阿恩的神态跟看他的是一样的。阿恩真有点儿神了，他是昆士兰最好的蔗工，这也许就意味着他是世界上最好的蔗工。星期六晚上他们进城的时候，当地的男人没完没了地给阿恩买朗姆酒和啤酒，当地的女人就像一群蜂鸟似的熙熙攘攘挤在他的身边。在阿恩和卢克身上有许多相似之处。对于女人的盛赞艳羡他们既感到自负，又感到受用，但也就到此为止。他们什么都不曾给过那些女人，他们把一切都献给了甘蔗。

对卢克来说，这工作具有一种美好而又痛苦的感觉，好像他终生都在等待这种感觉似的。在这种常人力所不能及的活计中，那带着宗教仪式般节奏的弯腰、直腰、弯腰，具有某种神秘的意味。在观看阿恩对他进行示范的时候，他想，能够胜任这种活儿，就会成为全世界体力劳动者最精干队伍中的佼佼者；不管他走到哪里，都可以引为自豪，因为他知道，他所遇到的人，几乎有一个算一个，都顶不住在甘蔗田里干一天。英国国王也不比他强，要是英国国王认识他的话，也会对他赞不绝口的。他可以用垂悯和蔑视的眼光看待医生、律师、耍笔杆的人和老板们。渴望金钱的白人就得去割甘蔗——这是一个伟大的事业。

他愿意坐在铁床的边上，体味着他胳臂上那条条凸起的肌肉在发酸发胀，看着那双布满老茧和疤痕的手掌，那棕褐色的、线条优美的腿。他笑了。一个能干这种活儿的男人，一个不仅能忍受下来而且还喜欢这种活儿的男人，才真正是条汉子呢。他怀疑英国国王是否能明白这个。

梅吉见到卢克，是在四个星期之后。每个星期日，她都在自己那汗津津的鼻子上扑点儿香粉,穿上一件俏丽的绸子衣服——尽管她已经不再受长衬衣和长筒袜的罪了——等待着她的丈夫。而他根本没来。安妮和路迪·穆勒什么都没说。每个星期日,当夜色突如其来地降临,就像灯光明亮、空荡荡的舞台突然落下了大幕的时候,他们只能眼巴巴地看着她那一团高兴慢慢地泄了劲。确切地讲,并不是因为她需要他,只是因为他是她的,或她是他的,不管怎么说最恰当吧。想想吧,在她日复一日、一星期又一星期地等着他,无时无刻不挂牵的时候,他居然没有想到她。一想到这个,不由人心中不充满了恼怒、沮丧、辛酸、羞愤和凄婉。就像在邓尼小客店那两夜一样,她感到厌恶。那时她至少是头一次跟他在一起。现在,她发现自己实际上希望当时与其疼得叫喊,还不如把舌头咬掉呢。当然,事情就是这样的,她那受罪的样子使他对她感到厌倦了,破坏了他的快乐。由于他对她的疼痛漠然处之,她生过他的气,可现在她后悔了,最后,她感到这全都怨自己。

第四个星期天,她没有煞费苦心地打扮一番,只是穿着短裤、汗衫,光着脚在厨房里走动着,给路迪和安妮做了一顿热气腾腾的早餐。他们每个星期享用一次这种与天气颇不协调的食物。当后台阶上响起脚步声的时候,她从咸肉嘶嘶作响的平锅旁回过头去。有那么一阵,她只是呆呆地盯着站在门口的那个高大多毛的汉子。卢克?这是卢克吗?就好像他是岩雕石刻而成的,不是人。可是那雕像却穿过厨房,哑哑地吻着她,然后坐在了桌旁的椅子上。她往锅里打着鸡蛋,又放了几片咸肉。

安妮·穆勒走了进来,彬彬有礼地微笑着,可心里却在生着他的气。这个坏小子,他是怎么了,把他新婚的妻子甩在一边这么久?

"看到你还记得你有一位妻子,我真高兴,"她说道,"到外边的廊子里去吧,和路迪和我坐在一起吃早饭吧。卢克,帮梅吉端端咸肉和鸡蛋。我能想法用嘴把面包架衔出去。"

路德维格·穆勒出生在澳大利亚，可是他身上明显地带着德国人的遗传：由于总免不了喝啤酒以及日光曝晒，皮肤又粗又红。四方脸，一头白发，浅蓝色的波罗的海人的眼睛。他和他的妻子非常喜欢梅吉，庆幸能由她来侍候他们。尤其是路迪，他高兴地看到，自从那姑娘的金红头发在这幢房子里闪动以来，安妮比以前快乐多了。

"卢克，割甘蔗怎么样？"他一边往自己的盘子里倒着鸡蛋和咸肉，一边问道。

"要是我说我喜欢这个活儿，你会信吗？"卢克笑了起来，往自己的盘子里倒了许多吃的。

路迪精明的眼睛停在那张漂亮的面孔上，点了点头。"唔，相信。我想，你的性情和身体都对路子。这活儿使你觉得比其他男人要强，能胜过他们。"虽然路迪被拴在了他继承下来的甘蔗地上，远离学术界，没有机会和其他人交往，但他是一位人类性格的热心研究者。他读过许多羊皮面的大部头书，书脊上印着弗洛伊德[①]、荣格[②]、赫胥黎[③]和罗素[④]之类的名字。

"我开始认为，你是根本不打算来看梅吉了。"安妮说道。她用一把刷子把印度酥油在吐司片上抹开。在这个地方，他们只能吃到这样的奶油，不过这也比没有强。

"哦，我和阿恩定下来在星期天也要干一会活儿。明天我们要到因盖姆去了。"

"也就是说，可怜的梅吉不能常常见到你喽。"

"梅吉能理解。这种日子不会超过两三年的，而且我们在夏天也

[①] 即西格蒙德·弗洛伊德（1856—1939），奥地利精神病学家，创立了精神分析学。
[②] 即卡尔·古斯塔夫·荣格（1875—1961），瑞士心理学家，分析心理学首创人。
[③] 即托马斯·亨利·赫胥黎（1825—1895），英国著名生物学家。
[④] 即伯兰特·罗素（1872—1970），英国哲学家、数学家、逻辑学家。

要歇工的。阿恩说，到那时，他可以在悉尼的殖民制糖公司给我找个工作，我也许会带梅吉一起去的。"

"卢克，你干吗非要这么苦干不可呢？"安妮问道。

"我要攒钱在西边的基努那附近买一片产业。梅格没提过这事吗？"

"恐怕咱们的梅吉在谈个人的事情方面不大在行，你跟我们说吧，卢克。"

三个倾听者坐在那里望着他，那棕色的、坚定的脸庞上神采飞扬，湛蓝的眼睛熠熠闪光。他到了之后，梅吉和谁也没说过话。他滔滔不绝地谈着边区那绿草如茵的奇妙乡村；谈着在基努那唯一的道路上，大灰鸟在尘土上优雅地漫步着；谈着成千上万的飞跑的袋鼠，炎热而干燥的阳光。

"不久，那地方的一大片土地总有一天会归我所有的，梅格已经为这片土地投入了一些钱，剩余的空额，我们用不着干上四五年就会挣来的。要是弄到一片比较贫瘠的地方就能使我满足的话，那就更快了。但是，由于我已经了解到割甘蔗能挣来多少钱，所以我很想多割一些时候，搞一块真正像样子的土地。"他向前一探身子，满是伤痕的大手握住了他的茶杯，"你们知道吗？有一天我几乎超过了阿恩的纪录，一天中，我割了 11 吨！"

路迪由衷赞叹地吹了一声口哨，他们开始讨论起各种割甘蔗的纪录。梅吉啜着她那杯没加奶的浓茶。哦，卢克！起先，是用两三年，现在又成四五年了，谁知道下回他提到这段时间的时候，又会成多少年呢？卢克热爱这个活儿，这一点谁也不会误解。那么，当那个时候到来的时候，他会罢手吗？为此她还能坐等着查明真相吗？穆勒夫妇心地十分善良，她根本谈不上劳作过度。不过，倘使她必须和丈夫一起过日子的话，德罗海达是最理想的地方。在黑米尔霍克逗留的一个月中，她连一天都没有真正感到好过。她不想吃饭，一阵阵痛苦的腹泻在折磨着她，似乎嗜眠症缠身，无法摆脱。

对任何东西都不习惯，除非是最好吃的。隐隐的不适使她感到害怕。

早饭之后，卢克帮助她洗碗碟，然后，带着她到最近的甘蔗田转了一圈。他一个劲地大谈着甘蔗，谈着如何收割，以及在露天地里干活如何好；阿恩那帮人是些怎样的好伙计；这种活儿和剪羊毛有什么区别，割甘蔗要比剪羊毛好得多。

他们转了回来，又登上了小山。卢克带着她走进了屋子下面两根桩子之间一个凉飕飕的洞中，安妮在洞外搞了一个暖房，立起一些长短粗细不一的赤陶管，然后在管中填上土，种上一些蔓生的、悬垂的东西。有各种不同颜色的兰花，蕨类植物，富于异国情调的爬山虎和灌木丛。地面软乎乎的，散发着木屑的清香；头顶上的托梁上挂着铁丝篮，里面种满了蕨类植物、兰花或月下香；树皮缝里长出的日荫葛爬满了基桩；这些管子的底部种了一圈五颜六色、绚烂多彩的秋海棠。梅吉喜欢隐身在这里，比起德罗海达来，这是黑米尔霍克所有的事物中唯一受到她赞许的。德罗海达根本没有希望在这样一小块地方中长着这么多的东西，这只是因为那里的空气中湿度不够。

"这地方可爱吗，卢克？也许你认为在这里待上两三年之后，能租一间房子让我住吧？我渴望给自己搞一块这样的地方。"

"你为什么想单独住在一栋房子里呢？这儿不是基里，梅格。这地方女人独居不安全。你在这里要好得多，相信我吧。你在这儿不快活吗？"

"我觉得住在别人家的快乐也就是这样了。"

"喂，梅格，在我们去西部以前，你必须对你目前的环境感到满意。咱们不能既花钱去租房子，让你过悠闲日子，又要省下钱。你听见了吗？"

"听见了，卢克。"

他感到十分烦恼，他把她带到房子下面时，没有干成他想干的事，也就是吻她。他只是随便在她的臀部拍了几下，这对她没多大伤害。随后,他便顺着大路向停靠着他自行车的那棵树走去了。他宁可蹬20英里自行车来看她,也不肯花钱坐铁路公路联运车,或公共汽车。这就是说,他还得蹬20英里的车返回去。

"这可怜的小家伙!"安妮对路迪说,"我真恨不得把他宰了,才能解我心头之恨!"

1月来而复去,对甘蔗收割者来说,这是一年中最闲的一个月,但是卢克却用不着发愁。他曾经悄悄告诉梅吉,要把她带到悉尼去。可相反,他没带她去,而是和阿恩一起去了悉尼。阿恩是个单身汉,在罗西尔大街有一个姑姑,他姑姑有一幢房子,到殖民制糖公司步行即可(用不着花电车费,能省钱)。在山顶上那座像堡垒一样的建筑物的高大混凝土围墙之内,一个有关系的蔗工是可以找到工作的。卢克和阿恩在那里修剪糖袋,业余时间就去游泳或玩冲浪板。

和穆勒夫妇一起留在邓洛伊的梅吉,在季风来到的时候,整整苦干了一个雨季。从3月到11月是旱季,但在这块大陆的这个地区却并不那么干燥,然而比起雨季来,总算可以看到蓝天啦。雨季时间,天上总是雨水如倾盆,不是整天都下雨,而是时停时下。在暴雨间歇的时候,大地便蒸发着水汽,从甘蔗田上,从土壤上,从密林里,从高山上,升起一团团连绵透迤的白色水汽。

随着时间的流逝,梅吉越来越想家了。她现在已经明白,北昆士兰绝不会成为她的家。举一个例子吧,她完全不适应热带气候,这也许是由于她一生中大部分时间都是在干旱地带度过的。她厌恶这种孤寂的生活,这种没有朋友的生活,这种冷漠的感情。她厌恶这昆虫和两栖动物多如牛毛的地方,她每个夜晚都要受巨大的癞蛤蟆、塔兰图达毒蜘蛛、蟑螂和耗子的折磨,似乎无论如何都无法把它们赶出门外。她对它们恐惧至极。它们的个头儿是那样的大,是那样的放肆,又显得那样**饥饿难耐**。最让她讨厌的莫过于"邓尼",

它不仅是当地对厕所的土称，也是邓洛伊这地名的昵称。当地的蔗民百姓以这种称呼为一大乐事，总是没完没了地把它当作双关语来用。可是，邓尼的"邓尼"这种说法实在令人倒胃口，在这种炎热的气候中，由于人们得了伤寒和肠炎，那地上的洞洞简直就没法说了。邓尼的"邓尼"不是在地上挖个洞，就是放一个涂着柏油的臭气熏天的小铁桶，当铁桶满了的时候，便生出令人恶心的蛆和寄生虫。这种铁桶一星期运走一次，代之以一只空桶，可是一星期一次远为不够。

梅吉心里对随随便便的当地人能若无其事地接受这种东西，感到十分嫌恶。在北昆士兰生活的这段时间无法使她安然地接受这种东西。然而她忧郁地想到，也许要在这里过一辈子，或至少要生活到卢克的年龄使他无法再割甘蔗的时候。就像她强烈渴望回到德罗海达那样，她的自尊心也同样强烈，无法向家人承认她的丈夫置她于不顾。她非常难过地告诉自己，一旦承认这一点，就等于承认被判了无期徒刑。

几个月过去了，随后一年也完结了，时光荏苒，已经接近第二年年底了。只是由于穆勒夫妇那绵绵不断的厚爱才使得梅吉在黑米尔霍克住了下来，才使得她试图在这种进退维谷的窘境中忍耐着。她本可以写信向鲍勃要租房子的钱，并且鲍勃也一定会寄给她。但是，可怜的梅吉不能把卢克使她囊中分文没有的情况直截了当地告诉家里人。她把这情况告诉他们的那一天，也就是她将要离开卢克、永远不再回到他身边的那一天。不过，她尚未下定决心走这一步棋。所有这些东西交织在一起，阻止了她离开卢克，那就是：结婚誓约的威胁，也许有朝一日会得到一个孩子的期望，卢克作为丈夫和她命运的主人的地位。还有一些东西是出自她个人的天性：那种执拗的、不肯低头的自尊以及一种挥之不去的观念，即以为这种局面的形成，她的过错不亚于卢克。倘若不是她有过某些过错的话，也许卢克的行为就大不一样了。

她在18个月离乡背井的生活中，只和他见过六次面。她常想——她没有意识到这种事情颇有同性恋之嫌——卢克按理说应该同阿恩结婚才是，因为他无疑是和阿恩住在一起，并且更喜欢他的同伙。他们建立了全面的合伙关系，在上千英里的海岸地区来回游荡着，寻找收割甘蔗的活计，似乎生活就是干活而已。在卢克来看望她的时候，他根本就没有任何和她亲热一番的企图，只是和路迪、安妮围坐在一起扯上一两个小时的闲话，带着他的老婆散散步，给她一个表示友好的吻，便又掉头而去了。

他们三个人，路迪、安妮和梅吉，把所有的业余时间都用在了读书上。比起德罗海达的那几架子书，黑米尔霍克有一个大得多的藏书室，书的种类要广博得多，男女之事的内容也多得多。梅吉在读书的时候，学到了许多东西。

1936年6月的一个星期天，卢克和阿恩一起回来了。他们喜气洋洋的。他们说，要真正让梅吉高兴一次，打算带她去参加一个不拘礼节的聚会。

澳大利亚总的发展趋势是使各个种族集团渐趋分散，使之成为纯粹的澳大利亚人，但住在北昆士兰半岛的各个不同民族却不愿顺乎这个大趋势，他们强烈地倾向于保留自己的传统。这个半岛人口的大多数是由这四种人组成的：中国人、意大利人、德国人和苏格兰-爱尔兰人。当苏格兰人举行集会的时候，数英里之内的每一个苏格兰人都会赶来参加。

让梅吉大吃一惊的是，卢克和阿恩穿上了褶裥短裙[①]。她屏着呼

[①] 这是苏格兰高地的男子和苏格兰兵团的士兵穿的一种服装，通常是用格子呢做成的。

吸，一边看，一边心里想，这服装简直是太漂亮了。具有男子气的男人穿上褶裥短裙就更富于男子气概了。当迈开匀称的大步走起来时，短裙就摆动起来。身后的褶裥频频波动，而前面的紧身褡却一动不动。前面的毛皮袋护着腰，在齐膝的褶边下，那健壮优美的腿上穿着钻石格的紧身长袜和带扣的鞋。天气太热，无法穿方格花呢披肩和短上衣。他们穿起了白衬衫，前面半敞到胸膛，袖子挽到肘弯之上。

"说来说去，这是一个什么集会啊？"等他们打扮停当，她便问道。

"是盖尔人的集会，一次盛大的社交聚会。"

"你们为什么要穿上褶裥短裙呢？"

"除非这样，不然不让我们进去的，我们太熟悉布里斯班和凯恩斯之间的这种聚会了。"

"是吗？我以为你们一定是不常去这种聚会的，此外，我也不明白卢克怎么舍得买一件短裙。不是这样吗，阿恩？"

"一个男人必须得有某些娱乐才成。"卢克勉强解释说。

聚会是在一间像谷仓似的棚屋里举行的。这棚屋已经歪歪斜斜、摇摇欲坠了，它坐落在邓洛伊河口附近一片稀烂的红树沼泽地上。哦，这是怎样一片杂味扑鼻的乡村啊！梅吉绝望地想道。她抽动着鼻子，然而，又飘来了一股说不出来的、令人作呕的气味。这里有糖浆味、霉味、"邓尼"味，现在又是一股红树味。所有这些海滨的腐臭气全都混成了一种味儿。

果然不假，每一个到棚屋来的男人都穿着短裙。当他们走进来的时候，梅吉四下看着。她理解到，当雌孔雀目瞪口呆地望着它那生气勃勃、华丽绚烂的配偶时，自己该是多么寒碜。女人们相形之下大为失色，几乎近于不存在。晚会随后的几项进程只能使人觉得这种对比更加鲜明。

在大屋的一端，有一个摇摇晃晃的台子，上面站着两名穿着图案复杂、淡蓝底色安德森花格呢的风笛手，吹奏着一曲亲切的苏格兰双人舞曲，与舞步十分吻合。他们那黄里带红的头发竖了起来，涨红的脸上，汗如雨下。

只有少数几对舞伴在跳舞，会场的中心似乎是在那些笑语喧声、传杯递盏地酣饮着地道苏格兰威士忌酒的男人那里。梅吉和几个女人缩在一个角落里，觉得这样神魂颠倒地看着，就心满意足了。没有一个女人穿苏格兰高地民族的格子呢衣服，因为苏格兰妇女确实是不穿这种短裙的，她们只披花呢披肩。天气太热，她们无法在肩头裹上这种又厚又大的料子。于是，女人们便邋邋遢遢地穿着北昆士兰州的棉布衣服，在男人的短裙面前，这种衣服显得皱皱巴巴，黯然失色。这里有孟西斯部族那耀眼的红色和白色，麦克利奥德部族那令人为之神爽的黑色和黄色，斯坎尼部族那种像玻璃格窗似的蓝色和红色织物，有奥基尔盛部族那生动活泼的复杂图案，有麦克弗森部族那可爱的红色、灰色和黑色。卢克穿的是一套麦克尼尔部族的服装，阿恩穿的是苏格兰低地居民的那种詹姆士一世时期的格子花呢服装。真是美不胜收！

卢克和阿恩对此显然非常熟悉，而且甚得其乐。那么，他们经常是不带着她到这儿来了？是什么使他们想到今晚带她来呢？她叹了一口气，靠在墙上。其他的女人莫名其妙地望着她，尤其注意她手指上套着的结婚戒指。卢克和阿恩成了女人们赞赏的对象，而她成了女人们嫉妒的对象。倘若我告诉她们，那黑黑的高个子是我的丈夫，在过去的八个月中只看望了我两次，看我的时候根本就没有想到要同床睡觉，不知道她们会说些什么？人们望着他们俩，这一对服饰花哨的苏格兰高地的花花公子！他们俩口音中没有丝毫苏格兰方言，只是装腔作势，因为他们知道他们穿上短裙之后显得十分动人，而且他们乐意成为人所注目的中心。你们这一对衣冠楚楚的骗子！你们太爱自己，不想也不需要来自任何人的爱。

半夜时分，女人们默默地沿墙站着。风笛手们嘹亮地吹起了《开伯·费德》舞曲，狂热的跳舞开始了。在梅吉后来的生活中，不管什么时候听到风笛声，都会使她回想起这间棚屋。甚至连那转动的短裙也能使人长相思。这声音和情景，充满朝气的生活和活力，像在梦中似的搅成了一团，也就是说这是一种如此沁人心脾的、如此令人神迷心醉的记忆，这记忆将永远不会消失。

那些穿着麦克多纳德部族的斯利特短裙的男人在地板上跳起了对剑舞。他们把胳臂高举过头，双手像芭蕾舞演员那样轻拂着，显得十分危险，就好像那剑最终会刺进他们的胸膛似的，他们在刀光剑影之间往来穿梭。

一声又高又尖的喊声压过了轻盈颤抖的风笛声，两把长剑架了起来，屋里所有的男人都旋转着跳起舞来，胳臂忽而挽起，忽而松开，短裙张开了。他们跳着苏格兰双人舞、斯特拉斯贝舞[①]、福令舞[②]。大伙全都在跳着，脚踏在木板地上的声音在椽间回响着，鞋上的扣带闪着光，每次变换队形时，总有人一仰脑袋，发出一种尖叫。这种大叫大嚷，引得其他人也亮开兴高采烈的嗓门叫喊起来。与此同时，女人们则观看着，忘记了一切。

接近凌晨4点钟的时候，聚会散了。棚外并不是一派严寒的布莱尔·阿多尔[③]或斯凯岛[④]，而是热带之夜的浓烈的空气，星光闪烁的空旷的穹苍中挂着一轮昏黄的大月亮，空气里弥漫着瘴气和红树的恶臭。然而，当阿恩驾着那辆气喘如牛的老福特汽车离开时，梅吉最后听到的是逐渐远去的悲哀歌曲《森林里的鲜花》。人们用这支

[①] 一种苏格兰舞蹈。
[②] 苏格兰高地流行的一种奔放的舞蹈。
[③]④ 均为苏格兰地名。

歌送狂欢者们回家。家。家在哪里啊？

"喂，你喜欢这个聚会吗？"卢克问道。

"要是我也跳舞的话，就更喜欢了。"她答道。

"什么，在这种聚会上？算了吧，梅格！只有男人们才被认为能跳舞，所以，带你们来参加舞会算是对你们够好的了。"

"在我看来，似乎只有男人可以做许多事情，尤其是好事或享乐的事。"

"哦，拜托！"卢克硬邦邦地说道，"我所想的是你也许愿意稍微改换一下生活，这就是我为什么要带你来的缘故。你要知道，我不是非带你来不可的！要是你不快活的话，我不会再带你来了。"

"不管怎么说，你很可能本来就不想再带我来，"梅吉说，"把我带进你的生活并不是一件好事。刚才那几个小时中，我明白了许多东西，但是，我认为那不是你愿意让我明白的东西。卢克，要想糊弄我不会那么容易了。事实上，我对你，对我所过的日子，对一切，已经厌倦了！"

"嘘——"他感到震惊地示意她小声，"旁边还有人呢！"

"有人怕什么！"她怒气冲冲地顶道，"我什么时候能有机会单独和你多待一会儿呢？"

阿恩在黑米尔霍克山脚下停下了汽车，同情地对卢克咧嘴一笑。"去吧，老弟，"他说，"和她一块儿上去，我在这儿等你。别急。"

"我是认真的，卢克！"他们一走到阿恩听不到的地方，梅吉便说道，"逼人太甚，兔子也会蹬两脚的，你听见了吗？我知道，我答应过要服从你，可你也答应过爱我，保护我，所以咱们俩都是说谎者！我想回家，回德罗海达去！"

他想到了她那一年2000镑的进项，以及这笔钱将不会挂在他的名下了。

"哦，梅格！"他无计可施地说道，"喂，心上人儿，我保证，不会永远这样的!今年夏天我带你一块儿到悉尼去,奥尼尔说一句顶一句!阿恩姑妈的房子里有一个套间空闲着,咱们可以在那里住三个月,愉快地度过一段时光!忍耐,忍耐,让我在甘蔗地再干上个年把,然后咱们就买下自己的产业,安家立业,嗯?"

日光照在他的脸上。他看上去显得很诚恳,心烦意乱、焦急如焚、追悔莫及,和拉尔夫·德·布里克萨特十分相像。

梅吉缓和了下来,因为她仍然想得到孩子。"好吧,"她说,"再等一年。可是,我可记着你带我去悉尼的诺言呢,卢克,记住!"